DROEMER

SOPHIA VON DAHLWITZ

# DAS LICHT ZWISCHEN DEN ZEITEN

ROMAN

DROEMER

Besuchen Sie uns im Internet:
www.droemer.de

FSC
www.fsc.org
MIX
Papier aus verantwortungsvollen Quellen
FSC® C083411


Redaktion: Silvia Kuttny-Walser
Covergestaltung: Cornelia Niere, München
Satz: Adobe InDesign im Verlag
Druck und Bindung: CPI books GmbH, Leck
ISBN 978-3-426-28191-8

2 4 5 3 1

*Für Wolfgang*
*Für meine Eltern*

# PROLOG

*Eins steht fest, John: Der Tod macht frei. Von allem. Angst, zum Beispiel – Angst ist definitiv kein Thema mehr. Dafür Erleichterung. Und Freude auch, natürlich. Schade ist nur, dass man das erst erfährt, wenn es so weit ist. Was würden wir uns ersparen, wenn wir wüssten, was uns jenseits des Jordans wirklich erwartet – maximale Glückseligkeit –, und wenn wir nichts dafür tun müssten, wirklich nichts, einfach nur abwarten, weil ohnehin alles vollkommen sein wird. Vollkommen egal, um genau zu sein; keine Beurteilungen, keine Kritik, dafür eine Meditationsstunde, die niemals endet.*

*Ich bin tot.*

*Ja, so ist es, John, und glaub mir, ich liebe es, denn ich vermisse gar nichts mehr, und das allein ist schon eine fantastische Erfahrung für einen ewig unzufriedenen Menschen wie mich. Woraus ich folgere, dass der Tod tatsächlich nur ein physisches Finale ist, er beendet ein für alle Mal die Herrschaft körperlicher und seelischer Beschränkungen über Geist und Fantasie, die sich endlich ungebremst ausbreiten können.*

*Die Umstände meines Todes entziehen sich meiner näheren Betrachtung; ich habe eine vage Ahnung, aber keine Gewissheit. Was seltsam ist, weil alles andere so klar erscheint; eine gleißend helle, sonnendurchflutete Herbstlandschaft mit unzähligen Farbabstufungen von Grün über Rot bis Dunkelbraun und Konturen von so unwirklicher Tiefenschärfe, als wären sie aus der Luft herausgemeißelt. Trotzdem weiß ich nur noch, wie es war, zu sterben; eine innere Explosion, das Aufbrechen einer Blüte oder auch der Ausbruch eines Vulkans, nicht schmerzhaft, aber gewaltig, der krasse Wechsel von fest und flüssig in einen gasförmigen Zustand, der alles durchdringen, aber nichts berühren kann. Ganz sicher bin ich mir, dass ich meinen Tod selbst verursacht habe, und nicht nur das, möglicherweise habe ich auch andere Menschen mitgenommen, Max oder Ruth oder Karina oder Uli oder alle zusammen … Was mich überhaupt nicht erstaunt, schon gar nicht schockiert, vielmehr entspricht das meinem Grundgefühl von Geburt an, wie eine Ahnung, die sich endlich bewahrheitet hat. Wo ich war, hätte ich niemals sein dürfen, nichts, was ich erreicht hatte, war ich wert, keinen Erfolg hatte ich verdient, Liebe stand mir nicht zu, wohin ich ging, brachte ich das Unglück mit.*

*Erst jetzt bin ich frei von alldem.*

*Nun komme ich zu dir, betrachte dich bei deinen Vorlesungen, schaue dir zu, wenn du über den Campus läufst mit deiner anthrazitfarbenen Laptoptasche unter dem Arm und es offenbar immer eilig hast, besuche dich in deinen Träumen, spuke durch dein Gehirn, reize deine Synapsen und werde dich nicht in Ruhe lassen, weil das Einzige, was ich wirklich bedaure –*

*Womit ich nicht zurechtkomme –*

*Stell dir vor, John, wie es ist, sowohl die Oberfläche als auch das Innere der Dinge zu erfassen, gleichzeitig das gesamte Universum und die fragilsten Amöbenstrukturen gedanklich zu durchdringen; eine fantastische Droge, ein unglaublicher Trip: der Zugriff auf das Weltwissen ohne jede Anstrengung –*

*Doch niemand hört dir zu.*

*Du musst mir zuhören, John. Ich muss dir etwas erklären, als Anwältin und als Zeugin der Verteidigung zugleich: Ja, richtig, das wird ein Plädoyer, und eins, das nur ich übernehmen kann, weil in der Dimension, in der ich mich befinde, jede Millisekunde in Abermilliarden von Paralleluniversen existiert, inklusive sämtlicher Möglichkeiten aller denkbaren Entwicklungen.*

*Und ich, ich habe Zugang zu jeder einzelnen.*

*Hör mir zu. Schick mich nicht weg. Bitte.*

# TEIL 1

# 1

## *FROMMBERG, WESTPREUSSEN JULI 1918*

Rudela. Mit ihr fing alles an. Ausgerechnet mit der ein bisschen verwirrten Rudela, ahnungsloses Werkzeug in den Händen der Höheren Macht, die sie als Joker einsetzte, um die Dinge in Bewegung zu bringen.

Rudela war verträumt und schüchtern und sehr *musisch*. Musisch war ein Schlüsselwort in der Familie Dahlwitz, musisch sein war elementar. Tüchtig allein genügte nicht, es musste noch etwas dazukommen, ein Aspekt, der Anstrengungen transzendierte, sich über das rein Materielle erhob und es rechtfertigte, weil Gott fleißige Menschen schätzte, aber Künstler liebte. Rudela zumindest erfüllte diese Erwartungen, indem sie bereits als Zehnjährige so gut Violine spielte, dass sie schon mehrmals Streichquartette in den Gütern der Umgebung hatte verstärken dürfen. Im März war sie dreizehn geworden, war blond und dünn mit blauen, ein bisschen verschwommenen Augen und kinnlangen, schnurgerade abgeschnittenen Haaren, die ihr Josepha mit einem seitlich geknoteten Samtband aus der Stirn gebunden hatte.

*Ich sehe sie jetzt vor mir, ganz nah: Ich betrachte sie aus jedem erdenklichen Blickwinkel, ich tauche in sie hinein und* begreife *sie; Traurigkeit breitet sich in mir aus und gleichzeitig so etwas wie Glück, denn es gibt sie zwar nicht mehr, genauso wenig wie mich, aber in meiner neuen Welt wird sie ewig existieren, genau wie ich.*

An diesem Tag war es warm, sehr warm, ein einzelner sonniger Julitag nach zwei kühlen Regenwochen.

Rudela, die von ihrer Maman manchmal Dela genannt wurde, aber nur, wenn die Maman wirklich gut gelaunt war, saß in dem abgeblühten Fliederbusch, von dem aus man die endlos lange, schnurgerade Kastanienallee im Auge hatte, aber selber nicht gesehen werden konnte. Die Kastanienallee führte von der Auffahrt des Neuen Schlosses nach Westen und nach Osten in den weitläufigen Park, der in das in der Eiszeit entstandene Urstromtal mündete. Das Neue Schloss, ein paar Hundert Meter vom ursprünglichen Rittergut entfernt, war erst vor einem Jahr mithilfe zahlreicher russischer Kriegsgefangener fertiggestellt worden und befand sich also genau dazwischen, ein symbolischer Fixpunkt zwischen zwei auseinanderstrebenden Richtungen, würde Rudela später denken, viel später, aber jetzt guckte sie, ohne viel zu denken, von ihrem Platz im Flieder aus nach Westen, direkt in die Sonne, die schon ziemlich tief stand, und beobachtete den Einspänner, mit dem Kutscher Glienke Onkel Wilhelm und Tante Benita zur Bahnstation nach Deutsch Krone fuhr. Staubwirbel begleiteten das Gefährt wie eine sandfarbene Aura, bis es nur noch ein dunkler Punkt war, der sich schließlich in einer schimmernden Luftspiegelung auflöste, als hätte ihn jemand weggezaubert. Dann sah sie ihren Vater, der mit seiner Hündin Cora zurückkam, augenscheinlich von der Jagd, denn er trug etwas über der Schulter, das aussah wie ein Reh.

Rudela verbrachte oft Stunden in dem Flieder, der auf einer kleinen Anhöhe stand. Er sah von außen dicht belaubt und kompakt aus, bestand aber innen fast nur noch aus verholztem Gestrüpp und hatte diese kleine natürliche Aussparung, wo sie noch gerade so hineinpasste. Kein Mensch außer ihr wusste davon, und so kam es den anderen Familienmitgliedern manchmal vor, als würde sich Rudela zeitweise in einen Geist verwandeln oder als könnte sie sich unsichtbar machen.

Die Minuten vergingen, schmolzen in den Sonnenuntergang, flossen in die Dämmerung, schließlich läutete die Glocke zum Abendessen, und Rudela wollte sich gerade aus ihrem Versteck herauswinden, als sie einen Laut hörte. Sie drehte den Kopf vorsichtig in die Richtung, aber Laub und Äste versperrten ihr den Blick, und dann gab es ein weiteres Geräusch von anderswo her, das sich wie Gekicher anhörte, dann ein Rascheln wie von Kleiderstoff.

Dann nichts mehr.

Sie blieb sitzen und überlegte. Vergaß die Glocke, vergaß alles; ihr Herz klopfte dumpf an die Rippen, und sie bekam schlecht Luft, ähnlich wie im letzten Winter, als sie krank war und wochenlang das Gefühl hatte, dass etwas ihren Brustkorb zusammenpresste, um sie zu einem schmerzhaften, trockenen Husten zu zwingen, der den Druck nicht wegnahm, sondern sogar noch verstärkte. Doch jetzt war Sommer, sie war gesund, und endlich war es wieder still, nicht ein Lüftchen regte sich, bis Minuten später ein neues Geräusch kam, nämlich das unregelmäßige Tuckern von Opapas Automobil, der sich um diese Zeit gern auf eine Spritztour durch die Dörfer begab. Opapa, ihr Großvater aus der Blauen Linie (es gab noch eine Rote Linie, aber dazu später), sah ausgesprochen schlecht und hörte fast gar nichts mehr, was unter anderem dazu führte, dass ihm häufig Federvieh von den umliegenden Bauernhöfen unter die Räder kam. Weshalb er sich angewöhnt hatte, immer ein Reservehuhn mitzunehmen, um es im Fall des Falles aus dem Fenster zu werfen.

Das Tuckern wurde leiser, das Kichern und Rascheln hatte aufgehört, Rudelas Herz schlug wieder normal, und sie arbeitete sich langsam und vorsichtig aus dem Flieder heraus, ein seltsamer Anblick, als würde aus dem Gebüsch etwas Fremdes wachsen, das sich als barfüßiges Kind in einem sonnengelben, knielangen Kleidchen materialisierte, was – typisch für Rudela – keinen Gedanken daran verschwendete, dass sich jemand Sorgen machten könnte.

Rudela lief also völlig unbelastet zum Schloss, immer noch ganz in ihrer eigenen kleinen, ein bisschen verdrehten Gedankenwelt, drückte sich durch die halb offene Terrassentür in den Gartensaal und schlich an Donatas Büro vorbei. Dann blieb sie mitten auf dem schimmernden Parkett stehen, in dessen Schachbrettmuster sie sich manchmal so lange vertiefte, bis sie alles um sich herum vergaß. Aber nicht heute. Denn jemand rief ihren Namen, holte sie ziemlich unsanft zurück ins Jetzt, genau so, wie sie es hasste, nämlich so, dass jeder Ausweg versperrt war.

Josepha. Es war längst Zeit zum Abendessen, die Glocke hatte vor über zehn Minuten geläutet, und man erwartete, dass sie sich an solche Zeiten hielt ohne Erklärungen über den Grund dieser und anderer Notwendigkeiten. Langsam setzte Rudela sich wieder in Bewegung, öffnete die Tür zur dämmerigen Diele, schloss sie ganz leise hinter sich und lief über die Freitreppe nach oben in den Kindertrakt, wo Josepha sie erwartete.

»Wo warst du?«

»Draußen.«

»Wo draußen?«

»Eben draußen.«

So war Rudela: ein grüblerisches Geschöpf, dem schnell alles zu viel wurde; Geräusche, Gespräche, *Menschen,* die in ihr abgeschottetes Universum einbrachen, indem sie Dinge fragten, auf die sie keine Antwort hatte, Anweisungen gaben, mit denen sie nichts anfangen konnte. All das waren unwillkommene Unterbrechungen, die sie davon abhielten, nachzudenken, heute zum Beispiel darüber, wer die mysteriösen Geräusche verursacht hatte. Kein Tier, kein Mensch, das stand fest, aber vielleicht ein Zwerg. Es gab gute und böse Zwerge, glaubte Rudela, und die bösen waren hinterlistig und spielten einem üble Streiche.

»Was heißt das, Rudelachen? Wo draußen? Frau Heimstetten hat sich nach dir erkundigt, du bist nicht zur Rechenstunde gekommen.«

»Lass mich.« Oder hatte sie sich verhört, und da war gar nichts gewesen, und sie hatte sich alles eingebildet, wie so oft?

»Sei nicht bockig! Wenn du weiter bockig bist, spreche ich mit der gnädigen Frau.«

»Machst du nicht.« Rudela gähnte Josepha ins stets freundliche, rotbackige Gesicht in dem Wissen, dass das unverschämt und gemein war, aber sie konnte nicht anders und verstand selbst nicht, warum, denn einerseits tröstete Josepha sie, wenn sie Bauchweh hatte, drückte sie an ihren flachen Busen, wenn sie traurig war, und ließ sie sogar in ihrem Bett schlafen, wenn Rudela sich einsam fühlte. In solchen Nächten drückte sich Rudela an Josephas breiten, knochigen Rücken, vergrub ihre Nase im Nachtgewand aus einem harten Stoff voller Knötchen, und es machte ihr fast nichts aus, dass Josepha immer ein bisschen (manchmal auch ziemlich stark) nach Schweiß roch, ein dumpfer, salziger Geruch, der unangenehm war, aber auch etwas Heimeliges hatte. Wenn sie sich dann so nahe waren, fast wie Schwestern, erzählte Josepha ihr manchmal von ihrer Familie, ihren beiden Brüdern, von denen der eine ein Tunichtgut war, der ihren Vater noch ins Grab bringen würde.

»Was ist ein Tunichtgut?«, fragte Rudela dann.

»Das ist einer, der die Mädchen und den Schnaps lieber hat als die Arbeit.«

»Können auch Mädchen Tunichtgute sein?«

»Du stellst Fragen, Rudelachen.«

»Können sie?«

»Ja.«

»Was tun sie dann?«

»Sie lassen sich gehen.«

»Wohin?«

»Dahin, wo es wehtut.«
»Wo ist das?«
»Schlaf jetzt.«
»Wo?«
»Schlaf, mein Liebchen. Schlaf ein.«

Doch schon am nächsten Tag war der Graben zwischen ihnen wieder so tief wie eh und je, was ganz generell zu den Dingen zu gehören schien, die vielleicht immer so sein würden, unveränderlich wie der Sonnenaufgang jeden Morgen und die kühlen, windigen Tage im Herbst, wo es draußen nach brennendem Torf roch und die Erde ganz schwarz aussah.

»Machst du nicht«, sagte also Rudela patzig und setzte sich an ihren Platz am gedeckten Tisch aus grob gezimmertem Eichenholz. Gegenüber hing ein Ölgemälde, das, wie man Rudela erklärt hatte, die Vorbereitungen zu einer Schwarzwälder Hochzeit aus dem Jahr 1872 zeigte. Rudela liebte dieses Bild und vertiefte sich so oft darin, dass sie es mittlerweile mit geschlossenen Augen hätte beschreiben können – jedes einzelne Detail, besonders aber das Mädchen mit den schwarzen Locken und den traurigen, erschöpften Augen, das einen Lorbeerkranz um ein handgeschriebenes Schild wand, auf dem, halb sichtbar, »Alles Glück dem Brautpaar« zu lesen war. Im Vordergrund, mit dem Rücken zum Betrachter, stand ein Mädchen etwa in Rudelas Alter mit langen Zöpfen und einem Kleinkind auf dem Arm. Manchmal stellte sich Rudela vor, dass sie mit diesem Mädchen tauschen und für immer und ewig in diesem Bild verschwinden könnte.

»Jetzt iss!«, rief Josepha.

»Iss!«, tönte Wilhelm, Rudelas zwölfjähriger Bruder, und klopfte mit seinem Löffel auf den Zinnteller; es gab ein hartes, klingendes Geräusch, während das Kartoffelmus in alle Richtungen spritzte. Wilhelm war nicht so wie andere Kinder. Man konnte nicht mit ihm spielen, er sprach wenig und das Wenige so undeutlich, dass man ihn oft gar nicht verstand. Er lachte, wenn es nichts zu lachen gab, oder heulte wie eine Sirene, ohne dass ein Grund dafür ersichtlich war.

Rudela begann zu essen, ohne viel zu schmecken, und überlegte sich dabei einen Namen für das traurige Mädchen auf dem Bild, dessen kleine Schwester sie dann sein würde.

Anna, dachte sie. Anna wäre schön.

# 2

In der Zwischenzeit begab sich Helens Kammerjungfer Mariechen in Helens Ankleidezimmer im zweiten Stock und nahm ein Kleid aus dem Schrank, das sie heute früh in den Dampf von Helens Badewanne gehängt hatte, damit sich die Seide glättete. Das Kleid war dunkelblau, lose geschnitten, knöchellang und hatte einen tiefen Ausschnitt, umrahmt von einem weißen, spitzen Kragen im Matrosenstil. Mariechen, die eigentlich Marianne hieß, aber viel zu zierlich für diesen massiven Namen war, hielt ihre Nase an den Stoff und bemerkte erleichtert, dass er nur nach dem Lavendelsäckchen roch, das im Schrank die Motten fernhalten sollte. Manchmal stellte sie sich vor, wie sie selbst in einer dieser Roben aussehen würde; Gedanken, die in den tiefen, dunklen Wald führten, wie ihre Mutter sagen würde, abgesehen davon, dass ihr Helens Sachen ohnehin zu groß waren.

Sie legte das Kleid neben das Korsett und die Unterröcke auf Helens Bett, setzte sich auf den Stuhl daneben und wartete auf das gnädige Fräulein, das sich wie üblich verspätete. Durch das Fenster glühte das Restlicht der untergegangenen Sonne und beleuchtete das samtbezogene Sofa im Rokokostil gegenüber vom Bett, und Mariechen fielen die Augen zu, ohne dass sie es recht merkte. Es war ein fließender Übergang von Wachheit zu einem unruhigen Schlaf; plötzlich träumte sie von Händen, die ihren Kopf zusammenquetschten wie eine auszupressende Zitrone, und schreckte mit einem Seufzen hoch, als Helen ihr die Hand auf die Schulter legte. Im Zimmer war es dämmerig blau, und die Luft fühlte sich klamm an.

»Alles ist gut«, sagte Helen. Sie nahm die Hand wieder fort, ging zur Tür und machte das Deckenlicht an.

»Sie haben sich allein umgezogen«, sagte Mariechen.

»Das macht nichts«, sagte Helen. »Ich brauche doch abends nicht immer ein neues Korsett.«

»Ich hätte Ihnen trotzdem helfen sollen. Mit allem anderen.«

»Das nächste Mal. Jetzt musst du mir die Frisur richten.« Helen setzte sich an den Toilettentisch und schaltete den Lämpchenkreis um den Spiegel an. Mariechen sprang auf und stellte sich hinter sie.

»Kein Haarteil«, sagte Helen. »Dafür ist es zu spät.«

»Ich frisiere Ihnen einen neugriechischen Knoten. Sie haben so schöne Locken heute, da brauche ich weder eine Brennschere noch ein Haarteil.«

Helen lächelte sie im Spiegel an und nickte, als Mariechen sich an das Stecken der Hochfrisur machte.

»Warst du schon einmal verliebt, Mariechen?«

»Nein, gnädiges Fräulein.« Ihre Blicke begegneten sich erneut, diesmal lächelte Helen nicht, und einen Moment lang hatte Mariechen das starke Gefühl, dass sich das gnädige Fräulein vor etwas fürchtete. Unwillkürlich ließ sie die Hände sinken, die Frisur fiel prompt seitlich in sich zusammen, und Helen lachte laut auf, von Angst keine Spur, was hatte sie sich nur eingebildet?

»Was ist denn mit dir, Liebes?«

»Bitte verzeihen Sie!«

»Wir fangen einfach wieder von vorne an.«

»Ich beeile mich.«

»Es gibt dramatischere Dinge, als zu spät zum Souper zu erscheinen«, sagte Helen mit diesem süßen Zwinkern in den Augen, das Marie so liebte, also strengte sie sich doppelt an, um das gnädige Fräulein noch schöner zu machen, als es ohnehin schon war.

Vor dem Souper an diesem Abend – dem letzten Abend, bevor Rudela ihren Sprengsatz platzieren würde – unterhielten sich Heinrich und Donata in Donatas Boudoir. Es war in einem violetten Ton gestrichen, ein rotgolden bestickter Brokatteppich aus China schmückte die Wand, die an ihr Schlafzimmer grenzte, während die gegenüberliegende von einem mannshohen Spiegel mit einem Jugendstilrahmen aus Ebenholz eingenommen wurde. Davor stand Donata und steckte ihre Haare hoch, obwohl das ihre Kammerzofe Klara bereits getan hatte, nur eben nicht zu Donatas voller Zufriedenheit.

»Auch heute wird sie wieder von ihm anfangen«, sagte sie zu Heinrich, der vergeblich versuchte, es sich auf ihrem schmalen Biedermeiersesselchen bequem zu machen.

»Wie kommst du darauf? Wir haben mindestens drei Soupers lang nichts über den Göttlichen gehört.«

Donata drehte sich um und betrachtete Heinrich, als wäre er nicht ihr Mann, sondern ein Fremder, der sich zufällig in ihren intimsten Wohnbereich verirrt hatte. »Diese Leute sind eine Plage«, sagte sie schließlich, Heinrichs freundliche Ironie absichtlich ignorierend, und wandte sich wieder dem Spiegel zu, um eine letzte Haarnadel festzustecken. Sie musterte ihr Ebenbild mit kritischem Wohlwollen und war kurz davor, Heinrichs Gegenwart und ihr viel zu schroffes Urteil zu vergessen, doch wieder einmal misslang dies, weil Heinrich die Sache nicht auf sich beruhen lassen konnte. Beachte mich einfach nicht, wenn ich so bin!, hätte sie ihm am liebsten zugerufen, reagiere einfach nicht darauf, aber das hätte vielleicht eine weitere Diskussion zur Folge gehabt, deshalb ließ sie es bleiben, und so verharrten beide wie üblich in den zementierten Rollen ihrer langjährigen Beziehung. »Hass ist ein zu großes Wort für eine kleine Frau wie Gertrud«, sagte Heinrich auf seine geschraubt-humorvolle Art, und Donata konterte sofort mit einem scharfen »Keineswegs!«

»Nata …«

»Ich bleibe dabei!«

»Und Benedicta verdient eher unser Mitleid, findest du nicht?«

»Hässlichkeit entschuldigt Dummheit, oder wie meinst du das?«

»Es ist doch nur noch ein Abend.«

»Das ist einer zu viel.«

»Sie sind gute Menschen. Im Grunde genommen.«

»Das können sie gut verbergen. Hinter Idiotie und Gehässigkeit, eine wirklich unwiderstehliche Kombination, findest du nicht?«

»Wollen wir gehen? Es ist Zeit.«

»Ich könnte sie anders platzieren. Weiter weg von uns.«

»Das wäre ein Affront, meine Liebste. Man ändert nicht plötzlich die Tischordnung.«

»Die *du* festgelegt hast.«

»*Mea culpa, mea maxima culpa,* meine Liebste.« In Heinrichs Nacken bildeten sich winzige Schweißperlen, etwas Kühles schien ihn von hinten anzuwehen, und der Gedanke ans Abendessen bereitete ihm plötzlich leichte Übelkeit. Er schob es auf die stickige Luft im Boudoir, die zahlreichen Kerzen, auf die Donata bestand, obwohl sie seit einem Jahr in vielen Räumen – auch diesem – elektrisches Licht hatten, worauf Heinrich sehr stolz war, was aber seine Frau nicht wirklich wertschätzte.

Er stand auf und reichte Donata seinen Arm.

Zehn Minuten später schlenderte Helen absichtlich langsam die Treppe hinunter, vorbei an den vierzehn Ahnenporträts, die sie musterten, aber auch an ihr vorbeisahen, aus einem unbestimmten Gestern heraus in eine Zukunft hinein, die sie kaltlassen konnte, nachdem sie ohnehin längst tot waren. Je nach Lichteinfall veränderten sich ihre Gesichter, wirkten sanft und freundlich, fast *lebendig*, oder aber streng und abweisend, oder sie erstarrten – wie heute – in würdevoller

Gleichgültigkeit. Zu Helens Geheimnissen gehörte, dass ihr die drei Frauen und elf Männer in den mächtigen, teilweise abblätternden Goldrahmen als Kind Angst gemacht hatten und dass sie es seitdem vermied, zu lange hinzusehen, als könnten sie sonst Macht über sie erlangen und sie in ihr totes Dasein hineinziehen.

Trotzdem beeilte sie sich nicht, ging vielmehr langsam und trödelnd wie ein Kind, unglaublich glücklich und zugleich wieder einmal so aufgewühlt, dass sie glaubte, in Gesellschaft kein Wort herausbringen zu können. Unten angekommen, blieb sie stehen, mit verschränkten Armen an den polierten Holzknauf des Geländers gelehnt, zögerte den Moment hinaus, in dem sie sich den Blicken der anderen stellen musste. Sie war überzeugt davon, dass alle es ihr ansehen würden oder, viel schlimmer noch, dass sie ihnen die Wahrheit ins Gesicht schleudern würde.

Ich liebe ihn!

Sie erschauerte bei dieser Vorstellung. Etwas raunte in ihr: Du kannst nicht mehr zurück.

*Alles ist gut*, dachte sie, vielmehr: wollte sie denken.

Helen lächelte, aber nicht still für sich, sondern demonstrativ, als würde ihr jemand dabei zusehen, wie sie den Beweis antrat, dass wirklich und wahrhaftig alles in Ordnung war. Und das war es auch; Cora, die Weimaraner Hündin, kam plötzlich von irgendwoher schwanzwedelnd auf sie zu, und Helen streichelte sie abwesend.

»Hallo, meine Süße«, sagte sie, und Cora schaute sie an, als würde sie direkt in ihr Herz blicken, was sie manchmal tat, wenn man traurig oder verwirrt war, doch dann wandte sie sich ab und lief die Treppe zum Gesinde hinunter, wo es für sie immer etwas zu naschen gab. Helen straffte sich, durchquerte die Eingangshalle, öffnete leise die weiß lackierte Flügeltür zum Esszimmer und balancierte auf Zehenspitzen an ihren Platz zur Rechten Donatas, die wie üblich an der Tête residierte. Am anderen Ende der Tafel saß Heinrich, und gegenüber von Helen war Georg platziert, der die Augen gesenkt hielt, als könnte er ihren Anblick kaum ertragen, und dann gab es neben den Großeltern und den Hauslehrern noch die übliche Gästeschar, die sich vor dem Hintergrundgeräusch des rhythmischen Geklappers von Besteck auf Tellern lautstark unterhielt, denn nichts war unhöflicher und peinlicher, als bei einer Mahlzeit zu schweigen. Auf dem Esstisch aus lackiertem Mahagoni standen vier identische silberne Kandelaber mit jeweils drei brennenden Kerzen, weißes Porzellangeschirr, das das Wappen der von Dahlwitz zierte – zwei gekreuzte Schwerter vor einer Tanne –, und geschliffene Kristallgläser, und natürlich gab es noch das Silberbesteck mit dem Rankenmuster, das die Diener hassten, weil es unglaublich schnell schwarz anlief und deshalb mindestens einmal wöchentlich mit einer metallisch riechenden Flüssigkeit geputzt werden musste.

Donata, die Königin Frommbergs, trug ein grünes, hochgeschlossenes Kostüm aus Rohseide mit taillierter Jacke und weitem Rock, das ihre Schneiderin in Deutsch Krone nach einem Pariser Modell kreiert hatte. Es ist nicht einfach, sie zu beschreiben; sie war so voller Widersprüche, ausgestattet sowohl mit den besten als auch den schlechtesten Eigenschaften, wie Disziplin und Stolz, Arroganz und Leidenschaft, Humor und Sturheit. Vielleicht sollte man mit dem Äußeren beginnen und sich langsam ins Innere vortasten. Donata war schlank und groß und hielt sich sehr gerade, obwohl sie seit Jahren unter permanenten Rückenschmerzen litt, die nur noch im Liegen verschwanden. Sie hätte in der sanften, gelblichen Beleuchtung als Helens ältere Schwester durchgehen können, wäre ihr Habitus nicht so entschieden erwachsen gewesen. Sie hielt sich selbst für streng, aber warmherzig und ahnte in absoluter Verkennung ihrer tatsächlichen Ausstrahlung nicht, wie viele Menschen mehr Angst als Respekt vor ihr hatten. Sie predigte ein Leben nach den Gesetzen des Anstands und des protestantischen Christentums, war aber in Wirklichkeit eine Anarchistin, die sich ihre eigenen Regeln schuf, ein Urteil, das sie empört von sich gewiesen hätte, da Selbsterkenntnis nicht zu ihren Stärken zählte.

An diesem Abend fühlte sie sich nach dem Geplänkel mit Heinrich beinahe entspannt, zumindest aber einigermaßen zufrieden trotz ihrer Erschöpfung nach einem Sechzehn-Stunden-Tag, der um halb sechs Uhr mit einer Tasse ungesüßten Tee und der Morgenandacht in dem Fachwerkkirchlein neben dem Schloss begonnen hatte. Danach gab es Briefe zu schreiben und Rechnungen anzuweisen, schließlich musste die Zubereitung des Mittagsmahls überwacht werden, dann letzte Hand an die Organisation des Erntefests gelegt werden, das Donata jedes Jahr gemeinsam mit Heinrich eröffnete und das an diesem Wochenende stattfinden sollte. Das alles war anstrengend, insofern trug zu Donatas besserer Laune vor allem die Tatsache bei, dass die Familie Lehnshagen mit der geschwätzigen Gertrud, dem stummen Ferdinand und der dicken Tochter Benedicta morgen früh zu einem der Nachbargüter weiterreisen würde.

Gäste waren manchmal Segen, manchmal Heimsuchung, aber immer blieben sie ein bisschen zu lange, jedenfalls zu lange für Donatas Geschmack, und speziell Gertrud und Benedicta waren eine besondere Herausforderung.

»Wie schade, dass Jürgen nicht da ist, du vermisst ihn sicher?«, fragte Gertrud Helen, kaum dass sie sich gesetzt hatte.

»Oh, natürlich«, sagte Helen. »Aber er hat bald Semesterferien.« Sie lächelte Georg an, der ihrem Blick weiterhin auswich und stattdessen mit übertriebener Sorgfalt ein Stück Rehbraten zerteilte.

»Sein Studium lässt ihm nicht viel Zeit«, sagte Donata, ohne Georgs seltsames Verhalten zu bemerken.

»Was studiert er eigentlich, liebste Donata?«

»Nun, natürlich Landwirtschaft, liebe Gertrud, er wird ja eines Tages, so Gott will, das Gut übernehmen. Hatten wir darüber nicht schon gesprochen? Mehrmals, wenn ich mich nicht irre?«

»Das ist durchaus möglich. Ich habe so viel im Kopf, da entfällt mir so manches.«

»Wirklich?«, sagte Donata und genoss es, Gertrud mit aller Leidenschaft nicht zu mögen und dabei zu lächeln.

»Muss er nicht in den Krieg?«

»Nein, wie gesagt, er ist erst neunzehn.«

»Er könnte sich freiwillig melden, nicht wahr?«

»Sicher könnte er das, allerdings müsste er dafür sein Studium unterbrechen, und das ist mindestens so wichtig, wie den Heldentod fürs Vaterland zu sterben, nicht wahr?«

»So denkst du also darüber?«

»Nun, jeder sollte das tun, was er am besten kann, oder was meinst du? Jürgen ist kein Soldat, das Kämpfen ist ihm nicht gegeben, seine Liebe gehört der Scholle. Das Deutsche Reich braucht auch Menschen wie ihn, das ist mein Standpunkt, den du meiner Ansicht nach schon kennst. Möchtest du noch etwas Wein?«

»Nun …«

»Heinrich, würdest du Gertrud nachschenken? Arnold ist offenbar gerade nicht disponibel. Ich kann ihm natürlich auch läuten.«

»Nein, nein, das mache ich gerne, Nata. Ich hoffe, der Wein schmeckt dir, liebe Gertrud, es ist ein Riesling aus dem Elsass.«

»Ja, ganz wunderbar. Im Abgang etwas kurz, aber von sanfter Fülle.«

»Vaterlandslose Gesellen können keine große Kunst schaffen«, sagte Benedicta währenddessen zu Georg, Donata schloss die Augen in dem Wissen über das Kommende und ergab sich dabei der absolut unangebrachten, aber höchst angenehmen Fantasie, Benedicta eine Ohrfeige zu geben, deren Wucht ihre voluminösen Backen in heftige Schwingungen versetzen würde.

»Ist dir nicht gut?«, fragte Benedicta prompt, die nicht nur mit starkem Übergewicht, sondern auch mit einer durchdringend schrillen Stimme geschlagen war, weshalb die übrigen Unterhaltungen sofort erstarben und die Aufmerksamkeit aller sich auf Donata konzentrierte.

»Es geht mir gut, keine Sorge«, sagte Donata. »Wie war dein Reitausflug, liebe Benedicta?«

»Oh, nach einer Stunde war ich bereits vollkommen erschöpft. Ich habe dann gelesen.«

»Ach wirklich?«, sagte Donata. »Aber es war doch gar nicht so heiß. Vielleicht solltest du dich generell ein wenig mehr bewegen. Was hältst du davon?«

»Es war viel zu heiß zum Reiten, ich schwöre es dir, liebe Tante. Doch das machte nichts. Ich habe mich stattdessen in *Das Judenthum der Musik* vertieft.«

»Ich hatte dir doch die *Die Buddenbrooks* geliehen«, schaltete sich Heinrich, der Friedensstifter, ein. »Ein wirklich beeindruckender Roman voller tief gehender Erkenntnisse über das wahre Wesen des Menschen.«

»Ich könnte dir *Schuld und Sühne* geben«, rief Helen. »Das ist wirklich ein prachtvolles Buch, dick und schwer wie ein Ziegelstein, prall gefüllt mit russischer Seele und dabei so filigran formuliert.«

»Vielen Dank, aber …«

»Sei ehrlich, Benedicta, du liest doch nun schon seit Wochen in diesem überschaubaren Werk. Siebenundfünfzig Seiten, wenn ich nicht irre?«

»Ich habe nicht nachgezählt«, sagte Benedicta und zerdrückte eine Kartoffel in der dunklen Soße. »Es ist so gehaltvoll.«

»Aber siebenundfünfzig Seiten in drei Wochen … Ich meine, lernst du alles auswendig?«

»Tatsächlich versuche ich, die wichtigsten Leitsätze zu behalten. Darf ich zitieren?«

»Liebe Benedicta, das hast du doch schon mehrfach getan«, sagte Donata, und nun begann ihre Stimmung leider doch zu kippen, was bedeutete, dass sie ihre herzliche Abneigung nicht länger genoss, sondern darunter zu leiden begann, was in der Vergangenheit bereits zu dem einen oder anderen Eklat geführt hatte, aber diesmal unbedingt zu vermeiden war, wenn sie nicht ernstlichen Ärger mit Heinrich riskieren wollte. »Mir kommt es fast so vor, als hätte ich es selbst gelesen.«

»Nun, das sind die Ansichten und Erkenntnisse des größten Komponisten, den die Welt je gesehen hat, insofern solltest du vielleicht tatsächlich einmal hineinsehen. ›Der Jude ist unfähig durch seine äußere Erscheinung, seine Sprache, am allerwenigsten aber durch seinen Gesang, sich uns künstlerisch kundzugeben, er kann nur nachsprechen oder nachkünsteln.‹ Das trifft es doch, nicht wahr? Denken wir an Mendelssohn. Er imitiert die Meister der Klassik, er schafft nichts Eigenes.«

»Ein interessanter Standpunkt«, sagte Donata und klingelte nach Arnold. »Könntest du mir das anhand seiner Stücke genauer ausführen?«

»Nun, Wagner schreibt …«

»Vielleicht solltest du demnächst ein Konzert besuchen, um dir selbst ein Bild zu machen. Was hältst du davon?«

»Ich liebe Mendelssohns Orgelkonzerte«, ließ sich eine der Hauslehrerinnen vernehmen, doch viel zu leise, sodass niemand sie beachtete.

»Diese Diskussion kommt mir seltsam bekannt vor«, warf Heinrich ein und lächelte, wobei er aber Donata über den Tisch hinweg sehr fest ansah. Und da Heinrich diesen für seine Verhältnisse einigermaßen stählernen Blick nur selten einsetzte, hielt sich Donata tatsächlich zurück, bis Arnold kam, um abzuräumen und das Dessert zu servieren, und sich das Gespräch nun endlich anderen Dingen zuwandte, wie dem bislang wenig sommerlichen Wetter und was es für die Ernte zu bedeuten hatte, unter sorgfältiger Umgehung des Themas, das tatsächlich allen unter den Nägeln brannte, nämlich der Krieg.

Nach diesem mit einigen Minen und Fallstricken versehenen Souper trafen sich Georg und Helen zu einem heimlichen Spaziergang. Eng umschlungen schlenderten sie, geschützt von der Dunkelheit, durch den Park des Urstromtals. Als sie die Trauerweide nah am Bach erreichten, schob Georg die herabhängenden rutenförmigen Zweige beiseite wie einen Vorhang, der hinter ihnen wieder zufiel, während einzelne Blätterranken Helen wie eine Liebkosung über das Gesicht strichen. Der Baum schien sich über sie zu beugen, als wollte er sie behüten, und Georg zog seine Jacke aus und legte sie nah an den Stamm.

»Ich liebe Gertrud«, sagte Helen, als sie sich auf die Jacke setzte. »Doch Benedicta ist noch reizender, findest du nicht?« Der Mond spiegelte sich im Bach, brach sich in den Wellen und beleuchtete von unten ihr Gesicht, das im flackernden weißen Licht blass, fast geisterhaft wirkte. Georg wollte sie an sich ziehen, aber sie widersetzte sich mit einer fast zornigen Verve, was sie manchmal tat und worunter Georg stets sehr litt.

»Was hältst du von Gertrud?«, fragte sie hartnäckig.

»Nichts«, sagte er ärgerlich.

»Oh, komm schon. Und Benedicta? Sie ist doch …«

»Sie sind mir beide egal.«

»Aber du musst doch eine Meinung haben.«

»Ich muss gar nichts.«

Georg lehnte sich an den Stamm. Die Wolken verzogen sich, und er sah durch die Ranken hindurch in den Mond, der manchmal einem unheimlichen Gesicht glich, ja fast einem … »Totenkopf«, murmelte er.

»Bitte?« Helen lehnte sich an seine Schulter, aber er war immer noch beleidigt über die Abfuhr und machte sich steif.

»Der Mond«, sagte er. »Er erinnert mich manchmal an einen Totenkopf.«

»Du bist verrückt. Was ist mit dir?«

»Doch, sieh nur. Diese Flecken. Man muss ein wenig Fantasie aufwenden …«

»Ach was!«

»Doch.«

»Nein.«

»Doch. Lass das sein!«

Aber Helen hörte nicht auf, ihn zu kitzeln, und schließlich musste er doch lachen, und dann begannen sie sich zu küssen, bis Helen sich losmachte – aber diesmal zärtlich und sanft – und sagte, dass sie jetzt gehen würde. Sie stand auf und zog an seiner Hand, bis er sich schließlich ebenfalls erhob. Als er vor ihr stand und auf sie herunterschaute, wusste sie wieder, dass sie ihn liebte. Über alles. Sie vergaß es manchmal, wie man eine Selbstverständlichkeit vergaß, und dann verletzte sie ihn mit Nichtachtung, und es gab ein Hin und Her, bis er sich wieder versöhnen ließ, aber das gehörte dazu.

Das war normal.

Die Luft war mild, als sie sich – nun züchtig nebeneinander gehend – auf den Weg zurück ins Schloss machten.

Zur selben Zeit war Heinrich wie jeden Abend mit Cora unterwegs, aber auf der anderen Seite des Schlosses, Richtung Norden, wo sich die Felder befanden und dahinter der Wald. Eigentlich sollte es nur ein kurzer Spaziergang werden, doch der Mond schien jetzt so hell, dass sich die Landschaft wie verzaubert darbot und Cora, aufgestachelt und voller Neugier, im Weizenfeld verschwand, wieder zurück auf den Feldweg kam und Heinrich mit der Schnauze anstupste, um auf eine Fährte zu verweisen.

»Ist gut, jetzt nicht«, sagte Heinrich und tätschelte den schmalen Kopf, während vor ihnen ein aufgescheuchter Hase mit weiß leuchtender Blume im Zickzackkurs davonlief. Als Cora Anstalten machte hinterherzujagen, hielt er sie am Halsband fest. »Sitz«, sagte er leise, und sie setzte sich folgsam. Sie blieben stehen, bis das Tier außer Sichtweite war. »Brave Cora«, sagte Heinrich, und das war ihr privater Code, der besagte, dass sie wieder aufstehen durfte, jedoch nah an seinem Bein zu bleiben hatte.

Cora war ein tüchtiger, perfekt trainierter Jagdhund, wenn man sich damit abgefunden hatte, dass sie freiwillig kein Raubwild anrührte. Nur mit Tricks, großer Energie, Härte und viel Ausdauer schaffte es Heinrich gemeinsam mit Georg, der ihn in letzter Zeit häufig auf die Jagd begleitete, Cora einen Marder, einen Fuchs oder eine Wildkatze ein paar Meter weit tragen zu lassen. Dafür war sie das seelenvollste Tier, das Heinrich je besessen hatte. Die ganze Familie liebte sie heiß, doch wenn Heinrich kam, vergaß sie jeden anderen, und diese Treue rührte ihn mehr, als ihm recht war, denn eigentlich waren ihm große Gefühle fremd und sogar ein wenig unheimlich. Sah er aber Cora an, leuchtete in den Tiefen ihrer Augen ein goldener Schimmer auf, und wenn man mit ihr sprach, schien sie auf eine tiefe, unergründliche Art alles zu verstehen, was man sagte, selbst wenn es gar nichts mit ihr zu tun hatte.

Und so hatte Heinrich es sich angewöhnt, ihr manchmal sein Herz auszuschütten auf langen Spaziergängen oder nach der Jagd, wenn sie erschöpft und zufrieden mit reicher Beute auf dem Nachhauseweg waren.

Und Cora sah ihn dann unverwandt an, manchmal ermutigend und manchmal mitfühlend, und nein, dachte er, das bildete er sich nicht ein; er hatte schon viele Hunde besessen, aber keiner war so gewesen wie sie.

»Meine Cora«, sagte Heinrich, während sie sich langsam wieder auf den Weg zurück machten. Cora schmiegte sich eng an sein Bein; er spürte ihr freudiges Wedeln, und plötzlich kniete er sich hin und umarmte sie, weil ihm klar wurde, dass auch sie nicht ewig leben würde. Vielleicht noch drei, höchstens vier Jahre, dann würde er sie begraben müssen wie ihre Vorgänger, und diese Vorstellung brach ihm gerade fast das Herz.

Währenddessen kam Donata nach oben, um mit Rudela zu beten. Meistens weckte sie ihre Tochter mit diesem späten Ritual auf, und Rudela fiel es dann schwer, erneut einzuschlafen, aber sie beschwerte sich nie, denn es war einer der Höhepunkte des Tages, eine der wenigen Gelegenheiten, ihre Maman zu sehen. An diesem Abend trug Rudela ein weißes, frisch gestärktes Nachthemd mit Spitzen am Stehkragen, die unangenehm scheuerten und rote, brennende Stellen am Hals hinterlassen würden, aber sie wusste, dass Donata für solche Fisimatenten kein Verständnis haben würde, also würde sie nichts sagen, sondern lieber später die Knöpfe öffnen und den Kragen so weit wie möglich herunterkrempeln. Sie hörte die Schritte ihrer Mutter auf der Treppe, dann das kurze Zögern vor Wilhelms Zimmer, das knarzende Öffnen und vorsichtige Schließen seiner Tür, denn war Wilhelm bereits eingeschlafen, war es nicht klug, ihn für das Nachtgebet zu wecken; oft begann er dann in einem weinerlichen Singsang zu klagen und hörte stundenlang nicht mehr damit auf.

Rudela öffnete die Augen, als ihre Maman sich neben sie auf die Bettkante setzte. Sie richtete sich auf und faltete die Hände.

*Ich danke Dir, mein himmlischer Vater,*
*durch Jesus Christus, Deinen lieben Sohn,*

*dass Du mich diesen Tag gnädiglich behütet hast,*
*und bitte Dich, Du wollest mir vergeben alle meine Sünde,*
*wo ich Unrecht getan habe,*
*und mich diese Nacht auch gnädiglich behüten.*
*Denn ich befehle mich, meinen Leib und Seele*
*und alles in deine Hände.*
*Dein heiliger Engel sei mit mir,*
*dass der böse Feind keine Macht an mir finde.*

»Amen«, sagte Rudela.

»Amen«, sagte Donata und gab ihr einen Kuss auf die Stirn. Sie roch nach Parfum, nach Rauch und – ein bisschen säuerlich – nach Wein. Eine Haarsträhne hatte sich aus ihrer Hochfrisur gelöst, und Donata schob sie hinter ihr Ohr, an dem ein goldener Stecker mit jeweils zwanzig kleinen Diamanten und einem Saphir in der Mitte blitzte. Rudela machte die Augen zu und widerstand der Versuchung, ihrer Maman von dem Verdacht mit den Zwergen zu erzählen, denn voraussichtlich würde ihre Maman sie seltsam ansehen und schließlich wieder von der Idee anfangen, Rudela auf »eine richtige Schule« zu schicken, ein Pensionat, wo sie »wirklich etwas lernte« und man ihr alle Flausen austreiben würde.

# 3

Am nächsten Tag – dem Tag also, der alles verändern sollte – verkroch sich Rudela in ihrem zweiten Versteck, während Josepha sie überall suchte, weil ihre Exzellenz, die gnädige Frau, zum wiederholten Mal festgestellt hatte, dass Rudela ihre Unterrichtsstunden bei Frau Heimstetten schwänzte.

»Wo ist sie, Josepha?«

»Ich …«

»Du bist für sie verantwortlich! Such sie!« Dabei sah die gnädige Frau aber auf ihre typische Weise an Josepha vorbei, zerstreut, wie sie manchmal war angesichts ihrer tausend Verpflichtungen, und Josepha wusste, dass sie Rudela und ihre Verfehlungen in spätestens fünf Minuten vergessen haben würde.

Sie knickste. »Ich suche sie, gnädige Frau.«

»Ich verlasse mich auf dich.«

»Sehr wohl.« Josepha zuckte zusammen, denn plötzlich war der Blick der gnädigen Frau so auf sie gerichtet, dass er sich anfühlte wie ein Schlag.

»Finde sie!«

»Sehr wohl.«

Rudela war die jüngste Tochter von Donata von Dahlwitz, geborene Hardt, und sie sollte ihr Leben lang unter Donatas Fuchtel stehen. Ja, das war ihr Schicksal, nachdem alles so kam, wie es eben kam, von Gott gewollt, wie sie glaubte, aber worüber sie trotz allen Ungehorsams niemals nachdachte, weil es doch damals normal war, Dinge hinzunehmen in der Überzeugung, dass es eine Instanz gab, die alles regelte, was nicht in Menschenhand lag.

Dabei war es fast ohne Belang, dass Gott, der Herr in seiner unendlichen Güte, durchaus manchmal Entscheidungen traf, die Ungläubige nicht nur nicht gütig, sondern sogar schlicht infam nennen würden. Wie im Fall Donatas, die Heinrich von Dahlwitz geheiratet hatte, weil Heinrich nicht nur einigermaßen sympathisch, manchmal sogar witzig war, sondern auch weil er ein Rittergut besaß, Donata sich auf dem Land wohlfühlte und sich außerdem gern als Schlossherrin und Ehefrau eines adeligen Junkers sah. Gottes Wille schien sich demnach anfangs mit ihren eigenen Neigungen zu decken – und nichts anderes war Donata, geliebte Tochter reicher Eltern, gewohnt: dass Gott ihr mehr oder weniger zu Diensten war –, doch damit hatte sie, so sah sie es selbst in ihren seltenen, aber umso verzweifelteren Momenten der Reue, die Sünde der Hoffart begangen, und das bestrafte der Barmherzige einigermaßen unbarmherzig, nämlich keineswegs nur mit der Erkenntnis, dass sie Heinrich trotz aller Anstrengungen nicht so lieben konnte, wie eine Frau ihren Mann lieben sollte, sondern auch mit dem Tod ihrer einzigen wahren Liebe.

Diese Krise ging vorbei, irgendwie, doch sie hinterließ Narben und Wunden, die nicht verheilten. Der Schmerz hatte sich einmal Zugang zu Donata verschafft und sich auf diese Weise einen Weg gebahnt, den er im Lauf der Zeit mit perfider Effizienz zur breiten Chaussee ausbauen sollte, auf der er immer schneller vorankam, sich immer tiefer in ihr Leben hineingrub, zwar stillschweigend ignoriert, verbannt in Albträume, aber dadurch lediglich veranlasst, sich neue Routen zu erschließen, bis weit in die nächste Generation hinein. So hatte Donata, ein Jahr bevor Rudela auf die Welt gekommen war, eine Fehlgeburt erlitten, von der Rudela nie erfahren sollte; dennoch oder gerade deswegen gab es in ihren Vorstellungen ein halb fertiges Kind, das nicht auf die Welt kommen wollte, und manchmal war sie ganz sicher, dass sie selbst dieses Kind war.

Gerade in solchen Momenten musste sie allein sein, ganz allein, und das war schwer möglich in einem Haus mit dreizehn Dienstboten, vier Geschwistern, fünf Hauslehrern, zwei Eltern und zwei Großeltern, ganz zu schweigen von den Gästen, die in einem steten Strom an- und abreisten und sich in der Zwischenzeit erkundigten, wann der Tee serviert wurde, wo sich der Reitstall befand, ob man ihnen rasch ein Glas Milch besorgen konnte oder Tante Sowieso irgendwo gesehen hatte.

Rudelas zweites Versteck war die Eiche auf der Nordseite des Neuen Schlosses. Sie konnte schon als kleines Kind gut klettern, und so hatte bisher noch kein Mensch bemerkt, wie routiniert sie die Finger in der narbigen Rinde vergrub und sich dann – zack, zack, zack! – mit Händen und Füßen von Ast zu Ast hangelte, um schließlich von der massigen Krone des Baums verschluckt zu werden. Bei schönem Wetter schimmerten einzelne einfallende Sonnenstrahlen wie Goldfäden, wenn es regnete, spürte sie die Nässe wie einen sanften Schleier auf der Haut. Vor einigen Wochen hatte sie es geschafft, ein Brett aus der Schreinerwerkstatt zu stibitzen und zu ihrem Lieblingsplatz zu transportieren, das nun zwischen zwei dicken, sich gabelnden Ästen klemmte und als Sitzgelegenheit, aber auch als Regenschutz für die Bücher darunter diente, die Rudela aus dem Regal in der Bibliothek entwendet hatte.

In einem dieser Bücher – dem Band mit den gereimten Sagen aus Pommern und Westpreußen – las sie, auf ihrer wackligen Behelfsbank an den Stamm gelehnt, als sie aus der Ferne Josephas Stimme hörte, die vergeblich nach ihr rief, etwa zu dem Zeitpunkt, als die letzte der fünf Frühjahrsoffensiven des deutschen Heeres an der Westfront zu Ende ging, mit 52 034 Opfern auf der deutschen und 45 806 auf der alliierten Seite, wovon Rudela nichts wusste, aber schon seit ein paar Monaten fühlte sie, dass Dinge in Bewegung geraten waren.

Wind kam auf und legte sich wieder. Das an- und abschwellende Rauschen der Blätter beruhigte sie normalerweise, aber heute tat es in ihren Ohren weh, machte sie ganz furchtbar nervös, und sie war schon im Begriff, aufzustehen und sich am Stamm hinunterzugleiten zu lassen, als sich zwei der vielen Katzen, die das Gut bevölkerten, mit höllischem Gekreische über den Hof jagten und neben dem Hühnerstall verschwanden, für den Rudela verantwortlich war, seitdem sich herausgestellt hatte, dass sie in Ohnmacht fiel, wenn eine Sau unter entsetzlichem Quieken geschlachtet wurde, und sie sich beim Rühren der Blutsuppe für die Blutwurst regelmäßig übergeben musste (und einmal mitten in den Holzbottich hinein).

Also kümmerte sie sich um die Hühner. Mittlerweile kannte sie jedes einzelne mit Namen und wusste, wo sie ihre Eier gern versteckten. Rudelas Lieblingshenne Adele vertraute ihr so sehr, dass sie manchmal ein Ei direkt in Rudelas Hand legte.

Rudela hörte einen leisen Schrei, dann ein Lachen, laut und unbeherrscht, das nach Helen klang.

»Blödes Vieh! Weg da.« Es *war* Helen.

»Steh doch still! Sie hat sich in deinem Rock verfangen! Warte!«

Das musste Georg sein, seine Stimme war tief, aber nicht wie die eines Mannes, sondern kratzig und jungenhaft.

»Du musst ihre Krallen lösen!«, rief Helen so atemlos, als wäre sie gerannt, wie sie überhaupt oft redete, als hätte sie es furchtbar eilig, dabei kannte Rudela niemanden, der sich so langsam bewegte wie Helen. »Mein Gott, ich hasse diese Katzen.«

»Sei nicht so ungeduldig.«

Gedämpftes Lachen.

Rudela kletterte vom Baum. Mittlerweile dämmerte es, aber das lag nicht an der Tageszeit – in diesen Monaten blieb es bis in die Nacht hell –, sondern an den Wolken, die sich über dem leuchtenden Weizenfeld auftürmten, das sich ein paar Hundert Meter vom Hühnerstall entfernt bis zum Horizont hinzog. Böen peitschten Wellen in das Feld, das aus der Ferne aussah wie eine riesige Bürste, ein paar Regentropfen trafen Rudela ins Gesicht, doch dessen ungeachtet lief sie zum Stall, einem lang gezogenen Gebäude aus ergrautem Holz, hörte das leise Gackern der Hühner, als sie sich an der seitlichen Wand vorbeidrückte, um zu sehen, was dahinter vor sich ging.

Hinter dem Stall, inmitten einer Wiese voller Veilchen, erhob sich eine Blutbuche, ebenfalls ein uralter Baum mit breiter Krone, und darunter standen tatsächlich Helen und Georg, und sie taten etwas so Unglaubliches, dass sich Rudela noch als alte und vollkommen demente Frau an jede Einzelheit erinnern würde: der finstere Himmel, der Sturm, das gelbe Feld mit den Schatten darin, die der Wind grub, und im Vordergrund Georg, der Helens Hände an den glatten Stamm presste, und nicht nur das, sondern auch seinen ganzen schmalen Körper gegen sie drückte und sie küsste – aber eben so, wie man auf keinen Fall zu küssen hatte. Das wusste Rudela, ohne dass es ihr irgendjemand sagen musste; es *gehört* sich einfach nicht, würde Maman bei diesem Anblick mit lauter, schneidender Stimme sagen, und dabei würde sie ihre Augenbrauen zusammenziehen, dass sie nicht mehr glatt geschwungen aussahen, sondern wie zwei sich ringelnde Schlangen.

Doch das Verwirrende war, dass sich Helen *überhaupt* nicht gegen diesen empörenden Übergriff wehrte, sondern ganz und gar *einverstanden* zu sein schien mit dem, was Georg da mit ihr machte. Helens Frisur sah furchtbar unordentlich, ja regelrecht verfilzt aus, und ihr weinrotes Kleid mit dem Musselinrock war so verrutscht, als hätte sie es falsch herum an, aber am schlimmsten fand Rudela, dass die beiden zwar kaum zehn Meter von ihr entfernt waren, doch diese zehn Meter auch zehn Kilometer hätten sein können. Es kam ihr vor, als befänden sich Georg und Helen in einer Glaskugel, wie sie Hexen in Märchen benutzten, nur waren die viel kleiner; diese Glaskugel sah hingegen riesengroß aus und schirmte sie von allem ab, von der ganzen Welt, auch von Rudela – vor allem von Rudela –, und plötzlich war da ein Gefühl, das sie nicht mochte. Es machte sie klein und unwichtig, als gäbe es sie gar nicht, als würde sie nichts bedeuten, und sie drehte sich um und lief weg, um zu petzen.

# 4

Etwa zur selben Zeit empfing Felix Hardt, Donatas Bruder und ein weiterer Akteur des sich anbahnenden Dramas, seine letzte Patientin. Felix hatte einen ansehnlichen Grundstock an Immobilien und Barvermögen geerbt und führte eine gynäkologische Praxis im Berliner Grunewald, die vor allem deshalb sehr gut besucht war, weil er dort Damen der Gesellschaft mit einem elektromechanischen Vibrator der neuesten Generation gegen hysterische und sonstige nervöse Leiden behandelte. Das von ihm eingesetzte Gerät der Firma Lindstrom Smith war in Amerika längst für den Hausgebrauch zugelassen, aber in Kriegsdeutschland besaß es noch kaum jemand, außer eben Felix Hardt, der es selbstverständlich nur für medizinische und psychologische Zwecke einsetzte (nun, nicht ganz: Bei jungen, hübschen Damen legte er auch manchmal selbst Hand an, und Letzteres wiederum bescherte ihm einen Ruf, von dem er hervorragend leben konnte).

Während also Rudela zu Abend aß und aufgeregt hin und her überlegte, wann der richtige Zeitpunkt wäre, Maman über ihre skandalösen Beobachtungen in Kenntnis zu setzen, bat Felix seine Sprechstundenhilfe, der Baronin Steigerwald-Schwetzingen Bescheid zu geben, einer fünfundsechzigjährigen Witwe, deren steifes schwarzes Kleid ihren Körper so eng umschloss wie ein Futteral, weshalb man ihr Schnaufen schon vernahm, ehe sie das Wartezimmer verlassen hatte.

Nachdem sich Felix ihre in lähmender Ausführlichkeit geschilderten Beschwerden angehört hatte, verschrieb er zu ihrer Enttäuschung lediglich ein Baldrianpräparat.

»Das haben Sie mir letztes Mal schon gegeben, Herr Doktor. Es hat gar nicht geholfen.«

»Haben Sie es schon einmal mit leichterer Kleidung probiert? Leichtere Kleidung, verbunden mit ein wenig Bewegung, wirkt oft Wunder, gerade bei Kurzatmigkeit.«

»Nun …«

»Ihre Lunge braucht Raum, verstehen Sie?«

»Raum?«

»Ihr Brustkorb ist zu eingeschnürt. Ihre Lunge hat nicht genug Platz, um sich zu füllen. Das ist nicht gesund.« Er breitete die Arme aus, als wollte er fliegen, und holte tief Luft, wobei sich sein Brustkorb weitete. »Sehen Sie? So muss es sein.«

»Meinen Sie?« Die Witwe sah ihn schwärmerisch an, und Felix ließ lächelnd die Arme sinken.

»Leichtere, lockerere Kleidung und jeden Tag ein einstündiger Spaziergang und Sie werden mich bald nicht mehr brauchen. Das verspreche ich Ihnen.« Er zwinkerte ihr zu, was sie zum Erröten brachte, erhob sich und ging um seinen Schreibtisch herum. »Sie tragen eine wunderhübsche Kette«, sagte er, als er ihr seinen Arm bot, um sie ihrerseits zum Aufstehen zu bewegen. Folgsam legte sie ihre rundliche Hand in seine Armbeuge, Felix führte sie zur Tür und schob sie sanft ins Treppenhaus.

Es dämmerte, als Rudela Donata in ihrem Arbeitszimmer überfiel, wo sie normalerweise nichts zu suchen hatte, und Felix seine Sprechstundenhilfe verabschiedete und seine Praxis schloss. Donatas Augenbrauen zogen sich angesichts Rudelas hektisch hervorgestoßenen Enthüllungen bedrohlich zusammen, sie schnappte nach Luft, während Felix mit dem ruckelnden Lift ins Erdgeschoss fuhr und auf die frisch gesandete Straße trat, wo er den Nautilus geparkt hatte, ein exklusives Automobil der Firma Tribelhorn, von dem es nur ganz wenige Exemplare gab und den er sehr liebte. Er warf seinen Mantel auf den Rücksitz und startete den Wagen.

Nach einer halben Stunde erreichte er den Kurfürstendamm. Während er hinter der quietschenden und bimmelnden Dampfstraßenbahn wartete, bis sie ihre Türen geöffnet und den üblichen Pulk an Menschen herausgequetscht hatte, entdeckte er eine ihm gut bekannte Varieté-Tänzerin, die sich Lydia Gara nannte, doch in Wirklichkeit Hermine Meyerhofer hieß. Sie trug ein rotes Samtkleid, wahrscheinlich das Geschenk eines weiteren Gönners, und obwohl sie dicht neben seinem Wagen herlief, bemerkte sie ihn nicht oder tat zumindest so.

Felix betrachtete ihr Profil mit der kleinen Nase und den etwas zu dunkel geschminkten Augen unter dem Hut aus Seidentaft und überlegte, ob er sie ansprechen sollte, doch bevor er zu einem Entschluss kam, schob sich ein Soldat der Infanterie an Lydia vorbei. Er war sicher nicht älter als siebzehn; sein verdreckter grauer Waffenrock stand offen und hing schief an seinen schmalen Schultern, als gehörte er einem viel kräftigeren Mann. Zu Felix' vagem Bedauern verschwand Lydia mit lässigem Hüftschwung in der Menge, die sich respektvoll vor ihr teilte, während der Soldat, dessen rechter Unterschenkel amputiert war, sich schwankend und ungeschickt auf seinen Krücken abmühte, mehrmals angerempelt wurde und wirkte, als würde er demnächst umfallen und einfach liegen bleiben. Einen Moment lang trafen sich ihre Blicke, und Felix vergaß Lydia sofort. Die Augen des Jungen waren glasig und die Nasenlöcher stark gerötet, ein fusseliger Bartflaum warf unregelmäßige Schatten auf seine Wangen, und die Backenknochen schienen sich durch die mehlweiße Haut zu bohren.

Er ist krank und kurz vor dem Verhungern, dachte Felix, der keineswegs ein perfekter Charakter war, wie man betonen muss; vor dem Kriegsdienst hatte er sich aufgrund einer leichten Asthmasymptomatik und mithilfe der guten Beziehungen seines Vaters erfolgreich gedrückt, er war unstet, triebhaft und als Familienvater in jeder Hinsicht ungeeignet, aber trotz allem ein guter Mensch, ohne je geplant zu haben, einer zu sein, und das sind ja bekanntlich die allerbesten, die, denen die Tore des Himmelreichs ganz weit offen stehen müssten.

Vielleicht, überlegte Felix also, sollte er den Soldaten mit ins Krankenhaus nehmen, nein, auf jeden Fall sollte er das tun, in einem derart schlechten Allgemeinzustand konnte jede Infektion lebensgefährlich werden – Felix nickte ihm also aufmunternd zu und winkte ihn heran, doch der Junge zuckte zusammen, sah angstvoll auf das Automobil, das Macht und Reichtum ausstrahlte, und wandte sich schließlich ab. Felix sprang bei laufendem Motor aus dem Wagen, aber schon war der Soldat in der Masse der Fußgänger, die sich um die Tram drängten, nicht mehr auszumachen, und Felix zögerte ein paar Augenblicke zu lange (man muss das verstehen, der Nautilus war sein kostbarster Besitz!).

In dem überfüllten Obdachlosenasyl, wo der Soldat wenige Tage später auf einer verdreckten Bettstatt sterben sollte, steckte er vierunddreißig Menschen an, darunter drei ehrenamtliche Helfer, die die Seuche in ihre Familien trugen. Hätte Felix schneller reagiert, hätte er einundachtzig Menschen vor der Spanischen Grippe bewahrt und zwölf das Leben gerettet, hätte er ihn jedoch mitgenommen, wäre er selbst erkrankt. Die Inkubationszeit der Spanischen Grippe betrug zwischen vierundzwanzig Stunden und sieben Tagen; Felix' vielfältige gesellschaftliche Kontakte hätten die Zahl der Opfer verdreifacht. *Siehst du, John, so ist das, wenn man Einblick in sämtliche Alternativen hat; es relativiert sich alles aufs Schönste, jede Frage generiert eine Unzahl möglicher Antworten, und zum Schluss bleibt eine umfassende Ratlosigkeit, die vermutlich kein lebender Mensch ertragen könnte, ohne verrückt zu werden.*

Am Eingang des Krankenhauses traf Felix Schwester Hildegard in ihrer schwarz-weißen Nonnentracht. Sie rauchte eine selbst gedrehte Zigarette, die sie von einem Patienten geschnorrt hatte.

»Das ist nicht gesund, was Sie da tun«, sagte Felix und lächelte.

»Gesünder als Opium ist es auf jeden Fall«, sagte Schwester Hildegard und fixierte Felix mit einem Blick, als wüsste sie alles über ihn, und zumindest in diesem Fall traf das auch zu. Ihr Gesicht wirkte klein unter der stramm gezurrten Haube und dem mächtigen Schleier darüber. Sie nahm einen tiefen, gierigen Zug und blies den Rauch in die kühle Abendluft.

Felix setzte sich auf die oberste Stufe und nahm seinen Hut ab. Er fühlte sich bereits erschöpft, dabei lag der anstrengendste Teil des Tages noch vor ihm.

Zwei Stunden später saß er am Bett eines Feldwebels, Heimkehrer von der Ostfront, dem ein Granatsplitter das rechte Auge zerstört hatte. Die leere Augenhöhle war mit dicker, weißer Gaze abgedeckt, und darüber klebte ein sepiafarbenes Pflaster; den Splitter hatten die Chirurgen entfernen können, dabei allerdings festgestellt, dass er nicht nur den Sehnerv getroffen hatte, sondern tiefer ins Gehirn eingedrungen war, bis weit in den präfrontalen Kortex. Der präfrontale Kortex befähigt zu situationsgerechten Reaktionen; er wird aktiv, wenn man ängstlich oder wütend ist, und hilft dabei, Gefühle angemessen zu bewerten und gegebenenfalls zu zügeln; ohne ihn wäre die Menschheit ihren Emotionen ausgeliefert und insofern kaum mehr als eine aggressive Affenhorde.

Nur wusste man das damals nicht.

»Wie geht es Ihnen?«, fragte Felix und lächelte, obwohl ihm vor Müdigkeit fast die Augen zufielen. Er berührte die unverletzte Hand des Soldaten, weil er die Erfahrung gemacht hatte, dass den meisten Patienten von der Front Berührungen guttaten, sie sogar voller Dankbarkeit waren für kleinste Zeichen von Trost und Zuneigung. Aber dieser hier nicht, dieser hier sah Felix stumm und scheinbar teilnahmslos aus seinem verbliebenen Auge an. Sein kurzes, graues Haar stand auf der linken Seite steil nach oben, während es auf der rechten Seite sorgfältig abrasiert worden war, sein Gesicht war zerfurcht wie das eines Sechzigjährigen, obwohl er laut Soldbuch erst achtunddreißig war.

»Wie heißen Sie?«, fragte Felix. Zwar stand neben dem Dienstgrad auch der Name – Christian Schweighöfer – im Soldbuch, aber auf Felix machte er einen verwirrten Eindruck.

»Und Sie?« Die Stimme war heiser und alles andere als freundlich, sie schien tief aus dem Bauch zu kommen, und die Worte wirkten abgehackt, als würde Schweighöfer sie einzeln ausspucken.

»Felix Hardt.«

»Was machen Sie hier?«

»Ich bin Arzt«, sagte Felix. Er nahm die Hand weg, der inquisitorische Tonfall alarmierte ihn.

»Warum sind Sie nicht an der Front? Zu feige?« Das Auge verfolgte jede seiner Bewegungen, die Pupille war trotz der gedämpften Beleuchtung auffallend klein.

»Ich glaube, Sie sollten etwas schlafen«, sagte Felix. Ein paar Meter weiter hörte er einen Soldaten stöhnen und schluchzen. »Morgen geht es Ihnen besser.«

»Feigling. Hübscher Feigling. Ich war auch mal hübsch.« Die Bettdecke hob und senkte sich über Schweighöfers hastigen Atemzügen.

»Das sind Sie immer noch.«

»Ich habe die Mädchen … ich habe die Mädchen …«

»Sie waren bestimmt ein Schwerenöter und sind es noch. Aber jetzt müssen Sie schlafen.«

»Ich kann nicht schlafen! ICH KANN NICHT SCHLAFEN, WENN FEIGLINGE AN MEINEM BETT SITZEN!«

Felix sah sich nach Hilfe um. Die Station war so mit Feldbetten vollgestellt, dass Ärzte und Pflegepersonal kaum durchkamen, dazu gesellte sich ein beständiger Geräuschpegel aus Schnarchen, Jammern, Brabbeln und dumpfen Schreien, der unerträglich gewesen wäre, wenn man Zeit gehabt hätte, sich näher damit zu beschäftigen. Viele der Patienten träumten schlecht oder lagen wach und hatten Angst, ein einziger Mann, der sich nicht in der Gewalt hatte, konnte in diesem mühsam beherrschten Chaos eine Massenpanik verursachen.

Während Felix einer Schwester winkte, die ihm abwesend zunickte, dann aber die Dringlichkeit seines Anliegens erkannte und sich in einer Art Slalom von Bettgestell zu Bettgestell den Weg zu ihm bahnte, spürte er, wie sich die Hand Schweighöfers wie eine Schraubzwinge an seinem Oberarm festkrallte, mit einer Kraft, die einem Schwerverletzten kaum zuzutrauen war; hätte Felix in ihn hineinblicken können, wäre er überwältigt gewesen von dem wüsten Konglomerat aus Erinnerungen. Körper, die nur noch von ihren verschlammten Uniformen zusammengehalten wurden, Blut, das bei Bauchschüssen in Fontänen nach oben spritzte, einzelne herumliegende Beine in verdreckten Knobelbechern, eine Hand, die sich in schwarze Erde zu krallen schien, Gasmasken, die in Panik abgerissen wurden, das Entsetzen in den Gesichtern, wenn das Chlorgas Augen und Lunge verätzte.

Felix ahnte davon nichts, zum Glück für ihn, er überlegte stattdessen, dass manchmal in solchen Fällen eine Ohrfeige half, also genau die Art Schocktherapie, die hier nicht infrage kam.

»Verdammt«, sagte er halblaut und versuchte, die steifen, knochigen Finger einen nach dem andern von seinem Arm zu lösen. Schweighöfer fuhr hoch und stieß einen spitzen Schrei aus, ohne Felix loszulassen. Stattdessen riss er sich mit der linken Hand das Pflaster und die mit Jod getränkte Gaze herunter, und Felix sah die schwarzen Stiche der sorgfältig vernähten Wunde quer über der Augenhöhle, und dann war da plötzlich nur noch Blut, das hellrot über die rechte Gesichtshälfte lief, denn Schweighöfer hatte die Naht mit seinen Fingern durchstoßen und wühlte wie ein Berserker in der Wunde.

Eine verzweifelte Sekunde lang erinnerte er Felix an ein weinendes Kind, das sich die Augen reibt.

Zu fünft konnten sie ihn schließlich überwältigen, die Blutung jedoch ließ sich nicht stillen. Eine halbe Stunde später war Schweighöfer tot.

Am nächsten Morgen erwachte Felix vom schrillen Läuten seines Telefonapparats. Das Klingeln verstummte abrupt, als sein Dienstmädchen abhob. Er hörte sie etwas murmeln, dann ihre sich nähernden Schritte. Sie klopfte, und Felix seufzte.

»Wer ist es?«, rief er.

»Ihre Schwester, Exzellenz. Sie sagt, es kann nicht warten.«

»Sie sagt immer, es kann nicht warten.« Aber er hatte sich bereits seinen Morgenmantel angezogen und öffnete die Tür. Die Wanduhr im Korridor schlug sieben Mal, das Mädchen knickste und senkte den Kopf, als er an ihr vorüberging und den Hörer aus weißem Bakelit in die Hand nahm, den sie neben den Telefonapparat gelegt hatte.

»Donata, meine Teure«, sagte Felix in das atmosphärische Rauschen hinein, bemüht, mit einer erhöhten Dosis Liebenswürdigkeit seine allmorgendliche Missstimmung zu bekämpfen. »Wie schön, dass du mich schon so früh beehrst. Was kann denn nicht warten?«

»Ich bin untröstlich. Habe ich dich geweckt?«

»Es ist nicht der Rede wert.«

»Da warst wieder im Hospital?«

»Ja, bis …« Er brach ab und hielt angesichts seiner Erinnerungen inne. Seine Augen brannten, aber der Gedanke an Schweighöfer hielt ihn davon ab, sie zu reiben.

All das Blut, flüsterte es in ihm. All das sinnlos vergossene Blut, all die Bemühungen der Ärzte, Schweighöfer zu retten, alles umsonst (und vermutlich wäre ihm auch das Wissen kein Trost gewesen, dass ein lebend davongekommener Schweighöfer sehr bald seine Frau und seine sechs Kinder mit einer rostigen Axt getötet und sich anschließend selbst gerichtet hätte).

»Geht es dir gut?«, fragte Donata. Ihre Stimme klang blechern und verzerrt und seine bestimmt kaum anders, trotzdem hörte sie sofort, wenn er sich schlecht fühlte.

»Nun ja. Es ist viel Elend.«

»Du bist tapfer. Ich bin stolz auf dich.«

»Was kann ich für dich tun, Nata?«

Er hörte sie seufzen. So viele Kilometer lagen zwischen ihnen, und doch konnten sie miteinander sprechen, als säßen sie einander gegenüber.

»Nata?«

Sie antwortete nicht gleich. Eine halbe Minute verging, ohne dass einer von ihnen etwas sagte, und Felix lehnte sich an die Wand des Korridors, der mit tiefblauer chinesischer Seide bespannt war. Das Rauschen im Hörer erinnerte ihn an lange Tage und unwirklich helle Nächte an den Stränden der Ostsee, ihm fielen die Augen zu, und er sah blendend weißen Sand, hörte das Zischen des Windes über den geriffelten Wellen und spürte das Salz der Gischt auf der Haut.

»Was hältst du von Helen?«, fragte Donata in sein Ohr.

»Helen?« Er schreckte hoch und gähnte verstohlen, während sein Blick auf dem Gemälde einer halb nackten Frau an der Wand gegenüber ruhte, die der Künstler der Venus von Milo nachempfunden hatte – einer Venus im schwülen Ambiente eines Boudoirs.

»Ja. Wer, glaubst du, ist sie?«

»Was meinst du damit?«

»Oh, Felix. Es ist eine Tragödie.«

Und dann berichtete sie hastig von Rudelas Beobachtungen.

»Was hat das zu bedeuten?«

»Ich weiß es nicht, Nata. Vielleicht gar nichts. Sicher war es nur ein lockeres Getändel unter jungen Menschen.«

Er hörte sie stöhnen und gab vor sich selbst zu, dass er auch nicht wirklich daran glaubte.

»Sie ist jung, Nata«, fügte er hinzu. »Sie wird sich wieder fangen.« Das immerhin klang wahrscheinlicher.

»Meinst du?«

»Ja, ich bin sicher. Du darfst nur nicht ihren Trotz wecken. Wenn du ihren Trotz weckst, ist alles verloren. Sei behutsam. Versprich mir das.«

»Ich bin von Natur aus nicht sonderlich behutsam. Du kennst mich.«

»Erkläre ihr, dass die erste Liebe die wundervollste und dramatischste Erfahrung ist und sie sich glücklich schätzen kann, sie machen zu dürfen.«

»Das ist doch absurd!«

»Du musst sie langsam auf die Unmöglichkeit ihrer Gefühle hinweisen. Mit Vorsicht und Geschick. Verstehst du?«

»Ich glaube, dass ich das nicht kann.«

»Ich weiß, meine Liebe. Aber *ich* glaube, alles hängt jetzt davon ab.«

»Könntest du nicht herkommen? Du bist so viel besser in solchen Dingen. Auf dich würde sie hören, sie würde …«

»So lange wirst du doch sowieso nicht warten wollen, und ich habe zu viele Verpflichtungen.«

»Verpflichtungen? Du meinst Rendezvous!«

»Du wirst es gut machen, Nata. Zeige Entschiedenheit, aber auch Verständnis.«

»Mit Tänzerinnen und anderen Halbweltdamen. Das ist ungesund!«

»Hör auf damit.«

»Du weißt, was ich meine.«

»Ich habe keine Ahnung, liebste Schwester.«

Wieder seufzte sie, es klang hohl. »Ich habe Angst, Felix.«

»Wenn du es richtig anstellst, besteht kein Grund dazu. Helen ist sprunghaft, ihre Gefühle werden sich wieder ändern. Es ist alles eine Frage der Geduld.«

»Ich bin alles andere als geduldig, wie du weißt.«

*Donata starb an meinem fünften Geburtstag im Alter von zweiundneunzig Jahren in einem Holzhaus in Österreich mit Blick auf einen See, umrahmt von alpiner Landschaft. Sie war bis ins hohe Alter eine Königin, und sie beherrschte Rudela und Rudelas Kinder mit eiserner Faust unterm Samthandschuh. Von ihrer Restfamilie wurde sie Düti genannt, eine unpassend liebevolle Verniedlichung ihrer beunruhigenden Präsenz, die dazu führte, dass man sich dazu veranlasst sah, möglichst jeden ihrer Wünsche zu erraten, bevor sie sich tief enttäuscht zeigen würde, weil wieder etwas geschehen war, das nicht den Erwartungen entsprach, die in ihren Augen so selbstverständlich waren, dass man sie nicht extra äußern musste.*

*Für sie mag sprechen, dass sie alles verloren hatte, was sie liebte; einen Ehemann, zwei Söhne, eine Tochter. Was in zwei Fällen wiederum ihre Schuld war, wobei sich aus meiner Perspektive dieser Begriff ja immer weiter relativiert, bis hin zur völligen Bedeutungslosigkeit.*

# 5

Am nächsten Morgen, als Helen in Donatas Arbeitszimmer zitiert wurde, aus dem ihre Stimmen bald laut und zornig drangen, spürten die Dienstboten die schlechten Schwingungen aus der Beletage. Das war hier immer so; was oben passierte, wurde in Lichtgeschwindigkeit nach unten gefunkt (aber niemals umgekehrt). Das Informationsnetz war dicht gespannt; es reichte von den Kammerzofen Mariechen und Klara über Josepha bis zur Köchin Martha, wobei die Diener des Hausherrn, Bernward und Anton, ausgespart wurden, weil sie selten etwas Neues beizutragen hatten. Heute erfuhr Martha, dass sich Helen und die gnädige Frau so laut stritten, dass man noch zwei Zimmer weiter jedes Wort hörte, selbst wenn man gar nicht lauschen wollte. Josepha saß neben Martha am großen Eichenholztisch in der Küche und berichtete aufgeregt, dass es bei diesem Streit um die Liebschaft zwischen Georg und Helen ging.

»Dann haben sie es also bemerkt«, sagte Martha trocken.

»Ist es nicht entsetzlich?«, rief Josepha.

»Es war vorauszusehen.«

»Trotzdem …«

»Wie konnten sie nur? Sie sind Geschwister.«

»Aber doch nicht, ich meine …«

»Sie sind nicht blutsverwandt, aber das ändert nichts.«

»Aber sie lieben sich!«

»Es geht trotzdem nicht, Josepha, das versteht sich doch von selbst, es schickt sich einfach nicht und führt zu einem Skandal, denk darüber nach.«

»Aber …«

»Aber nicht hier, ich muss mich konzentrieren.«

Tatsächlich hätte Martha diese Diskussion gern fortgeführt – es waren immerhin hochinteressante Entwicklungen! –, aber die Verpflichtung, sich mit dem Speiseplan der Woche zu befassen, ließ ihr keine Wahl, als das Gespräch zu vertagen. Der Plan musste spätestens in einer Stunde fertig sein, weil schon seit Tagen vereinbart war, dass sie heute um elf Uhr mit Kutscher Glienke nach Deutsch Krone fahren würde, um die entsprechenden Bestellungen aufzugeben, und es war bereits fünf nach zehn.

»Ach Martha. Ich kann jetzt nicht gehen.« Josepha war Marthas Nichte. Sie stammte wie sie aus dem Dorf Frommberg, und für Josepha war Martha die wichtigste Person im Haus, zugleich Mutter und Schwester und Freundin und der einzige Mensch, bei dem sie sich wohl und geborgen fühlte.

»Fräulein Rudela hat ihre Nase überall«, sagte Josepha mit plötzlich gedämpfter Stimme und sah sich vorsichtig um. Das Küchenmädchen Erna stand mit dem Rücken zu ihnen vor dem Herd und schnitt Gemüse für eine Suppe.

»Sie hat gepetzt!«, insistierte Josepha flüsternd.

Martha fragte nicht, worum genau es ging, sondern studierte mit zusammengekniffenen Augen ihr Haushaltsbuch. Alle Wochentage waren sorgfältig mit blauer Tinte eingetragen, zusätzlich – mit grüner Tinte – die jeweils passenden Menüs, aber es fehlten immer noch Samstag und Sonntag, wo sich neuer Besuch angesagt hatte, und diese beiden Tage waren die allerwichtigsten.

»Manchmal ist sie mir direkt unheimlich«, sagte Josepha in Marthas Überlegungen hinein.

»Wer, mein Kind? Rudela? Das ist doch lächerlich, du solltest dich mal hören!« Martha war neunundvierzig Jahre alt und in letzter Zeit mollig geworden. Sie trug ihr blaues Lieblingskleid mit einer schneeweißen Passe an der Knopfleiste, das neuerdings um Busen und Bauch herum ein wenig spannte; außerdem hatte sie ihren Dutt heute früh so fest eingedreht, dass die Haarnadeln in die Kopfhaut piksten. Beides war auf unterschiedliche Weise unangenehm.

»Fräulein Rudela ist aber kein Kind wie alle anderen. Sie sieht Dinge«, sagte Josepha. Ihre Stimme klang, als würde sie gleich weinen, und da diese Gefahr immer bestand, legte Martha nun doch den Füllfederhalter weg, schloss das Tintenfässchen und strich Josepha über die hagere Wange. Josepha, wusste sie, gehörte zu den Menschen, die zu weich für das Leben waren; sie machte ihre Arbeit gewissenhaft und ordentlich und liebevoll, aber sie nahm sich alles schrecklich zu Herzen. Zum Beispiel Wilhelm, den Tölpel, der eigentlich in eine Anstalt gehörte und manchmal stundenlang tobte und heulte, ohne sich zu beruhigen, oder Rudela, die auf ihre Art fast noch absonderlicher war, ein kleiner Hans Guck-in-die-Luft, die wunderbar Geige spielte, doch für sonst nichts zu gebrauchen war, manchmal aus dem Nichts auftauchte und wieder verschwand, als wäre sie nicht ganz von dieser Welt: Das bedeutete viel Arbeit, aber es war kein Grund, sich Gedanken zu machen.

»Fräulein Rudela ist erst dreizehn«, sagte Martha. »Sie braucht manchmal eine harte Hand, sonst verschwindet sie im Traumland.«

»Im Traumland. Ja, dort ist sie oft.«

»Hast du nichts zu tun, Josepha, mein Liebchen?«

»Ich kann Rudela nicht finden, und Wilhelm schläft. Ich weiß nicht, was ich tun soll.«

»Er schläft? Jetzt?«

»Er schläft doch oft mitten am Tag. Wenn er schläft, schreit er wenigstens nicht.«

»Aber er ist angezogen, wie es sich ziemt?«

»Ja!«

»Dann beruhige dich und gib acht auf Wilhelm, falls er wieder aufwacht, oder suche Rudela. Ich habe keine Zeit für dich.«

Josepha stand gehorsam auf und strich mit den Händen ihr Kleid glatt. Martha sah ihr dabei zu, registrierte die linkischen Bewegungen und das unglückliche Gesicht mit dem vorspringenden Kinn und der hohen Stirn, und erkannte wieder einmal, dass Josepha eine junge Frau ohne Fehl und Tadel war, was nicht verhinderte, dass sie einem gelegentlich auf die Nerven ging.

»Geh nun nach oben«, sagte sie viel sanfter, als ihr zumute war, und zu ihrer Erleichterung drehte sich Josepha um und verließ die Küche, wobei sie an der engen, niedrigen Holztür ausgerechnet mit Klara zusammenstieß.

»Du dumme Trine«, sagte Klara, aber doch wenigstens so leise, dass Josepha, die zarteste Seele in einem ungeschlachten Körper, es nicht gehört hatte.

»Ihre Exzellenz wünscht einen Tee«, sagte Klara zu Martha in dem affektierten Tonfall, den sie sich angeeignet hatte, seitdem sie Kammerjungfer und nur noch für die Belange der gnädigen Frau zuständig war. »Sofort«, fügte sie hinzu, als Martha nicht aufsah.

»Erna«, sagte Martha. »Machst du bitte einen Tee für ihre Exzellenz und gibst ihn Klara mit?«

»Mir wäre lieber, Sie würden das tun«, sagte Klara.

»Das weiß ich, Klara. Ich habe aber keine Zeit, und Erna weiß, wie Ihre Exzellenz den Tee gern hat, nicht wahr, Erna?«

»Earl Grey, fünf Minuten im Samowar ziehen lassen, fünf Minuten abkühlen lassen, Sahne im Kännchen, vier Stück Kandiszucker«, sagte Erna. Sie stand mit verschränkten Armen an den Herd gelehnt, ein schlankes, rankes Mädchen mit schöner Haut und zwei dicken, blonden Zöpfen, von dem Martha aufgrund einiger Indizien annahm, dass es sich mit dem Kriegsgefangenen Jurij eingelassen hatte – dafür sprach zum Beispiel, dass sie sich für das Helen-Georg-Drama gar nicht zu interessieren schien, was auf ein schlechtes Gewissen schließen ließ. Aber solange es niemand sonst bemerkte, würde Martha es auf sich beruhen lassen gemäß ihrer Devise, dass Schweigen dem Lauf der Dinge ermöglichte, ein natürliches Ende zu nehmen, statt sich zur Katastrophe auszuwachsen, was in diesem Fall hieß, das Jurij irgendwann in seine Heimat zurückkehren und sich die Sache damit von selbst erledigt haben würde.

Sofern Erna sich nicht vergaß. Was das betraf, blieb nur die Hoffnung, dass sie so klug war, wie Martha sie einschätzte.

»So ist es«, sagte sie. »Sehr schön, Erna.«

»Es wäre mir wirklich lieber …«, begann Klara.

»Es geht nun aber leider nicht«, unterbrach sie Martha, und Klaras ärgerliches Gesicht über diese Abfuhr war ihr eine solche Wohltat, dass sie sich in für ihre Verhältnisse geradezu ausgelassener Stimmung befand, als sie pünktlich um elf zu Kutscher Glienke auf den Bock stieg und es sich dort bequem machte, während der alte Mann schnalzend die beiden Apfelschimmel über den knirschenden Kies auf die Kastanienallee Richtung Westen trieb.

# 6

Währenddessen saßen sich Helen und Donata in Donatas dunkel getäfeltem Arbeitszimmer gegenüber, nicht wie Mutter und Tochter, sondern wie Feindinnen, was nicht überraschend war, weil sich diese zwei Frauen nur aus der Entfernung lieben konnten; kamen sie sich zu nahe, war es, als würden sie in einen Zerrspiegel blicken, der ihnen nur ihre abstoßendsten Eigenschaften zeigte. Stolz, Härte, Trotz und eine dunkle Sinnlichkeit bündelten sich dann zum unheilvollen Quartett, das jede Verständigung sabotierte, weshalb das geplante klärende Gespräch auch diesmal schon nach den ersten Worten in einen unversöhnlichen Schlagabtausch mündete. Was zu allem Möglichen führte, vor allem aber dazu, dass Helen nicht am nächsten Abend den Ball besuchen würde, auf den sie schon seit Monaten eingeladen war und wo sie sich unsterblich in einen lasterhaften Baron verliebt hätte, mit dem sie todunglücklich geworden wäre, aber immerhin ein glanzvolles Leben in besten Verhältnissen geführt hätte.

Stattdessen sagte sie: »Ich liebe Georg, und dabei bleibt es«, woraufhin ihre Mutter erwiderte: »Ich bin vollkommen entsetzt von euch beiden.« Und diese beiden Kernaussagen, um die die Diskussion seit nunmehr einer guten Stunde kreiste, heizten die Atmosphäre auf wie Brandbeschleuniger; Trotz und Wut breiteten sich wie Gift in ihren Adern aus, ohne dass sich in der Sache etwas von der Stelle bewegte, und schließlich begann Helen zu weinen, aber nicht aus Kummer, sondern aus Zorn, und Donata sah aus dem Fenster, das eine wunderbare Aussicht auf den besonnten Park bot, auf den sie so stolz war und dessen Anblick sie normalerweise beruhigte, ihr aber diesmal Furcht einjagte.

Das Gelände senkte sich, von Blumenrabatten übersät, die Donata – vom Rittersporn bis zu den rosa-weißen Heckenrosen – alle selbst gestaltet hatte, stufenförmig in den Wiesengrund des Urstromtals hinab, das sich weit in das Land hinein erstreckte und sich in der Ferne im Dunst verlor. Das alles gehörte ihnen, nur ihnen, sofern Gott ihnen gnädig blieb, und dieses Bewusstsein verlieh Donata Kraft, wenn sie in stillen Stunden den Mut verlor, nicht nur wegen eines Krieges, der nicht mehr zu gewinnen war, sondern auch wegen eines unbestimmten, aber dennoch seltsam konkreten Vorgefühls, dass ihr eine Tragödie bevorstand.

Ahnungen spielten in der Familie eine Rolle, nicht nur auf der Dahlwitz-, auch auf der Hardt-Seite; einige hatten das zweite Gesicht und andere Fähigkeiten, über die selten gesprochen wurde, weil sie unheimlich waren und möglicherweise nicht gottgefällig. Auch Donata hasste ihre übersinnlichen Gaben, nicht nur, weil sie unzuverlässig waren, vor allem, weil sie Überzeugungen durcheinanderbrachten, ohne Auswege aufzuzeigen. Als Kind hatte sie mit Felix im Wohnzimmerschrank ihrer Eltern ein Ouija-Spiel entdeckt, und während sich Felix über die Geister amüsierte, die das glatte Ebenholz-Plättchen mit beängstigender Geschwindigkeit über das Spielbrett hin- und herflitzen ließen, ärgerte sich Donata, die protestantische Pragmatikerin, über deren Verrücktheit und Nutzlosigkeit.

War Helens Unbotmäßigkeit ein erstes Zeichen, dass sie für immer fortgehen würde? Diese Frage verbot sich Donata, denn allein die Vorstellung brachte sie so auf, dass sie Helen am liebsten mit dem Rohrstock verprügelt hätte, obwohl sie sich in Absprache mit Heinrich und Felix vorgenommen hatte, nicht dramatisch zu werden.

»Georg ist dein Bruder«, sagte sie, auch das zum wiederholten Mal, weil es ihr so klar und unwiderlegbar erschien. »Ihr seid Geschwister, ihr liebt euch als Geschwister. Alles andere ist nicht nur unmöglich, sondern auch unstatthaft, und du weißt das.«

»Das weiß ich nicht.«

»Ich spreche mit der Frau, derjenigen, die dazu ausersehen ist, Vernunft zu zeigen.«

»Georg ist nicht mein leiblicher Bruder, also …«

»Vor Gott und dem Gesetz ist er dein Bruder, und daran kannst du nichts ändern.«

»Ich liebe ihn, und er liebt mich. Daran kannst *du* nichts ändern.«

»Wann?«

»Wann?«

»Wann ist es passiert? Wie ist es passiert?«

Helen sah sie an, strahlend aus verweinten Augen, und in diesem Moment wusste Donata, dass es tatsächlich Helen war, die sie als Erstes verlieren würde.

»Das geht dich nichts an«, sagte Helen, immer noch mit diesem impertinenten Lächeln, worauf ihre Mutter aufsprang und sie zweimal hintereinander ins Gesicht schlug. Sie keuchte vor Wut, während sich Helen ihre Wangen hielt, aber keinen Millimeter zurückwich. »Wir haben Krieg!«, schrie sie mit überschnappender Stimme auf den gesenkten Kopf ihrer Tochter mit dem hochgetürmten braunen Haar. »Wir kämpfen um unsere Existenz, um unsere Familie, unseren Besitz und unser Vaterland! Wer bist du, dass du alles in Gefahr bringen willst?«

»Liebe bringt niemanden in Gefahr. Und dieser Krieg ist sowieso verloren.«

»Wann?«, fragte Donata noch einmal. »Wann ist es passiert?«

Helen hob den Kopf und sah sie triumphierend an. »Während der zweiten Frühjahrsoffensive.«

»Bitte?«

»Wie passend, nicht wahr?«

Die erste Frühjahrsoffensive, Operation Michael, startete am 21. März 1918 zwischen Bapaume und Saint-Simon, ließ sich ermutigend mit einem umfassenden Durchbruch an der britischen Front an, doch erlahmte bereits sechs Tage später. Am 6. April wurde Operation Michael nach der fehlgeschlagenen Eroberung von Amiens beendet. Es gab 239 801 Tote auf deutscher Seite und 254 732 Tote aufseiten der Entente. Die zweite Frühjahrsoffensive, Operation Georgette mit dem Ziel des Vormarsches auf den Ärmelkanal, fand vom 9. bis 29. April statt und scheiterte ebenfalls mit 109 300 Toten auf deutscher und 101 333 Toten auf Entente-Seite.

Am 26. April fielen blasse Sonnenstrahlen auf die zahllosen Leichen in blauen und grauen Uniformen am flandrischen Kemmelberg, und zur selben Zeit ritten Helen und Georg durch den Kiefernwald, mehrere Kilometer weit vom Schloss entfernt, und zügelten ihre Pferde, als sie auf eine Lichtung trafen, die warm, sonnig und einladend genug aussah, um ein paar Minuten zu rasten.

Eine halbe Stunde später lagen sie immer noch im hohen Gras und schauten in den Himmel, der so verwaschen blau war wie die Kattunbluse, die Helen an diesem Tag trug, und später würde sie denken, dass es genau jetzt passiert war, in der Sekunde, in der Georg sich ihr zuwandte und sie das erste Mal sah, dass seine Augen nicht grau waren, wie sie immer gedacht hatte, sondern von einem moosigen Grün und direkt um die Pupille einen ockerfarbenen Ring hatten.

Dabei war es in Wirklichkeit so, dass Georg sie bereits wollte, als sie noch gar nicht auf diese Weise an ihn gedacht hatte, weil es undenkbar war, sich in den eigenen Bruder zu verlieben, selbst wenn es nicht ihr leiblicher war. Georg war ein Findelkind, ein kaum drei Monate altes Baby, das ihre Eltern eines Morgens auf der Türschwelle gefunden hatten, vielleicht der Sohn von durchreisenden Handwerkern, vielleicht von nomadisierenden Zigeunern, aber von wem auch immer Georg abstammte, die Herkunft war schon lange nicht mehr wichtig, denn Heinrich von Dahlwitz hatte das hilflose Baby nicht in ein Heim gegeben und auch nicht von einer Bauernfamilie in Frommberg aufziehen lassen, sondern es als sein eigenes Kind angenommen, es evangelisch taufen lassen, und dafür musste Georg sein Leben lang dankbar sein, und das wusste er und das wollte er. Er trug jetzt den Namen der von Dahlwitz, mit allen Rechten und Verpflichtungen, und er wollte sich dem würdig erweisen mit der ganzen Kraft und Begeisterung seiner bald siebzehn Jahre, nur leider war dann etwas passiert, mit dem er nicht gerechnet hatte, ein Walzer auf dem Ball im Offizierskasino bei Deutsch Krone, ein Blick, den Helen ihm aus halb geschlossenen Augen zuwarf und der ihn ins Herz traf, dazu die Art, wie sie den Kopf zurückwarf, wenn sie lachte, ihr weicher, straffer Körper in seinen Armen und schließlich die Erkenntnis, dass sie von allen Mädchen die Schönste war.

Er hatte dann noch mit vielen anderen getanzt, verstört über die Wucht seiner Gefühle, aber keine kam auch nur im Entferntesten an sie heran, im Gegenteil, im Vergleich zur fließenden Anmut Helens war jede andere ein uncharmanter Trampel. Und sobald ihm das klar geworden war – dass sie und er auf ewig zusammengehörten –, war es in ihm ganz still geworden, hatte sich seine ständige Unruhe, das Gefühl, nie am richtigen Ort zu sein, gelegt. Er hatte sich anschließend innerlich zurückgelehnt, so jedenfalls fühlte es sich an: Er, der Ungeduldige, konnte plötzlich ganz geduldig warten, bis Helen selbst darauf kam, dass sie ein Paar werden mussten, weil Gott oder das Schicksal oder beide es so und nicht anders für sie geplant hatten.

An jenem 26. April sah Helen in seine Augen – grün, nicht grau und mit einem ockerfarbenen Ring um die Pupille –, und dann war es so, als würde etwas sie zu ihm hinziehen, etwas sie zwingen, die Hand auf seine Wange zu legen, und als sie es dann tat, schien es, als würde diese Hand dahingehören, und als er seine Hand auf ihre legte – sie war braungebrannt, seine Fingernägel waren ganz hell –, befanden sie sich plötzlich woanders, in einer fremden Galaxie, wo sämtliche Gesetze, die auf der Erde galten, außer Kraft gesetzt waren.

Es war nicht mehr wichtig, was jemand denken könnte, der sie hier so sah, einander gegenüberliegend auf dem noch feuchten Boden, auf dem Gras, das die Aprilsonne nur oberflächlich wärmen konnte.

»Ich möchte dich küssen«, sagte Georg, und nur vierundzwanzig Stunden früher wäre Helen über seinen leicht pathetischen Unterton vielleicht noch in Gelächter ausgebrochen, aber jetzt hörte es sich ganz selbstverständlich und normal an – nein, nicht normal: magisch wie in einem Zauberland –, und trotzdem war sie aufgeregt, denn sie hatte noch nie jemanden geküsst. Auf viele Menschen wirkte sie älter als ihre fünfzehn Jahre, weil ihr Auftreten so sicher und gewandt war, geübt im Flirten und gar nicht mehr kindlich, aber in solchen Dingen war sie unerfahren, und jetzt …

»Darf ich dich küssen?«, fragte Georg. Sein Gesicht war jetzt so nah an ihrem, dass sie seine Züge nicht mehr richtig auseinanderhalten konnte, und sie wich ein paar Zentimeter zurück, aber ohne ihre Hand wegzuziehen. Hinter ihnen schnaubten die Pferde, die sie locker an zwei Bäume angeleint hatten, fiel ein Tannenzapfen auf den weichen Waldboden, zwitscherten hektisch junge Amseln in einem Nest über ihren Köpfen.

Es vergingen ein paar Sekunden, in denen sie sich einfach nur ansahen, und dann sagte Helen Ja, und dann begaben sie sich gemeinsam auf eine Reise, von der sie nicht mehr zurückkehren würden.

# 7

Zwei Monate später saßen Helen und Donata einander gegenüber, ratlos und aufgebracht die eine, bockig und überzeugt die andere. Es gab keine Worte mehr, es war alles gesagt, aber absolut nichts geklärt, und schließlich stand Donata auf und befand, dass es nun genug sei. Mit vor Zorn gepresster Stimme sagte sie: »Dein Vater wird heute Abend mit dir sprechen.«

»Vater wird daran nichts ändern«, sagte Helen, während Gisela, das Zimmermädchen, im Nebenzimmer Staub wischte, und zwar so leise wie möglich, damit ihr ja kein Wort entging. »Und ich verstehe nicht, warum Georg und ich nicht gemeinsam mit euch beiden sprechen können, um unsere Pläne zu erklären.«

»Pläne? Mein Gott, Helen, es gibt keine Pläne.«

»O Maman! Du tust so, als wollten wir gemeinsam durchbrennen, und nichts liegt uns ferner. Wir wollen …«

»Du wirst heute Abend mit Vater sprechen, allein, und anschließend wird Vater mit Georg sprechen, ebenfalls allein, von Sohn zu Vater, von Mann zu Mann. Hast du mich verstanden?«

»Ja«, sagte Helen leise und scheinbar folgsam, aber Donata spürte trotzdem ihren Widerstand wie eine Wand – sie hatte nichts, gar nichts erreicht –, und dann stand auch Helen auf, verweint und trotz der Ohrfeigen, die rote Flecken hinterlassen hatten, so außergewöhnlich schön, wie es Donata immer noch war, ein Geschenk und eine Hypothek, ein Talent und eine Verpflichtung, aber wie brachte man das einem jungen Mädchen bei, das gerade erst seine Macht erprobte und damit Kräfte entfesselte, deren Potenzial es nicht abschätzen konnte?

Eine Stunde später betete Donata in dem schmalen Fachwerkkirchlein, das zum Anwesen der von Dahlwitz gehörte. Sie saß allein in dem kalten, hohen Raum und sprach mit bebenden Lippen zu Christus, der das Kreuz auf sich genommen, sein Leben gegeben, dieses ungeheure Opfer gebracht hatte für eine undankbare, dumme, ungehorsame, gewaltbereite und kriegslüsterne Menschheit, die das Ritual liebte, aber die Friedensbotschaft nicht begreifen wollte. Große, wichtige Themen der Menschheit, die sie normalerweise beschäftigten, wenn sie sich Ihm anvertraute, und die nun verblassten angesichts ihrer panischen Angst, Helen und Georg zu verlieren. Sie kniete sich auf das hölzerne Bänkchen, spürte den willkommenen Schmerz in ihren Schienbeinen – *tue Buße!* – und legte den Kopf auf die gefalteten Hände.

*Nimm sie mir nicht.*

*Bestrafe meine Schuld mit aller Härte, aber nimm sie mir nicht.*

Sie hob den Kopf und sah auf das Kreuz über dem zierlichen Holzaltar, und sie verstand die Aufforderung, ihre eigenen Probleme als das zu sehen, was sie waren: winzig, vollkommen unwichtig angesichts der Allgegenwärtigkeit des Leidens. Dennoch fühlte sie sich nach dieser einsamen Andacht etwas besser, ja fast getröstet, und dann fiel ihr tatsächlich etwas ein, ein Ausweg, eine Möglichkeit, eine Chance … Sie lächelte und stand auf. Ihr Kleid raschelte, als sie fast im Laufschritt die Kirche verließ, und schon auf dem Rückweg ins Schloss entwickelte sie einen Plan. Sie hob den Kopf und schritt schneller aus; ihre Schritte klapperten energisch auf dem Kopfsteinpflaster.

Es gab viel vorzubereiten, und sie hatte wenig Zeit.

Sie traf Heinrich in seinem Ankleidezimmer, glücklicherweise allein. Nur Cora lag auf ihrer Hundedecke neben dem Schrank, den Kopf auf die Pfoten geschmiegt und mit einem Gesichtsausdruck – man könnte meinen, sie runzelt die Stirn, dachte Donata irritiert –, als wüsste sie genau, dass etwas ganz und gar nicht stimmte.

»Hast du schon mit Helen und Georg gesprochen?«, fragte sie Heinrich. Er sah sie erstaunt an und schüttelte den Kopf. »Das wollte ich nach dem Abendessen tun, wie wir es vereinbart hatten.« Heinrichs sandfarbenes, schon recht schütteres Haar war sorgfältig über den Oberkopf gekämmt, sein dichter Schnurrbart konnte nicht darüber hinwegtäuschen, dass die Wangen etwas zu üppig waren, und sein Hemdkragen …

»Dein Hemdkragen ist fleckig.«

»Mein Hemdkragen?«

»Anton muss ihn wechseln. Da ist etwas drauf … vielleicht Eigelb …«

»Anton kommt in ein paar Minuten, um mich umzukleiden. Was ist passiert?«

»Es ist …«

»Nata …«

»Ich habe eine Idee.«

»Beruhige dich, es wird alles gut.«

»Ich bin ruhig.«

»Nein, du bist aufgebracht, aber du musst dir keine Sorgen machen. Ich werde das mit Georg regeln, von Mann zu Mann. Wir gehen auf die Jagd, auf dem Heimweg lässt es sich gut reden. Er wird uns verstehen.«

»Nein.«

»Nein?«

»Er wird uns nicht verstehen. Er ist verliebt, er versteht gar nichts, genauso wenig wie Helen. Sie sind beide nicht bei Sinnen, man kann mit ihnen nicht verhandeln. Wir müssen ganz anders vorgehen. Sprich nicht mit den beiden, jedenfalls nicht heute und auch nicht morgen. Ich habe einen besseren Vorschlag.« Und Donata bohrte den Blick ihrer braunen Augen in Heinrichs hellblaue mit dieser für sie typischen Eindringlichkeit, der Heinrich in der Regel nichts entgegenzusetzen hatte. »Beruhige dich«, sagte er wieder, und tatsächlich entspannte sich Donata.

»Ich habe eine Idee«, wiederholte sie.

»Ich höre. Bitte setz dich doch.«

Zur selben Zeit trafen sich Georg und Helen in der Scheune ein paar Hundert Meter vom Hauptgebäude entfernt, und Helen berichtete von der desaströsen Unterredung mit Maman.

»Sie versteht nichts! Nichts!«

»Das ist normal, sie ist alt.«

Dann weinte sie, und Georg küsste sie, küsste ihre warmen Tränen, schließlich ihre Lippen, die nach Kummer und Leidenschaft schmeckten, und hörte damit auf, bevor sie sich wieder in diesem Nebel verloren, der sie willenlos machte.

Sie mussten reden. Alles stand auf dem Spiel.

»Ich werde mit Papa sprechen. Ich kann ihn überzeugen«, sagte er, aber seine Stimme verlor sich in dem weiten Raum, winzige Heufasern kratzten in seinem Hals, und er spürte, wie sein Mut in sich zusammenfiel, er plötzlich nur noch Schwierigkeiten und Probleme sah und sich schließlich der alte Feind Melancholie auf seine Seele senkte, sie wie ein Krake in den Würgegriff nahm, alle Kraft aus ihr heraussaugte. Staubkörnchen tanzten durch das streifig hereinfallende Restlicht, es duftete nach Holz und Gras, aber auch ein bisschen modrig, und die Luft fühlte sich sehr trocken an, fast stickig. Helen löste sich aus seinen Armen, sie spürte, wie ihm zumute war, und wusste, dass es jetzt an ihr war, ihm ihre unumstößliche Überzeugung zu vermitteln, dass das, was sie taten, richtig und gottgefällig war, und sollte es das nicht sein, dann war dieser Gott nicht ihr Gott.

»Alles wird gut«, sagte sie und hielt ihn an den Schultern fest, die drohten herabzusinken, was sie auf keinen Fall dulden konnte. Sie schwiegen ein paar Sekunden lang.

»Ich kann nicht ohne dich sein«, sagte Georg schließlich.

»Und ich nicht ohne dich«, erwiderte Helen. Dieser Wortwechsel war ein Code zwischen ihnen; manchmal steckten sie einander Zettelchen zu, auf denen genau das stand: *Nicht ohne dich,* aber diesmal war es anders, diesmal war es ein Versprechen, etwas, das Bestand hatte – haben musste! –, und einen Moment lang bekam Helen Angst, sie ahnte, dass sie sich festgelegt hatte, und so war es ja auch. Sie würde morgen nicht auf den Ball gehen, sie würde aus Trotz zu Hause bleiben, weil Georg nicht ebenfalls eingeladen war; die Baron-Option verpuffte, zurück blieb ein leises Bedauern, eine flüchtige Ahnung von allem, was nicht passieren würde, nicht passieren konnte. Georg spürte Helens Busen an seiner Hemdbrust, roch den leichten Duft ihres Haarpuders, und eine tiefe, schmerzvolle Zufriedenheit mit dem, was jetzt war, umfing ihn wie eine Umarmung, der Krake löste seine Fangarme, und er schloss die Augen wie ein Kind, das versucht, die Zeit anzuhalten.

»Ich weiß, was wir tun müssen«, sagte Helen währenddessen in sein Ohr.

*Ich reise durch die Äonen, in Lichtgeschwindigkeit, schwerelos wie ein Elektron. Weißt du noch, wie wir uns trafen, erinnerst du dich an unsere endlosen Gespräche, wie wir mit vielen Worten gemeinsam die Welt retteten?*

*Erinnerst du dich an unsere unmögliche Liebe?*

*Jetzt habe ich die Antworten auf alle unsere Fragen, also öffne dich! Du bist mein letzter Anker, ohne dich würde mich das endlos schwarze Nichts verschlucken, und ich wäre nur noch ein seelenloser Teil der Höheren Macht.*

*Denk an mich. Gib mir Kraft.*

# 8

Das Schloss Frommberg war eigentlich kein Schloss, eher ein gut ausgestatteter Herrensitz. Nicht riesig und pompös, aber bezaubernd und einladend mit seiner weiß getünchten Fassade, von der sich die elegant geschwungenen Faschen um die Fensterrahmen in zartem Grau absetzten. In der Dämmerung schien das Hauptgebäude sämtliche Farben der untergegangenen Sonne noch ein letztes Mal in sich zu bündeln, und an einem dieser Sommerabende fand jener Ball statt, den Donata in der kleinen Fachwerkkirche neben dem Anwesen geplant hatte, um Gott dazu zu bewegen, ihr die Strafe für jene Sünden zu erlassen, die lange zurücklagen, aber ihre Schatten weit vorausgeworfen hatten.

Es hat sicher schon viele Feste gegeben, die in Wirklichkeit Gebete waren, und dieses war eins davon, ein teures Reuebekenntnis, ein Opfer an die Höhere Macht, ein finanziell äußerst schmerzhafter Akt der Buße. Schließlich hatte der Krieg längst seinen Tribut gefordert, so viele Gutsbesitzer hatten bereits aufgeben müssen, und der dahlwitzsche Besitz existierte ohnehin nur noch, weil Donata den Löwenanteil ihrer millionenschweren und seit Jahren stetig schmelzenden Mitgift darauf verwendete, den Betrieb samt Wald und Weideland mit zwanzig Kühen, achtundzwanzig Mastschweinen, sechsunddreißig Hühnern und zwei Hähnen am Laufen zu halten. Dennoch wurde bei der Veranstaltung an nichts gespart, sämtliche verfügbaren Mittel wurden in die Waagschale geworfen, um zwei junge, leichtsinnig verliebte Menschen davon zu überzeugen, dass es genauso attraktive, aber viel geeignetere Kandidaten gab, denen sie ihr Herz schenken konnten. Denn ihr Gott wollte es so, Seine Eingebung in der Kirche hatte Donata eine zweite Chance gegeben, alles in Ordnung zu bringen, so jedenfalls sah sie es, das hoffte und daran glaubte sie ganz fest.

Es waren einhundertzweiundzwanzig Gäste aus den besten Familien West- und Ostpreußens und der Mark Brandenburg erschienen, darunter angesichts des Krieges erstaunlich viele potenziell heiratswillige Männer, die meisten junge Offiziersanwärter auf Heimaturlaub. Die Flügeltüren vom Gartensaal zum Park waren weit geöffnet, auf der Terrasse gab es Champagner und Kanapees, und ein kleines Orchester spielte zur Einstimmung Wiener Walzer. Danach ging es zum Diner an langen Tischen, wo Schildkrötensuppe à la Lady Curzon, Wildbret an dunkler Weinsoße und als Krönung eine *Crème caramel au chocolat* serviert wurde, das Meisterstück des eigens aus Berlin angereisten französischen Kochs. Doch der Höhepunkt des Abends sollte eine Jazzband sein, die erste deutsche Jazzband überhaupt, die sich erst in diesem letzten Kriegsjahr gegründet hatte und die Felix aufgetan hatte. Sie nannte sich *Piccadilly Four* und bestand aus vier jungen Männern an Klavier, Violine, Banjo und Schlagzeug, und ihre Musik war in den Ohren der Anwesenden eigentlich gar keine, sondern eine exotisch-befremdliche Komposition aus schrillen Tonfolgen, die sich einem rasend akkuraten Rhythmus unterordneten. Das Banjo quengelte und ratterte, dass einem die Knochen durchgeschüttelt wurden wie nach einem Ritt über Stock und Stein, der Geiger fiedelte gewagte Synkopen, der Klavierspieler malträtierte wie ein Berserker die Tasten, aber die wahre Sensation war der vierte Mann, der sich ein spektakuläres Instrumentarium aus Kuhglocken, Xylofon, Fußpauke, Tamburin, Becken und Trommel zusammengebastelt hatte – »der macht ja einen Lärm wie ein Regiment«, rief ein Gast und zeigte seiner Tischdame, was man auf diese faszinierend-schreckliche Nichtmusik tanzte, nämlich etwas, das sich Foxtrott nannte, und ganz allmählich füllte sich die Tanzfläche, denn es stellte sich heraus, dass noch ein paar mehr Männer und Frauen diese neuen Schritte beherrschten, und der Rest eignete sie sich im Nu an.

Die Stimmung jedenfalls brodelte, Donata eilte wie eine Zeremonienmeisterin durch die Räume, schlichtete Eifersüchteleien der jungen Männer, indem sie sie mit sanftem Zwang dazu brachte, sie zum Tanz aufzufordern, obwohl sie diesen Lärm, der sich Jazz nannte, einfach entsetzlich fand. Und dabei schaffte sie es, Helen wenigstens den größten Teil des Abends nicht aus den Augen zu verlieren, und stellte irgendwann zu ihrer Erleichterung fest, dass sie ein paar Tänze mit ihrem Bruder Jürgen absolvierte und sich anschließend mit Justus ins Gespräch vertiefte, einem entfernten Vetter aus der Roten Linie der von Dahlwitz, mit dem Helen zuletzt als Kind gespielt hatte – in Donatas Augen nicht gerade eine erstklassige Alternative zu Georg, aber wenigstens keine absolute Katastrophe.

Georg tanzte währenddessen wild und ausgelassen mit einem hübschen, blonden Mädchen, der kleinen Gräfin Brockdorf aus einem der Güter der Nachbarschaft. Kokett, höflich, munter, nicht sonderlich klug, aber von zartem Liebreiz.

Donata atmete auf (zu Unrecht natürlich, aber man gönne ihr diesen kurzen Moment der Erleichterung).

Helen trug ein Kleid aus cremefarbenem Samt, das im Brustbereich mit französischer Spitze verziert war und dessen Schnitt an eine Tunika erinnerte. Seitlich war es mit Zierelementen aus Halbedelsteinen bestickt, und hinten gab es eine mit Tüll gefütterte Schleppe. Sie war unbestritten die Schönste des Balls, die jungen Männer standen Schlange, um sie aufzufordern, aber sie unterhielt sich fast nur mit Justus, dem ein Granatsplitter den rechten Fuß durchbohrt hatte und der wegen dieser Verletzung nicht tanzen konnte.

# 9

Justus war zu diesem Zeitpunkt einundzwanzig, ein fröhlicher junger Mann mit dichtem Haarschopf und breitem, großzügigem Lächeln, das in einem seltsamen Gegensatz zu seinem scheuen Blick stand.

Helen und er diskutierten über den Krieg, mitten im Trubel der Tanzenden. Sie steckten die Köpfe zusammen, wirkten vertraut, aber das mochte auch daran liegen, dass sie sich schon so lange kannten, aber ewig nicht gesehen hatten.

»Der Krieg«, sagte Helen. »Wie ist es, dort zu sein?«

Justus zögerte; der Krieg war nichts, was man einer jungen, einigermaßen verwöhnten Frau zumutete. Er suchte nach einer Antwort, die zugleich nichtssagend und angemessen patriotisch war, aber die Intensität ihres Blickes verriet ihm, dass sie sich damit nicht zufriedengeben würde, dass sie es wirklich wissen wollte, dass man jemanden wie sie nicht täuschen konnte und sollte, und in diesem Moment glaubte er, verliebt zu sein.

»Es ist schrecklich und wunderbar«, sagte er schließlich, und sie schüttelte enttäuscht den Kopf und fixierte ihn weiterhin.

»Was heißt das genau?«, fragte sie. Die Jazzcombo machte eine Pause, um Helen und Justus herum ließen sich die Tänzer verschwitzt und euphorisiert auf die Stühle fallen. Die jungen Männer machten sich auf die Suche nach Getränken, die Mädchen richteten sich kichernd ihre Frisuren, einige liefen in Grüppchen nach draußen. Es war halb zwei Uhr nachts, und noch immer standen die Terrassentüren offen. Liebespaare verschwanden im Dunkel des Parks, dort, wo der Schein der Fackeln nicht hinreichte.

»Was ist wunderbar?«, fragte Helen.

Justus strahlte, sein Gesicht öffnete sich auf fast irritierende Weise, und Helen schlug die Augen nieder; aus irgendeinem Grund brachte sie dieser vertrauensvolle Blick in Verlegenheit, und plötzlich überlegte sie, wo sich Georg befinden mochte – sie hatte ihn seit mindestens einer Stunde nicht mehr gesehen –, aber dann begann Justus zu sprechen, und nun musste sie ihm zuhören, wenn sie nicht unhöflich sein wollte.

»Es ist kalt«, sagte Justus so leise, dass Helen sich vorbeugen musste, um ihn in dem Stimmengewirr zu verstehen.

»Kalt?«, fragte sie.

»Ja, kalt. Immer. Man friert, und alles ist schwer. Die Kleidung wiegt Tonnen, und manchmal … manchmal …«

»Ja?«

»Man möchte sie von sich werfen. Man möchte alles ausziehen und …«, er zögerte, »… wegwerfen. Man möchte nackt sein.« Helen nickte ihm ermutigend zu. »Leicht«, präzisierte er dann. »Trocken und leicht wie eine Feder. So möchte man sein. Aber man ist immer schwer.«

»Und nie trocken?«

»Selten. Die Kleidung trocknet ganz langsam, selbst wenn die Sonne noch so heiß brennt, es bleibt meistens ein Rest Feuchtigkeit, und wenn sie wirklich trocken ist, dann ist sie steinhart, und man möchte sie erst recht loswerden. Außerdem stinkt es. Überall. Nach Schlamm und Dreck. Man riecht es nicht mehr, aber man weiß, dass es so ist. Man spürt es. Es ist einem einerseits egal, andererseits würde man alles dafür geben, einmal heiß zu baden. Alles abzuwaschen mit einer wohlriechenden Seife.«

»Und was ist so wunderbar daran?«

»Wunderbar?«

»Du hast gesagt, es ist schrecklich und wunderbar. Also, was ist wunderbar?«

Justus grübelte auf seine ernsthafte, ein wenig penible Art. Seine Blicke schweiften durch den Tanzraum mit dem glänzend polierten Parkett, über die Tische mit den mittlerweile fleckigen weißen Damastdecken, die heruntergebrannten Kerzen in den Kandelabern, die drei glitzernden Kristalllüster an der Decke.

»Es ist so schön hier«, sagte er gedankenverloren.

»Du hast mir nicht geantwortet«, sagte Helen.

»Die Kameradschaft«, sagte Justus. »Die ist wunderbar«, bekräftigte er.

»Und was nützt sie dir jetzt, deine Kameradschaft?«

Justus sah sie verständnislos an. »Was meinst du?«, fragte er.

»Der Krieg ist verloren, was nützt dir die Kameradschaft? Menschen, die du wahrscheinlich nie wiedersiehst. Was nützt dir das?«

»Der Krieg ist dann verloren, wenn sich eine Seite ergibt, und das ist bisher nicht geschehen.« Justus lehnte sich zurück und verschränkte die Arme. Er sah aus wie ein kleiner Junge, dem man sein Spielzeug weggenommen hatte, und Helen nahm sich zusammen, obwohl sie gereizt war und sich lieber auf die Suche nach Georg gemacht hätte.

»Was ist das, diese Kameradschaft im Krieg, unter Soldaten? Alle reden davon, es steht in Büchern, aber ich verstehe sie nicht. Was bedeutet sie?«

»Du bist ein Mädchen, du musst das nicht verstehen.«

»Aber ich möchte. Bitte erklär es mir.«

*Ich kreise um Justus und versuche, ihn zu ergründen, und was ich sehe, macht mir Angst, denn alles in ihm ist Güte und Wohlwollen, Freundlichkeit, Fleiß, Humor und Optimismus, aber ganz tief ist da noch etwas anderes, etwas Leidenschaftliches, Perfektionistisches, Unbefriedigtes, der Drang, etwas zu bewegen, die Suche nach Erfüllung, ein Flämmchen, das zum Flächenbrand werden kann, wenn sich all diese Charakteristika zu einer einzigen verheerenden Supereigenschaft verbinden.*

»Kameraden müssen schreckliche Dinge tun, und ihnen widerfahren schreckliche Dinge«, sagte Justus. »Wenn ich einen Kameraden sehe, weiß ich, wie es ihm geht, und er weiß es von mir. Wir müssen nicht reden.«

»So wie wir hier?«

»Ja, dir muss ich viel erklären. Ihm nicht.«

»Ich verstehe.«

»Langweile ich dich?« Er sah besorgt aus; es ging nicht an, eine junge Frau zu langweilen, man hatte ihm beigebracht, dass junge Frauen unterhalten werden mussten, also erzählte er Helen ein paar Anekdoten aus dem Soldatenleben, imitierte einige seiner Vorgesetzten und brachte sie tatsächlich zum Lachen, obwohl sie eigentlich schon ganz weit weg war, sich fragte, wo sich Georg aufhielt, mit dieser unbestimmten Angst, die sie nicht als Eifersucht erkannte, weil sie dieses Gefühl noch nie gehabt hatte.

Und dann stand Georg plötzlich hinter ihr, neben ihm die kleine Gräfin Brockdorf, beide erhitzt und munter, und das unbekannte Gefühl verdichtete sich zum schmerzhaften Stich. »Darf ich bitten?«, fragte Georg, und Helen nickte und sprang vielleicht ein bisschen zu hastig auf, während sich Luise Brockdorf neben Justus setzte, der sich wortreich entschuldigte, weil er sie nicht auffordern konnte.

Nach ein paar Tänzen verließen sie den Ballsaal in Richtung Terrasse. Die Stimmung wurde immer ausgelassener, und doch war das Ende dieser endlosen Nacht schon spürbar. Viele der jungen Mädchen waren bereits nach Hause chauffiert worden. An den Tischen saßen, ihrer charmanten Begleitung beraubt, Gruppen angetrunkener Offiziere mit geöffneten Stehkragen, deren Haltung jegliche militärische Disziplin vermissen ließ. Es roch nach Schweiß, Parfüm und Rauch, obwohl die Türen ins Freie immer noch weit offen standen.

Georg nahm seine Smokingjacke ab und legte sie Helen über die Schultern, als sie sich immer weiter von der Gesellschaft entfernten, bis sie wieder zu ihrem Lieblingsplatz, der Scheune, gelangten und feststellten, dass sie sozusagen besetzt war. Der Kriegsgefangene Jurij hatte sich mit dem Küchenmädchen Erna dorthin zurückgezogen, die beiden hatten es sich auf duftendem Heu gemütlich gemacht, neben ihnen brannte eine Gaslaterne, was wegen der Feuergefahr in der Scheune streng verboten war, aber Jurij grinste ihnen ohne jede Verlegenheit entgegen und lud sie mit einer unverschämt grandseigneurhaften Handbewegung ein, neben ihnen Platz zu nehmen. Irritierender an dieser ganzen Situation war eigentlich nur noch, dass selbst Erna keine Anstalten machte, aufzustehen. Ihr verschossenes grünes Leinenkleid bauschte sich über den nackten Füßen, während sie sich noch tiefer ins Heu sinken ließ, so entspannt, als wären Helen und Georg gar nicht da.

»Was ist das hier?«, fragte Helen scharf.

»Brauchen Sie etwas, gnädiges Fräulein?«, fragte Erna zurück, ohne sich zu rühren.

»Nein«, sagte Helen. Sie zögerte. »Mach die Laterne aus!«

»Jetzt?« Erna lächelte.

»Sobald wir draußen sind. Dann aber bitte sofort.«

Selbst Erna und Jurij waren also im Bilde über sie und Georg, anders ließ sich dieses schier unglaubliche Verhalten nicht erklären, aber eigentlich war es nicht weiter erstaunlich; die Angestellten wussten doch immer alles und vieles sogar vor der Herrschaft selbst, obwohl Helen vorsichtig gewesen war oder zumindest geglaubt hatte, es zu sein. Völlig vergebens, wie man jetzt unschwer erkennen konnte, und einen Moment lang sah sie das Geflüster und Getuschel in versteckten Winkeln vor sich, das rotierende System halb wahrer bis komplett erlogener Indiskretionen, die sich zu skandalösen Legenden aufblähten, ohne dass man die geringste Möglichkeit hatte, derartige Auswüchse zu verhindern. Wenn man vor der Dienerschaft nicht an Autorität einbüßen wollte, musste man ihre intakte Gegenwelt ignorieren, die Folgsamkeit und Transparenz suggerierte, aber in Wirklichkeit nach ihren eigenen, unantastbaren Gesetzen funktionierte.

Wir sind ihr bester Zeitvertreib, dachte Helen erbittert. Sie reden über uns, als wären wir Darsteller eines Theaterstücks, und wir können nichts dagegen unternehmen.

»Das geht einfach nicht«, sagte sie zu Erna, Jurij bewusst ignorierend.

»Sehr wohl, gnädiges Fräulein«, sagte Erna, weiterhin unbeeindruckt.

»Du weißt ganz genau, dass Laternen in der Scheune verboten sind, aus gutem Grund. Ich werde das meinem Vater melden müssen.«

»Es tut mir leid, gnädiges Fräulein. Es wird nicht wieder vorkommen.« Aber auch das klang keineswegs ängstlich und schon gar nicht nach einer ernst gemeinten Entschuldigung, viel eher hörte es sich an, als hätte Helen längst das Recht verwirkt, irgendwelche Anweisungen zu erteilen. Wir sind Komplizen, sagte Ernas Blick aus schmalen blauen Augen mit langen, blonden Wimpern, vermittelte Ernas legere Haltung, vor allem aber die Art, wie sie sich durch ihre offenen, weizenfarbenen Haare fuhr, das halbe Lächeln, mit dem sie abwechselnd Helen und Georg musterte.

Helen nahm Georgs Hand und zog ihn aus der Scheune.

»Was ist?«, fragte er. Hinter ihnen erlosch das Licht, und sie standen dicht voreinander.

»Hast du das nicht bemerkt?« Sie atmete heftig.

»Kümmere dich nicht darum.«

»Ich …«

»Warum bist du verärgert?«

»Komm«, sagte Helen, statt zu antworten, während der Zorn in ihr wuchs und sich langsam, aber sicher auch auf Georg erstreckte, der ihr hinterherlief wie ein Hund. Aus der Ferne hörten sie die Geräusche der verbliebenen Gäste, Männerlachen und einen spitzen weiblichen Aufschrei. Langsam gewöhnten sich ihre Augen an die Dunkelheit. Helen lief auf das Hauptgebäude zu, zum beleuchteten Vordereingang, wo sich gerade Luise Gräfin von Brockdorf, eingehüllt in eine dunkelrote Stola, von Donata und Heinrich verabschiedete, bevor ihr der Fahrer in den Fond des Automobils half.

»Es war so wundervoll, Tante Donata. Eine so wundervolle Nacht. Ich danke euch beiden. Bitte grüßt Helen und Georg von mir.« Ihre hohe Stimme drang wie ein Pfeil durch die Nacht, während Heinrichs und Donatas Antworten nur als dumpfes Gemurmel vernehmbar waren. Helen und Georg blieben im Schutz der Dunkelheit stehen. Sie sahen, wie Donata ruhelos ihren Blick schweifen ließ, auch in ihre Richtung, und einen Moment lang glaubte Helen, dass sie sie entdeckt hätte, doch dann startete der Chauffeur geräuschvoll den Wagen, und das Gefährt verschwand mit einem Lärm, der Donata und Heinrich veranlasste, wieder hineinzugehen.

»Ich möchte zurück«, sagte Helen. Die Gereiztheit wollte einfach nicht verschwinden. Sie verstand nicht, was mit ihr los war, dieses ständige Auf und Ab ihrer Gefühle brachte sie durcheinander. Sie liebte Georg manchmal so sehr, dass es wehtat, dass sie sogar nachts nicht schlafen konnte, und dann fiel diese Liebe plötzlich in sich zusammen wie ein missglücktes Soufflé, dann kamen ihr zur Unzeit die Tränen, dann wollte sie am liebsten alles rückgängig machen, sie wollte …

»Zum Ball?«, fragte Georg in ihre Gedanken hinein, und sie zuckte zusammen.

»Was? Ja. Lass uns zurückgehen.«

»Natürlich«, sagte Georg folgsam.

»Du tust alles, was ich will, nicht wahr?«

»Was meinst du damit?« Georg wich einen Schritt zurück,

und schon tat es Helen wieder leid, und sie griff nach seiner Hand. Er entzog sie ihr sofort.

»Bitte«, sagte Helen. Ein leichter Wind kam auf, Wolken verdunkelten den Sternenhimmel. »Bitte«, wiederholte sie. Sie konnte Georg kaum noch sehen und machte einen Schritt auf ihn zu, bis sie mit ihm zusammenprallte beziehungsweise an seine verschränkten Arme stieß. Sie wusste genau, wie er jetzt aussah – das Gesicht reglos wie eine Maske –, und musste beinahe lachen, tat es aber nicht, weil ihr klar war, dass dann alles aus gewesen wäre.

»Bitte, bitte«, flüsterte sie stattdessen und küsste die kalten, steifen Fingerknöchel seiner linken Hand, die sich am rechten Oberarm festzukrallen schienen. »Bitte, bitte! Sei wieder gut!«

Später erinnerte sie sich nicht mehr so recht, wie es geschehen war – wie es dazu kommen konnte –, nur dass sie unbedingt die Missstimmung zwischen ihnen beiden glaubte ausräumen zu müssen und ihn deshalb einfach nicht in Ruhe lassen konnte. Jedenfalls küssten sie sich irgendwann, und irgendwann schlichen sie sich kichernd und eng umschlungen an der Terrasse vorbei, wo sich nur noch wenige Gäste aufhielten, weil der Wind empfindlich kühl geworden war, und irgendwann landeten sie unter der Trauerweide im Park des Urstromtals, und es passierte das, was Donata die ganze Zeit befürchtet hatte, weil es die Dinge unumkehrbar machen würde. Sie zogen wie unter Zwang und trotz des einsetzenden Nieselregens einander die Kleider aus, Georg half ihr dabei, das Korsett abzulegen, und sie spürten sich zum ersten Mal ganz und gar, Haut auf Haut, nichts war mehr zwischen ihnen, was sie aufhalten konnte, und so legten sie sich auf ihre feuchten, nutzlosen Sachen und ließen sich treiben, mitten in diesen wohlbekannten Strudel hinein, den man heute – mit diesem ein bisschen wehmütigen, ein bisschen zynischen Lächeln – die erste große Liebe nennen und ihn damit seiner schicksalhaften Qualität berauben würde, aber für Georg und Helen war es die erste und allerletzte Liebe, die eine, einzige Begegnung, die in Frommberg ihren Anfang nahm, einem magischen Ort in Zeiten großer Ernüchterung.

*Vor einem Jahr besuchte ich Frommberg zum ersten Mal. Sobald wir das Auto geparkt hatten, fing es heftig an zu regnen, und wir hatten zu viert nur einen einzigen Schirm dabei. Die Kastanienallee präsentierte sich als Bild des Jammers – alle Bäume waren kürzlich von einem Schädling befallen und deshalb auf Mannshöhe gestutzt worden –, während das Schloss erstaunlich tapfer sämtlichen Fährnissen der letzten hundert Jahre standgehalten hatte, auch wenn der Putz viele kleine und große Löcher aufwies und fast jedes Fenster mit einer Satellitenschüssel verunziert war. Mehrere Kabel, deren Zweck uns unklar war, verliefen kreuz und quer über die Fassade und verschwanden im Boden neben dem Sockel.*

*Das idyllische Urstromtal vor der längst nicht mehr vorhandenen Terrasse war mit dichtem Gestrüpp bedeckt, die Gräber der Vorfahren konnten wir nicht mehr finden. Obwohl hier offensichtlich mehrere Mietparteien wohnten, wirkte alles seltsam unberührt; der Weg ins Haus war zwar geräumt, aber nicht geteert, und darum herum wucherten Gras und Unkraut kniehoch und leuchteten in einem unwirklich strahlenden Grün. Neben dem Schloss stand ein Wohnwagen mit Rostflecken, um dessen kaum noch sichtbare Anhängerkupplung sich Kletterpflanzen mit violetten Blüten wanden. Unter einer davor gespannten Plastikplane saßen mehrere Männer und Frauen in T-Shirts und Jogginghosen und grillten unter reichlich Rauchentwicklung Koteletts und Geflügelteile. Sie betrachteten uns neugierig, als wir, zu viert unter unseren Schirm gequetscht, um das Schloss herumliefen und wohl einen ziemlich absonderlichen Anblick boten, während wir uns auf dem verschlammten Boden die Schuhe rui-*

*nierten. Es roch nach feuchter Erde und verbranntem Fleisch, und eine halbe Stunde später stiegen wir betrübt wieder ins Auto und verließen, stundenlang schweigend, jenen Teil der Welt, den es nicht mehr gab und nie mehr geben würde, jedenfalls nicht für uns.*

*Und so macht es mich glücklich, Frommberg zu sehen, wie es einmal war, eine Stätte der Hoffnung, eine Insel des Friedens, mit Liebe geplant und voller Leben, auch wenn so vieles daran nur schöner Schein war.*

# 10

Am Tag nach dem Ball trafen sich noch etwa vierzig Gäste zu einem üppigen späten Frühstück, das an mehreren Sechsertischen auf der Terrasse serviert wurde. Große Schirme hielten die Sonne ab, der Blick auf den Park war so bezaubernd wie auf einem jener schwärmerisch-bukolischen Gemälde aus dem letzten Jahrhundert. Auch die jungen Mädchen in Seide und Georgette fügten sich perfekt ins Bild, was vor allem an der aktuellen Mode lag. Kleider wurden jetzt zwar meist mit einer breiten Schärpe um die hoch angesetzte Taille gegürtet, fielen aber dennoch erheblich lockerer als in der Vorkriegszeit, was insofern günstig war, als man sonst eventuell festgestellt hätte, dass viele der Anwesenden zu mager für ihr Alter waren und einige sogar auf das Korsett verzichtet hatten, weil ihre Mütter fanden (es aber natürlich niemals ausgesprochen hätten), dass ihre Töchter die Gelegenheit nutzen sollten, sich endlich einmal wieder satt zu essen: Frommberg war, so gesehen, die Kulisse einer bühnenreifen, wenn auch ein wenig angestrengten Inszenierung friedlicher Zeiten, in der alle sich redlich Mühe gaben, ihre Parts so gut zu spielen, dass man ihnen die Sorglosigkeit abnahm.

Georg und Helen saßen zusammen mit Luise Brockdorf, Jürgen und Justus und verhielten sich ihrerseits so unverdächtig wie nur möglich. Justus, der Ahnungslose, tat sein Bestes, um mit Helen zu flirten, die es ihm leicht machte, aber dabei Georg nicht aus den Augen ließ, denn Luise war so hübsch und unkompliziert – so ein ganz anderer Typ als sie selbst –, und Helen musste zugeben, dass es schwer war, sie nicht zu mögen.

»Wie lange kannst du bleiben?«, fragte Helen.

»Ich habe Heimaturlaub, bis mein Fuß verheilt ist, dann muss ich wieder an die Front.«

»Du hast dich freiwillig gemeldet ...«

»Oh ja. Das verstand sich für mich von selbst.« Justus sah Jürgen nicht an, er wollte nicht unhöflich sein.

»Du warst erst siebzehn, als der Krieg begann.«

»Mit siebzehn ist man wehrtauglich, Helen. Aber ich verstehe, dass nicht jeder ... ich meine ...«

»Es ist schon gut«, sagte Jürgen. »Ich bin nicht wie du, aber ich schäme mich auch nicht deswegen.«

»Das will ich auch nicht, Jürgen, bitte verstehe mich nicht falsch. Du bist ein Mann der Scholle, nicht ein Mann des Feldes! Das deutsche Volk braucht dich!«

»Ich bin wirklich erleichtert, dass du das so siehst«, sagte Jürgen trocken.

»Ich verstehe diesen Krieg nicht, um ehrlich zu sein«, sagte Helen.

»Ich auch nicht«, sagte Jürgen, doch bevor Justus darauf antworten und ihnen das Wesen dieses Krieges erklären konnte, setzte sich Heinrich, mit der schwanzwedelnden Cora im Schlepptau, zu dem Grüppchen, woraufhin auch Georg und Luise ihre Unterhaltung unterbrachen, was Helen ausgesprochen recht war.

»Wir sprachen gerade über den Krieg«, sagte sie zu ihrem Vater, was ein großer Fehler war, wie sie leider zu spät bemerkte. Denn Heinrich nahm dies freudig zum Anlass, gewisse Überlegungen und Theorien, die ihn schon lange beschäftigten, endlich einem größeren Publikum zu präsentieren, ohne zu bedenken, dass es sich eventuell um ein ungeeignetes Auditorium handelte. »Wie interessant«, sagte er also mit erhobener Stimme und fuhr gleich fort, bevor ihn jemand unterbrechen konnte. »Ein Thema, das gern gemieden wird, speziell seit ein paar Monaten, um genauer zu sein, eigentlich seit den sogenannten Frühjahrsoffensiven, so kommt es mir jedenfalls vor. Wie siehst du das, lieber Justus?«

»Ich bin mir nicht sicher, ob ich verstehe, was du meinst, Onkel Heinrich«, sagte Justus respektvoll, doch mit einem Unterton von Irritation, den Heinrich als der Ältere freundlich ignorierte.

»Wisst ihr eigentlich, wie dieser Krieg zustande kam?«, fragte er in die Runde. Ein kurzes, unbehagliches Schweigen entstand, das sich wie ein Virus über die nebenstehenden Tische verbreitete, sodass eine Insel der Stille entstand, die Justus, obwohl er die Antwort natürlich parat hatte, nicht zu durchbrechen wagte.

Heinrich zündete seine Pfeife an und lehnte sich paffend zurück. Es verbreitete sich ein würziger Duft nach verbranntem Wacholder, wovon einem der Mädchen schlecht wurde, aber das bekam Heinrich nicht mit.

»Wir haben ein großes Problem in Europa«, sagte er zu niemandem Bestimmten, aber Justus glaubte trotzdem, dass er gemeint war, und wappnete sich. »Wir sind umgeben von Gegnern. Jeder, selbst der kleinste Staat, verfolgt seine egoistischen Interessen und ist gleichzeitig von der furchtsamen Frage getrieben, was die anderen Ganoven um ihn herum wohl im Schilde führen könnten.«

»Nicht jeder Staat würde sich diese Definition gern gefallen lassen«, sagte Justus lächelnd.

»Das glaube ich auch«, sagte Heinrich und fasste erst Justus ins Auge, um dann den Blick schweifen zu lassen, woraufhin auch an den restlichen Tischen das Gespräch erstarb. »Jeder Staat denkt natürlich, er sei der beste und reinste, doch würde man das Ganze einfach einmal von außen betrachten, würde man erkennen, dass all die mit feierlichen Brüderschaftsritualen geschlossenen Allianzen in erster Linie dazu dienen, den sogenannten Bündnispartner in Schach zu halten mit dem mehr oder weniger unverblümten Fernziel, ihn entweder unschädlich zu machen oder ihn sich einzuverleiben.«

»Lieber Onkel Heinrich, das finde ich eine einigermaßen defätistische Sicht der Dinge.«

»Oder beides. Beides ist auch möglich.«

»Kommt es da nicht vor allem auf den Staat an?«, fragte Jürgen.

»Das will ich nicht abstreiten, mein lieber Sohn. In der Theorie magst du da recht haben. In der Praxis unterscheiden sich die Staaten nicht so auffällig voneinander, jedenfalls wenn man das Ergebnis in Augenschein nimmt.«

»Von welchem Ergebnis sprichst du, Vater?«, fragte Helen, weniger weil sie neugierig war, sondern eher um diesen Vortrag, der sich in die Länge zu ziehen drohte, abzukürzen.

»Lass mir etwas Zeit, Helen«, sagte Heinrich. Cora legte ihren Kopf auf sein Knie, und er tätschelte sie. Er war jetzt in seinem Element und nicht imstande zu erkennen, dass junge Leute nichts von den älteren lernen wollen, schon gar nicht über diesen Krieg, in den sich alle anwesenden Männer mit dieser heiligen Begeisterung, beinahe trunkenen Euphorie gestürzt hatten, die anfangs so sympathisch und ungestüm gewirkt hatte und sich nun zu einem veritablen Kater auszuwachsen drohte.

»Vater …«

»Ich bin gleich fertig, liebe Helen, und dann darf in aller Ruhe weitergeplaudert werden. Lass mich nur dies noch zu Ende bringen.«

»Natürlich, bitte entschuldige.« Helen sah sich Hilfe suchend nach ihrer Mutter um, aber Donata war im Haus beschäftigt.

»Auf diese Art«, fuhr der nun durch nichts mehr zu bremsende Heinrich fort, »werden Verhandlungen zu komplizierten Was-wäre-wenn-Balanceakten, bei denen jeder Beschluss zu unabsehbaren Konsequenzen führen könnte, die dann wiederum unzählige weitere Optionen generieren. Alles muss vorab bedacht und durchgerechnet werden, und an dieser Herkulesaufgabe kann man eigentlich nur scheitern.«

»Ich verstehe diesen Pessimismus nicht ganz«, sagte Justus.

»Oh, das lässt sich leicht an einem Beispiel erläutern. Nehmen wir Serbien mit seinem Wunsch nach einem Adriahafen, der einen Korridor durch albanisches Gebiet erfordern würde, ein Schritt, den Österreich-Ungarn hätte genehmigen müssen. Erinnerst du dich daran?«

»Natürlich«, sagte Justus, obwohl das nicht ganz stimmte; der Krieg hatte sich, so sah er das, längst aus derart irdisch-nüchternen Zusammenhängen gelöst und war zu einem Feldzug geworden, dessen schicksalhafte Leuchtkraft genau die trockene Faktenhuberei überstrahlte, derer sich sein Onkel Heinrich gerade befleißigte. Trotzdem bemühte sich Justus, seinem Onkel, der nie auf einem Schlachtfeld Mann gegen Mann gekämpft hatte und deshalb nicht die geringste Ahnung vom Wesen eines heiligen Krieges haben konnte, Verständnis entgegenzubringen. Also nickte er freundlich ermutigend, während Heinrich mit seiner Suada fortfuhr, in deren Genuss außer Donata noch kaum jemand gekommen war, weil natürlich auch Heinrich wusste, dass es ein Risiko war, die von Dichtern und Machthabern in seltener Einigkeit schicksalhaft verklärte Fehde ihres epischen Gewandes zu berauben und selbiges auf dem Altar der kühlen Analyse zu opfern. Doch nun, so empfand er es, musste es einfach heraus. »Die Frage aus österreichisch-ungarischer Sicht«, erklärte Heinrich also, mitgerissen von seinen eigenen Erkenntnissen, »war natürlich: Würde Russland dann als großer panslawischer Bruder Serbiens zuschnappen und den Hafen zum Kriegshafen ausbauen? Würde durch diesen Korridor der Staat Albanien seine Lebensfähigkeit verlieren und in naher Zukunft zwischen Serbien und Griechenland aufgeteilt werden, was den Einfluss Österreich-Ungarns im Balkan unerfreulich minimieren könnte? Oder würden Italien und Serbien ihrerseits ein Bündnis zuungunsten der Donaumonarchie eingehen, die dann ohne eigenen Hafen vom Welthandel ausgeschlossen bliebe?«

»Eine schwierige Frage, vor allem wenn man bedenkt, dass Verträge mit Balkanvölkern meist das Papier nicht wert sind, auf dem sie stehen«, sagte Justus, der sich schon aus Höflichkeit verpflichtet fühlte, seinem Onkel als Diskussionspartner zur Verfügung zu stehen, wenn er ihm schon nicht beipflichten konnte.

»Das sei einmal dahingestellt, Justus, denn ganz egal, ob du recht hast oder nicht, in diesem Fall spielte das keine Rolle. Stattdessen wurde von österreichischer Seite jahrelang über eine Zollunion mit der Donaumonarchie verhandelt, die wiederum Serbien entschieden ablehnte, weil es vermutlich zu Recht Angst um die Konkurrenzfähigkeit seiner eigenen Industrie hatte.«

»Ich bin mir nicht sicher, was das mit der aktuellen Situation zu tun hat«, sagte Justus.

»Möchten Sie noch Kaffee?«, fragte eine der Serviererinnen, und Justus ließ sich einschenken, während Heinrich die Frage überhörte. »Nun, eine ganze Menge, lieber Neffe«, fuhr er stattdessen in seinem Vortrag fort, und sein pomadisierter Schnurrbart zitterte ein wenig an den Spitzen, wie immer, wenn er erregt war. »Wenn nicht sogar alles. Es gab ja diese zahlreichen Konferenzen, aber wenn man ehrlich ist, nicht die geringsten Fortschritte, Zugeständnisse fanden nicht statt, dafür wurde der Ton schärfer, das liegt in der Natur der Sache; stagnierende Verhandlungen sind anstrengend und entmutigend, und so wuchs die Option Krieg als Ultima Ratio in den Köpfen der österreichischen Verhandler.«

»Das ist deine Interpretation, aber vielleicht …«

»Oh, ich würde sagen, es ist etwas mehr als das. Es ist eine exemplarische Entwicklung, die sich vielleicht schon Hunderte von Malen in der Menschheitsgeschichte wiederholt hat. Je länger sich alles zäh und erfolglos hinzieht, desto mehr gewöhnt man sich an die Kriegsidee als Möglichkeit, den gordischen Knoten zu durchschlagen, trotz aller zu erwartenden Widrigkeiten, wie in unserem Fall die Tatsache, dass Russland eine Annexion Serbiens voraussichtlich mit größtem Missfallen registrieren würde und man sich ein so riesiges Land nicht unbedingt zum Feind machen möchte. Andererseits steht der jugendliche Heißsporn Franz Ferdinand der Idee eines militärischen Eingreifens keineswegs ablehnend gegenüber, und wer will schon vor dem nächsten obersten Befehlshaber wie ein Feigling aussehen?«

»Lieber Onkel, ich glaube, ich weiß, worauf du hinauswillst, aber wo bleibt der patriotische Aspekt, die leidenschaftliche Liebe zur Nation?«

»Auf die komme ich gleich noch, zunächst so viel …«

»Vater?«

»Ja, lieber Jürgen?«

»Wie wäre es, wenn wir dieses Gespräch verschieben? Unsere Gäste …«

»Oh, nicht doch, ich bin gerade so im Schwung!«

»Aber …«

»Ganz schnell noch einen Satz, ich bin ja gleich am Ende: Also nistet sich die Idee des Angriffs in den Köpfen ein, es wird hin und her diskutiert und – ganz allmählich, von Jahr zu Jahr – ein bisschen realer und dadurch ein bisschen weniger bedrohlich, und dann kommt doch tatsächlich das Schicksal zu Hilfe und drückt dem Attentäter in Sarajevo ein Messer in die Hand, durch das Franz Ferdinand getötet wird, der unglücklicherweise ein guter Freund des deutschen Kaisers Wilhelm II. war, woraufhin Wilhelm auf Anfrage des österreichischen Gesandten *natürlich* verkündet, dass das Deutsche Reich *selbstverständlich* zu seinen Bündnispflichten stehen werde, und …«

»Ein aufrechter Mann!«, rief Justus, der nun kaum noch an sich halten konnte.

»O ja, sicher«, sagte Heinrich spöttisch, »so ist er, unser Wilhelm, immer aufrecht, vor allem aber leider spontan, ohne Gefühl für die Kraft des gesprochenen Wortes in seiner Position, ohne Rücksicht auf Verluste. Und so nahm das Verhängnis seinen bekannten Lauf.«

»So siehst du das?«

»Es tut mir leid, Justus dass ich diese Frage bejahen muss.«

»Aber …«

»Lass mich fortfahren, vielleicht verstehst du mich dann besser. Der Gesandte teilte Wilhelms mündliches Versprechen jedenfalls prompt und schriftlich den Entscheidungsträgern in Wien mit, und das machte es gleich noch ein bisschen wirklicher, wenn ihr versteht, was ich meine. Nun war das Deutsche Reich zwar einigermaßen hochgerüstet, und das Militär pflegte schon seinerseits aus purem Eigeninteresse die Mär von der unausweichlichen Notwendigkeit eines Krieges, ja unser Wilhelm selbst fabulierte gern vom unausweichlichen Kampf der Germanen gegen die Slawen und Romanen …«

»Du nennst das Fabulieren, ich nenne das …«

»Patriotismus, ich weiß, und da sind wir beim Thema. Ich will sie dir nicht nehmen, deine Liebe zur Nation, aber könnte sie sich auf andere Weise nicht viel wirkungsvoller äußern als in der Offensive? Ist dieses Beschwören der Liebe zur Nation somit wirklich viel mehr als nur ein grandioser Kampfruf? Doch um auf meine Ausführungen zurückzukommen – Reden und Handeln sind, wie wir wissen, oft zwei Paar Stiefel; tatsächlich hatte das Deutsche Reich am Balkan rein gar kein Interesse, die Möglichkeit eines russischen Eingreifens war kaum zu übersehen, und so gibt es hinter den Kulissen durchaus Bestrebungen, Wilhelms vorschnell ausgestellten Blankoscheck nach allen Regeln der diplomatischen Kunst wieder zurückzunehmen. Es fällt der pathetische Begriff Weltenbrand, um die Gefahren anschaulicher zu machen, doch beinhaltet diese Vokabel nicht andererseits etwas Prachtvolles, Geschichtsträchtiges? Gibt es da nicht auch den Drang, sich mit der Inszenierung eines derart bombastischen Spektakels unsterblich zu machen? Denken wir an Nero, der Rom in Brand setzte um des grandiosen Schauspiels willen.«

»Ich kann dir wirklich nicht mehr folgen, lieber Onkel. Wenn ich dich nicht so gut kennen würde, müsste ich beinahe sagen …«

»Zynismus ist das Wort, das du suchst, lieber Justus, aber bedenke immerhin, all diese Dinge erfinde ich nicht, sie sind wirklich geschehen. Vielleicht ist es eher so, dass du nichts hören möchtest, was geeignet wäre, deinen Glauben an dieses Unternehmen zu schmälern.«

»Das siehst du falsch, aber …«

»Um es also kurz zu machen, es passiert zu wenig und das Wenige viel zu spät, um Österreich-Ungarn die Sache mit dem Einmarsch in Serbien wieder auszureden. Serbien wird von unseren österreichischen Bündnisfreunden also vor ein absichtlich rüde formuliertes Ultimatum gestellt, das seine Souveränität auf unannehmbare Weise einschränken würde, und lehnt erwartungsgemäß ab, die Kriegserklärung folgt, das Deutsche Reich stellt sich gemäß seiner Bündnispflicht an die Seite Österreich-Ungarns.«

»Richtig so!«

»Nun gibt es noch eine letzte Chance, das Desaster zu verhindern. Zar Nikolaus II. wendet sich in einem persönlichen Schreiben an Wilhelm und versucht, ihn umzustimmen. Die beiden sind bekanntlich Cousins, sie nennen sich Nicky und Willy, wusstet ihr das eigentlich? Sie mögen sich, sie möchten keine Kriegsgegner sein. Aber nun – wir wissen ja, wie Männer sind, wie schwer es ihnen fällt, zuzugeben, dass sie einen Fehler gemacht haben. Willy nimmt demnach nichts zurück und rät Nicky stattdessen, sich nicht einzumischen, was Nicky tatsächlich am liebsten tun würde, aber natürlich gibt es auch in Russland Kriegstreiber, zum Beispiel Außenminister Sergei Sasonow, der Nicky überredet, die vorformulierte Kriegserklärung zu unterschreiben.«

»Könntest du etwas leiser sprechen, liebster Papa? Die Sonnenblumen lassen schon betrübt ihre Köpfe hängen.«

»Damit«, fuhr Heinrich jedoch mit einem Furor fort, als hätte Helen gar nichts gesagt, »ist Russland Kriegspartei, und die mit Russland verbündeten Länder Frankreich und Großbritannien sind es in der Folge ebenfalls, und so nimmt das Ganze seinen fatalen Lauf. Der Krieg ist da, Dichter besingen ihn, Maler verherrlichen ihn, Philosophen liefern Begründungen für seine Notwendigkeit, und ihre Begeisterung verleiht ihm seine verführerisch leuchtenden Farben von Blut und Boden, Manneskraft und Heldentum, die erst die Realität mit dem schmutzigen Graubraun der Kriegsschauplätze überdecken wird. Nur ist es da eben schon zu spät. Aus dem zweidimensionalen Schlachtengemälde ist ein dreidimensionales Monster gekrochen, das mit Millionen Soldaten und Zivilisten gefüttert und von Jahr zu Jahr größer und gefräßiger wird …«

»Onkel Heinrich, das geht zu weit.«

»Wenn wir es nicht beenden.«

»Vater …«

»Wir müssen es beenden, bevor es die anderen tun. Aber vielleicht ist es schon zu spät.«

Die Sonne verkroch sich hinter einer Wolke, ein scharfer Wind kam auf, und die jungen Frauen legten sich fröstelnd ihre Stolen um Hals und Brust. Zu allem Überfluss schwärmte jetzt eine Schwadron tablettbewaffneter Serviererinnen in schwarz-weißer Dienstmädchenuniform aus, um die Reste des Frühstücks abzuräumen, und das wiederum nahmen die Gäste zum Vorwand, sich hastig zu verabschieden.

Auch Heinrich verließ gemeinsam mit Cora seine Wirkungsstätte, nachdem ihm von allen Seiten versichert worden war, wie »erstaunlich« seine Ausführungen gewesen seien. (Später würde er Donata davon berichten, und Donata würde laut lachen, denn Ängstlichkeit gehörte nicht zu ihren Eigenschaften, aber ihm dennoch anraten, in Zukunft etwas mehr Vorsicht walten zu lassen, falls ihm daran gelegen sei, dass Helen weiterhin auf die Nachbargüter eingeladen werde.)

Übrig blieben nur noch Justus, Jürgen, Georg, Helen und Luise. Die Sonne kam wieder hervor, es wurden Tee, Kaffee und Kuchen gereicht. Der Nachmittag verging in bestem Einvernehmen, und Justus beschloss daher, die für einen aufrechten Junker schockierenden Thesen seines Onkels bis auf Weiteres zu ignorieren, denn die Alternative wäre gewesen, abzureisen und damit die Chance, Helen näherzukommen, in den Wind zu schlagen.

# 11

*Du hast an den unterschiedlichsten Orten des angloamerikanischen Weltreichs gelebt, von Ontario bis Hongkong, von London bis New York, auf der Flucht oder auf der Suche, das weißt du selbst nicht genau. Dafür bewundere ich dich dennoch, ja wirklich. Ich versuchte jahrzehntelang, so weltläufig zu werden wie du, aber das Gefühl von existenzieller Fremdheit war in meiner DNA, ohne dass ich wusste, warum. Erst jetzt stelle ich einen Zusammenhang her zwischen meiner Mutter Edith, die zwei steifgefrorene Babys auf einer verkrümmten Frauenleiche gesehen hatte, was endgültig etwas in ihr erodieren ließ und gleichzeitig etwas anderes in ihr freisetzte, das sich nicht mehr eindämmen ließ, die Vorstellung nämlich, dass in der Fremde tödliche Gefahren lauerten, dass dort keine Regeln galten und dass es – hatte man die Heimat einmal verlassen – kein Zurück mehr gab. Edith schaute durch einen ausgefransten Riss in der Plane, und da lagen die drei Toten vor ihren Augen im Schnee wie verrenkte, beschädigte Puppen, die ein großes, böses Kind kaputt gemacht und weggeworfen hatte. Dann zerrte jemand sie zurück in den finsteren, stinkenden Treckwagen, über den die Tiefflieger lärmten und dessen Gerumpel über beuliges Kopfsteinpflaster Ediths Knochen durchschüttelte, bis sie das Gefühl hatte, aus Gallertmasse zu bestehen, in der sich die Organe langsam auflösten. Zu kraftlos, um zu weinen, zu hoffnungslos, um aufzubegehren, und von einer Übelkeit geplagt, die am Ende der Flucht Teil ihres Systems geworden war.*

*Ich verreiste jedenfalls am liebsten mit Freunden; Freunde waren mein Schutzschild, sie nahmen mich an der Hand, wie ein Kind beim Überqueren einer Hauptstraße, und passten auf, dass ich nicht verloren ging in den unendlichen Weiten globaler Achtlosigkeit. Bei Freunden konnte ich vergessen, dass ich nicht zu Hause war; meine Familie erinnerte mich daran, dass ich nirgendwo zu Hause war und mir überall das Schrecklichste passieren konnte. Auch du warst so ein Freund, neben allem anderen, und dafür bin ich dir dankbar, du ahnst gar nicht, wie dankbar, aber dazu später.*

*Frommberg allerdings – Frommberg hätte meine Heimat werden können, oh ja, mit Frommberg in mir hätte ich wohl den Mut und die Kraft besessen, mich ohne Misstrauen auf die Welt einzulassen.*

*Zu spät, die Schädigungen sind nicht mehr rückgängig zu machen, und Frommberg hat nicht nur seinen Namen verloren, sondern auch seinen Charakter und seine Strahlkraft; es ist jetzt ein belangloser Ort irgendwo in Polen, der niemanden an irgendetwas erinnert und bald keinem mehr etwas bedeuten wird.*

Nach dem Ball vergingen drei Wochen, in denen die Zeit stehen zu bleiben schien. Jeder Tag war wie eine identische Ausgabe des vorhergehenden. Es wurde lang geschlafen, es gab – von Donata so angeordnet – stets ein großes Frühstück auf der Terrasse und nur für »die Jugend«, bestehend aus Luise, Helen, Jürgen, Georg und Justus, das sich unter Geplauder und Gelächter manchmal bis in den frühen Nachmittag hinzog. Niemand musste sich in den Gutsbetrieb einbringen, Vergnügen war oberstes Gebot, Einladungen in die Nachbargüter wurden nur gemeinsam wahrgenommen, und selbst auf den entsprechenden Festivitäten blieb die Fünferbande, wie sie sich selbst tauften, mehr oder weniger unter sich.

Nach dem Frühstück wurden bei jedem Wetter die Pferde gesattelt, und sie ritten drei bis vier Stunden. Justus' Verletzung heilte gut, er litt zwar immer noch unter Schmerzen, aber Reiten, zumindest behauptete er das, funktionierte tadellos, um seine Lieblingsvokabel zu gebrauchen. »Tadellos«, rief er, wenn bei Sonnenschein die Landschaft kein Ende zu nehmen schien, einem das Herz aufging angesichts bunt gesprenkelter Blumenwiesen, unterbrochen von Maisfeldern, nach Norden hin begrenzt vom Kiefernwald, der sich schon von Weitem mit schwerem, harzigen Duft ankündigte.

»Kein französisches Parfum könnte raffinierter sein!«, rief Luise.

»Tadellos!«

Wenn es dagegen regnete, wurde die Umgebung zum Märchenland, zur beinahe sinnlichen Versuchung; alle Schattierungen von Grau, Braun und sattem Grün hüllten sich in geheimnisvolle neblige Schleier, die sich manchmal hoben, wenn sich ein Sonnenstrahl verirrte und plötzlich alles erhellte, was bis dahin verborgen war.

Während dieser Ausflüge sprachen sie wenig, fühlten sich aber auf seltsame Weise verbunden. Meistens ritten Jürgen und Georg voraus, die sich am besten in der Gegend auskannten, danach folgte Justus, der es liebte, plötzlich auszubrechen und in höchster Geschwindigkeit querfeldein über abgeerntete Stoppelfelder zu galoppieren, um dann mit strahlendem Gesicht zur Gruppe zurückzukehren. Zum Schluss kamen Helen und Luise, die sich von Tag zu Tag enger aneinander anschlossen. Selbst den Pferden teilte sich diese seltene Gleichgesinntheit mit; sie folgten plötzlich jedem Befehl, selbst Helens Trakehnerhengst Drago, dessen Zähmung von Anfang an schwierig gewesen war, benahm sich für seine Verhältnisse zivil.

Abends berichteten sie beim Souper über ihre Abenteuer. Als sich Helens Haare wie beim biblischen Absalom in einem Ast verfangen hatten und Georg gerade noch rechtzeitig den ungestümen Drago am Zügel festhalten konnte, der kurz davor war, durchzugehen. Als Luise gestürzt war und mit dem linken Fuß im Steigbügel hängen blieb, während die Stute sich in Panik auf die Hinterbeine stellte – die ewig langen Angstsekunden, bis Jürgen sie wieder beruhigt hatte. Als Justus einen jungen, halb verhungerten Fuchs aufgescheucht hatte, und Helen vorschlug, ihn mitzunehmen.

»Du weißt, dass wir Federvieh haben«, sagte Donata lächelnd, und Justus versprach, den Fuchs nicht aus den Augen zu lassen, was nicht schwierig war, weil sich das Tier Justus als Muttterersatz auserkoren hatte und ihm nicht mehr von der Seite wich, bis Justus ihn dann doch wieder in der Wildnis aussetzen musste, weil der Fuchs erwartungsgemäß anfing, sich für die Hühnerställe zu interessieren.

Der Höhepunkt dieser drei Wochen, die ihnen endlos vorkamen und die dann im Rückblick doch wieder viel zu kurz erschienen, war eine mehrtägige Fahrt nach Swinemünde, in die Strandvilla der Familie Hardt direkt an der Dünenstraße mit Blick auf die prächtige Promenade. Es war kein Badewetter – ein scharfer, feuchter, salzgetränkter Wind trieb ihnen Tränen in die Augen und feinen Sand in Haare und Kleidung, während sie unter bedecktem Himmel tapfer durch die Dünen wanderten –, aber dennoch wirkten das beständige Rauschen der Wellen und die salzige Luft wie Champagner auf ihre Sinne. Sie lachten und scherzten, bewarfen sich mit Sand und benahmen sich überhaupt so, dass es gerade noch als sittsam durchging.

Abends besuchten sie einen der mondänen Klubs an der Landungsbrücke, um zu essen und anschließend zu tanzen, während der ebenfalls anwesende Felix Hardt Donata zuliebe die Anstandsdame gab. Was nicht hieß, dass er auf seine eigenen Amüsements verzichtete, denen er nachging, wenn die fünf jungen Leute schliefen.

Am zweiten Abend tanzte er, leicht beschwipst von diversen Cocktails, mit Helen und bedauerte ein paar Minuten lang, dass sie erstens seine Nichte und zweitens ein paar Jahre zu jung für ihn war.

»Wie geht es dir?«, fragte er.

Sie sah lächelnd zu ihm hoch, ohne zu antworten. Er fasste ihre Hand und wirbelte sie herum, und als er sie wieder in die Arme nahm, wiederholte er die Frage.

»Gut«, sagte Helen.

»Das freut mich wirklich.«

»Warum interessiert dich das? Mache ich einen unglücklichen Eindruck?«

»Ganz und gar nicht«, sagte er leichthin, roch an ihrem Haar, das leicht nach Vanille duftete, und zog sie ein wenig näher zu sich heran. »Ich hoffe nur, du brichst keine Männerherzen.«

»Deins zum Beispiel?«

Er warf den Kopf zurück und lachte. »Das wäre allerdings dramatisch. Aber keine Sorge, ich habe ein sehr unempfindliches Organ. Stoßfest und bruchsicher in jeder Hinsicht.«

»Das freut mich für dich, lieber Onkel. Möglicherweise habe ich das von dir geerbt.«

Er sah überrascht auf sie hinunter und lachte wieder. »Gut für dich, schlecht für deine Verehrer.«

»Ich sehe keine Verehrer, lieber Onkel. Oder möchtest du dich mir offenbaren?«

»Das wäre zu meinem größten Bedauern keine gute Idee. Ich hatte eigentlich an Justus gedacht.«

»Justus? Ich bitte dich, wir sind verwandt, wir tragen sogar denselben Namen!«

»Aber so entfernt. Aus der Roten Linie der von Dahlwitz, wenn ich mich nicht irre? Das wäre doch gar kein Problem.«

»Was soll das? Hat Maman dir aufgetragen, mich auszuhorchen?«

»Natürlich nicht, mein Schatz. Ich bin nur neugierig. Eine meiner vielen schlechten Eigenschaften.«

»Ich glaube dir nicht.«

Später rief Donata an, um sich nach dem Befinden der Gruppe, namentlich natürlich Helen und Georg, zu erkundigen. Felix, eigentlich bereits wieder im Aufbruch begriffen, gab rasch Entwarnung, obwohl sein Kammerdiener ihm vor ein paar Minuten berichtet hatte, dass Georg nicht in seinem Zimmer war. Diese Nacht nicht. Und die Nacht davor ebenfalls nicht.

»Ich habe mich noch nie so zu Hause gefühlt«, sagte Justus am Ende der dritten Woche.

»Das ist so süß, wie du das sagst!«, rief Luise.

»Süß? Ich bin nicht süß!«

»Was ist dagegen einzuwenden? Marmelade ist süß, Honig ist süß …«

Sie lagen zu fünft auf ihrer Lieblingslichtung im weichen Moos und sahen in den Himmel.

»Nächste Woche werde ich untersucht. Mein Fronturlaub ist dann vorbei. Und ich werde wieder bei meiner Einheit sein«, sagte Justus in das Zwitschern der Millionen Vögel hinein, und plötzlich schien es ein wenig kühler zu werden.

»Auf keinen Fall«, sagte Georg träge.

»Doch. Es muss sein. Es soll sein.«

»Oh, fang nicht wieder mit dem Vaterland an, Justus. Nächste Woche ist mein Geburtstag. Da müsst ihr alle hier sein. Ohne euch kann ich nicht feiern.«

Schweigen breitete sich aus.

»Wann ist dein Geburtstag?«, fragte Justus schließlich.

»Freitag.«

»Das geht nicht, Georg, leider. Ich muss spätestens Mittwoch abreisen.«

»Dieser Krieg ist schrecklich«, sagte Helen. »Und wir werden ihn verlieren.«

»Der Krieg ist nicht verloren!«, rief Justus. »Hört auf, das immer wieder zu sagen. Das Heer ist in einer Krise, der Feind ist stärker, als wir es vermutet haben, aber unsere Kampfmoral ist großartig, und wenn wir alle unser Bestes geben, kann es noch gut werden.«

»Und wenn es gut wird«, sagte Luise, was überraschend war, denn bei solchen Diskussionen blieb sie meistens stumm, »was wird dann sein?«

»Wie meinst du das?«, fragte Justus.

»*Was* wird gut sein?«, präzisierte Luise.

»Sie hat recht«, sagte Helen. »Angenommen, wir gewinnen den Krieg, was ist dann?«

»Alle Verlierer werden uns hassen«, sagte Georg nachdenklich. »Aber damit werden wir fertig. Das deutsche Volk ist stark und mutig.«

»Ja, aber wie reizlos ist diese Vorstellung? Niemand wird uns mögen. Wir werden nach Paris reisen, und …«

»Warum nach Paris?«, fragte Justus.

»Warum nicht? Ich möchte unbedingt nach Paris, es ist bestimmt herrlich dort. Aber niemand dort wird uns gern bedienen, niemand wird freundlich zu uns sein. Das ist trostlos, Justus!«

»Heißt das, du willst, dass wir verlieren? Wie kannst du so etwas sagen?«

»Ich weiß nicht, was das heißt. Ich weiß nur, es macht mich traurig.«

Beim Souper wiederholte Justus, was er tagsüber zu Luise gesagt hatte.

»Hier ist auch dein Zuhause«, sagte Donata. »Wir freuen uns immer, wenn du da bist.«

»Danke, Tante Donata. Ich war hier so gern wie noch nirgendwo auf der Welt.« Das sagte er auf seine typische schwärmerische Art, die Donata ein bisschen auf die Nerven ging.

»Es ist gut gemeint«, sagte Heinrich nach dem Souper, als sie sich in ihre Gemächer zurückzogen.

»Es ist eine seltsame Äußerung«, sagte Donata. »Er hat doch ein schönes Heim mit liebevollen Eltern.«

»Es ist nur eine Redensart. Er wollte dir etwas Nettes sagen.«

»Ja. Hilfst du mir mit dem Kleid?«

»Sehr gern.« Sie hörte das Lächeln in seiner Stimme, wusste, was es bedeutete und dass sie sich dem heute nicht entziehen durfte.

Später lagen sie nebeneinander, ohne sich zu berühren. Donata musterte den Gazeschleier ihres Himmelbetts, in dem sie zu ihrem Ärger ein Mottenloch entdeckt hatte, während Heinrich so überglücklich war, dass ihm das Herz überlaufen wollte, was er allerdings für sich behielt, denn er wusste, dass entsprechende Äußerungen die geruhsam-heitere Stimmung sofort zerstören würden. Heinrich und Donata führten eine gute Ehe, aber sie waren kein Liebespaar und würden auch nie eins werden; so empfand es Donata, und dem fügte sich Heinrich.

»Meinst du, es hat sich erledigt?«, fragte Donata. Heinrich reichte ihr eine Zigarette aus dem silbernen Etui auf dem Nachttisch, gab ihr Feuer, und sie rauchte in tiefen Zügen.

»Hat es sich erledigt?«, wiederholte sie.

»Erledigt?«, fragte Heinrich, irritiert über ihre Wortwahl.

»Du weißt, was ich meine. Heinrich?«

»Ja. Ich bin mir nicht sicher.« Heinrich stand auf und zog seinen Morgenmantel an. Danach legte er sich wieder neben Donata, vorsichtig, um sie nicht zu stören. Solche Zusammenkünfte fanden viel zu selten statt, und meistens unterbrach sie Donata viel zu früh, indem sie, ohne sich groß zu erklären, aufstand und sich in ihr eigenes Schlafzimmer begab.

Und dann konnten Wochen vergehen, bis sie wieder zu zweit allein waren.

»Was meinst du mit *nicht sicher?*« Donata richtete sich auf und sah Heinrich an.

»Sie wirken sehr entspannt«, sagte Heinrich, ohne ihren Blick zu erwidern.

»Ja, das ist doch gut, oder nicht?«

»Ich hoffe es. Manchmal …«

»Ja?«

»Dinge können sich manchmal fügen, wenn man nicht zu viel Einsatz zeigt.«

»Das tue ich doch gar nicht.«

»Das habe ich auch nicht gesagt. Vielleicht kommt alles von selbst in Ordnung. Es wäre gut, wenn wir nicht eingreifen müssten.«

»Meinst du, Helen und Justus …«

»Nein, meine Liebste. Das wird nicht passieren.«

Donata legte sich wieder zurück. Ihr dunkles, an den Schläfen grau meliertes Haar breitete sich auf dem Kopfkissen aus.

»Warum nicht?«, seufzte sie. »Er ist ein lieber Junge. Klug, strebsam …«

»Sie wird sich nicht in ihn verlieben. Da springt kein Funke, nicht von ihrer Seite aus.«

»Er wäre ein guter Ehemann, und Liebe wird bekanntlich überschätzt.«

Dazu schwieg Heinrich, denn diese Äußerung verletzte ihn, und er wusste andererseits, dass es nicht geschickt wäre, ihr das zu sagen. Schließlich, als die Stille lastend wurde, stand Donata wortlos auf, strich ihm mit einer seltsam ungeschickten, fast verlegenen Geste über das Haar, küsste ihn auf die Stirn, zog sich ihren Morgenmantel über und verließ das Zimmer.

Dieses Gespräch fand vier Tage vor dem Ende der paradiesischen Periode statt (so würde Donata diese drei Wochen nennen, die kurze Zeitspanne, in der sie das Gefühl hatte, dass alles noch ein gutes Ende finden könnte). An der Westfront wendete sich das Blatt für das deutsche Heer endgültig, seit der verlorenen Schlacht bei Amiens am 8. August war die Moral des Heeres am Boden, während die Truppen der Entente immer stärker wurden und weitere Zehntausende Soldaten für die Machtgier einiger weniger starben.

# 12

*Ich bin ein wenig erschöpft, lieber John, obwohl Erschöpfung in meiner Dimension gar keine Rolle spielen dürfte. Manchmal … manchmal zweifle ich an allem, selbst an meinem Zustand oder an der Ewigkeit als solcher … Das Leben scheint in jenen Momenten wieder an mir zu zerren, Leute rufen nach mir, ihre Stimmen klingen tief, dumpf und verzerrt, die Worte fließen ineinander, ich verstehe nichts, aber ich höre Dringlichkeit heraus und habe den Wunsch zu reagieren, und dann sind da überhaupt wieder diese verdammten irdischen Gefühle – Sehnsucht, Hunger, Kummer, Lust und Überdruss –, und dazu kommt die Erinnerung, so stark und klar wie eine Ohrfeige: Ich sitze in meinem Büro an Donatas Biedermeiersekretär, den ich nach Rudelas Tod geerbt habe und seit meiner Studentenzeit in Ehren halte, obwohl er unpraktisch und wacklig ist und seine Schubladen so verzogen sind, dass man sie nicht benützen kann. Ich habe mich auf meinem Schreibtischstuhl zurückgelehnt, ein Bein übergeschlagen, der Laptop liegt auf meinem Schoß – meine Lieblingsposition.* Die Psychologie glücklicher Momente *lautet der Arbeitstitel meines Artikels, und ich versuche, mich an glückliche Momente zu erinnern, und mir fällt nichts ein, gar nichts, außer die Sekunden nach einem Bad im Meer, also genau dann, wenn man aus dem Wasser kommt und sich in die Sonne legt: die Hitze, die die Kälte des Wassers neutralisiert, der perfekte Augenblick, in dem sich beides im Gleichgewicht befindet, man sich wunderbar erfrischt fühlt, aber nicht friert.*

*Aber ich bin nicht am Meer, ich bin zu Hause, und es regnet. Ich vergesse den Text und wandere virtuell weiter, google zum zweiten oder dritten Mal mich selbst.*

*Und finde Justus.*

*Die Welt entfernt sich wieder von mir, die dumpfen Stimmen werden leiser, ein Rauschen, ein Flüstern.*

*Ich erinnere mich: Ich war vergesslich. Wir alle waren das, eine merkwürdige Familienkrankheit. Unsere Vergesslichkeit war wie ein Nebel, der Farben verstärkte, doch Konturen weicher machte.*

*Nur jetzt muss ich hinschauen, ganz genau, sonst werde ich niemals wirklich frei sein.*

*Ich sehe also Justus, wie er im Zug zurück zu seiner Einheit fuhr, sein glückliches Lächeln, während die sonnige Spätsommerlandschaft an ihm vorbeiglitt, ich spüre seine Begeisterung, seine Vorfreude auf den Kampf gegen den Feind, obwohl er doch schon erlebt hatte, wie grauenhaft die Schlachten waren, nach denen er sich sehnte. Ich lese seine Gedanken, aber ich verstehe ihn nicht, ich gebe mir Mühe, ich …*

Auf der Fahrt schlief Justus schließlich ein, den Kopf an das harte Polster gelehnt, während sich der Zug ruckelnd und pfeifend voranbewegte, und er träumte von Helen, die ihn zwar keineswegs ermutigt hatte, weiterhin um sie zu werben, aber auch nicht wortwörtlich Nein gesagt hatte, weswegen zumindest in Justus' Augen immer noch alles offen war.

Ein Irrtum natürlich; Georg und Helen sahen sich nach wie vor als Paar und waren nach wie vor überzeugt davon, dass ihre Eltern nachgeben würden, wenn sie nur geduldig und hartnäckig genug ihr Ziel verfolgten. In der Nacht vor Georgs siebzehntem Geburtstag – den Donata mit einem besonders liebevoll gestalteten Diner feiern wollte, mit Luise als Ehrengast, von der sich Donata erhoffte, dass sie mit ihrem Liebreiz und ihrem fröhlichen Wesen Georg eines Tages erobern würde – trafen sich die beiden in Helens Zimmer, wie schon so oft in diesen letzten Wochen.

Helen erwartete ihn mit offenen Haaren und ganz und gar

nackt, so wie er es liebte, und sie umarmten sich leidenschaftlich, vertieften sich einmal mehr in die Geheimnisse ihrer Körper, das Mysterium eines Hungers, der selbst nach dem Orgasmus ungestillt blieb. So verging eine gute Stunde, eine halbe Ewigkeit, und zum Schluss fing Helen an zu weinen.

»Was ist?«, fragte Georg erschrocken. Helen hatte noch nie in seiner Gegenwart geweint, aber jetzt schien sie gar nicht mehr aufhören zu können. Er nahm sie fest in die Arme, spürte dann, wie ihn die Lust aufs Neue in Beschlag zu nehmen drohte, und schob sie sanft von sich, als er merkte, dass sie sich versteifte.

»Was ist denn?«, flüsterte er, über sie gebeugt.

»Ich weiß nicht.«

»Soll ich lieber gehen?«

»Nein. Sei einfach nur da. Halt meine Hand.«

»Natürlich.«

Helens Tränen versiegten. Einige Minuten lagen sie nebeneinander im Dunkeln, Hand in Hand, und hörten nur den Atem des anderen.

»Ich fühle mich komisch«, sagte Helen plötzlich.

»Komisch?«

»Ja. Ich weiß nicht, was es ist.« Aber dabei war sie nicht ganz ehrlich; sie wusste es eigentlich schon; es handelte sich wieder um diesen plötzlichen Abfall der Gefühle, ausgerechnet jetzt, nach all den Wochen voller gemeinsamem euphorischen Pläneschmieden, die ihr nun mit einem Mal albern und vollkommen undurchführbar erschienen.

»Ich habe Angst«, sagte sie.

»Dafür gibt es keinen Grund.«

»Doch. Und das weißt du.«

»Ich werde morgen mit Papa sprechen. Es ist mein Geburtstag und ...«

»Er wird Nein sagen, Georg, Geburtstag hin oder her. Er

wird Nein sagen, und warum auch nicht, es hat sich aus seiner Sicht doch gar nichts geändert.«

»*Wir* haben uns geändert, wir sind keine Kinder mehr, wir sind uns sicher. Das ist überzeugender als die besten Argumente.«

Helen richtete sich auf. Sie fühlte sich klebrig, schmutzig, wie besudelt. Maman, erkannte sie in aller Klarheit, Maman würde ihr das nie verzeihen, Maman würde sie verstoßen, ihr ihre ganze Liebe entziehen. Was würde sie jetzt dafür geben, all die gestohlenen Stunden ungeschehen zu machen, in denen sie nicht sie selbst gewesen war, sondern überspannt und besessen, gefangen wie eine Fliege im Honigtopf, ertrinkend in süßem Wahn.

»Sündig«, flüsterte sie.

»Das darfst du nicht einmal denken!«

»Wir hätten das nicht tun dürfen. Es war falsch.«

»Nein!«

»Das alles ist falsch. Es tut mir so leid. Ich habe deine Zukunft zerstört.«

»Wir lieben uns, und sie lieben uns auch. Ich bin mir sicher, es gibt einen Weg, sie zu überzeugen.«

»Du bist mein Bruder.«

»Aber doch nicht wirklich!«

»Das ist nicht wichtig. Vor dem Gesetz bist du es.«

»Aber …«

»Ich glaube nicht mehr daran, dass alles gut wird, verstehst du? Ich glaube, wir haben einen furchtbaren, furchtbaren Fehler begangen.«

Und dann begann sie wieder zu weinen, leise, aber untröstlich, und schließlich ging Georg dann doch; auf Zehenspitzen schlich er sich aus ihrem Zimmer, ratlos über Helens Kummer, aber fest entschlossen, alles zu tun, um sie wieder umzustimmen.

In dem Moment, als er sein Zimmer betrat, läutete das

Stundenglöckchen der Kirche zwölf Mal, der 23. August war angebrochen, und Georg nahm das als Zeichen, richtete sich auf und fühlte sich zum ersten Mal wie ein Erwachsener. Danach ging er ins Bett und schlief zum letzten Mal in seinem Leben so tief wie ein sorgloses Kind.

Am nächsten Morgen ging er noch vor der Morgenandacht zu Heinrich, überfiel ihn im Ankleidezimmer, wo der Kammerdiener Anton seinem Herrn gerade die Krawatte band.

»Ich muss mit dir sprechen«, sagte Georg und spürte im selben Moment, dass sein Vorhaben unter einem schlechten Stern stand, um nicht zu sagen: eine miserable Idee war, aber eine bessere fiel ihm nicht ein, also beschloss er, daran festzuhalten.

»Alles Gute, lieber Sohn!«, rief Heinrich, zwar freundlich lächelnd, doch mit einem leicht alarmierten Unterton, der Georg hätte warnen können, wenn er sich nicht schon viel zu weit vorgewagt hätte. »Kannst du die Gratulationscour gar nicht mehr erwarten?«

»Danke, lieber Vater, aber darum geht es nicht.«

Heinrich antwortete nicht. *Pas devant les domestiques,* besagte das vielsagende Schweigen, und so stellte Georg sich ans Fenster und wartete mit höflich abgewandtem Gesicht, bis Anton die Morgentoilette Seiner Exzellenz vollendet hatte, die Krawatte gebunden, der Schnauzbart pomadisiert und ein paar Härchen aus Nase und Ohren gezupft waren.

»Was ist passiert?«, fragte Heinrich, als Anton sich verabschiedet hatte. Später verfluchte er sich dafür, sollte er sich wünschen, nie gefragt zu haben, als ob das irgendetwas geändert hätte. Georg drehte sich um, und Heinrich schwante nichts Gutes, als er ihn da so im Gegenlicht stehen sah, bemüht würdevoll, aber eben auch ein bisschen steif und unsicher.

»Ich liebe Helen. Ich …«

»Georg …«

»Ich möchte um ihre Hand anhalten.«

»Mein Gott.« Heinrich ließ sich auf den Stuhl neben seinem Kleiderschrank fallen. Ihm war ein wenig schwindlig, wie häufiger in letzter Zeit, und etwas schien sich in ihm zusammenzukrampfen.

»Bitte, Vater. Es ist mein heiliger Ernst.«

»Ich kann es nicht glauben. Helen muss dir doch von ihrem Gespräch mit Maman berichtet haben.«

»Aber die Dinge haben sich geändert.«

»Geändert? Was meinst du damit?«, rief Heinrich voller böser Ahnungen, und zu seinem Entsetzen kniete sich Georg vor ihn hin und legte die Stirn auf seine Knie, so wie Cora es häufig tat, aber Georg war ja nun nicht Cora.

»Bitte, Vater.« Georg hob den Kopf und suchte Heinrichs Blick, aber Heinrich konnte ihn nicht ansehen; es war eine so entsetzlich peinliche Situation. Das Schwindelgefühl verstärkte sich, am liebsten hätte er sich auf der Stelle hingelegt. Stattdessen tätschelte er ungeschickt Georgs Locken. In seiner Familie waren Berührungen nicht üblich, schon gar nicht unter Männern, gestreichelt wurden eigentlich nur Hunde, und nun tat Georg etwas derart Ungehöriges, ohne dass man ihm böse sein durfte …

»Ich hätte mit dir darüber sprechen sollen, mein lieber Sohn. Es ist meine Schuld. Ich hätte diesem Gespräch nicht aus dem Weg gehen dürfen.«

»Mach dir keine Vorwürfe, es ist, wie es ist. Helen und ich lieben uns wie Frau und Mann.«

»Ihr seid Geschwister, vor Gott und vor dem Gesetz. Das ist so, daran wird niemand etwas ändern.«

»Ich bin Helens Adoptivbruder. Ihr müsstet nur eure Zustimmung geben, dann gäbe es ein Gerichtsverfahren, und nach dessen Abschluss wären wir zur Ehe berechtigt. Das ist eine reine Formalie, ich habe mich erkundigt.«

»Nein, Georg.«

»Vater …«

»Meine Antwort ist Nein, ich stimme nicht zu, unter gar keinen Umständen. Es ist nicht richtig, eure Liebe darf nicht sein, und außerdem seid ihr noch viel zu jung für derart weitreichende Entscheidungen. Und damit ist alles gesagt.«

»Ich werde mich freiwillig melden.«

»Wie bitte?«

»Ich werde meinem Vaterland dienen. Ich werde beweisen, dass ich Helens würdig bin.«

»Das wirst du nicht tun, das werde ich nicht erlauben.«

»Ich bin jetzt siebzehn Jahre alt und muss mich ohnehin für den Landsturm melden, das weißt du. Ich werde mich aber darüber hinaus um eine rasche Einberufung an die Front bemühen, und dagegen wirst du nichts unternehmen können.«

»Georg, ich bitte dich inständig, das nicht zu tun. Du verfügst nicht über die Erkenntnisse, die ich habe. Die Entente ist seit der verlorenen Schlacht bei Amiens unaufhaltsam auf dem Vormarsch, das deutsche Heer ist zerstreut und zersplittert, es gibt nicht genug zu essen und zu trinken, dafür grassieren Krankheiten, und die Soldaten hungern, auch wenn die Regierung etwas anderes erzählt! Frag Felix, wenn du mir nicht glaubst, Felix versorgt die abgerissenen Gestalten Tag für Tag in einem unzureichend ausgestatteten Berliner Lazarett. Das Elend ist furchtbar, und dazu kommt die Spanische Grippe, die unsere Truppen weiter dezimiert. In einem, höchstens zwei Monaten wird der Heeresleitung nichts mehr übrig bleiben, als sich untertänigst um einen Waffenstillstand zu bemühen.«

»Das ist noch längst nicht …«

»Um Gottes willen, tu das nicht! Um Helens willen, nimm doch Vernunft an.«

»Ich tue es. Für mich, für Helen, für dich, für das Vaterland. Ich will, dass du stolz auf mich bist.«

Doch Heinrich hörte ihn nicht mehr klar. In seinen Ohren begann es zu rauschen, das Schwindelgefühl verstärkte sich, der Schmerz in der Herzgegend wurde beängstigend, und das wiederum veranlasste Heinrich, die Unterredung viel abrupter zu beenden, als er es unter anderen Umständen getan hätte. Leider war auch Georg nicht in der Verfassung, Heinrichs Zustand richtig einzuordnen. Er bemerkte zwar durchaus die schon fast ins Graue spielende Blässe, den schimmernden Schweißfilm auf der Haut, die seltsam verzerrten Gesichtszüge, aber er nahm an, es handle sich dabei um mühsam unterdrückten Zorn, und als Heinrich ihn dann auch noch mit gepresster Stimme zum Gehen aufforderte, stand sein Entschluss fest. Er stand auf und verabschiedete sich knapp und höflich.

»Wir reden später weiter«, sagte Heinrich.

»Es gibt nichts mehr zu reden«, sagte Georg.

Und während sich Heinrich aufs Bett schleppte, dort eine knappe Stunde wie ein Toter schlief, nicht bemerkend, dass sich Cora neben ihn legte und ihn besorgt beobachtete, und sich nach seinem Nickerchen immerhin wieder so gut fühlte, dass er glaubte, nichts weiter unternehmen zu müssen, um seinen Gesundheitszustand abzuklären, packte Georg nach der Morgenandacht ein paar Sachen und sein Erspartes zusammen, ließ vom Stallknecht sein Pferd satteln und ritt, ohne jemandem Bescheid zu sagen, nach Deutsch Krone. Auf seinem Kopfkissen hinterließ er ein paar Zeilen des Inhalts, dass er vorhabe, sich freiwillig an die Front zu melden, und erst nach dem Sieg des Deutschen Reiches nach Frommberg zurückkehren werde.

Und so nahm alles seinen Lauf, denn auch Helen blieb an diesem Morgen im Bett, ihr war übel, und sie hatte Fieber, während Donata die Morgenandacht und das Frühstück ebenfalls hatte ausfallen lassen müssen, weil eine Schlachtung anstand, und so bemerkten sie Georgs Fehlen erst am späten

Vormittag. Um elf Uhr entdeckte das Zimmermädchen Veronika, das Georgs Bett frisch beziehen sollte, seinen Abschiedsbrief auf dem Kopfkissen. Da sie des Lesens einigermaßen mächtig war, lief sie damit sofort zu Donata, die sich im Schweinestall aufhielt, um dort die Schlachtung zu überwachen. Veronika war ein strammes Bauernmädchen und stapfte also furchtlos durch den Dunst aus Blut und frischem Fleisch.

»Was soll ich damit?«, fragte Donata, als ihr Veronika wortlos das Schreiben hinhielt. Über ihrem Tageskleid trug sie eine graue, blutig eingefärbte Gummischürze und Gummihandschuhe, die bis über die Ellbogen reichten: Natürlich konnte sie so keinen Brief lesen, und darauf wollte sie Veronika gerade in scharfen Worten hinweisen, als diese auf ihre staubtrockene Art sagte: »Ist vom jungen Herrn Georg«, und etwas in Donata ins Rutschen geriet, ihr der Atem stockte und sie förmlich spürte, wie sie blass wurde. Hinter ihr baumelte das Schwein am Fleischerhaken, darunter stand der Bottich, der das Blut zur weiteren Verwendung auffing, der weiße Fliesenboden war besudelt mit schmutzig roten Stiefelabdrücken, auf dem Holztisch unter dem Fenster lag der noch nicht geleerte Darm, und der Geruch von alledem peinigte plötzlich ihre Nase, verwirrte ihre Sinne, sodass sie ein paar Sekunden lang mit hängenden Armen regungslos dastand. Dann streifte sie hastig die verschmierten Handschuhe ab und ging mit der ungerührten Veronika im Schlepptau nach draußen.

»Ich glaube, der wird jetzt Soldat«, sagte Veronika, bevor ihr Donata den Brief aus der Hand riss.

*Meine geliebten Eltern, liebe Helen,*
*bitte erschreckt nicht …*

Donata setzte sich auf die Bank vor dem Stall.

*… für das Deutsche Reich, für Euch, für Helen …*

»Soll ich hier warten, gnädige Frau?«

»Ich … Nein.«

*Betet für mich.*

»Geht es Ihnen nicht gut?«

Donata ließ den Brief sinken und sah an Veronika vorbei. Es hatte begonnen zu regnen, ziemlich heftig sogar, der Trampelpfad zum Haus sah bereits recht schlammig aus. »Bitte benachrichtige meinen Mann, Veronika. Ich treffe ihn im Gartensaal. Helen soll auch dazukommen.«

»Das gnädige Fräulein ist krank, glaube ich.«

»Sie soll trotzdem kommen.«

»Sehr wohl.«

»Lauf jetzt. Schnell!« Dann sah sie Veronika nach, die im Zickzackkurs laufend versuchte, trockenen Fußes ins Schloss zu gelangen.

»Gnädige Frau?« Der Schlachter stand vor ihr.

»Ja?«

»Soll ich weitermachen?«

»Ja.«

»Soll ich den Darm säubern?«

»Das wäre schön.« Donata stand auf, schwankte ein wenig, straffte sich dann. »Ich komme später wieder«, sagte sie, legte nun auch die Schürze ab, ließ das steife Ding einfach auf den Boden sinken – wo es einen Moment lang stand und dann in den Dreck fiel – und machte sich anschließend auf den Weg durch den Regen, während ihr der Schlachter erstaunt hinterherschaute.

»Du musst ihn aufhalten, Vater. Du musst!«, sagte Helen. Sie kauerte, bleich, mit verfilztem Haar und in ihren Morgenmantel gewickelt, auf einem der Sessel, die um den Kamin gruppiert waren. Sollte Georg sterben, wäre es ihre Schuld, sollte er krank oder verletzt werden, wäre es ihre Schuld, sollte er sich einsam fühlen oder Angst haben, wäre es ihre Schuld. Alles, alles wäre ihre Schuld, und sie würde jede Strafe akzeptieren, damit es nicht so weit kam. Sie kniff die Augen zusammen, aber die Tränen rannen trotzdem, verklebten ihr die Wimpern, verstopften ihr die Nase, verursachten Schwäche und Übelkeit.

»Bitte, Vater«, flüsterte sie. »Bitte hol ihn zurück. Ich verspreche dir alles, was du willst, aber bitte hol ihn zurück.«

»Geh wieder ins Bett, Kind«, sagte Donata so hilflos, wie Helen sie noch nie erlebt hatte, und gerade deswegen hasste sie sie jetzt, mit der ganzen Kraft ihres Kummers.

»Lass mich in Ruhe«, sagte sie heiser, und dass Donata ihr diesen Affront stumm und ohne Gegenwehr durchgehen ließ, besänftigte sie nicht, sondern schürte nur noch ihren Zorn.

»Es ist alles so, wie du es wolltest, nicht wahr?«

»Helen …«

»Du kannst jetzt einen Mann für mich suchen. Einen *reichen* Mann. Von *wirklich* edlem Geblüt. Nicht aus einfachem *Verdienstadel* wie unsereins. Denn man heiratet als Mädchen ja doch am liebsten nach oben, nicht wahr? Nun, Maman, dann zeig doch einmal, was du zu bieten hast. Einen Baron aus altem Adel? Einen Prinzen, vielleicht in seinen späten Vierzigern, interessiert an jungem Blut mit akzeptabler Mitgift? Ich warte auf deine Vorschläge, Maman! Georg ist fort, vielleicht für immer, das ist deine Chance, also bitte: Ich nehme jeden.«

»Bitte hör auf.«

»Ich fange gerade erst an.«

»Du weißt gar nicht, was du da redest!«

»Schluss!«, rief Heinrich. »Seid jetzt still. Beide! Ich muss nachdenken.«

»Hol ihn zurück, Vater!«, jammerte Helen, wieder zerfließend in Tränen, die ihre ganze Wut auflösten und nur noch Sehnsucht hinterließen. »Bitte, bitte, bitte!«

»Das will ich ja«, sagte Heinrich, der versuchte, ruhig zu

bleiben, einen Entschluss zu fassen in dem Chaos um ihn herum. »Wer kann mich chauffieren? Eine Kutsche ist zu langsam, wir müssen Vaters Automobil nehmen.«

»Mein Bruder August«, rief Helens Jungfer Mariechen. »Er hat seit gestern Heimaturlaub, er kann ein Automobil fahren.«

Heinrich kam trotzdem um wenige Minuten zu spät. Georg saß bereits im Zug nach Berlin, auf dem Weg zu seiner künftigen Einheit. Er brachte zwar keine der gesetzlich geregelten Voraussetzungen mit, um an der Front eingesetzt werden zu können. Weder verfügte er über eine angemessene militärische Ausbildung noch über das erforderliche Notabitur; er war, genau wie Helen, bislang nur auf Frommberg unterrichtet worden. Aber er war mutig, kräftig, intelligent und willig, und das genügte nicht immer, aber immer häufiger in den letzten Kriegsmonaten. Bei Hunderttausenden gefallenen Soldaten, mindestens ebenso vielen in Kriegsgefangenschaft und einer sprunghaft angestiegenen Zahl an Deserteuren nahm man es mit der Qualifikation nicht mehr überall so ganz genau.

Das war sein Pech.

Als Heinrich und August unverrichteter Dinge wieder zurück nach Frommberg fuhren, fragte ihn August, wie es Justus gehe.

»Gut, denke ich. Er war gerade hier und ist jetzt auf dem Weg an die Front, soviel ich weiß«, sagte Heinrich geistesabwesend. Dann erinnerte er sich. »Ihr habt früher miteinander gespielt, nicht wahr? Er nannte dich den wilden August.«

»Oh ja, wir waren beste Freunde. Und stellen Sie sich vor, gnädiger Herr, er war Leutnant in meiner Kompanie. Der tapferste Soldat unserer Einheit, ein großartiger Kamerad und wahrer Anführer!«

»Was für ein Zufall, lieber August. Die Welt ist klein.«

»Er hat sich auch an mich erinnert, stellen Sie sich vor! Wir waren beste Kameraden.«

»Wie schön«, sagte Heinrich. Er selbst gehörte zu den knapp vierzig Prozent der Wehrpflichtigen, die aufgrund der rasch wachsenden Bevölkerung bis zur Gründerzeit nie einberufen worden waren, und kannte sich mit den Regeln des Soldatentums nicht aus. Weil er aber merkte, dass August noch nicht ganz zufrieden war, fügte er an: »Das freut mich.«

»Ja«, sagte August und sah glücklich aus, während er geschickt den zahlreichen Schlaglöchern auswich. »Wir haben Großes vor.«

Heinrich antwortete nicht. Nichts war ihm in diesen Stunden gleichgültiger als Justus' und Augusts gemeinsame Pläne, auch wenn es ihn kurz irritierte, dass sich Justus mit einem jungen Mann gemein machte, der nicht von Stand war. Er konnte schließlich nicht ahnen, worum es ging.

*Weißt du noch, John? Als wir uns liebten, befanden wir uns mitten im Goldenen Zeitalter. Bahnbrechende, arbeitsplatzvernichtende Erfindungen hatten den Alltag noch nicht erobert, Terrorakte konzentrierten sich auf Politiker und Konzernlenker, und es gab noch die Überzeugung, dass, wenn man das Richtige tat, fühlte und dachte, die Taten, Gefühle und Gedanken vom Rest der Welt gesteuert werden konnten, und das war eine berauschende Vorstellung, denn es machte uns mächtig und stark und gut, und es gab so viele von uns. Das vor allem befeuerte unsere Verliebtheit; die Vision, einer weltumspannenden Gemeinschaft mit ähnlichen Zielen anzugehören, woraus die strahlende Begeisterung erwuchs, mit der wir unsere Diskussionen über die Charakteristika einer besseren Welt ohne* Pershing 2 *und* Cruise Missiles *führten. Ein, zwei Joints und wir waren bereit, uns mit allen Konsequenzen gegen das kriegslüsterne Establishment aufzulehnen, zwei, drei Gläser* Pisco Sour *und wir hatten das Zeug zu*

*Märtyrern, auch wenn glücklicherweise kein Mensch auf die Idee kam, diese Bereitschaft jemals einzufordern.*

*Erinnerst du dich?*

*Jahrzehnte später dreht sich die Menschheit im Kreis, haben sich sämtliche Alternativsysteme als unbrauchbar erwiesen, endeten alle hochfliegenden Hoffnungen in trübseligem Pragmatismus angesichts von nicht auszurottender Dummheit und Gewalt, und wir haben nichts dagegen getan, wenn wir ehrlich sind, denn es ist ja nicht jeder für den Aufruhr geboren, Rebellentum ist keine Langzeit-Perspektive, irgendwann erlahmt die Energie, der beständige Kampf gegen die Windmühlen allgemeiner Trägheit und Achtlosigkeit macht schlechte Laune, und schließlich stellten wir zwangsläufig fest, dass der Wille zur Veränderung gegen die Beharrungskräfte des Status quo nicht ausreicht: Wir waren nicht viele, wir waren viel zu wenige, und je älter wir wurden, desto klarer wurde unser Blick auf unsere Beschränkungen und Behinderungen. Bequemlichkeit wurde zur Geisteshaltung, lieb gewordene Rituale bestätigten uns im Zustand angenehmer Entspannung, die wir als geistige Flexibilität missverstanden, also mit jener moralischen Beweglichkeit verwechselten, die uns befähigte, selbst die schlimmsten Entwicklungen interessiert, doch mit weiser Abgeklärtheit zu begutachten. Wir hatten ja alles schon erlebt, wir kannten immer mehr nebeneinander existierende Wahrheiten, die einander auszuschließen schienen, so viele Möglichkeiten, uns falsch, halb falsch oder nur fast richtig zu entscheiden – ein winziger Fehltritt reicht ja schon, um die Achse um wenige Millimeter zu verschieben, und das kann in der Summe schon mal ein paar Hundert Tote mehr ergeben –, dass wir uns entweder komplett zurückzogen oder unser Engagement darauf beschränkten, Petitionen zu unterschreiben, die andere mundgerecht vorformuliert hatten.*

*Und so machten wir uns schuldig, ohne im Sinne der An-*

*klage schuldig zu sein, einfach nur dadurch, dass wir da waren und nicht gut genug, nicht leidenschaftlich genug, stattdessen ehrgeizig, ängstlich, ein bisschen faul vielleicht, natürlich auch desillusioniert, zumindest aber des Kämpfens müde und mit dem Wissen ausgestattet, dass jede Entscheidung eine dunkle Seite hat, die wir nicht bedacht hatten oder billigend in Kauf nehmen mussten, damit überhaupt etwas weiterging.*

*Und so hatten es Verführer leicht, nicht mit uns vielleicht, aber mit dem Rest der Welt, den Menschen, die nur darauf warteten, dass man ihnen auf komplizierte Fragen ganz einfache und in ihrer Einfachheit umso brutalere Antworten lieferte.*

# TEIL 2

# 13

Als die Spanische Grippe in Spanien ankam, hatte sie bereits Tausende Kilometer zurückgelegt, einen sehr, sehr langen Weg von einem winzigen Weiler in Amerika über französische und britische Häfen bis nach Madrid, immer im Schlepptau des Krieges, mit jeder Menge ziviler Kollateralschäden in Städten und Gemeinden in der Nähe von Soldatenunterkünften. Es wusste nur kaum jemand davon, weil die Kriegsparteien wenig Interesse daran hatten, den Kampfesmut ihrer Soldaten zu schmälern, um den es ohnehin nicht mehr besonders gut bestellt war. Als also im frühsommerlich heißen Madrid das öffentliche Leben fast zusammenbrach, weil ein Drittel der Einwohner mehr oder weniger gleichzeitig erkrankt waren, als die Presse alarmiert über verwaiste Behörden, geschlossene Schulen, leere Cafés, Müll in den Straßen und überfüllte Hospitäler berichtete, hatte der Blitzkatarrh, wie er im Deutschen Reich genannt wurde, bereits eine respektable Spur der Verwüstung hinter sich gelassen.

Andererseits war das noch gar nichts im Vergleich zu dem, was noch kommen sollte.

Jeder reißende Strom entspringt einer kleinen Quelle, jede Katastrophe beginnt mit einem mehr oder weniger winzigen Versäumnis, einer Unachtsamkeit, einem Irrtum, aber nur selten einem bewusst geplanten Verbrechen. Dazu addieren sich andere Versäumnisse, Unachtsamkeiten, Irrtümer (und selten Verbrechen), die für sich genommen allesamt ohne gravierende Auswirkungen bleiben würden. Ihre fatale Wirksamkeit verdanken sie ausschließlich jener Kollaboration ungünstiger Umstände, die die Höhere Macht von Zeit zu Zeit organisiert und mit perfider Präzision orchestriert, um die

Menschen daran zu erinnern, dass ihre Bemühungen um Selbstbestimmung eitel sind und selbst ausgetüfteltste Pläne zur Lachnummer werden, wenn besagte Höhere Macht aus purer Langeweile beschließt, ein wenig mehr Abwechslung ins Spiel zu bringen. Zum Beispiel indem sie eine Farmersfamilie in Haskell County an einer ganz normalen, zwar unangenehmen, aber nicht weiter bemerkenswerten Influenza erkranken lässt und gleichzeitig dafür sorgt, dass sich ein Sperling in unmittelbarer Nähe des Bauernhofs mit dem Vogelgrippevirus infiziert.

So konnte es passieren, dass die achtundzwanzigjährige Annie Doherty, eine freundliche, ein wenig unbedarfte Person aus dem Örtchen Weinert, völlig ahnungslos den Startschuss zu einem weltweiten Drama abfeuerte.

An einem kalten Januarmorgen 1918 fütterte Annie Doherty in allerbester Absicht ihre zwölf Schweine mit den Haushaltsabfällen der Familie, bestehend aus Brot, Fleisch- und Wurstresten, Kartoffelschalen, zwei vergorenen Äpfeln und einer halb verfaulten Sellerieknolle. Annies vier Kinder und ihr Mann Frank lagen seit Tagen mit hohem Fieber und starkem Husten im Bett, und Annie fühlte sich ebenfalls nicht wohl, aber jemand musste die Tiere versorgen, dachte sie, also schleppte sie die Futtereimer durch den nassen, verschlammten Schnee zu den Tieren, die in ihren Koben bereits einen Höllenlärm veranstalteten.

Wäre Annie noch kränker und schwächer gewesen, hätte sie die Tiere drei Tage lang hungern lassen müssen. Drei Tage ohne Futter hätten bei den beengt untergebrachten Schweinen einen Riesenaufstand verursacht, bei dem drei der vier Ferkel totgetrampelt worden wären. Allerdings wären dann 50 389 546 Menschen in fünf Kontinenten am Leben geblieben beziehungsweise an etwas anderem gestorben. Eine zweite Möglichkeit, die Seuche zu verhindern, hätte darin bestanden, die Speisereste abzukochen, wie es der Tierarzt Paul

Jameson Annie schon mehrfach empfohlen hatte, da er – in dieser Epoche keine Selbstverständlichkeit – an die Segnungen maximaler Hygiene glaubte.

Unter diesen Umständen wäre einer der drei Eber, genannt Bob, zwar dennoch auf jenen Sperling getreten, der sich in den Stall verirrt hatte und sterbend im Dreck lag. Bob hätte, da Schweine immer hungrig und nicht sonderlich wählerisch sind, den kranken Vogel auf jeden Fall gefressen. Und normalerweise wäre auch gar nichts weiter passiert; Schweine infizieren sich selten an dem Geflügelpestvirus, in der Regel sind Grippeerreger artspezifisch. Doch Bob war alt und schwach und insofern ein geeigneter Kandidat für den Artensprung. Um es kurz zu machen, er hätte sich so oder so infiziert, allerdings nur an der Vogelgrippe. Zwei Tage später wäre Paul Jameson im Rahmen seiner monatlichen Kontrollfahrt ohnehin vorbeigekommen und hätte Bobs Zustand – apathisch, appetitlos, fiebrig – sofort richtig eingeschätzt, nämlich als gefährlich für den Rest des Bestands. Paul hätte den alten Bob mitgenommen, mit einem Bolzenschussgerät getötet und dessen Kadaver verbrannt. Die übrigen Tiere wären gesund geblieben, Ende der Geschichte.

Doch Annie war einerseits nicht krank genug, um ihre Tiere zu vernachlässigen, und andererseits zu krank, um Paul Jamesons Tipp zu befolgen. Und gemäß der Regel, dass sich Unglück am liebsten mit Pech vermählt und, falls das geschieht, beide ein äußerst fruchtbares Paar sind, schmiedeten die Vogelgrippeviren des Sperlings und jene menschlichen Influenzaviren, die sich über das kontaminierte Futter in Bobs Blut vermehren konnten, eine unheilvolle Allianz. Nach der Gemeinsam-sind-wir-stärker-Devise verbanden sich Teile der beiden Stämme zu einem neuartigen, hochansteckenden Erreger, der nicht nur Bob das Leben kostete, sondern auch auf die elf anderen Schweine plus Paul Jameson übersprang.

Annie und ihre Familie waren durch die soeben überstandene Krankheit immunisiert. Der Verlust sämtlicher Schweine traf sie hart, doch im Lauf der Jahre sollten sie sich nicht nur davon erholen, sondern sogar durch geschicktes Wirtschaften einen bescheidenen Wohlstand erlangen. Der Tierarzt allerdings erkrankte sehr wohl, infizierte seinen Sohn und seine Frau, die drei Schwestern seiner Frau, die sich bei der Pflege abwechselten und im Verlauf davon ihre Ehemänner und Kinder ansteckten, und so nahm das Ganze seinen Lauf, bis fast die Hälfte des Countys darniederlag und der Landarzt Loring Miner bei den Gesundheitsbehörden Alarm schlug – ein ehrenvolles Unterfangen, das gleichwohl folgenlos blieb.

Ende Februar wurde der Rekrut Sean Manning ins Ausbildungslager Camp Funston bei Kansas City eingezogen. Er war, ohne es zu wissen, Träger des Virus und infizierte als solcher bei einer Prügelei den Koch, der drei Tage später, am 4. März 1918, mit Schüttelfrost, hohem Fieber und starken Gliederschmerzen erwachte und sich somit in der Wissenschaft als Patient Nummer eins qualifizierte (die Verbindung zu Sean Manning konnte niemand ziehen, weil er symptomfrei geblieben war).

Da sich Armee-Ausbildungslager überall in der Welt durch drangvolle Enge und mäßige hygienische Verhältnisse auszeichneten, hatten sich drei Wochen später neun von zehn Rekruten angesteckt, es gab 1 100 Schwerkranke und 38 Todesfälle, darunter der Koch. Nun baute sich die erste Welle auf, legte zahlreiche amerikanische Städte wochenlang lahm, erreichte mit den amerikanischen Soldaten Frankreich und brach sich zunächst in Bordeaux und Brest Bahn, wo die Soldaten anlandeten. Am 10. April wurden die ersten erkrankten französischen Soldaten in Lazarette eingeliefert. In den ersten zwei Maiwochen gab es 10 234 Krankheitsfälle bei der britischen Marine, die deshalb nicht auslaufen konnte. Im Juni erfasste die Grippe das deutsche Heer, was insofern den Krieg entscheidend beeinflusste, weil unter anderem deswegen die letzte deutsche Großoffensive scheiterte.

Und doch ahnten die wenigsten, dass ihnen das Schlimmste noch bevorstand. Erst in der zweiten Augusthälfte, als die Grippe schon wieder im Abflauen schien, veränderte sich das Virus noch ein weiteres Mal, und diesmal wurde es zum Killer. Im Gegensatz zur ersten Welle, bei der sich zumindest die Todesfälle im normalen Rahmen gehalten hatten, waren die Krankheitsverläufe der zweiten Welle weitaus aggressiver. Zu den heftigen Grippesymptomen gesellte sich nun häufig eine bakterielle Lungenentzündung, die oft schon wenige Stunden nach dem Auftreten der ersten Krankheitsanzeichen zum qualvollen Erstickungstod führte. Die Opfer ertranken förmlich an ihrem eigenen Blut, das die Lungen füllte, und schuld an dieser Entwicklung war eine winzige Mutation im Hämagglutinin-Molekül, bei der lediglich eine Aminosäure ausgetauscht wurde. Sie schuf aus einem starken Erreger eine biologische Superwaffe.

Annie, die im Alter von fünfundneunzig Jahren starb, umringt von sieben Kindern, sechsundzwanzig Enkeln und siebenundsechzig Urenkeln, ahnte keine Sekunde ihres langen Lebens, dass sie der auslösende Faktor einer der katastrophalsten Seuchen war, die die Menschheit je erlebt hatte. In ihrer Sterbephase, im Delirium kurz vor dem Übertritt, erinnerte sich Annie allerdings mit merkwürdiger Eindringlichkeit an diesen einen Tag, an dem sie hustend durch den nassen, verschlammten Schnee zum Stall gestolpert war, mit den beiden schweren, stinkenden Futtereimern, die schmerzhaft an ihre Beine stießen. Sie spürte noch einmal den Schweiß auf der heißen Stirn, die Nässe und Kälte außerhalb ihres erhitzten Körpers, die tödliche Erschöpfung des Krankseins, die zutiefst deprimierende Unmöglichkeit, sich wenigstens einen einzigen Tag lang erholen zu können. Dazu kam ein Gefühl, das sie sich nicht erklären konnte, ein leiser, eisiger Hauch wehte sie an, stieg in ihr hoch wie aus einem tiefen Brunnen an einem heißen Sommertag.

Und so erklärten sich auch ihre letzten Worte. In Anwesenheit ihrer zahlreich erschienenen Nachkommen öffnete sie noch einmal die Augen und sagte, an ihre Urenkel gerichtet, mit einer Dringlichkeit, die alle verblüffte: »Ihr Lieben, werdet nie Farmer. Das hat bisher noch jeder bereut.«

# 14

*FROMMBERG, WESTPREUSSEN*
*NOVEMBER 1918*

Kurz bevor der Zug in Deutsch Krone einfuhr, döste Felix Hardt ein. Ein Teil seines Bewusstseins registrierte noch, dass er auf einem gepolsterten Sitz saß und auf recht angenehme Weise rhythmisch hin und her geschaukelt wurde, während der andere Teil in einen Traum driftete, gespeist aus einer Erinnerung, die ein paar Tage zurücklag. Er befand sich wieder in der Wohnung eines Freundes in der Nähe des Kurfürstenplatzes. Es waren noch sieben oder acht weitere Männer und ein paar Frauen da, doch Felix kannte diesmal niemanden außer dem Gastgeber, einem jungen bayerischen Grafen, der sich mit seiner Familie überworfen hatte, aber offenbar noch über andere Geldquellen verfügte, denn sein Domizil war elegant und hochherrschaftlich ausgestattet.

Der Graf, Träger eines gekoppelten Vornamens und eines Von-und-zu-Nachnamens von derart barocker Überlänge, dass er überall nur »Koschi« genannt wurde, empfing seine Gäste wie üblich in seinem Salon. Die Einrichtung bestand in der Hauptsache aus Diwanen und tiefen Sesseln, und alle Fenster waren mit Stoffbahnen verdunkelt, die in unterschiedlich changierenden Farben schimmerten. Neben jeder Sitzgelegenheit stand ein Beistelltischchen, worauf sich, von den Dienern säuberlich angeordnet, eine mit Metallbeschlägen geschmückte Bambuspfeife, eine Nadel mit Perlmuttkopf, eine Kerze und eine chinesische Dose aus Schildpatt befanden. Felix ließ sich auf der Chaiselongue nieder, die er immer wählte, entnahm seiner Dose eins der erbsengroßen, grünlich braunen Chandu-Kügelchen, spießte es mit der Nadel auf, erhitzte es über der Kerze und drückte anschließend das Klümpchen in den engen Pfeifenkopf aus Porzellan. Dann drehte er die Pfeife um und hielt den Kopf über die Flamme. Er zog an dem Alabaster-Mundstück und erwartete das gewohnte bittere und gleichzeitig scharfe Aroma als Vorboten für maximale Entspannung und süße Träume meist erotischen Inhalts.

Doch nichts passierte. Er inhalierte, etwas zu heftig, ein zweites Mal, und diesmal schmeckte der Rauch sehr wohl nach etwas, nämlich derart intensiv nach Äther und Blut, dass er die Pfeife erschrocken und angeekelt von sich schleuderte. Sie drehte sich langsam in der Luft und landete schließlich auf einem Orientteppich mit verwirrend verschlungenen braunroten Mustern, der sofort in Flammen aufging. Felix sprang auf und wollte die anderen warnen, doch dann stellte er fest, dass er mittlerweile vollkommen allein war. Alle hatten ihn unbemerkt verlassen, selbst der Gastgeber, und das Feuer griff weiter um sich, verwandelte sich, wurde zu einem glühenden Ball, hell wie die Sonne, rot wie die Hölle, und plötzlich befand er sich auf einer Ebene, die so glatt und weiß war wie ein Blatt Papier. Er lief und lief und spürte die Hitze der Flammen an seinen nackten Fußsohlen, und überhaupt war er mit einem Mal vollkommen nackt, in jeder Hinsicht ungeschützt, und dann stieß er an eine Wand aus Glas, die splitternd zersprang, ohne dass es wehtat, und jemand sagte: »Geh über den Fluss, dann bist du sicher«, doch jemand anders sagte: »Nichts kann dich mehr retten«, und so war es auch, denn es gab keinen Fluss, nur diese plane weiße und von hinten schwarz verkohlte Fläche, die sich bis zum Horizont erstreckte, kein Ausweg, nirgends, er konnte nur immer weiterlaufen, und endlich schreckte er vom Geräusch der Bremsen hoch, mit tränenden Augen und einem abscheulichen Geschmack im Mund.

Er fühlte sich erschöpft und beinahe fiebrig, seine Glieder schmerzten. Der Zug hielt mit einem letzten infernalischen

Quietschen, und Felix stand auf, mühsam und kraftlos wie ein alter Mann, und wuchtete seinen Koffer aus dem Gepäcknetz.

Mit ihm stiegen drei Soldaten aus, die ihn erst in die Mitte nahmen, dann mit langen Schritten überholten, anschließend in einen entspannten Schlendergang fielen und sich währenddessen lautstark unterhielten, als gehörte der Bahnsteig ihnen allein. Zwischendurch lachten sie, spuckten aus und zogen gierig an ihren Zigaretten aus einem grässlich stinkenden Kraut, alles zur gleichen Zeit, so schien es Felix, der knapp hinter ihnen blieb, weil er sich von ihrem Anblick kaum losreißen konnte. Die Soldaten – ihren verdreckten, vielfach geflickten Uniformen zufolge einfache Dienstgrade – waren jung und mager, die Profile ihrer Gesichter wirkten knochig und eingefallen, aber sie strahlten dennoch eine Mischung aus Härte und Übermut aus, als ob ihnen die Welt gehörte oder als wäre ihnen die Welt egal, weil sie nichts Neues mehr zu bieten hatte. So rempelten sie sich im Gehen immer wieder derart heftig an, dass sie ins Stolpern gerieten, warfen sich Grobheiten wie scharfe Bälle zu und retournierten sie mit lässiger Schlagfertigkeit; manchmal fielen auch nur einzelne Worte oder Namen ohne ersichtlichen Zusammenhang, die mit lautem Gelächter quittiert wurden. Ein Code, dachte Felix, den sie sicherlich in den gemeinsamen Jahren an der Front entwickelt und perfektioniert hatten, und einen Moment lang ertappte er sich dabei, sie zu beneiden. Sie hatten Dinge gesehen, die mit Sicherheit weitaus grauenvoller waren als alles, was er sich vorstellen konnte, und sie waren nicht daran zugrunde gegangen, sie hatten sich nicht unterkriegen lassen.

Sie lebten! Und wie sie lebten!

Er beschleunigte seine Schritte, bis er sie eingeholt hatte.

»Wo wollt ihr hin?«, fragte er.

Sie blieben stehen, musterten ihn. Seinen gut geschnittenen Anzug unter dem langen Mantel aus grauer Kaschmirwolle, leicht, aber warm, die tiefschwarze Melone, die der Hutmacher für seinen – und nur seinen! – Kopf geformt und in tagelanger Handarbeit vollendet hatte.

»Kann ich euch irgendwohin mitnehmen?«

Sie zögerten, sahen einander an, zuckten die Schultern, wirkten plötzlich ratlos, beinahe schüchtern. Ein Windstoß fegte über den Bahnsteig, und sie schlotterten.

»Wo müsst ihr hin?«, insistierte Felix.

In diesem Moment kam Kutscher Glienke auf den Perron und eilte auf ihn zu.

»Deutsch Krone«, sagte der, der am vernünftigsten aussah.

»Ihr seid von hier? Alle drei?«

»Ja. Wir waren in einer Klasse. Die anderen sind tot.« Es klang gleichgültig, aber nicht kalt, so wie man eine unabänderliche Tatsache kommentierte und zu den Akten legte.

»Oder vermisst«, sagte sein Kamerad im selben nüchternen Tonfall. »Manche sind auch vermisst.«

»Vermisst?«

»Bei den Franzosen oder Amerikanern. Die haben's gut, dort gibt's wenigstens was zu essen.«

»Wo kommt ihr drei her?«

»Westfront. 5. Armee. An der Maas.« Der Vernünftige sah Felix ernst an, überhaupt wirkten jetzt alle ernst, die Ausgelassenheit hatte sich verflüchtigt.

Felix nickte. Kutscher Glienke hatte das Grüppchen erreicht und griff sich Felix' Koffer. »Warten Sie«, sagte Felix. Glienke stellte sichtlich widerwillig den Koffer wieder ab.

»Ich möchte euch einladen«, sagte Felix zu den Soldaten.

»Einladen?«, fragte der Vernünftige erstaunt. Die anderen beiden traten unbehaglich von einem Bein aufs andere.

»Zum Mittagessen. In die *Post* am Marktplatz.«

Glienke wollte protestieren, aber Felix legte ihm die Hand auf die Schulter. »So viel Zeit muss sein«, sagte er. »Und Sie haben doch bestimmt auch noch nicht zu Mittag gegessen.«

»Gnädiger Herr, die gnädige Frau …«

»Wir haben alle Hunger, und auf diese eine Stunde kommt es doch nicht an«, sagte Felix ruhig. »Bitte. Ihr würdet mir eine große Freude machen. Es isst sich schlechter allein als zu fünft.«

»Die gnädige Frau …«

»In der *Post* gibt es ein Telefon. Ich werde sie anrufen.«

Zehn Minuten später saßen sie in der dunkel getäfelten Gaststube. Außer ihnen waren nur wenige Gäste da. Es roch nach verbranntem Fleisch, kaltem Rauch und Alkohol. Felix bestellte Gulasch und Bier für alle und bot ihnen von seinen Zigaretten an. Alle rauchten schweigend, bis das Bier und ein Korb mit frischem Brot serviert wurden.

»Auf euch«, sagte Felix, und sie stießen an. Die Jungen tranken gierig. Bier und Brotkorb waren im Nu geleert, und Felix orderte Nachschub.

»Danke«, sagte der Vernünftige schließlich. Es klang erstaunt.

»Wie heißt ihr?«, fragte Felix.

»Johannes Schmitz.«

»Walter Freiwald.«

»Anton Gerstetter. Bis eben Gefreiter. Jetzt – nichts mehr.«

»Der Krieg ist vorbei«, sagte Felix. »Ihr habt überlebt. Ihr seid unverletzt. Ihr könnt jetzt in euer Leben zurück. Zu euren Familien.«

Sie nickten, ohne Felix anzusehen. Felix ließ ihnen Zeit, bis das Essen kam. Das Gulasch war einfach, aber wohlschmeckend, die Portionen ausreichend, und langsam kam Farbe in die bleichen Gesichter.

»Ich könnte essen und essen und essen«, sagte Anton Gerstetter grinsend. Er hatte dichte, flachsfarbene Haare und ein hübsches, sanftes Gesicht.

»Freut ihr euch auf euer Zuhause?«, fragte Felix.

»Ja«, sagte Gerstetter, aber es klang eher, als wüsste er es nicht so recht.

»Sie haben uns niedergemacht«, sagte Walter Freiwald. Er starrte auf seine Hände, die sein graues Schiffchen zerknüllten, ohne dass er es zu merken schien. Die Fingernägel waren so schrundig, rissig und verdreckt, als hätte er die letzten vier Jahre in einem Kohlebergwerk verbracht.

»Die Amerikaner?«, fragte Felix.

»Und die Franzosen. Aber vor allem die Amerikaner. Wir haben sie gesehen. Also nachdem es hieß, dass Frieden ist, und sich alles aufgelöst hat. Wir haben sogar mit ihnen geredet. Einer konnte Deutsch.«

»Wirklich?«

»Er hat in Heidelberg studiert.«

»Sie sind so gesund«, sagte Gerstetter. »So frisch.«

»Sie hatten Fleisch in Büchsen«, sagte Johannes Schmitz nachdenklich. »Das schmeckt komisch, aber gut.«

»Wir hatten keine Chance gegen die«, sagte Gerstetter.

»Keine«, sekundierte Schmitz. »Nie, zu keiner Zeit. Die haben uns betrogen.«

»Alle!«, rief Freiwald.

»Alle?«, fragte Felix.

»Die Schweine da oben«, rief Gerstetter, und sein Gesicht war nicht mehr sanft, sondern rot vor ehrlicher Entrüstung. »Die haben uns vorgelogen, dass es den anderen nicht besser geht. Aber denen ging es viel besser!«

»Wem? Den Franzosen?«

»Verdammt! Bessere Schuhe und viel besseres Essen hatten die! Wir waren das Lumpenpack!«

Die anderen Gäste, darunter vier massige Männer in Gehröcken, blickten von ihren Tischen auf. Der Wirt kam zu ihnen und bat sie, leiser zu sprechen.

»Das sagen sie immer«, sagte Schmitz, nun nicht mehr zornig, eher resigniert. »Wir sollen leise sein.«

»Ich möchte zahlen«, sagte Felix zum Wirt, und der brachte erleichtert die Rechnung. Auch Glienke, der die ganze Zeit unbehaglich geschwiegen und nur wenig gegessen hatte, atmete auf. Felix war ihm zutiefst fremd, er konnte ihn überhaupt nicht einschätzen – ein Mann von einem anderen Stern, hatte Glienkes Frau einmal gesagt –, gleichzeitig fand er sein Verhalten häufig unpassend, sogar beinahe beleidigend, obwohl er auf Nachfrage nicht hätte sagen können, warum.

Er sucht sich von allem das Beste aus und vergisst, dass es all das andere auch gibt, dachte er, während er Felix' Koffer in dem braunen, schon recht abgeschabten Landauer verstaute und Felix sich von den Soldaten verabschiedete.

»Das ist für euch«, hörte Glienke. Er drehte sich nicht um und presste erzürnt die Lippen zusammen angesichts der Tatsache, dass Felix ihnen offenkundig Geld gab, als hätte er den Drang, sich freizukaufen (wovon auch immer – Glienke wollte es gar nicht so genau wissen).

»Ich bestehe darauf.«

»Das ist nicht nötig. Wir brauchen das nicht.«

»Bitte. Es wird euch die ersten Tage erleichtern, und ihr habt es euch verdient.«

Nachdem sich die Soldaten murmelnd bedankt hatten und endlich ihrer Wege gegangen waren, hielt er Felix die Tür zur Kutsche auf, bereit zur sofortigen Abfahrt. Sie waren spät dran, und das war nicht Glienkes Schuld, aber irgendwie würde es doch wieder an ihm hängen bleiben.

»Es tut mir leid, dass das alles nicht schneller ging, lieber Glienke«, sagte Felix und zwinkerte ihm nicht nur zu, sondern kniff ihn auch noch in die Wange, was Glienke beides ausgesprochen respektlos fand, aber niemals über die Lippen gebracht hätte.

»Möchten der gnädige Herr einsteigen?«

»Gern.«

»Sehr wohl.«

Während Felix und Glienke unterwegs nach Frommberg waren, saß Donata an Georgs Bett, mit einem Mundschutz aus fester Gaze, einen von denen, die ihr Felix per Eilpost aus Berlin geschickt hatte, mit der strikten Auflage, sie nie zu vergessen und nach jeder Benutzung auszukochen und sich außerdem so häufig wie möglich die Hände zu waschen und so oft wie möglich die Kleidung zu wechseln. Vor einigen Tagen war Georg von der Front eingetroffen und hatte sich sofort mit hohem Fieber hinlegen müssen. Speziell die Kopf- und Gliederschmerzen waren so schlimm, dass Georg dachte, Körper und Kopf brächen entzwei. Er merkte kaum, dass sich Helen und seine Mutter bei seiner Pflege abwechselten, dass tatsächlich immer jemand bei ihm war, obwohl er sich so hundeelend und mutterseelenallein fühlte, dass er fast hoffte zu sterben und es sogar beinahe lustig fand, dass ihn der Tod ausgerechnet jetzt am Schlafittchen packte.

Aber nur beinahe.

Niemand starb freiwillig.

*»Ihr Neuen geht immer als Erste drauf. Ihr hört es nicht.«*

*»Was?«*

*»Die Gasgranaten zum Beispiel. Die tun so ganz … heiser. Ja, heiser. Und lang gezogen …«*

*Abendliche Dörfer, in denen Strohdächer wie Mützen tief über gekalkte Fachwerkhäuser gezogen sind, mit Obstgärten und Scheunen und alten Linden …*

*»Die, die summen wie Mücken, die sind gefährlich, verstehst du? Die lauten sind nicht so schlimm. Wenn du die lauten pfeifen hörst, sind sie schon vorbei.«*

*»Ja. Ja.«*

*»Verstehst du?«*

*»Ja!«*

*»Nein, du verstehst es nicht. Die leisen, die summen wie Mücken. Ssssiiiiii! Merk dir das.«*

*»Das werde ich.«*

*»Wirst du nicht. Wenn es so weit ist, wirst du wieder alles falsch machen. Wie alle Neuen.«*

*»Nein.«*

*»Doch, wirst schon sehen beziehungsweise – haha – nicht sehen …«*

*Es gibt Menschen, die leben, obwohl ihnen ein Teil des Schädels fehlt. Sie leben, obwohl sie mit der linken Hand ihre Gedärme festhalten müssen, damit sie nicht aus der rot schimmernden Bauchhöhle herausfallen. Sie wollen auf keinen Fall die Grenze überschreiten, obwohl die Ärzte im hoffnungslos überfüllten Lazarett sie längst aufgegeben haben, obwohl ihre Gesichter in Minutenschnelle zusammenfallen, bis die Lippen ganz schmal werden und sich darunter die Zähne abzeichnen, während die Augen einsinken und sich die Haut um sie herum bräunlich verfärbt wie bei Greisen; oh ja, der Tod macht ganz schnell uralt. Manchen sind die Füße weggeschossen worden, und sie humpeln auf den splitternden Stümpfen Hunderte Meter bis zum Unterstand, während sich der Schmutz in ihre Wunden presst und beste Voraussetzungen für eine Sepsis schafft. Aber das ist egal, vollkommen egal: Alles, selbst der schlimmste denkbare Schmerz ist besser, als zu sterben, das lernt er an der Front.*

*Etwas explodiert, und sein Mund und seine Augen und seine Nase sind voller Erde, alles ist dunkel, und er denkt, dass er tot ist, und merkt, dass auch er auf keinen Fall tot sein will, egal, was kommt. Nein, nein, nein! Etwas explodiert, und eine Hand fliegt an ihm vorbei. Der Hand fehlt der Mittelfinger, ein grausiger Gruß aus dem Jenseits, er muss lachen, schreien, dann sich übergeben …*

Georg drückt sein Kissen in die Schüssel mit kaltem Wasser neben seinem Bett und legt es sich aufs Gesicht, saugt daran – Durst, Durst, Durst! –, und sekundenlang fühlt er sich fast ein bisschen besser, ein bisschen gesünder, aber dann ist es so, als würde das Kissen dampfen von der Hitze, die er ausstrahlt, und er wirft es verärgert auf den Boden, und dann kommt seine Mutter herein und sieht die Bescherung, und er ist wieder ein kleiner Junge, der nicht geschimpft werden will.

Aber sie schimpft nicht. Sie bringt ihm ein neues, frisches Kissen, das sich kühl anfühlt und sauber riecht. Er lächelt sie an, und dann lächelt er plötzlich Helen an, und seine Mutter ist fort. »Was hast du vor dem Gesicht?«, fragt er und weiß nicht, dass er das schon x-mal gefragt hat. »Wir fliehen gemeinsam«, sagt er, und bevor Helen antworten kann, versinkt er in einem schwarzen, ohnmachtsähnlichen Schlaf, wo ihn die Gespenster immerhin endlich einmal in Ruhe lassen.

# 15

Wo warst du so lange?«, fragte Donata ihren Bruder, als sie im Salon saßen, wo ihnen Tee im Samowar und zuckergussverzierte Mürbteigkekse auf einer Etagère serviert wurden. Donata trug ein weinrotes Samtkleid, auf dem Felix einen weißlichen Fleck in Brusthöhe entdeckte. Ihr Gesicht war sehr blass, besonders um die Lippen herum, und ihr hochgestecktes Haar wirkte für ihre Verhältnisse nachlässig frisiert.

»Du hast das Mittagessen versäumt«, erklärte sie in jenem Donata-Ton, der manche Menschen einschüchterte und andere zur Weißglut brachte, aber Felix beugte sich vor und nahm ihre Hand, die sich rau anfühlte, kräftig und ein bisschen zu mager. »Ich weiß, und das tut mir ausgesprochen leid, es war bestimmt köstlich. Zumindest wesentlich besser als das Gulasch in der *Post*.«

Sie zog die Hand weg und lehnte sich zurück. »Wir hatten Fasan mit glasierten Kastanien, du hast wirklich etwas versäumt. Möchtest du noch etwas davon?«

»Oh nein, vielen Dank. Das Beste, was man über die Mahlzeiten in der *Post* sagen kann, ist, dass niemand hungrig aufsteht.«

»Wie kommst du überhaupt dazu, dort zu essen? Glienke hat dir doch bestimmt gesagt …«

»Höre ich da einen strafenden Unterton, liebe Schwester?«

»Ganz und gar nicht, aber …«

»An Glienke lag es nicht, er wollte mich unbedingt auf dem schnellsten Weg zu euch bringen, der arme Mann, versprich mir, dass er keine Probleme bekommt. Es war meine Entscheidung, um ehrlich zu sein. Da waren drei Soldaten, die mit mir ausgestiegen sind. Die haben mich angerührt, auf eine ganz seltsame Weise fühlte ich mich ihnen verbunden, und ich wollte mehr von ihnen wissen. Ich habe versucht, dich anzurufen, aber das Telefon in der *Post* funktionierte nicht.«

»Du hast sie eingeladen, nicht wahr? Das ist so typisch für dich, diese Großzügigkeit in den merkwürdigsten Situationen. Hast du nicht genug Soldaten für den Rest deines Lebens gesehen?«

»Oh, das Lazarett. Aber da sind oft keine Gespräche möglich, die meisten sind dort in so einem erbärmlichen Zustand, dass man kaum ein Wort aus ihnen herausbringt. Diese hier waren unterernährt, aber augenscheinlich gesund. Und so lebendig!«

Donata antwortete darauf nicht, sondern sah aus dem Fenster in die spätherbstliche Landschaft, auf die sich bereits die Dämmerung senkte. Ein paar Minuten später war alles in Nebel gehüllt, der so dicht war, dass er sich an die Terrassentür zu schmiegen schien. Der Diener Anton kam herein, schaltete die Deckenlampe an und entzündete zusätzlich ein paar Kerzen, so wie Donata es liebte, die sich an das gelbliche elektrische Licht nicht gewöhnen mochte.

»Wie geht es Georg?«, fragte Felix.

»Bitte?«

»Georg«, wiederholte Felix sanft. »Du siehst müde aus«, fügte er hinzu, als Donata wieder nicht reagierte. Donatas Blick wanderte immerhin zu ihm zurück, aber langsam, als wäre schon diese Anstrengung zu viel für sie, und allmählich begann er sich Sorgen zu machen.

»Georg geht es furchtbar schlecht«, sagte Donata. »Ich bin mir nicht sicher …«

»Kann ich ihn sehen?«

»Oh ja, das wäre schön. Deswegen bist du doch gekommen, und dafür danke ich dir. Auch wenn du gesagt hat, dass du nicht viel tun kannst.«

»Das ist selbstverständlich, und ja, viele Möglichkeiten haben wir tatsächlich nicht. Aber ich möchte ihn unbedingt sehen.«

»Es ist eine lange Reise von Berlin nach Frommberg, und ich habe dich nicht besonders freundlich aufgenommen. Sei mir nicht böse.«

»Sei du nicht so sanft, das passt nicht zu dir.«

»Ich bin müde.«

»Das sehe ich, und es beunruhigt mich. Ich möchte, dass du dich hinlegst.«

»Du beliebst zu scherzen, lieber Bruder.« Donata lächelte zum ersten Mal an diesem Nachmittag, und schon wirkte sie so herzlich, unbeschwert und liebreizend wie eine viel jüngere Frau. »Das wollte ich sehen«, sagte Felix, und in Donatas Augen erschien plötzlich ein Blitzen, das ihn gleichzeitig freute und warnte. »Wie geht es deinen Damen?«, fragte sie.

»Von welchen Damen sprichst du, Nata?« Felix lächelte ebenfalls.

»Ich spreche nicht von deinen Patientinnen und deiner merkwürdigen Art der Therapie.«

»Ich weiß nicht, was du dir unter meiner Therapie vorstellst, aber leider kann ich dich diesbezüglich auch nicht beruhigen, ich stehe unter Schweigepflicht.«

»Wie gesagt, diese Damen meine ich nicht. Ich möchte auch keine Einzelheiten wissen über das, was du mit ihnen anstellst …«

»Ich stelle nichts mit ihnen an, ich bin *behilflich*, nennen wir es so.«

»Bitte fahre nicht fort, es wäre zu peinlich.«

»Nun, andere Damen gibt es zurzeit nicht in meinem Leben, deshalb kann ich dir leider nichts erzählen. Die Richtige …«

»… ist noch nicht gekommen. Wie bedauernswert. Aber es gibt ja andere weibliche Wesen, die dich über diesen Zustand hinwegtrösten, nicht wahr? Dazu bestimmte Substanzen, die für Entspannung sorgen …«

»Lass uns zu Georg gehen.«

»Ich bin sicher, das alles ist nicht gesund. In keiner Beziehung.«

»Ich fühle mich wohl, mein Leben gefällt mir. Lass uns zu Georg gehen.«

Donata seufzte. »Ja. Ich sollte mich nicht einmischen.«

»Misch dich ruhig ein, meine Liebe, ich weiß deine Sorge zu schätzen. Es wird nur nichts ändern.«

Georg war nur halb bei Bewusstsein, als sie sich links und rechts an sein Bett setzten. Felix legte ihm die Hand auf die Stirn, die sich trocken und heiß anfühlte. Donata half ihm, Georg in die Seitenlage zu bringen, anschließend führte Felix das Quecksilberthermometer in seinen After ein.

»Geh weg«, murmelte Georg und krümmte sich.

»Es ist gleich vorbei.«

»Ich will nicht.«

»Gleich. Nicht bewegen. Es dauert nur drei Minuten. Drei Minuten deines Lebens, alter Freund, das ist gar nichts, das ist überhaupt nichts …«, so redete Felix immer weiter, während er Georg den Puls fühlte und sich gleichzeitig bemühte, ihn in dieser Stellung zu halten, was nicht einfach war, weil der Kranke einerseits so schwach war, dass er sich kaum rühren konnte, und andererseits von einem quälenden Bewegungsdrang befallen war, der ihn veranlasste, andauernd die Position zu wechseln.

»Hat er gegessen?«, fragte Felix.

»Nein. Wir schaffen es, ihm Wasser einzuflößen, mehr nimmt er nicht an.«

»Seit wann hat er nichts gegessen?«

»Zwei, drei Tage lang. Eigentlich von Anfang an, als er krank wurde. Es ging so schnell, Felix, so schnell, von einer

Minute zur nächsten wurde er blass, und dann kam auch schon das Fieber …«

»Das ist typisch für den Verlauf, jede Influenza beginnt so.« Felix zog das Thermometer heraus. Die Quecksilbersäule stand auf vierzig Grad, und auch das war typisch und insofern noch nicht besorgniserregend. Er nahm das Stethoskop aus seinem Arztköfferchen und veranlasste den leise jammernden Georg, sich auf den Rücken zu drehen und sich dann aufzusetzen. »Einatmen, ausatmen, Atem anhalten, dann husten«, sagte er, und Georg war zumindest so aufnahmefähig, dass er diese einfachen Anweisungen befolgen konnte.

»Was sagst du?«, fragte Donata. Ihre Stimme klang leise und dumpf hinter dem Mundschutz, ihre Augen wirkten groß und dunkel im gedämpften Licht des Krankenzimmers.

»Die Lunge ist … Ihr Geräusch gefällt mir nicht. Wir müssen abwarten. Oder vielleicht …«

»Was heißt das?«

»Nichts.«

»Nichts?«

»Das, was ich sage, Nata.«

»Aber was sagst du denn genau?«

»Wir müssen abwarten. Es kommt auf die nächsten beiden Tage an.«

»Aber du hast ›vielleicht‹ gesagt. Was meinst du damit?«

»Nichts.«

»Du verheimlichst mir etwas.«

»Lass uns hinausgehen«, sagte Felix. Er warf einen letzten Blick auf seinen Patienten, der seine Augen bereits wieder geschlossen hatte, zögerte und verließ dann fast fluchtartig den Raum, ohne Donata die Tür aufzuhalten. Sie lief hinter ihm her, ihren Mundschutz in der Hand.

»Felix!«

Er blieb stehen und drehte sich um. »Du musst die Kleider wechseln, den Mundschutz auskochen und deine Hände gründlich waschen! Jetzt sofort!«

»Was ist mit dir?«

»Ich werde das Gleiche tun.«

»Das meine ich nicht.«

»Fass dir vorher nicht ins Gesicht, nicht an die Augen, nicht an die Nase oder die Lippen. Die Erreger …«

»Ich weiß!«

»Aber du musst wirklich immer daran denken, verstehst du nicht? Man macht so viele Handbewegungen, ohne es zu merken.«

»Natürlich. Ich denke daran.«

»Wo ist mein Zimmer?«

»Du wohnst im Südzimmer im ersten Stock, wie immer. Felix …«

»Wechsle dein Kleid, koch den Mundschutz aus und wasch dir die Hände mindestens eine halbe Minute lang mit viel Seife – in dieser Reihenfolge. Und dann komm in mein Zimmer. Ich muss etwas mit dir besprechen.«

Helen stand in Leinenunterwäsche und mit geschnürtem Korsett an ihrer geschlossenen Zimmertür und belauschte angestrengt die leise Unterhaltung zwischen ihrer Mutter und Felix auf dem Gang. Sie verstand nicht viel, eigentlich nur den letzten Satz, der sich überhaupt nicht nach Felix anhörte, sondern nach jemandem, der sich ernsthafte Sorgen machte. Felix machte sich niemals Sorgen, wenn er es aber doch tat, *musste* alles viel schlimmer sein als gedacht, und diese Erkenntnis hatte etwas absolut Niederschmetterndes. Jede Hoffnung auf bessere Zeiten kam Helen plötzlich abhanden; nichts würde sich bessern, alles würde weiter bergab gehen, und die Konsequenzen sah sie ganz deutlich vor sich: Georgs Begräbnis, den Kummer ihrer Eltern, eine schwarzumflorte Trauergemeinde, die den Zorn über Helens Schuld an diesem Desaster nur mühsam hinter einer eisigen Schicht höflicher Anteilnahme verbarg, und all das verknüpft mit dem Fehlen jeglicher Möglichkeit, selbst wieder glücklich zu werden. Helen lehnte die Stirn an die Tür, ließ es zu, dass die Verzweiflung überhandnahm, ihren gesamten Organismus bis ins letzte Blutgefäß durchflutete, und hätte gern geweint, weil ein ausgiebiger Tränenfluss wenigstens einen Teil der Spannung fortgespült hätte. Aber nicht einmal das Weinen, sonst ihr zuverlässigster Therapeut, wollte ihr zu Diensten sein; es blieben stattdessen das Gefühl von allgemeiner Steifheit, die verkrampften Kiefergelenke, der trockene Mund, die brennenden Augen, die Nackenschmerzen und der leidenschaftliche Wunsch, das Denken und Fühlen vollkommen einzustellen und dafür mindestens drei Tage lang durchzuschlafen.

Hinter Helen stand Mariechen mit einem mauvefarbenen und einem sonnengelben Kleid über dem Arm und grämte sich, weil das gnädige Fräulein sich grämte und Mariechen ihr deshalb nichts recht machen konnte.

»Darf ich Sie ankleiden?«, fragte sie schließlich, nachdem Helen sich nicht rührte.

»Ankleiden?«, fragte Helen, immer noch den Kopf an die Tür gelehnt, obwohl sich Felix und Donata längst entfernt hatten.

»Zum Souper?«, flüsterte Mariechen.

Keine Antwort. Aber immerhin stieß sich Helen von der Tür ab und schleppte sich mit den langsamsten Schritten der Welt zum Bett, wo sie sich vorsichtig niederließ, denn Rückenschmerzen plagten sie ebenfalls. Dann legte sie sich einfach hin, während Mariechen mit den beiden Kleidern vor ihr stand und ratlos auf ihr blasses Gesicht heruntersah. Schließlich sagte Helen, dass sie keinen Hunger habe und Mariechen sich für den Rest des Abends freinehmen könne. Dabei hielt sie die Augen geschlossen, als wollte sie die Welt aussperren, und wahrscheinlich war es ja auch so.

»Das geht nicht«, sagte Mariechen trotzdem.

»Natürlich geht das.«

»Die gnädige Frau würde das nicht dulden.«

»Das ist mir egal.«

Aber Mariechen blieb diesmal hartnäckig, und endlich ließ sich Helen dazu bewegen, leicht schwankend aufzustehen und sich das mauvefarbene Kleid überstreifen zu lassen (das gelbe hatte sie sofort abgelehnt und Mariechen dabei angesehen, als wäre diese nicht ganz bei Trost, ihr eine derartig unpassende Alternative anzubieten).

»Ich könnte doch krank sein«, sagte Helen, nachdem Marie sie behutsam dazu gebracht hatte, vor ihrer Frisierkommode Platz zu nehmen.

»Dann macht sich die gnädige Frau Sorgen.«

»Und wenn schon.«

»Bitte, gnädiges Fräulein. Sie wird denken, Sie haben sich bei dem gnädigen Herrn angesteckt, und wird Sie nicht in Ruhe lassen, bis sie merkt, dass Sie Ihre Krankheit nur spielen, und dann wird sie zornig sein, und das steht alles nicht dafür.«

»Da magst du recht haben.« Helen ließ den Kopf hängen.

»Sie möchte, dass alles so ist, wie es sein soll.«

»Sie will alles so haben, wie es *war*. Aber so wird es nie mehr sein.«

»Ich …«

»Verstehst du, Liebes. Nie wieder. Wir werden alles verlieren.«

»Bitte«, sagte Mariechen, und ihr spitzes Gesicht unter dem Häubchen verzog sich kummervoll. »Bitte sagen Sie so etwas nicht.«

Das Souper war so trübselig wie erwartet, auch wenn Felix seiner Verpflichtung nachkam, ein wenig Schwung in die Gesellschaft zu bringen. Sobald Georg krank geworden war, waren alle Gäste mehr oder weniger überstürzt abgereist, und die, die sich angesagt hatten, waren von Donata ausgeladen worden. Heinrichs Eltern aßen in ihrer eigenen Suite, und so waren sie heute Abend nur zu viert, eine Zahl, für die der ausladende Mahagonitisch nicht gebaut worden war.

»Erzähl ein wenig von Berlin«, sagte Helen zu Felix, nachdem Arnold die Vorspeise abgeräumt hatte und sich daranmachte, den Hauptgang zu servieren.

»Berlin? Gern! Ich überspringe die politischen Querelen, inklusive gewalttätiger Demonstrationen in Berlin, genauso wie unseren geliebten ehemaligen Kaiser, der sich als frischgebackener Privatmann gemütlich im niederländischen Exil verwöhnen lässt, nachdem ihm mehr als nahegelegt wurde, abzudanken, wenn euch das recht ist …«

»Sehr recht«, sagte Donata. »Bitte auch keine weiteren Schilderungen revolutionärer Umtriebe.«

Heinrich schwieg. Felix stellte fest, dass er abgenommen hatte, insgesamt schwächer wirkte als bei seinem letzten Besuch, und auch seine Gesichtsfarbe gefiel ihm nicht. Er straffte sich innerlich.

»Berlin feiert«, sagte er so munter, wie ihm keineswegs zumute war. »Der Krieg ist vorbei, und nun stürmen die Kriegsgewinnler mit ihren Freundinnen die Tanzlokale. Man erkennt sie übrigens sofort. Siehst du einen dicken Bauch, der sich an den Körper eines schönen Mädchens schmiegt, hast du einen Schwarzhändler oder einen Heereslieferanten vor dir.«

»Wie schrecklich«, sagte Helen matt, dieselbe mädchenhaft-frivole Helen, die ihn vor wenigen Monaten im Swinemünder Kasino derart bezaubert hatte, dass er beinahe um sein stoßfestes, bruchsicheres Herz fürchten musste, und die nun so grau, trist und abgemagert wirkte wie eine viel ältere Frau.

»Natürlich ist es schrecklich, aber es ist auch amüsant, liebe

Helen«, sagte er gewollt heiter und gleichzeitig ein wenig gereizt, wie immer, wenn ihm so unbequeme Empfindungen wie Mitleid und Bedauern zusetzten. »Die reine, durch keinerlei Skrupel angekränkelte Bosheit hat einen hohen Unterhaltungswert, und deren Protagonisten sind zumindest großzügig, und das macht sie wiederum – ich sage es nicht gern, aber was wahr ist, muss wahr bleiben – sympathischer als so manchen hochmoralischen Pfennigfuchser.«

»Das kann ich mir nicht vorstellen«, sagte Donata, aber viel weniger streng, als sie es unter anderen Umständen getan hätte. Ja, sie rang sich sogar ein Lächeln ab, denn Felix, notorischer Provokateur hin oder her, war jetzt ihr letzter Rettungsanker, vor allem nachdem er ihr erklärt hatte, wie bedrohlich Georgs Zustand tatsächlich war und wie wenig Möglichkeiten selbst allerbeste Ärzte haben würden, das Unheil aufzuhalten, wenn es denn zum Allerschlimmsten käme, nämlich einer Lungenentzündung als Folgeerkrankung. Sollte das also passieren, dann wäre Felix der Einzige, der die Familie im Fall des Falles davor bewahren konnte, in lähmende Trauer zu versinken, und deshalb musste sie ihn festhalten; er musste unbedingt hierbleiben, und das war nur zu schaffen, wenn sie sich ganz auf ihn einließ und ihn nicht mit Vorhaltungen über seinen Lebenswandel langweilte.

»Ich liebe es, wenn du uns Landpomeranzen die Großstadt erklärst, lieber Bruder«, sagte Donata also fast kokett. Sie schenkte sich und Felix von dem schweren spanischen Rotwein nach, der tief und dunkel schmeckte wie flüssiger Samt und dabei ein leicht pelziges, aber nicht unangenehmes Gefühl auf der Zunge hinterließ.

»Nun, ihr Landpomeranzen lebt immer noch im Paradies, vergesst das nicht«, erwiderte Felix und nahm einen großen Schluck.

»Aber die besseren Geschichten erlebst du«, sagte Donata mit einem leisen, fast unbewussten Seufzer.

»Das wiederum ist wahr. Ihr solltet mich einmal besuchen, dann führe ich euch ein in die große, sündige Welt der Klubs.«

»Was sich entsetzlich unchristlich anhört. Wo trifft man sich heute für die schlimmsten Ausschweifungen?« Donata spürte, wie ihr der Wein zu Kopf stieg, und genau das wollte sie; denn im Moment hatte sie es gerade einmal gründlich satt, verantwortungsbewusste Mutter, Ehefrau, Krankenpflegerin, Gutsherrin und Rechenkünstlerin in Personalunion zu sein, sie wollte wenigstens in Gedanken einmal alles hinter sich lassen, denn – seien wir ehrlich, dachte sie – war alles, was sie hatte, wirklich alles, was sie wollte und brauchte? Oh, natürlich, sie wusste, dass solche Überlegungen müßig waren und nirgendwohin führten, aber … Sie versuchte, sich Berlin vorzustellen, wo sie so lange nicht mehr gewesen war, zum letzten Mal kurz vor dem Krieg, der vier endlose Jahre gedauert und alles verändert hatte.

»Wie ist es jetzt dort?«, fragte sie.

»Wo? In Berlin?«

»Ich habe es fast vergessen, es ist so lange her.«

Felix überlegte. »Anders als früher«, sagte er dann. »Vor allem hell. Die ganze Nacht. Es wird einfach nicht so dunkel wie hier, so dunkel, dass man Angst bekommen könnte.«

»Angst? Du übertreibst.«

»Leg nicht jedes meiner Worte auf die Goldwaage, liebe Nata, damit bist du noch nie weit gekommen. Es ist nur … Ich meine, sieh nach draußen, in den Nebel, so finster, feucht, opak und still, als wäre alles tot und man selbst ganz allein auf dem Planeten, der sich seinerseits in *splendid isolation* durch das All pflügt, immer in gepflegtem Abstand zu seinen Brüdern und Schwestern. In Berlin ist es laut und schrill und voller Menschen, die sich lieben, streiten, verfluchen, berauben, beschenken und sich auf die Füße treten, weil es so viele von ihnen gibt, dass keiner genug Raum für sich und seine Neurosen hat, die er aus lauter Kummer über die Enge und den

Mangel an Intimität der ganzen Welt mitteilen muss, was tragisch und anstrengend, aber auch äußerst unterhaltsam ist.«

»Ich beneide dich«, sagte Donata ein bisschen atemlos und mit leuchtenden Augen, »manchmal beneide ich dich wirklich«, und brach ab, als sie Heinrichs müden, traurigen Blick sah, während Felix seine Hand auf ihre legte, um ihr taktvoll zu verstehen zu geben … Ja, was eigentlich? Was fiel den Männern eigentlich ein, warum waren sie so überzeugt davon, dass sie bei aller Gottgefälligkeit das Recht für sich in Anspruch nehmen durften, die interessanteren Leben zu führen?

»Maman?«, sagte Helen.

»Ja«, sagte Donata und zog ihre Hand unter Felix' Hand hervor, der Moment der Revolte war ohnehin vorbei, der leise schwelende Zorn über alles, was sie eventuell versäumt hatte, weil sie sich für Heinrich entschieden hatte, verrauchte, Felix' diskrete Geste war insofern vollkommen überflüssig, um nicht zu sagen: unverschämt.

»Brave Mädchen kommen in den Himmel, böse Männer überallhin, nicht wahr?« Schon hatten sich die guten Vorsätze bezüglich Felix und der Wichtigkeit seiner Anwesenheit für das familiäre Wohl in Luft aufgelöst, war Donata wieder Donata, wie man sie kannte und fürchtete und wie sie sich vor allem selbst nicht mochte.

»Hoppla«, sagte Felix auf seine gewollt harmlose, halb amüsierte, halb irritierte Art, die sie noch mehr aufregte, weil sie so durchschaubar war. »Habe ich dich verärgert?«, erkundigte er sich (oh, diese verfluchte Ironie, dieses charmant-mokante *Schmunzeln*, auf das jeder hereinfiel, das jeden entwaffnete, nur sie nicht, weil sie ihn viel zu gut kannte – ihn und seine verdammten *Tricks!*).

»Wo denkst du hin, lieber Bruder! Es war nur eine Frage. Vielleicht nicht einmal das, denn seien wir ehrlich, wir kennen doch die Antwort.«

»Nata«, sagte Heinrich, der Beschwichtiger.

»Es war nur eine Frage!«, wiederholte Donata lauter als nötig, wie sie vor sich selbst zugeben musste, was sie noch mehr in Rage brachte.

»Maman …«

»Helen, nicht auch noch du! Es war nur eine Frage! Eine *freundliche* Frage. Ihr müsst Felix nicht verteidigen, das kann er gut allein.«

»Ich will Onkel Felix nicht verteidigen.«

»Das ist auch gar nicht nötig«, warf Felix ein, mit dieser enervierend vernünftigen, augenzwinkernd humorvollen Gelassenheit, die ihn auf infame Weise unangreifbar machte, während Donata sich wieder einmal selbst ins Unrecht gesetzt hatte, obwohl sie, wie so oft, vollkommen recht hatte! Und genau das wollte sie gerade kundtun, als Helen ihr in die Parade fuhr und fragte, ob sie sich entschuldigen dürfe. »Ich bin so müde«, sagte Helen mit einer kleinen, geradezu kläglichen Stimme, und schon bereute Donata bitterlich ihren vollkommen unpassenden, angesichts der Lage und Helens blassem Gesicht mehr oder weniger unverzeihlichen Ausbruch und sagte so sanft, leise und liebevoll, wie sie konnte: »Natürlich, Kind. Geh ins Bett. Soll dir Mariechen noch etwas Dessert bringen?«

»Nein danke, Maman. Ich möchte nur schlafen.«

Aber Helen konnte nicht schlafen. Nach zwei Stunden quälenden Herumwälzens stand sie auf, zog sich ihren Morgenmantel an und schlich barfuß durch das dunkle Haus, bis sie vor Felix' Tür stand. Ein Lichtstreifen erstreckte sich von der Schwelle bis zu ihren geisterblassen Zehen, und sie hob die Hand und klopfte.

Sie hörte Schritte, dann öffnete sich die Tür so schnell, dass sie einen Schreck bekam.

»Was machst du denn hier?«, sagte ihr Onkel und legte die

Hand auf den oberen Türrahmen, was im Gegenlicht beinahe so aussah, als wollte er sie schlagen. Sie konnte sein Gesicht nicht erkennen, nur einen übermächtigen Schattenriss, wo sein Kopf war, und hätte sich am liebsten auf der Stelle unsichtbar gemacht.

»Es tut mir leid«, sagte sie. »Ich wollte dich nicht stören.«

Helen merkte, wie er zögerte, während sie wie festgewachsen stehen blieb und zu zittern begann; eine Kälte, die nichts mit der Außentemperatur zu tun hatte, sondern von ganz tief innen kam, breitete sich in ihrem Körper aus, von den Zehen bis zu den Lippen, und dann, als sie schon fast so weit war, sich endlich umzudrehen, nahm Felix die Hand vom Türrahmen. Das Licht der Deckenlampe, das sein Arm nicht länger abschirmte, blendete sie jetzt, und sie kniff die Augen zusammen, während ihr Onkel sie zu mustern schien.

»Ich bin kein guter Umgang für dich«, sagte er, und diesmal klang er ganz anders, weicher, verführerischer und bedrohlicher. Bevor sie fragen konnte, was er mit dieser Bemerkung meinte, nahm er ihre Hand, zog sie in sein Zimmer und umarmte sie, bis das Zittern nachließ und sie endlich weinen konnte.

Als sie damit fertig war und sich auf Felix' Bett setzte, verstört von dem plötzlichen Verlangen, ihn so zu küssen, wie sie bislang nur Georg geküsst hatte, wachte Rudela in ihrem Zimmer am anderen Ende des Ganges auf und horchte in die Dunkelheit, weil sie eine Veränderung spürte, etwas lag in der Luft, eine Gefahr, die sie nicht benennen konnte. Ohne dass sie recht wusste, wie, stand sie plötzlich vor Georgs Krankenzimmer und ging, obwohl ihr das streng verboten war, hinein. Sie nahm das verschwitzte, fiebrige Aroma des Kranken wahr und setzte sich auf den Boden, direkt vor Georgs Lager, wie ein Hund, der sein Herrchen bewacht. Neben Georgs Bett saß das Dienstmädchen Veronika auf einem Sessel und schlief mit offenem Mund.

»Was ist das?«, fragte Helen, als sie auf dem Schreibtisch neben dem Bett flache Glasschalen mit merkwürdigen, unterschiedlich großen, faserigen Gebilden darin entdeckte.

»Schimmelpilze«, antwortete Felix und setzte sich auf den Stuhl vor dem Schreibtisch, ein gutes Stück von ihr entfernt. Helen merkte erst jetzt, dass er immer noch vollständig angezogen war. Lediglich sein Hemdkragen stand offen. An seinem nackten Hals pochte eine Ader, und sie senkte den Blick. An dieser Situation war so viel falsch, dass sie gar nicht gewusst hätte, wo anfangen.

»Die sehen seltsam aus«, sagte sie, die Augen auf den Boden gerichtet.

»Du musst keine Angst haben«, sagte Felix.

»Die habe ich nicht.«

»Doch, du hast vor deinen eigenen Gefühlen Angst, aber das ist nicht notwendig. Es wird nichts passieren.«

»Du weißt nichts von meinen Gefühlen.« Aber trotzdem gelang es ihr nicht, aufzusehen.

In der Zwischenzeit bewegte sich Georg, der Geruch nach Krankheit verstärkte sich, dünstete aus seinen Decken heraus, und Rudela blieb an ihrem Platz in der festen Überzeugung, eine wichtige Aufgabe wahrzunehmen. Veronika begann zu schnarchen.

»Hast du schon einmal etwas von Ernest Duchesne gehört?«, fragte Felix.

»Nein.« Langsam verschwand Helens Verlangen, wurde zur vagen Erinnerung wie ein schlechter Traum, und übrig blieb eine Mischung aus Erleichterung und Scham.

»Kaum jemand weiß von ihm«, sagte Felix. »Dabei war er ein interessanter Mann. Ein Genie sogar. Ich habe ihn in Paris kennengelernt.«

»Oh, wirklich?«

»Wir trafen uns vor Jahren, lange vor dem Krieg, in einer Bar in der Nähe des Montparnasse und kamen ins Gespräch.

Er berichtete mir von einem Experiment, das ich faszinierend fand. Schließlich nahm er mich auf meine Bitte hin mit in sein Labor, und wir verbrachten die nächsten Tage miteinander. Er konnte mich überzeugen. Und so machte ich selbst einige Versuche.«

»Wovon denn?«, fragte Helen. Sie fühlte sich wieder fast normal, bis auf das Frieren.

»Wie bitte?«

»Wovon konnte er dich überzeugen?«

»Von der Kraft des Schimmels. *Penicillium glaucum*.«

»Was ist das?«

»Ein Pilz. Nur ein Pilz.«

In diesem Moment fuhr Georg hoch und hustete laut und bellend, und Rudela sprang auf, weil sie *wusste,* dass dies der Vorbote von etwas Schrecklichem war. Sie begann zu schreien, ein hoher, unirdisch spitzer Ton, wie das schrille hohe C auf einer Blockflöte. Veronika wachte auf und guckte erst verschlafen auf den sich krümmenden Georg und dann auf die schreiende Rudela, die in ihrem weißen, hochgeschlossenen Nachthemd und dem zerzausten Haar wie der Geist eines halbwüchsigen Mädchens aussah.

»Ruf Onkel Felix!«, schrie Rudela in Veronikas Richtung, aber so, als würde sie sie überhaupt nicht sehen, und Veronika, sonst keineswegs zimperlich, lief ein Schauer über den Rücken angesichts dieses intensiven und gleichzeitig leeren Blicks. »Er muss sofort kommen! *Ruf ihn!*«

Veronika sah nun die Blutflecken auf Georgs Lippen, seinen Händen und seiner Bettdecke, hielt sich nicht lange mit Fragen auf, sondern stürzte aus dem Zimmer.

# 16

»Du hast ihn umgebracht«, sagte Donata.

»Warte«, sagte Felix. »Wir müssen warten.«

»Worauf?«, fragte Donata. Es war, als würde sie aus einem schlimmen Traum erwachen, nur um festzustellen, dass die Wirklichkeit noch viel entsetzlicher war.

Georgs Augen waren geschlossen, sein Gesicht hatte die Farbe von altem Elfenbein. Seine aufgesprungenen Lippen waren halb geöffnet. Man hörte nichts, nur sein unregelmäßiges, gequältes, rasselndes Keuchen. Sehr nah bei ihm saß Felix und maß mit Zeige- und Mittelfinger seinen Puls an der kaum sichtbar pochenden Halsschlagader. Gegenüber kniete Helen auf dem kalten Boden neben dem Bett und drückte Georgs Hand an ihre Wange. Donata stützte sich mit gesenktem Kopf auf das filigran geschwungene, schmiedeeiserne Fußteil, Heinrich stand hinter ihr und wagte es nicht, sie zu berühren. Rudela war trotz ihres Protests von Veronika in ihr Zimmer gebracht worden.

Auf dem Nachttisch lag die leere Spritze mit der Schimmelpilzlösung, die Felix Georg intravenös verabreicht hatte, ohne die geringste Ahnung zu haben, ob diese Therapie Georgs Leben retten, ihn töten oder gar nichts bewirken würde.

Auch im letzten Fall würde Georg mit fast hundertprozentiger Sicherheit sterben. Das hatte Felix Donata erklärt. Die sich anbahnende aggressive bakterielle Lungenentzündung würde zu einem Blutsturz führen, hatte er gesagt, und dass aber dieser spezielle Schimmelpilz als bisher einziges Medikament derartige Bakterien abtöten könne, gegen die es sonst kein Mittel gebe; er habe es selbst gesehen und erlebt – damals in Paris bei Ernest Duchesne. Aber dass es keine Garantie gebe, weil Duchesnes Forschungsergebnisse niemals anerkannt worden seien. *Georg ist eine Versuchsperson, das musst du wissen,* hatte er zu Donata gesagt. Was er ihr nicht gesagt hatte, war, dass Georg nicht seine erste Versuchsperson war. Es hatte zwei weitere im Lazarett gegeben, beide todgeweiht und von den Ärzten aufgegeben. Einer war zehn Minuten nach der Injektion gestorben. Der andere war gesund geworden – gegen jede Wahrscheinlichkeit.

Dieser andere war Georgs Hoffnung.

*Gibt es keine andere Möglichkeit?*

*Nein, Donata. Ich schwöre es. Wenn sie anfangen, Blut zu husten, ist es vorbei. Ich habe es nie anders erlebt.*

*Dann tu es. Tu es schnell!*

Und er hatte es getan. In dem Wissen, dass ihm seine Schwester niemals verzeihen würde, wenn Georg – aus welchen Gründen auch immer – das Experiment nicht überlebte.

Es vergingen vier Stunden. Georg hustete nicht mehr, aber sein röchelnder Atem besserte sich nicht, er reagierte nicht auf Ansprache, und seine Augen blieben geschlossen. Felix hatte allen Anwesenden Mundschutz und Handschuhe verpasst und ihnen befohlen, sich wärmer anzuziehen. So saßen zum Schluss alle im Mantel an Georgs Bett, während Felix in regelmäßigen Abständen das Fenster öffnete und trotz der kalten, nebligen Luft stoßlüftete.

Nach fünf Stunden begann es zaghaft zu dämmern.

Georg öffnete die Augen und blickte auf vier Menschen, die in unterschiedlich absurden Positionen eingenickt waren. Ein lautes Schnarchen kam aus der Zimmerecke. Es stammte von Heinrich, der mit zitterndem Schnurrbart schlafend an der Wand lehnte. Georg selbst fühlte sich müde und schlapp, seine Lunge brannte, und sein Kopf tat ihm weh, aber er war so glücklich wie ein Bergsteiger, der den Gipfel erreicht hatte und wusste, dass er sich jetzt ausruhen konnte.

Er hatte Hunger, aber noch keine Kraft, das jemandem

mitzuteilen. Er wandte den Kopf und sah Helen neben dem Bett knien, seine Hand in ihrer Hand, die Stirn auf der Decke. Er lächelte und schlief ein.

Zur selben Zeit träumte Justus von Helen, achthundertfünfzig Kilometer von Frommberg entfernt. Er wachte auf, als Helen etwas zu ihm sagte, das er nicht verstehen konnte. Ihr Gesicht blieb gegenwärtig und verschwand dann langsam wie ein Geist. Er war zu Hause in seinem Marburger Zimmer, aber er fühlte sich nicht daheim. Gleichzeitig gab es keinen anderen Ort, an dem er jetzt gern gewesen wäre. Es war egal, wo er sich befand, er sehnte sich nirgendwohin.

Nicht einmal zu Helen.

Vielleicht aber zurück ins Feld.

Auf seiner Brust schien etwas zu lasten, schnürte sie ein wie ein Eisenring, der immer enger wurde, und er machte eine unwillkürliche Armbewegung, um sich von diesem Druck zu befreien.

Jeder einzelne Gegenstand in diesem Raum war ihm fremd, und doch war es so, als würden sie alle zu ihm sprechen.

Verloren, murmelten sie.

Vergeblich, flüsterten sie.

Er schloss die Augen, zutiefst entmutigt.

Der Kampf war vorbei, unwiderruflich. Die Rückenschmerzen beim Marschieren mit schwerem Gepäck, die unruhigen Beine beim Schlafen auf harten Pritschen, der Juckreiz, der sich einstellte, wenn verdreckte Unterkleidung an verschwitzter Haut scheuerte. Der Schlamm im Schützengraben, die gefräßigen Mücken, die Nervosität, wenn stundenlang nichts passierte, weil der Feind genau wusste, wie man die Moral einer Truppe schwächte: durch erzwungenes Nichtstun.

Die Strapazen der letzten vier Jahre, die ihn bis in seine Albträume verfolgten: umsonst.

Das Gefühl, zusammengeschweißt zu sein, im wahrsten und edelsten Sinn des Wortes eine Einheit zu bilden: vorbei.

Und das war es, was ihn so beschäftigte, worüber er nicht hinwegkam. In den vier Jahren hatte er ein für alle Mal erkannt, dass es nichts Wichtigeres und Wertvolleres gab – geben konnte – als die erschütternde und beglückende Erfahrung, sein Leben für andere zu riskieren, es ihnen rückhaltlos *anzuvertrauen*, weil sie hundertundeinmal bewiesen hatten, dass sie es wert waren. Und genau diese heilige Zuversicht, dieser felsenfeste Glaube an die Kraft der Gemeinschaft wurde nun mit Füßen getreten, niedergeredet, verächtlich gemacht, als beruhte er auf einem banalen Irrtum, als wären sie allesamt einer läppischen Täuschung aufgesessen.

Und das wiederum war die Schuld der Regierung mit Interimscharakter, die sich auf jetzt schon absehbare Weise zur Marionette der Sieger erniedrigen lassen würde. Während der Kaiser fort war für immer, vertrieben von den vaterlandslosen Gesellen, die mit ihren schwachbrüstigen Ideen den Staat usurpiert hatten.

Justus' Körper fühlte sich steif an, seine Glieder schmerzten vom kleinen Finger bis zu den Zehen.

Er starrte an die Decke, reglos.

Sein Blick blieb an einer der Stuckrosetten über seinem Kopf hängen, deren verschlungenes Rankenmuster er seit seiner Kindheit fast auswendig kannte. Schließlich hörte er Geräusche im Haus, das Knarzen von Schritten über seinem Zimmer, und er richtete sich auf, obwohl ihm immer noch alles wehtat. Die Sonne fiel durch das Ostfenster hinter ihm und beleuchtete den Biedermeierschreibtisch an der gegenüberliegenden Wand wie einen Altar. Und genau das war er in gewisser Weise auch mit seinen vierundzwanzig ordentlich in Dreierreihen aufgestellten, silbern gerahmten Fotografien, deren damit verbundene Erinnerungen in erster Linie dazu dienten, Justus ein wenig Halt zu geben in einer Welt, die er nicht wiedererkannte. Hauptsächlich handelte es sich um Bilder von Freunden und Verwandten, die mit ihm gedient hatten, darunter auch einige, die ihr Leben für das Deutsche Reich geopfert hatten und die niemand beweinte, außer ihre bedauernswerten Familien, denen von offizieller Seite kaum Hilfe und schon gar kein Mitgefühl zuteilwurde. Auf einem Beistelltisch daneben hatte Justus ein paar weitere Souvenirs aufgebaut: seinen krummen Husarensäbel, einen französischen Stahlhelm, ein Bündel seiner eigenen Briefe aus dem Feld auf stockfleckigem Papier, die ihm die Mutter auf seine Bitte hin wieder ausgehändigt hatte.

Justus schwang die Beine aus dem Bett, betrachtete seine mageren Knie unter der schlotternden Pyjamahose und ließ den Kopf hängen, weil er seit einiger Zeit unter Schwindelanfällen litt, die sich verstärkten, wenn er zu rasch aufstand.

Es konnte nicht sein, dass das alles gewesen war!

Er hob den Kopf.

Es war nun ganz hell in seinem Zimmer; die Sonne war weitergewandert und beschien jetzt das Porträt seines Onkels Leo in Offiziersuniform, stolz und aufrecht, mit der rechten Hand auf dem Herzen, nach dem Sieg über die Franzosen anno 1871. Justus erinnerte sich, dass er heute Abend bei Onkel Leo zum Souper eingeladen war, er erwartete sich einiges von diesem Treffen, und plötzlich präsentierte sich die Welt so viel heiterer, dass er gar nicht mehr verstand, warum er eben noch dermaßen niedergeschlagen gewesen war. Das Leben ging weiter, der Kampf war doch nicht vorbei, er würde in der nächsten Zeit weitergeführt werden, nur vielleicht mit anderen Mitteln!

Es ging darum, nicht aufzugeben und niemals den Mut zu verlieren!

Justus lächelte, ohne es recht zu merken, und stand auf.

# 17

Wir haben frische Eier für dich, mein Junge«, sagte seine Mutter, als er nach seiner Morgentoilette am Frühstückstisch Platz nahm. Die Sonne schien auch ins Esszimmer, brachte das blendend weiße Damasttischtuch zum Schimmern, und Justus ließ sich, immer noch lächelnd, neben seiner Mutter nieder. Elsbeth von Dahlwitz, geborene Gräfin von März, war trotz der allgemeinen Lebensmittelknappheit in den letzten Jahren ein wenig mollig geworden, aber es stand ihr, fand Justus und betrachtete sie wohlgefällig.

»Was ist, mein lieber Sohn?«, fragte Elsbeth mit ihrer heiteren jugendlichen Stimme, der die Jahre nichts anhaben konnten. Sie schenkte ihm Kaffee aus der mit Vögelchen und Blumen bemalten Porzellankanne ein.

»Nichts«, sagte Justus, nahm ihre Hand und küsste sie. »Du siehst nur wieder besonders hübsch und frisch aus. Vater sollte gut auf dich achtgeben, sonst brennst du ihm noch durch.«

»Wie unglaublich charmant, mein lieber Justus! Könntest du das in Anwesenheit des Genannten wiederholen, damit er sein Glück auch künftig so recht zu schätzen weiß?«

»Aber gern, liebe Mama, ich helfe, wo ich kann! Wo ist Vater denn?«

»Ehrlich gesagt, ich weiß es gar nicht genau. Eine Versammlung des Kyffhäuserbundes ist es in jedem Fall, aber ich bin mir nicht sicher, wo sie sich heute treffen.«

»Ich bin abends bei Onkel Leo eingeladen«, sagte Justus. Das Dienstmädchen servierte ein wunderbar heißes und flaumiges Rührei, und Justus dachte einen Moment lang, dass das Kriegsende durchaus auch Vorteile hatte, jedenfalls wenn man so gestellt war wie seine Familie.

»Es schmeckt herrlich«, sagte er, mühsam seinen Heißhunger zügelnd, um nicht unmanierlich zu wirken.

»Bei Onkel Leo?«, fragte Elsbeth, und ein Schatten senkte sich auf ihr freundliches, offenes Gesicht, dämpfte sein Strahlen, obwohl sie versuchte, sich ihr Unbehagen nicht anmerken zu lassen. Doch Justus bemerkte es trotzdem.

»Was ist?«, fragte er erstaunt. »Hätte ich dir das früher sagen sollen?«

»Oh nein, das ist in Ordnung, ich bitte dich. Wir haben heute Abend Gäste, lauter alte Leute wie wir, du hättest dich sicherlich furchtbar gelangweilt.«

»Nun ist Onkel Leo ja viel älter als ihr und um einiges absonderlicher. Hat er immer noch seinen Raben, den er mit Leckerbissen füttert …«

»… weshalb sein Rock immer ein wenig fleckig aussieht? Nun, ich denke schon, aber ich war lange nicht mehr dort. Dein Vater sieht ihn viel regelmäßiger als ich. Natürlich ist Leo auch bei diesem Treffen heute dabei, jedenfalls nehme ich das ganz fest an. Er wird dir am Abend bestimmt davon berichten.« Und wieder war da dieser besorgte Ausdruck in ihren Augen, den sich Justus nicht erklären konnte, der ihn aber irritierte.

»Du isst ja gar nichts«, bemerkte er sanft angesichts eines angebissenen Honigbrötchens, das unbeachtet auf Elsbeths Teller lag.

»Da waren die Augen größer als der Magen«, sagte sie lächelnd und schüttelte gleichzeitig ganz leicht den Kopf, als wollte sie Justus klarmachen, dass er nicht weiterfragen solle. Da ihr Sohn aber trotzdem Anstalten machte, das Thema zu vertiefen, legte sie vorsorglich die Hand auf seine und sagte: »Ich bin so stolz auf dich.«

»Danke, liebe Mutter«, antwortete Justus. »Es tut mir gut, das zu hören.«

»Aber das weißt du doch!«

»Es ist wunderbar, wenn wenigstens die Familie zu einem hält.«

»Das werden wir immer tun«, versicherte Elsbeth und hoffte, dass Justus es diesmal dabei bewenden ließ, aber natürlich war das nicht der Fall. Sie sah, wie sich seine beiden vertikalen Stirnfalten vertieften, die ohnehin schon recht ausgeprägt waren für einen gerade einmal einundzwanzigjährigen Mann, und sagte: »Es ist alles so ungerecht, lieber Justus«, weil sie ja wusste, dass sie der Sache ohnehin nicht entkommen würde. Und wie immer, wenn sie das aussprach – aussprechen *musste*, das geschah nie freiwillig –, ergriff sie eine schreckliche, beschämend unchristliche Wut auf die Verhältnisse, deren Opfer ihr Sohn geworden war.

»Wir waren im Felde unbesiegt«, sagte Justus, nun wieder so betrübt wie morgens im Bett. »Das ist immerhin ein Trost.«

»Aber was habt ihr davon, wenn vaterlandslose Gesellen euch von hinten den Dolchstoß versetzen! Sie haben euch um den Sieg gebracht, das werde ich ihnen niemals verzeihen! Hängen sollten sie dafür!«

»Gräme dich nicht, Mutter«, sagte Justus, fast ein wenig erschrocken über den Hass in ihrer ansonsten so fröhlichen Stimme, obwohl er ihr doch in jeder Hinsicht beipflichtete. »Es wird nicht so bleiben, das verspreche ich dir. Wir werden einen Weg finden, das deutsche Vaterland zu retten. Diese Mischpoke, die sich Regierung nennt, wird sich noch wundern.«

Elsbeth hatte Justus' Irritation wohl bemerkt, und es quälte sie das Gefühl, ein wenig aus der Rolle gefallen zu sein. »Möchtest du noch etwas essen?«, fragte sie hastig, und als Justus höflich verneinte, obwohl er eigentlich noch nicht einmal halbwegs satt war, klingelte sie dem Mädchen, damit es den Tisch abräumte.

Abends ging Justus zu Fuß zum Domizil seines Onkels Leo, der nicht weit entfernt in der Innenstadt Marburgs wohnte.

Justus hätte aber auch eine weitere Strecke auf sich genommen; er meinte sich unbedingt bewegen zu müssen. Das schon morgens an ihm nagende Unbehagen hatte ihn den ganzen Tag über nicht verlassen, ihn gleichsam gelähmt, sodass ihm ein strammer Fußmarsch als beste Medizin gegen die bedrückende Melange aus Zorn, Kummer und Resignation erschien.

Die Luft war feucht und klamm. Das gelbliche Licht der Laternen versuchte sich tapfer gegen die dichten Schwaden des Novembernebels durchzusetzen, brachte aber nur milchige Aura-Inseln zustande, die fast nichts erhellten. Anfangs war es so ruhig, dass er nur das klackernde Geräusch seiner hart besohlten Stiefel auf dem Kopfsteinpflaster wahrnahm. Kein Lüftchen regte sich, auf der Straße lagen ein paar wenige verkrümmte Blätter der bereits halb entlaubten Kastanien.

Die Stiefel waren ganz neu und drückten ein wenig, weshalb Leo seine Schritte verlangsamte. Je näher er dem Zentrum kam, desto belebter wurden die Straßen. Ein paar Automobile und zwei Droschken fuhren an ihm vorbei. Als er schließlich in die Hauptstraße einbog, hörte er plötzlich Tumulte und einen seltsam schrillen Gesang. Aus einer Nebenstraße schob sich wie von Geisterhand eine große dunkle Fahne, die sich bei näherem Hinsehen als rot erwies. Ein junger, magerer Mensch in schmuddeliger Kleidung trug sie vor sich her; seiner angestrengten Miene und seiner krummen Haltung nach zu urteilen, war sie ihm viel zu schwer. Hinter ihm sammelte sich eine dichte Menschenmenge, die, soweit Justus erkennen konnte, hauptsächlich aus Frauen bestand. Ihre Gesichter waren faltig und knochig; sie wirkten wie ausgehöhlt von Hunger und Gram. Mit scheppernden Stimmen sangen sie ein Lied, dessen Text Justus nicht verstand und dessen treibender Rhythmus nicht zu der zögernden Schwerfälligkeit ihres Ganges passte.

Er wich bis dicht vor das Schaufenster eines Schusters zurück und blieb stehen. Die seltsame Prozession schob sich in kaum einem Meter Entfernung an ihm vorbei, niemand wandte auch nur den Kopf, es war, als wäre er unsichtbar. Viele der Marschierer trugen flackernde, blakende Kerzen, die sie mit ihren Händen schützten, und jetzt entdeckte Justus auch die Männer. Einige kränklich aussehende Soldaten in abgetragenen Uniformröcken, einige etwas besser genährte Handwerker in ihrer Zunfttracht, viele Arbeiter mit mageren Gesichtern, die aussahen wie rußgeschwärzt. Ein finsterer Trauermarsch, eine Revolte ohne Begeisterung, ein hoffnungsloser Aufstand der Allerschwächsten: Das also sollten die Retter des Landes sein, die neue großartige Bewegung, deren jammervolle Parolen über Gleichheit und Gerechtigkeit Justus vorkamen wie das Pfeifen im Wald, kurz bevor der böse Wolf zum Angriff überging?

»Wer sind diese Leute?«, fragte er einen Passanten. Der Mann sah kurz hoch, hob dann seinen Hut, verneigte sich leicht und sagte: »Kümmern Sie sich nicht darum, junger Herr. Wer arm ist und ohne Hoffnung, ist ein willkommenes Opfer dieser Verführer. Man würde es ihnen gönnen, aber sie laufen ja nur den Rattenfängern von Hameln hinterher.« Dann verabschiedete er sich und eilte weiter. Justus schaute auf seine Taschenuhr, sah, dass er noch genug Zeit hatte, und nahm dann einen weiten Umweg in Kauf, um diesen Menschen nicht noch einmal begegnen zu müssen.

Leo Graf von Steten hatte vor ein paar Tagen das neunundsechzigste Lebensjahr vollendet, wozu ihm Justus nachträglich mit einer Flasche Frankenwein gratulierte, die ihm seine Mutter als Geschenk mitgegeben hatte. Der alte Herr war nie verheiratet gewesen und galt trotz mehrerer, nach dem deutsch-französischen Krieg verliehenen militärischen Auszeichnungen als skurriler Hagestolz.

Tatsächlich besaß er noch immer einen beeindruckenden

Raben mit blauschwarzem Gefieder, der ihm beim Souper ganz selbstverständlich auf der Schulter Gesellschaft leistete und von allen servierten Speisen mindestens einen Bissen abbekam. Zu diesem Zweck schnitt Leo sowohl die Kartoffeln, als auch Fleisch und Gemüse mit penibler Sorgfalt in quadratzentimetergroße Würfel und hielt sie dann zwischen Daumen und Zeigefinger dem unentwegt quasselnden und krakeelenden Vogel, genannt Isidor, vor den Schnabel. »Sag Danke«, befahl Leo jedes Mal, und Isidor krächzte ein leidlich verständliches »Danke«, nachdem er das Kredenzte heruntergewürgt hatte. So ging das mindestens eine Stunde lang, und diese absolute Konzentration auf die Bedürfnisse des Tieres erschien Justus nicht nur höchst absonderlich, ja fast schon ein wenig beunruhigend, sie verhinderte auch jedes zusammenhängende Gespräch, das über die üblichen Floskeln hinausgegangen wäre.

Kurz bevor Justus ernsthaft bereute, überhaupt gekommen zu sein, hob sein Onkel die Tafel abrupt auf. Er brachte den Raben in seine Voliere, legte eine dicke Wolldecke darüber, und zu Justus' Erleichterung hörte Isidor schlagartig mit seinem lautstarken und ermüdenden Geplapper auf. Anschließend führte Leo seinen Gast ins Wohnzimmer vor das brennende Kaminfeuer, wo ein Diener bereits schottischen Whisky und Zigarren bereitgestellt hatte, weil Leo, Feindschaft hin oder her, seit vielen Jahren für die britische Lebensart schwärmte. Justus ließ sich in einem der schon etwas abgeschabten ledernen Klubsessel nieder und rechnete mit gar nichts mehr. Es vergingen mehrere Minuten in absolutem Schweigen, während das Kaminfeuer prasselte, Justus auf die rot glühenden Scheite im Inneren der Flammen starrte und sich überlegte, wie lange er noch durchhalten musste, um nicht unhöflich zu wirken. Er wendete diesen Gedanken hin und her, bis er merkte, wie er sich langsam entspannte. Nach dem zweiten Glas Whisky verspürte er eine angenehm heitere Ermattung und wäre beinahe weggedöst, als sein Onkel doch noch das Wort ergriff.

»Ich habe viel Gutes über dich gehört«, sagte er mit gemessener Stimme, sein Glas hin und her drehend, das bernsteinfarbene Reflexe an den weiß getünchten Kamin warf.

»Vielen Dank«, sagte Justus, überrascht, dass nun doch noch etwas kam.

»Leibgarde Infanterieregiment Nummer 115?«

»Das war mein Stammregiment.«

»Ein Elite-Regiment, auf das wir stolz sein können, meinen Glückwunsch. Mit siebzehn bist du als Fahnenjunker eingetreten. Zweimal verwundet, das erste Mal an der Marne, das zweite Mal an der Somme.«

»Das stimmt, verehrter Onkel.«

»Zum Schluss Zugführer im Infanterieregiment Nummer 365.«

»Du bist gut informiert.«

»Du bist jetzt Leutnant, wurde mir berichtet.«

»So ist es.«

»Es heißt, du seist tapfer gewesen und keinem Kampf ausgewichen. Dir wurden beide Eisernen Kreuze verliehen.«

»Ich habe mich bemüht, mein Bestes zu geben. Aber das betrachte ich als selbstverständlich.«

»Du hast ihn aber auch nicht gerade gesucht.«

»Wen? Den Kampf?«

»Richtig. Du bist ein Mensch, der den Ausgleich bevorzugt. So heißt es über dich.«

»Nun, das ist Ansichtssache.«

»Bitte sei nicht gekränkt, das war keine Kritik, ganz im Gegenteil.«

»Ich habe es auch nicht so verstanden«, log Justus, während er fieberhaft und höchst verärgert darüber nachgrübelte, wer sich wann über seinen mangelnden Mut ausgelassen haben könnte.

»Ich meine, was ich sage, Justus. Wir brauchen Heißsporne, aber auch Männer mit kühlem Kopf und hoher Intelligenz, die regulierend auf die Truppe einwirken.«

»Die Truppe?«

»Dazu kommen wir gleich.«

Der alte Herr lehnte sich zurück und fixierte Justus durch sein Monokel-bewehrtes rechtes Auge. Nach ein paar Sekunden fragte er: »Wie stehst du zu den Dingen?«

»Wie bitte?«

»Du könntest im zivilen Leben einiges erreichen.«

»Auf keinen Fall. Für mich kommt nur die Offizierslaufbahn infrage.«

»Ganz der Vater und der Großvater. Das freut mich ungemein. Was denkst du über die Sozialdemokratie?«

»Ein Haufen vaterlandsloser Verbrecher, die Wachs in den Händen der Feinde sein werden.«

»Ich bin erstaunt über dein hartes Verdikt, Justus, wir reden immerhin über unsere Regierung.«

»Das ist keine Regierung, das ist noch nicht einmal eine Notlösung. Das ist eine Katastrophe.«

»Du lehnst dich weit aus dem Fenster, lieber Neffe.«

»Das ist meine Meinung.«

»Die Sozialdemokratie vertritt die Interessen des Volkes. Das jedenfalls behauptet sie von sich selbst.«

»Eine infame Lüge. Egoisten wie Friedrich Ebert denken nur an ihre Macht. Das Volk ist ihnen egal.«

»Nun, das sehe ich ein bisschen anders. Ebert versucht sich gerade mit der Obersten Heeresgruppe zu verständigen, ich denke, es wird zu einer guten und gedeihlichen Zusammenarbeit kommen.«

»Ich widerspreche dir ungern, verehrter Onkel, aber ich sehe hier Wölfe im Schafspelz am Werk.«

»Ein interessanter Standpunkt. Ich werde darüber nachdenken.«

»Das ehrt mich.«

Sein Onkel zögerte. Justus stellte zum ersten Mal fest, dass sein Kopf leicht zitterte. In seinem Monokel spiegelten sich die Flammen.

»Bist du ein Patriot?«, fragte er plötzlich, wobei sich das Zittern kurz verstärkte und dann abrupt nachließ.

»Ich würde für mein Land sterben«, antwortete Justus.

Der alte Herr nickte nun offen wohlgefällig und schenkte sich und Justus das dritte Glas ein. Er lächelte versonnen und nahm einen großen Schluck. Dann sagte er: »Ich denke, du bist ein geeigneter Kandidat.«

»Wofür?«, fragte Justus, so gelassen es ihm möglich war.

»Lass mich dich in den nächsten Tagen ein paar Männern vorstellen.«

Justus nickte benommen, in Mund und Nase das torfige Aroma des Whiskys, das, verbunden mit dem erdig-scharfen Rauch der Zigarre, sämtliche Geschmacksnerven zu okkupieren schien. Ihm wurde ein klein wenig übel, sein Magen zog sich zusammen, und er ließ die Zigarre in den Aschenbecher sinken, wo sie friedlich weiterglimmte, einen feinen Rauchfaden in die Luft schickend. Konnte es wahr sein? Wandte sich doch noch alles zum Guten? Alles, dachte er, wirkte plötzlich so leicht, so wahr, so selbstverständlich. Die richtigen Ideen, die richtigen Menschen, um sie umzusetzen, und ein gemeinsames Ziel, das alle Kräfte bündeln würde.

Der Stillstand war vorbei.

Sein Onkel erhob sich, trotz reichlich Alkohol und einer zu Ende gerauchten Zigarre vollkommen Herr seiner Sinne, und half Justus aus dem Sessel.

»Bisschen blass um die Nase, was?«, sagte er und lächelte zum allerersten Mal an diesem Abend, wobei er sehr gelbe und erstaunlich lange Zähne preisgab. Justus bestritt Leos Unterstellung eines Unwohlseins vehement, nahm aber dann doch mit einer gewissen Eile seinen Mantel und verabschiedete sich einigermaßen zügig. Er schaffte es gerade noch bis zur nächsten Straßenecke, wo er hinter einem Alleebaum Alkohol und Abendessen wieder von sich gab und sich anschließend schwor, sein Leben lang keine *Cohiba* mehr anzurühren.

Als er zu Hause ankam, nüchtern und doch euphorisch, als wäre das Erbrechen ein reinigender Akt gewesen, der ihn von allen belasteten und vergifteten Gedanken befreit hatte, wusste er, dass sein Leben wieder in der Spur war, dort, wo es hingehörte, seiner Bestimmung gemäß. Er musste einfach nur abwarten, was von ihm erwartet wurde. Er war zu allem bereit.

*Fiel mir zu Lebzeiten jemals auf, dass es nur zwei Menschen braucht, um ein System zu bilden? Zwei Menschen sind Freunde, Feinde, Kollegen oder ein Paar. Zwanzig Menschen sind eine Familie oder ein Betrieb, zweihundert Menschen eine Dorfgemeinschaft oder ein Mittelstandsunternehmen, zwanzig Millionen Menschen ein Staat oder ein globaler Konzern, zweihundert Millionen eine kleine, zwei Milliarden eine riesige Glaubensgemeinschaft.*

*Und alle diese unterschiedlichen Gefüge wurden und werden von uns geschaffen, mit ihren Stützpfeilern und Gittern, ihren Gesetzen, ihren Regeln, ihrer Moral und ihren Ehrbegriffen. Was für ein enormer kreativer, gemeinschaftlicher Akt, auf den wir stolz sein könnten, wenn seine dunkle Seite nicht immer offensichtlicher würde. Obwohl Systeme so wenig organisch sind wie Bilder oder Skulpturen, ja obwohl sie häufig nicht einmal als ausformulierte Ideen auf Papier existieren, wachsen sie wie Schlingpflanzen um uns herum, in uns hinein und über uns hinweg, kreieren ihre eigene innere Logik, fügen sich wie Schneekristalle zu Verbindungen von erschreckender Schönheit und Starrheit. Sie beschützen uns und halten uns gefangen, sie stärken uns und knebeln uns, sie lin-*

*dern Ängste und Schmerzen, verengen den Blick und machen uns stumpf. Und sehr schnell, viel zu schnell haben ihre Tentakel Herz und Verstand erreicht, und wir akzeptieren sie willig als einen Teil von uns selbst, den wir uns mit roher, blutiger Gewalt herausreißen müssten, um uns von der Herrschaft zu befreien, die wir erst ermöglicht haben.*

*Und selbst dann wären wir nicht frei.*

*Das System vergisst uns nie, sein Kodex verfolgt uns überallhin, und seine Rache an den Abtrünnigen kann furchtbar sein.*

*Aber das ist keine Entschuldigung.*

# 18

Sechs Wochen später, am Nachmittag des 23. Dezember, stand Helens Kammerzofe Mariechen mit dem Küchenmädchen Erna auf dem überdachten Treppchen, das von der Küche in den Kräutergarten führte. Beide waren in ihre Mäntel gehüllt und rauchten mit hastigen Zügen, weil Martha ihnen die Hölle heiß machen würde, wenn sie sie dabei erwischte. *Mädchen, die pfeifen, Hühnern, die krähen, soll man beizeiten den Hals umdrehen,* lautete eines von Marthas Lieblingssprichwörtern, wahrscheinlich, weil *pfeifen* je nach Gusto durch alle möglichen anderen Verben ersetzt werden konnte. *Qualmen,* wie es Martha nannte, gehörte bestimmt ebenfalls dazu.

»Ich hasse Weihnachten«, sagte Erna mit dem für sie typischen Nachdruck. Viele ihrer Sätze schienen Ausrufezeichen zu tragen, und das war offenbar beabsichtigt, denn sie sah sich, wie sie gern betonte, als leidenschaftliches Temperament. Sie blies den Rauch in die windstille Luft voller Schneeflocken, die den abgeernteten, noch vor ein paar Tagen schmutzig braunen Garten in eine glatte weiße Fläche verwandelt hatte. Ernas Gesicht war blass, die blauen Augen wirkten wie gefärbte Murmeln, die Augenbrauen wie Kohlestriche. Mariechen wusste, dass sie Jurij vermisste, der wieder nach Russland zurückgekehrt war, ohne sie mitzunehmen – ein Thema, das man besser nicht anschlug, es sei denn, Erna sprach von sich aus davon.

»Warum hasst du Weihnachten?«, fragte Mariechen und zog vorsichtig an ihrer Zigarette, obwohl sie den Geschmack eigentlich nicht mochte und immer wieder überlegte, was Leute daran fanden. Aber sie wollte gerne weiter mit Erna befreundet sein, und das, so glaubte sie, ging nur, wenn sie sich dieser Angewohnheit, von der Erna eine Menge zu halten schien, nicht verweigerte.

»Warum?« Erna sah Mariechen an beziehungsweise auf sie hinunter, denn sie war mindestens zehn Zentimeter größer. »Lass mich einmal umgekehrt fragen: Was findest du daran?«

»Ich?«

»Nun ja, siehst du hier eine weitere Person?«

»Natürlich nicht«, sagte Mariechen, wie immer überfordert von Ernas Schlagfertigkeit, der Schnelligkeit, mit der sie Gedanken und Ideen entwickelte. Und sie war so schön mit ihren dicken blonden Haaren, die selbst an einem solchen Tag leuchteten. Man konnte gar nicht anders, als von ihr geliebt werden zu wollen!

»Also?« Erna trat ihre Zigarette aus und zündete sich gleich eine neue an, während Mariechen ihre noch nicht einmal zur Hälfte geraucht hatte.

Mariechen überlegte.

Es gab Geschenke von der Herrschaft – sogar eine feierliche Bescherung mit eigenem Weihnachtsbaum nach dem obligatorischen gemeinsamen Kirchgang –, das war auf jeden Fall ein Pluspunkt. Das gemeinsame Singen der Weihnachtslieder war auch immer so ergreifend, dass Mariechen in der Regel weinen musste. Ein Minuspunkt war, dass sie sich die Bescherung hart verdienen mussten. Weihnachten war das Haus stets voll mit Gästen, die alle möglichen Sonderwünsche hatten. Dazu kamen die Mahlzeiten morgens, mittags und abends, dann die neun Sorten Plätzchen, die gebacken und mit Tee, Kaffee oder Kakao serviert werden mussten. Dann der Abwasch, die Massen an Schmutzwäsche, die Tatsache, dass auch Mariechen – Kammerzofe hin oder her – an solchen Tagen bei allem, was anfiel, mit anpacken musste, und zwar von morgens bis spät in die Nacht.

»Du hast recht«, sagte Mariechen. »Es steht eigentlich nicht dafür.«

»Warum gehen wir nicht einfach weg?«

»Weg? Wohin denn?«

Aber sie konnte sich schon denken, wohin Erna wollte – natürlich nach Russland, um ihren Jurij wiederzusehen, in seinem Dorf in der Ukraine, dessen Namen Mariechen vergessen hatte. In den letzten Wochen hatte Erna häufig ganz allgemein davon gesprochen, wie es wohl wäre, noch einmal von vorne anzufangen, in einem fremden Land, wo niemand sie kannte und sie jemand ganz anderes sein könnte, aber noch nie hatte sie Mariechen gefragt, ob sie sie begleiten wollte.

*Eine Pionierin sein*. So hatte es Erna ausgedrückt. Und Mariechen traute ihr so eine gewagte Existenz ohne Weiteres zu, nur sich selbst leider nicht. »Ich kann das nicht tun«, sagte sie. »Ich kann meine Familie nicht allein lassen. Sie brauchen mich.«

»Ach was«, sagte Erna spöttisch. »Du bist einfach zu ängstlich.«

»Das vielleicht auch«, gab Mariechen zu, denn es hatte ja langfristig keinen Sinn, so zu tun, als fände sie eine Idee reizvoll, die ihr schon Furcht einflößte, wenn sie nur darüber nachdachte.

»Schade«, sagte Erna, aber eher leichthin, als hätte sie sich das schon gedacht.

»Ja«, antwortete Mariechen, weil ihr nichts Besseres einfiel. Aber dann – Erna machte bereits Anstalten, wieder hineinzugehen – sagte sie plötzlich zu ihrer eigenen Überraschung: »Bitte geh nicht weg!«

Erna drehte sich um, und erst dachte Mariechen, sie würde sie auslachen. Aber Erna legte ihr für vielleicht eine Millisekunde ganz zart die Hand auf die Wange, und das machte Mariechen so glücklich, dass sie den ganzen Tag zu schweben schien, obwohl Martha sie kurze Zeit später in den Keller beorderte, um vierzehn Laken und genauso viele Bettüberzüge zu mangeln.

Abends ging Mariechen, dick vermummt in ihren Mantel und mit festem Schuhwerk, das ihr die Herrschaft zu ihrem Geburtstag im September geschenkt hatte, nach Hause. Neben Josepha und Martha war sie die einzige Bedienstete, die aus Frommberg stammte. Sie wohnte in einem Zimmerchen im Schloss, das sie sich mit Josepha teilte, aber einmal in der Woche hatte sie, genau wie Josepha, die Erlaubnis, ihre Mutter und ihre Geschwister zu besuchen, um nach ihnen zu sehen.

Der Fußweg betrug normalerweise nur etwa zehn Minuten, doch diesmal gab es scharfen, böigen Gegenwind. Die Flocken wirbelten um sie herum, in der Dunkelheit sah alles weiß aus, man erkannte keine Wegmarkierungen mehr, und der Pfad war unsichtbar unter dem frisch gefallenen Schnee. Beinahe hätte sie sich verlaufen, aber dann tauchte doch noch die kleine, dunkle Kate auf, wenn auch viel weiter links, als sie gedacht hatte.

Sie stieß die niedrige Holztür auf und rieb mit einem eigens dafür aufgehängten Leintuch sorgfältig ihre nassen Schuhe ab. Ihre Mutter legte viel Wert auf ein sauberes Zuhause. Einfach, aber ordentlich – das hatte sie ihren Kindern eingeschärft. Wurde dem nicht Folge geleistet, gab es viel Geschrei und ordentlich was auf die Ohren. Das war überall so, darüber beschwerte man sich nicht groß. Mariechens Vater war früh gestorben, es gab außer ihr noch drei andere Geschwister, die beiden nicht mitgezählt, die mit zwei und fünf an der Ruhr gestorben waren: Man musste sich durchschlagen.

Mariechen stellte den Korb, den ihr die gnädige Frau als Weihnachtsgeschenk mitgegeben hatte, auf den Tisch. Es befanden sich ein großer geräucherter Schweineschinken, ein von Martha gebackenes, süßes und gehaltvolles Magenbrot, ein kleiner Sack voller Weihnachtsplätzchen und ein ganzer Laib Käse darin und obendrauf als Krönung fünf Tafeln Schweizer Schokolade, die der gnädige Herr Felix Hardt mitgebracht hatte. Morgen würde die gnädige Frau oder das gnädige Fräulein gemeinsam mit Rudela noch einmal vorbeikommen und noch mehr Geschenke bringen, diesmal nützliche Dinge wie Kleidung, Strümpfe und Schuhe. Das war so Sitte bei den Dahlwitz, und genauso war es Sitte, dass die nur dem Gesetz nach freien, in Wirklichkeit zu fast hundert Prozent von den Dahlwitz abhängigen Bauern so taten, als würden sie sich darüber freuen.

Aber das taten sie nicht.

Oder sie taten es doch. Aber sie gaben es vor sich selbst nicht zu. Sie erinnerten Mariechen manchmal an trotzige Jugendliche, die unbedingt erwachsen sein wollten, aber dann doch bei jedem Wehwehchen nach ihren Eltern riefen. Wie oft war die gnädige Frau gekommen, wenn eines der Kinder krank gewesen war! Wie liebevoll hatte sie sich gekümmert, heiße Suppe gebracht, Tee gekocht, dafür gesorgt, dass saubere Wäsche da war. Und wie widerwillig war jedes Mal der Dank ausgefallen!

Auch diesmal sah Mariechens Mutter, die auf dem Bänkchen vor dem Ofen saß und stopfte, kaum auf. Obwohl sie wissen *musste,* dass Mariechen heute nicht mit leeren Händen kommen würde. Mariechens jüngere Geschwister, die zehnjährige Ingrid und der achtjährige Hans, schliefen bereits eng aneinandergekuschelt auf dem schmalen Bett neben dem Ofen.

»Mutti, sieh doch mal«, sagte Mariechen wie jedes Weihnachten in den vier Jahren, die sie nun schon im Schloss arbeiten durfte und so ihre Familie fast allein ernährte, weil ihre Mutter lungenkrank und für die harte Feld- und Stallarbeit zu schwach war.

»Mutti, guck doch!« Irgendwann, dachte sie, musste es ihr doch einfach gelingen, mehr Freude in ihre Familie zu bringen.

Aber nicht heute.

Ihre Mutter sah auf und presste die Lippen zusammen, mit dem typischen Ausdruck, der besagte, dass man wie üblich ungelegen kam und sie wenigstens in Ruhe weiterarbeiten lassen sollte.

»Mutti …«

»Was?«

»Sieh doch!«

»Oh, wieder einmal milde Gaben von den Damen und Herren im Schloss.«

Aber Mariechen bemerkte doch eine gewisse Neugier und nahm, davon ermutigt, eine Tafel Schokolade aus dem Korb, riss das Papier und die silberne Folie darunter auf und brach eine Rippe ab.

»Probier mal«, sagte sie möglichst neutral, denn wenn ihre Mutter in dieser Stimmung war, durfte man sie nicht bedrängen. Tat man es doch, musste man damit rechnen, dass man sich eine heftige Backpfeife einfing, was schon deshalb tagelang schmerzte, weil ihre Mutter den Ehering immer noch trug, der letztes Mal eine hässliche, nur langsam heilende Wunde an der Ohrmuschel verursacht hatte.

»Du wirst sehen, es schmeckt.«

»Ich mag keine Schokolade.«

»Die wirst du vielleicht mögen.« Mariechen lächelte. Und schließlich nahm ihr die Mutter das dunkelbraune Stück aus der Hand, roch misstrauisch daran und biss schließlich etwas davon ab. Und dann noch etwas. Und dann war die Rippe plötzlich weg.

»Das ist gut«, sagte sie verwundert.

»Das ist Schokolade aus der Schweiz. Sie haben da einen Trick, koschieren heißt das, oder so ähnlich. Das macht sie so cremig.«

»Wer sagt das?«

»Der gnädige Herr Hardt.«

»Nun ja. Und?«

Mariechen setzte sich neben sie auf das Bänkchen und nahm die Hände ihrer Mutter. Die Mutter entzog sie ihr prompt mit einer fast zornigen Verve, griff sich stattdessen das Stopfei aus dem Nähkorb, ließ es mit einer geübten Handbewegung in das Fersenteil eines Kinderstrumpfs gleiten und beugte sich darüber, als wäre ihre Tochter gar nicht da. Diese absichtlich zur Schau getragene Lieblosigkeit machte Mariechen wie üblich traurig, ohne dass es sie in Zukunft davon abhalten würde, es immer wieder und wieder zu probieren.

»August wollte heute kommen«, sagte die Mutter plötzlich mit veränderter Stimme. Sie hob den Kopf, spießte die Tochter mit ihrem Blick regelrecht auf. Dazu kam ein Gesichtsausdruck, den Mariechen nicht recht deuten konnte. Etwas zwischen lauernd und triumphierend, so schien es ihr, ein bisschen so, als wollte ihre Mutter sie bestrafen, doch sie hatte keine Ahnung, wofür.

»Das ist schön«, antwortete sie so neutral und freundlich wie möglich. August war immer wild und ungebärdig gewesen, er hatte sich oft geprügelt, seine Geschwister schlecht behandelt, ständig Widerworte gegeben, und trotzdem wurde Mariechen den Eindruck nicht los, dass ihre Mutter ihn weit mehr liebte als alle ihre anderen Kinder zusammen.

»Sieh mal, er hat uns Geld geschickt! Fünfzig Reichsmark! Sieh doch nur!« Die Mutter legte das Nähzeug endlich weg, aber nur, um mehrere zerknüllte Scheine aus der Tasche ihres Kleides zu ziehen und Mariechen hinzuhalten, als wollte sie sie mit der Nase darauf stoßen, dass sie so viel Geld nicht verdiente und auch nie verdienen würde, aber sich gleichzeitig lieber nicht fragen, wie August zu so einer Summe kam. Er hatte doch seit sicher zwei Monaten keinen Sold mehr erhalten.

»Das ist gut«, sagte Mariechen und gab ihrer Mutter das Geld wieder zurück. Etwas in ihr straffte sich, es war, als würden Fesseln von ihr abfallen, sie atmete plötzlich freier, und im selben Moment beschloss sie, sich jetzt gleich auf den Weg zurück ins Schloss zu machen. Warum sollte sie sich all dem weiter aussetzen? Was hatte sie davon, immer und immer wieder darauf hingewiesen zu werden, dass in dieser Familie kein Platz für sie vorgesehen war?

Als sie gerade aufstehen und sich verabschieden wollte, hörte sie von draußen Schritte, die sich näherten. Jemand – eindeutig ein Mann – trampelte sich lautstark den Schnee von den Füßen, und dann sprang die Tür auf, und es war tatsächlich ihr großer Bruder August. Mariechen zuckte zusammen; er sah so massig und stark aus, und obwohl er über das ganze rot gefrorene Gesicht lächelte, dass die weißen Zähne blitzten, hatte sie genauso viel Angst vor ihm wie eh und je.

Ihre Mutter sprang auf, ihr magerer, krummer Leib unter dem Kleid zitterte, und sie lief ihrem Sohn entgegen, der sie, typisch für ihn, viel zu fest in die Arme schloss, hochhob und im Kreis schwenkte, dass ihr vermutlich Hören und Sehen verging. Sie quietschte jedenfalls wie ein junges Mädchen in den Armen ihres Kavaliers, und Mariechen wandte sich ab, weil ihr dieses Gebaren peinlich war. Sie erhob sich langsam, nahm ihren Mantel, wollte gerade möglichst geräuschlos verschwinden, als das passierte, was sie befürchtet hatte.

Sie geriet ins Visier ihres Bruders.

»Kleines Schwesterchen«, sagte er, während er ihre Mutter so abrupt abstellte, dass sie stolperte und beinahe hingefallen wäre.

Mariechen versuchte zu lächeln, während August sie von oben bis unten taxierte, aber stattdessen brach ihr der Schweiß aus.

»Wie geht es dir?«, fragte sie und bereute bitter, dass sie immer noch hier war.

»Oh, danke der Nachfrage, meine kleine, süße Maus, ganz hervorragend. Und dir? Versuchst du uns wieder mit milden

Gaben der Herrschaft zu bestechen?« Wie selbstsicher er sich bewegte, wie klein die Kate wirkte, wie vollständig seine Gegenwart alles ausfüllte, wie knapp die Luft plötzlich wurde, nur weil sein Atem sämtlichen Sauerstoff aufzubrauchen schien.

»Gut«, sagte sie steif. »Und jetzt muss ich gehen. *Ich muss gehen!*« Das schrie sie fast heraus, denn er hatte ihren Arm genommen, und das ertrug sie nicht mehr; nie, nie mehr wollte sie von ihm angefasst werden in dem Wissen, dass es keinen Menschen gab, der sie vor ihm beschützen würde.

»Lass mich los«, sagte sie, angefüllt von einem neuen Gefühl, das vielleicht reiner Hass war, denn sie wollte August in diesem Moment wirklich und wahrhaftig tot sehen, und als ob er das spürte, ließ er sie tatsächlich los, wirkte sogar kurz verblüfft und verunsichert, woraufhin sie sich rasch ihren Mantel überwarf und, bevor er es sich eventuell anders überlegte, nach draußen lief, die Tür hinter sich zuwarf und sich ins Schneetreiben stürzte.

# 19

Während sich Mariechen durch den Sturm quälte, der ihr die Flocken waagerecht ins Gesicht peitschte, saß Georg mit einem Kissen im Rücken auf der breiten Fensterbank in seinem Zimmer und versuchte, einen jener dickleibigen Romane zu lesen, die ihm Helen empfohlen hatte.

*Mit seinen langen, braunen Wimpern und seinen goldbraunen Augen stach Johann Buddenbrook auf dem Schulhof und auf der Straße trotz seines Kopenhagener Matrosenanzugs stets ein wenig fremdartig unter den hellblonden und stahlblauäugigen, skandinavischen Typen seiner Kameraden hervor.*

Er war immerhin bis zu dieser Passage gekommen, das war schon nicht so schlecht, aber es hatte ihn unendliche Anstrengung gekostet, sich auf die ausufernden Beschreibungen der unterschiedlichen Figuren und Handlungsstränge zu konzentrieren, und wieder legte er das Buch über eine trotz ihres Reichtums äußerst trübselige Familie beiseite.

Er sah nach draußen. Sein Zimmer befand sich direkt über dem Eingangsbereich, der nachts erleuchtet war, aber diesmal war das Licht aus, oder vielleicht waren die Laternen auch vom Schnee bedeckt. Georgs Augen gewöhnten sich an die weiße Dunkelheit draußen, ließen sich in den wilden Flockenwirbel hineinsaugen, und bald war es so, als befände er sich mitten darin, als wäre er selbst eine dieser fragilen Kreaturen, vom Wind gezwungen, sich ihrem Tanz anzuschließen.

Er nickte ein und fuhr nach wenigen Minuten schweißgebadet hoch, ohne zu wissen, was ihn nun wieder geweckt hatte. Vielleicht waren es die Böen, die unentwegt ums Haus fegten und, je nach Richtung, ein hohles Pfeifen produzierten, das ihn an die Front erinnerte und deshalb jedes Mal aufs

Neue erschreckte. Vielleicht war es auch ein schlechter Traum vom Sterben. Tiefer Schlaf war jedenfalls seit seinem Einsatz an der Front und erst recht seit der überstandenen Grippe ein Problem. Er bekam nicht genug davon und war deshalb nie erholt. Noch immer fühlte er sich schwach und verletzlich. Manchmal befürchtete er, nie wieder vollkommen gesund zu werden, manchmal war es ihm egal, und er lebte einfach so in den Tag hinein. Manchmal genoss er die Sorge um sein Befinden, die Art, wie man ihn verwöhnte und auf ihn Rücksicht nahm, manchmal ging es ihm auf die Nerven, noch immer wie ein Rekonvaleszent behandelt zu werden, dem nichts zuzutrauen war.

Die letzten Wochen waren einfach so vergangen, ohne Höhen und Tiefen, als wären nicht nur seine Glieder erschöpft und zur Bewegungslosigkeit verdammt, sondern auch seine Gefühle zutiefst ermüdet. Er wusste, dass er Felix dankbar sein musste, aber er war es nicht. Donata, Rudela, Heinrich – sie alle waren ihm gleichgültig. Er sah Helen an und empfand keine Liebe mehr, sondern nur noch eine leise, bittere, schwelende Wut über das, was sie ihm täglich antat. Ihre gekünstelte Höflichkeit, die Art, wie sie die Augen senkte, wenn er mit ihr sprach, ihr bemüht falsches Lächeln voll übertriebener Herzlichkeit. *Ja, Georg. Sofort, Georg. Wunderbar, Georg. Ich bin so glücklich, dass es dir besser geht, Georg.*

Und dann der schlimmste Satz.

*Ich dachte, ich würde meinen geliebten Bruder verlieren.*

Immer wenn er an diesen Satz dachte, so *hämisch* hinterrücks platziert, und dann Donatas wohlwollendes Lächeln dazu vor sich sah, beschloss er, sich so bald wie möglich aus Frommberg, dem Hort der Heuchelei, zu verabschieden. Doch sobald dieser Plan konkret zu werden drohte, überfielen ihn Widerwillen und Lustlosigkeit wie eine ganz neue Krankheit, für die es noch keinen Namen gab oder zumindest keinen, den er kannte.

Er überlegte, ins Bett zu gehen, konnte sich aber nicht dazu entschließen. Das Bett war sein Feind geworden, er hasste es. Das Bett tat alles, um den Schlaf zu sabotieren. Die Matratze knarzte im falschen Moment, oder das Kissen drückte sich auf eine Weise in den Nacken, dass er vor Schmerz fast aufstöhnte, oder die Decke lastete tonnenschwer auf seinem Körper, doch wenn er sie zornig wegstrampelte, war es wiederum zu kalt.

Er wandte den Kopf wieder zum Fenster und entdeckte inmitten der weißen Pracht einen dunklen Punkt, der sich langsam vergrößerte und schließlich als Mensch zu erkennen war. Ein Mensch, der sich in einem seltsamen Zickzackgang vorwärtsbewegte und sich mit irgendetwas abmühte. Es dauerte, bis die Synapsen von Georgs verlangsamtem Gehirn ihre Verschaltungen synchronisierten und einen Hinweis an sein Bewusstsein schickten, der nicht nur besagte, dass da draußen jemand in Not war, sondern auch drängte, dass Georg sich darum kümmern musste.

Jetzt sofort!

Er sprang auf und zog sich in aller Eile an. Er raste über die Treppe ins Erdgeschoss, riss die Eingangstür auf und wurde innerhalb von Sekunden vom Schnee verschluckt. Nach wenigen Momenten fiel ihm Mariechen in die Arme beziehungsweise ihr schwerer, eiskalter, schneebedeckter Wollmantel, und er zog die offenbar völlig Geschwächte ins Haus.

Als sie in der angenehm temperierten Diele standen und Mariechen sich aus ihrem Mantel geschält hatte, war alles wie ein Traum, und ein Traum war auch, dass er sie in seine Arme schloss, zunächst nur um sie zu wärmen, weil sie entsetzlich zitterte und ihre Lippen blau waren, und sie dann aber am liebsten weiter festgehalten hätte, so sehr sehnte er sich nach …

Ja, wonach eigentlich?

Als Mariechen sich in seinem Klammergriff rührte und diese Bewegung ganz klar darauf hindeutete, dass sie sich in der Situation nicht sonderlich wohlfühlte, ließ Georg sie los, aber schwer atmend und auf nicht statthafte Weise verwirrt.

»Geht es dir gut?«, fragte er, schon um seinen Zustand nicht allzu deutlich werden zu lassen.

»Ja, gnädiger Herr«, sagte Mariechen leise.

»Wirklich? Brauchst du etwas? Einen Tee?«

»Nein!«

»Ich könnte …« Aber sofort wurde Georg klar, dass er in seiner Position eigentlich gar nichts tun konnte, außer Mariechen in Ruhe zu lassen, also sagte er freundlich: »Gute Nacht.«

»Gute Nacht, gnädiger Herr. Vielen herzlichen Dank für Ihre Hilfe. Ohne Sie wäre ich vielleicht erfroren.«

»Das wärst du bestimmt nicht. Du warst ja schon ganz nah am Haus.«

Mariechen sah zu ihm hoch, mit ihren großen, ernsten Augen. »Ich habe mich überhaupt nicht mehr zurechtgefunden. Sie haben mir das Leben gerettet.«

Georg lächelte, und einen Moment lang fühlte er sich richtig wohl. »Das ist übertrieben, Mariechen, aber ich freue mich, dass es dir besser geht.«

Mariechen bedachte ihn mit einem weiteren tiefen Blick, dann knickste sie und zog sich zurück in den Dienstbotentrakt, wo sie, so hoffte Georg, die Möglichkeit hatte, sich einen heißen Tee zu machen. Da er noch nie einen Blick in diese Parallelwelt geworfen hatte, die so selbstverständlich neben seinem Universum existierte, hatte er keine Ahnung, inwieweit die Dienstboten mit Annehmlichkeiten ausgerüstet waren, die er für selbstverständlich hielt.

Am nächsten Morgen war Mariechen erkältet und wäre gern im Bett geblieben, was an solchen Tagen natürlich einfach nicht ging, und das wusste sie ja auch, als sie morgens mit Fieber und starken Halsschmerzen aufwachte. Deswegen stand sie trotzdem pünktlich um halb sechs Uhr auf und sprach mit niemandem über ihre miserable Verfassung, schon gar nicht mit ihrer Zimmernachbarin, weil Käthe dazu neigte, Dinge zu dramatisieren, und damit wäre niemandem geholfen gewesen.

Um acht Uhr brachte sie dem gnädigen Fräulein das Frühstück ans Bett (ein Privileg für die Weihnachtstage, sonst duldete Donata solche Fisimatenten bei ihren Kindern nicht, wie sie, wie jedes Jahr, in diesen drei Tagen nicht müde wurde zu betonen). Helen saß bereits aufrecht im Bett, trug ihren Morgenmantel aus blauer Spitze, hatte die Haare zu einem unordentlichen Dutt gedreht und sich ein paar Kissen in den Rücken gestopft. In der Hand hielt sie einen silbern eingefassten Spiegel und betrachtete sich mit sichtbarem Vergnügen.

»Mariechen«, rief sie, »wie lieb von dir, danke!« Dabei klang sie so munter wie früher, und Mariechen fühlte sich gleich besser. Während sie das Tablett sorgfältig auf Helens Knien platzierte, stellte sie zum ersten Mal fest, wie stark ihre eigene Stimmung mit der Helens korrelierte. Sie überlegte, wie sie das fand, kam aber zu keinem Ergebnis. Ihr heißer Kopf produzierte überhaupt seltsame Gedanken, er erinnerte sich an August, August war überhaupt sehr nahe bei ihr, als wäre er wirklich da oder zumindest sein Geist, seine Gedanken …

Sie lag plötzlich rücklings auf dem kalten Parkett, ohne zu begreifen, wie das hatte passieren können. Immerhin verstand sie nun, dass sie nicht aufstehen konnte, es ging einfach nicht, ihr Körper machte nicht mit, und so schloss sie die Augen und dachte, was für ein erlösendes Gefühl es war, nichts tun zu können, und während sie das dachte, schob sich das Bild ihres Bruders vor alles andere, wurde größer und so klar und deutlich, dass sie jede Pore in seinem Gesicht sehen konnte, jede bösartige Falte, aber nicht den Ausdruck, dafür war sie zu nahe dran …

»Mariechen!«

Sie öffnete die Augen, aber nur halb, und sah die schattenhaften Umrisse des gnädigen Fräuleins, ach nein, an den raschen, bestimmten, fast ein wenig ruckartigen Bewegungen erkannte sie vielmehr die gnädige Frau, und sie lag auch gar auf nicht mehr auf dem harten Boden, sondern auf etwas Weichem, im Zweifelsfall also einem Bett.

»Mein armes Kind!« Die Stimme der gnädigen Frau klang so sanft, ja fast lieblich, wie sie Mariechen noch nie gehört hatte. Fast wie die einer Mutter – die Art Mutter, die sie nie gehabt hatte. Sie lächelte selig und war schon dabei, ganz friedlich einzuschlafen, als sie eine Hand an ihrer Schulter spürte.

»Mariechen.« Nun klang die Stimme nicht mehr ganz so lieblich. »Hör mal, dein Bruder August ist da. Er möchte dich sehen.«

»Oh.«

»Er wartet in der Küche auf dich.«

»Ich will ihn nicht sehen«, flüsterte Mariechen und kniff die Augen noch fester zu.

»Du willst deinen Bruder nicht sehen? Er ist extra deinetwegen gekommen.«

»Nein!«

»Nein?«

»Er ist gekommen, um mich zu quälen.«

»Du fantasierst, Mariechen. Wir bringen dich jetzt zu Bett.«

»Ich kann arbeiten! Ich muss mich nur kurz ausruhen.«

»Erst wirst du wieder gesund. Gebe Gott, dass du nicht den Blitzkatarrh hast.«

Und während Mariechen, gestützt von Georg und Heinrich, in ihr Zimmer gebracht wurde, klingelte Donata schon nach Martha, um mit ihr die weiteren Abläufe zu besprechen, nachdem Mariechen für die nächsten Tage ausfallen würde.

Währenddessen saß August in der Küche und ließ sich bedienen. Klara servierte ihm Kaffee mit Milch und Zucker in einer dicken Henkeltasse aus blau-weiß glasiertem Ton. Erna brachte auf einem Steinguttellerchen eine hübsche Auswahl an Zimtsternen, Ischgler Plätzchen und Vanillekipferl, die eigentlich für die Herrschaft gedacht waren, aber da Martha anderweitig beschäftigt war, würde sich niemand daran stören.

Abgesehen davon, war ohnehin genug von dem süßen Zeug da.

Erna war nach dem Weggang Jurijs eine Zeit lang überzeugt gewesen, nie wieder glücklich werden zu können. Nächtelang hatte sie wach gelegen und sich nach Jurij verzehrt. Doch in den letzten Tagen und Wochen hatte sich die Sehnsucht aus unerfindlichen Gründen immer mehr gelegt. Ein Zustand, der ihr gar nicht so willkommen war; was stattdessen herrschte, war eine unangenehme Leere, die beinahe noch schlimmer war als die bislang so unerträgliche Vorstellung, ihn nie wiederzusehen und zu spüren. Doch es half nichts, Jurijs Gesicht, seine schönen Lippen, seine geschickten, zärtlichen Hände verloren in der Erinnerung an Substanz, und heute wusste Erna, warum das so war, ja so sein *musste*.

Sobald sie August sah – seine blauen Augen, seine muskulöse Statur, sein dichtes blondes Haar –, bewegte sich etwas in ihr. Etwas verschob sich, bestimmte Vorstellungen verschwanden in einem ominösen Nimmerland, und stattdessen drängte sich etwas in den Vordergrund, von dem ihr nie klar war, dass es zu ihr gehörte. Sie hatte etwas gesucht und jetzt gefunden.

Jurij war süß, sanft, kräftig und lustig gewesen. August war anders.

Ein Ereignis.

Sie setzte sich zu ihm, während er hungrig die Plätzchen verschlang, und ließ ihn nicht aus den Augen. Es war die tote halbe Stunde zwischen Frühstück und Mittagessen, die einzige Zeit, in der man sich entspannen konnte und Martha einen nicht andauernd hin und her scheuchte. Es war der richtige Moment.

August nahm einen Schluck Kaffee. Dann sah er sich Erna genauer an. Er vergaß seine Schwester, dieses armselige Geschöpf, das ihm zu Diensten gewesen war, weil nichts Besseres zu haben war.

»Hallo, schönes Mädchen«, sagte er mit genau der richtigen Mischung aus Spott und Charme, wie Erna anerkennend feststellte. Er lächelte. Auf seinen Lippen klebten ein paar helle Kekskrümel und etwas Puderzucker von den Vanillekipferln.

»Mehr fällt dir nicht ein?«, fragte Erna schnippisch zurück.

»Das käme auf einen Versuch an.« August stellte den leeren Teller beiseite und wischte sich mit dem Handrücken die Lippen. Er fühlte sich bei allem zur Schau getragenen Selbstbewusstsein ein wenig konfus, ein ungewohnter Zustand für ihn, aber er sah, dass Erna etwas Ähnliches empfand. Es war ja auch ein kleiner Schock, diese auffallende Ähnlichkeit, als hätte jeder von ihnen seinen Zwilling getroffen. Seine Augen waren so blau wie ihre, seine Haare ebenso dick, blond und gelockt. Dazu die hohen Wangenknochen und die vollen Lippen: Sie hätten tatsächlich Geschwister sein können, aber die Anziehungskraft, die sie aufeinander ausübten, hatte eindeutig nichts Verwandtschaftliches.

»Wie heißt du?«, fragte er.

»Erna.«

»Ich bin August.«

»Ich weiß. Mariechens Bruder. Sie hat nie von dir gesprochen.«

»Wir haben uns lange nicht gesehen.«

»Aber das ist doch kein Grund. Habt ihr euch nicht verstanden?«

»Wollen wir weiter über meine Schwester reden?«

»Ich weiß nicht.«

Sie fühlten sich jetzt ganz allein in dieser Küche, die sich langsam füllte mit geschäftigen Menschen. Jemand – natürlich die ungeschickte Josepha – rempelte Erna an, und die stand abrupt auf. »Rauchst du?«, fragte sie August, und er nickte nur grinsend und folgte ihr nach draußen. Erna hörte, dass jemand sie rief – im Zweifelsfall Martha –, aber sie reagierte nicht. Das hier war wichtiger als alles andere. Das hier würde eventuell ihr Leben auf den Kopf stellen, und dagegen konnte niemand etwas tun, sie nicht und schon gar nicht die dicke Martha, die ihren Lebenssinn darin gefunden hatte, anderen zu dienen.

Da hatte Erna ganz andere Ziele.

Sie schloss die Tür hinter sich und atmete tief die frostige Luft ein. August zog ein silbernes Etui aus seiner Hosentasche und bot ihr eine der zimtfarbenen Zigaretten an. Das Etui war fein gearbeitet, und den Deckel zierte eine Bourbonenlilie.

»Wo hast du das her?«, fragte Erna, aber sie konnte es sich schon denken.

»Kriegsbeute«, sagte August knapp und gab ihr Feuer. Er selbst rauchte gierig, mit langen Zügen, und er starrte dabei in die Kälte, als wäre er plötzlich ganz woanders.

»Was heißt das?«, fragte Erna.

»Das willst du nicht wissen.«

»Genau das *will* ich wissen.«

August stellte sich nun dicht vor sie hin. Sie sah seine von der Kälte geröteten Wangen, ein paar Bartreste, die dem Rasiermesser entgangen waren, eine winzige weiße Narbe an der Oberlippe. Sie waren fast gleich groß, und es gefiel ihr, dass es ihm nichts auszumachen schien. Viele Männer fanden ihre Größe – fast ein Meter achtzig – einschüchternd, aber August nicht, das spürte sie. Er würde den Kampf mit ihr aufnehmen.

»Du bist nicht wie andere«, stellte er fest.

»Was ist mit dem Silberding da?«

»Feindkontakt.«

»Das heißt?«

»Du lässt nicht locker, Mädchen.«

»Nein.«

»Na gut.« August legte eine Kunstpause ein und ließ den Rauch strudelnd entweichen. »Wir haben aufeinander geschossen. Aus nächster Nähe, verstehst du? Das ist komisch, man sieht den anderen, man überlegt, wer er ist, und dann löscht man sein Leben aus.«

»Hat es dir was ausgemacht?«

August grinste. Er trat einen Schritt zurück, stand jetzt breitbeinig vor der Stufe, die in den Kräutergarten führte. Er schnippte den Zigarettenstummel achtlos irgendwohin und sagte: »Es ist Krieg, er hatte seine Chance. Ich habe meine genutzt. Als er tot war …«

»Du hast ihn erschossen?«

»Natürlich. In sein hübsches Gesicht. Danach bin ich hin zu ihm, obwohl es mitten im Gefecht war. Ein Geheule und MG-Geratter und überall die Explosionen von den Handgranaten. Aber ich bin trotzdem hin. Er war mein erster Toter, den ich von Angesicht zu Angesicht erledigt habe. Ich wollte …«

»Eine Erinnerung?«

»Irgendwas von ihm. Und dann habe ich das da gesehen. Es waren noch drei Zigaretten drin. Die habe ich dann abends geraucht.«

»Es hat dir gefallen?«

»Was?«

»Ihn zu töten.«

»Ja, Mädchen. Es hat mir gefallen. Und?«

»Was und?«

»Hast du jetzt Angst vor mir?«

»Sollte ich das?«

»Das werden wir sehen.«

»Was werden wir sehen?«

Er nickte ihr zu, sprang die Stufe hinunter und lief ein paar Schritte im pulvrigen Schnee mitten durch den Kräutergarten. Dann blieb er stehen und drehte sich um. »Ich komme wieder«, sagte er, und seine Worte hallten so widerstandslos durch die stille, glatte, verschneite Landschaft, als könnte man sie Hunderte Kilometer weit hören. Erna sah ihn regungslos an, abwartend.

»Ich komme wieder«, sagte August nach einer kleinen Pause ein zweites Mal.

»Na und?«, fragte Erna.

»Und dann nehme ich dich mit.«

# 20

Am Weihnachtsmorgen ging Heinrich mit Cora zur Jagd, obwohl die Hündin keine echte Hilfe mehr war. Eine Augenkrankheit hatte sie fast erblinden lassen, und dennoch schien es so, als würde sie in mancher Hinsicht immer noch viel mehr sehen als jedes andere Lebewesen.

Nur eben nicht auf der Jagd.

Heinrich trug neben fellgefütterten Stiefeln und einer dieser neuen Daunenjacken einen Muff, der seine Hände warm hielt und ihm erlaubte, leichte Fingerhandschuhe statt dicker Fäustlinge zu tragen, die ihn beim Schießen behindern würden. Cora lief neben ihm her, schwerfälliger als früher, aber glücklich, weil er sie mitnahm. Sie bezogen den mit einer hundefreundlichen Treppe ausgestatteten Hochsitz, den er selbst vor ein paar Monaten mithilfe des Stallknechts Oswald gebaut hatte. Er befand sich auf einer Erle in der Nähe eines kleinen Teichs. Sie warteten still eine Stunde lang. Ein Trupp Meisen flog auf der Suche nach Essbarem in die Erle ein, im Schilf, das den Teich umgab, raschelte etwas, doch sonst passierte nichts.

Dann hörte Heinrich ein Knacken, und Cora spitzte die Ohren. Heinrich legte seine behandschuhte Hand auf ihren Kopf und spürte durch das Leder hindurch ihre kreatürliche Wärme. Ohne sie will ich auch nicht mehr, dachte er und erschrak über diese abwegige, ja fast ein wenig kranke Idee. Er nahm seine Büchse und sah durch das Zielfernrohr eine Ricke mit ihrem Kitz. Sie bewegten sich auf die Lichtung zu, und als sie in der Mitte angekommen waren, nahm Heinrich das Kitz ins Visier. Das Tier schien ihn direkt anzusehen, die Augen erinnerten ihn plötzlich an Coras, und er schoss – vorbei.

Die Tiere liefen aufgeschreckt in den schützenden Wald, und Heinrich war – erleichtert.

Er ließ die Büchse sinken. »Was ist los mit uns, Cora?«, fragte er die Hündin, und Cora legte ihre Schnauze auf seine Knie und gab ein ganz leises Winseln von sich, das sich wie eine Zustimmung anhörte.

»Wir werden alt, wir beide«, sagte Heinrich, und Cora hob den schönen, schmalen Kopf, suchte seinen Blick mit ihren schwimmenden, nun nicht mehr goldenen, sondern ein wenig weißlichen Augen, und Heinrich ertrug das fast nicht und erhob sich so brüsk, dass Cora erschrak und aufjaulte.

Langsam und unverrichteter Dinge gingen die beiden zurück.

Der Weihnachtsabend verlief so, als ob der Krieg bereits Jahre her sei – oder sogar nie passiert wäre. Donata hatte auftischen lassen, als gäbe es keine ernste Lebensmittelkrise im Deutschen Reich und als würde ihr Erbe, das sie seit Jahren in den landwirtschaftlichen Betrieb Frommbergs pumpte, nicht immer weiter zur Neige gehen. Felix hatte ihr bereits mit einem üppigen Darlehen ausgeholfen, das er – so hoffte sie jedenfalls – nie zurückverlangen würde. Dann nämlich würden sie das nächste und, so Gott wollte, auch das übernächste Jahr über die Runden kommen, und was danach geschehen mochte …

Vieles hing von Helen ab, wie sie sich verheiraten würde. Donata würde sie niemals zu etwas zwingen, aber natürlich wäre es angenehm, sollte Helens Auserwählter nicht nur aus guter, sondern auch aus gut situierter Familie sein.

Natürlich passten andererseits derartige Erwägungen nicht unbedingt zum heiligen Christfest. »Geh hin, verkaufe alles, was du hast, und gib's den Armen, so wirst du einen Schatz im Himmel haben, und komm und folge mir nach!«, hatte Jesus gesagt, und – nachdem der reiche Jüngling sich zu diesem radikalen Schritt leider nicht hatte entschließen können – bedauernd angemerkt, wie schwer die Reichen in das Reich Gottes kämen. Aber Donata war, wie überhaupt die ganze Familie, in nicht allzu guter Verfassung, und wer sich nicht wohlfühlte, dachte sie, war vielleicht anfälliger für materialistische Gedanken. Der verlorene Krieg spielte eine Rolle, aber nicht konkret, dafür hatten sie zu wenig echte Verluste erlitten, eher subtil; es war unangenehm, ja sogar zutiefst deprimierend, sich bewusst zu machen, dass man sich unversehens auf der Seite der Verlierer befand. Wir sind die Verlorenen, dachte Donata in letzter Zeit häufiger, ohne genau zu wissen, was sie damit eigentlich meinte, außer vielleicht das starke Gefühl, dass der innere Kompass, der sie geleitet hatte, nun plötzlich keine Richtung mehr anzeigte. Seine Nadel schlug mal nach der einen, dann der anderen Seite aus, mal kreiselte sie um sich selbst, das Kaiserreich war Vergangenheit, und das Neue wirkte instabil und in seiner Instabilität chaotisch und gefährlich, und das schien nicht nur sie so zu empfinden, auch ihr Umfeld wirkte müde und ratlos; ganz abgesehen davon, dass das ganze Land in allerhöchster Verwirrung schien, wovon nicht nur die überall aufflackernden Aufstände und gewalttätigen Revolten kündeten.

Alle hatten erkannt, dass es keinen Schutz mehr gab. Alle wussten, dass nichts mehr unmöglich war.

Doch an diesem einen Abend waren vorübergehend sämtliche Sorgen vergessen, und das war Donatas Verdienst, die größte Anstrengungen unternommen hatte, alles normal aussehen zu lassen, also die Festlichkeiten so zu gestalten, wie Weihnachten in ihrer Vorstellung zu sein hatte: prachtvoll, doch besinnlich, fröhlich, aber nicht ausschweifend.

Nach dem Gottesdienst und dem gemeinsamen Singen mit den Domestiken flanierte die Schar in bester Stimmung zum frühen und einfachen Abendessen, dem sich eine Bescherung unter dem riesigen Weihnachtsbaum im Salon anschließen würde. Nach dem frugalen Mahl – erst morgen, am ersten Weihnachtstag, würde es knusprigen Gänsebraten mit Kartoffelklößen und Rotkohl geben, so verlangte es die Tradition – beobachtete Heinrich, dass sich Helen und Georg auf dem Weg in den Salon absentierten. Wie immer, wenn sie das taten (und in letzter Zeit war es fast nie mehr vorgekommen), quälte ihn die Sorge, dass ihre jugendlich-törichte Verliebtheit keineswegs – wie Donata es in für sie ganz untypischem Optimismus annahm – vorbei war. Er beobachtete also beklommen, wie sich die beiden unauffällig die Treppe hochstahlen, erst Helen und dann, etwa zwanzig Sekunden später, Georg.

Heinrich hoffte, dass Donata zu beschäftigt war, um es ebenfalls zu bemerken. Er folgte den anderen in den Salon, suchte seine Frau im Trubel der Gäste, die sich Glühwein und Plätzchen servieren ließen, und sah, dass sie sich im Gespräch mit seiner Mutter befand, einer äußerst redseligen Frau und noch dazu fast taub, weshalb Donata nicht viel mehr tun konnte, als – je nach angeschlagenem Thema – zu lächeln, interessiert zu nicken oder Betroffenheit zu mimen. Eine nicht zu unterschätzende Herausforderung, weil seine Mutter von einem Sujet zum nächsten zu hüpfen pflegte; mal war es ihre Arthrose in Schulter und Handgelenk, mal der Zustand des bedauernswerten Kaisers als Heimatvertriebener in Holland, mal die Kälte, die es früher in dieser Ausprägung nicht gegeben habe, mal die neue Mode, die junge Frauen in Vogelscheuchen verwandle, statt sie appetitlich für das andere Geschlecht zu präsentieren.

Jedenfalls war Donata im Moment beschäftigt, und das erleichterte Heinrich, der sich nun ebenfalls unter die Eingeladenen mischte und beschloss, bezüglich Georg und Helen gar nichts zu unternehmen, sondern einfach zu vergessen, was er gesehen hatte, denn anders als Donata glaubte er nicht an die Kraft jener Einmischung, die seine Frau Erziehung zu nennen beliebte. Was das betraf, war er ein Fatalist reinsten Wassers, vor allem beim Thema Liebe und vollkommen unabhängig davon, ob sie vernünftig war oder nicht. Liebe ließ sich nicht bekämpfen, das war seine durch leidvolle Erfahrung gewonnene Überzeugung. Versuchte man sie zu beschneiden, wuchsen die Triebe an anderer Stelle um so kraftvoller, Zwang und Verbote hegten sie nicht etwa ein, sondern wirkten im Gegenteil wie Brandbeschleuniger, sodass die einzige Chance darin bestand, den Dingen ihren Lauf zu lassen in der Hoffnung, dass sich irgendwann die grandiose Illusion endloser Leidenschaft in Luft auflösen und der Alltag sein graues Haupt erheben würde, was andererseits wiederum eine ernüchternde Vorstellung war, und …

Heinrich fand sich schließlich kniend unter dem Weihnachtsbaum wieder, wo die kleinen Nichten und Neffen eine fürchterliche Unordnung mit dem Geschenkpapier veranstaltet hatten, er lächelte in alle Richtungen, strich einem blonden Mädelchen übers Haar, dessen Namen er vergessen hatte, und fühlte plötzlich eine große Müdigkeit angesichts der Tatsache, dass der Abend gerade erst angefangen hatte und sicher nicht vor Mitternacht enden würde.

Als Helen in ihrem Zimmer angekommen war, schloss sie sorgfältig die Tür hinter sich und genoss ein paar Sekunden lang die Stille nach dem Stimmengewirr. In letzter Zeit scheute sie jede Art von Lärm – das Weihnachtsliedersingen war eine echte Tortur gewesen – und war am liebsten allein mit sich und ihren Büchern. Gleichzeitig wusste sie natürlich, dass daraus nichts werden würde. Ihre Mutter erwartete nicht nur, dass Helen ihre Geschenke auspackte, sondern auch, dass sie bei der Unterhaltung der Gäste tatkräftig mithalf; in spätestens einer Viertelstunde würde sie also einen Diener vorbeischicken, der Helen dann als Aufpasser zurück nach unten ins Getümmel begleiten würde.

Aber bis das passierte, dachte Helen mit leisem Triumph, würde sie so tun, als ginge sie das alles nichts an.

Dann klopfte es an der Tür, und sie seufzte entnervt.

»Ja!«, rief sie so unfreundlich, wie ihr zumute war.

Die Tür ging auf, doch es war kein Diener, der sie in die Gesellschaft zurückholen wollte, sondern Georg, mit dem sie überhaupt nicht gerechnet hatte und der ihr genauso wenig willkommen war.

»Störe ich?«, fragte er mit dieser spröden Höflichkeit, die in den letzten Wochen ihre Gespräche bestimmte, wenn sie sich nicht gerade aus dem Weg gingen, was der Normalfall geworden war.

»Ich bitte dich, natürlich nicht«, sagte Helen und lauschte dieser Floskel nach, die sie selbst als unwürdig empfand, nur sah die Wahrheit so aus, dass sie nicht mehr wusste, wie sie sich Georg gegenüber verhalten sollte, wie sie den Weg zurück zur burschikos-herzlichen Unbefangenheit finden konnte, die ein normales geschwisterliches Verhältnis kennzeichnete.

»Wolltest du allein sein?«, fragte Georg, machte aber keine Anstalten zu gehen, obwohl er sich die Antwort sehr wohl denken konnte. Er schloss stattdessen die Tür hinter sich und lehnte sich mit dem Rücken dagegen, die Arme verschränkt vor seiner Smokingbrust.

Helen ließ sich aufs Bett sinken und faltete die Hände im Schoß. »Eigentlich ja«, sagte sie.

»Dir wurde alles zu viel?«

»Nun ja. Das Singen …«

»Singen? Du meinst das Trompeten von Opapa, Martha und den anderen?«

»Wie gemein du bist. *Stille Nacht* klang dieses Jahr nicht …«

»Wie ein Waldhörner-Chor mit verstimmten Instrumenten? O doch!«

»Aber dafür war *Es ist ein Ros' entsprungen* ein echter Ohrenschmaus!«

»Für die Wölfe im Wald auf jeden Fall. Sie hätten sicher gern eingestimmt.«

Helen lachte auf, richtig laut und herzlich, und es kam ihr so vor, als wäre es das erste Mal seit Monaten.

Sie streifte die engen Schuhe ab und legte sich zurück auf die kunstvoll drapierten Kissen. Sie sah zu Georg hoch, der immer noch an der Tür stand und nicht lachte, höchstens ein ganz klein wenig lächelte, aber sie auch nicht aus den Augen ließ.

»Was willst du?«, fragte sie.

»Ich werde dich nicht lange stören.«

»Was meinst du damit?«

»Ich werde gehen.«

»Nun«, sagte Helen und hätte beinahe wieder gelacht, »es hält dich ja eigentlich niemand davon ab.«

»Ich werde Frommberg verlassen.«

»Wie bitte?«

»Ich werde gehen. Morgen spreche ich mit Onkel Felix über meine Möglichkeiten in Berlin. Ich könnte dort mein Abitur machen und danach studieren.«

»Ich …«

»Ich wollte, dass du es als Erste weißt. Du bist die Einzige, die mir hier etwas bedeutet. Ich weiß, ich bin undankbar, ich weiß, ich habe euch nur Sorgen bereitet, und ihr wart so wunderbar.«

»Georg …«

»Ohne euch würde ich nicht mehr leben, glaub mir, Helen, ich weiß das genau, ich bin kein Idiot, du musst mich nicht darauf hinweisen.«

»Ich wollte dich gar nicht auf irgendetwas hinweisen!«

»Natürlich wolltest du das! Jeder wollte das in den letzten Wochen.«

»Jeder? Wen meinst du damit?«

»Das spielt doch keine Rolle.«

Sie schwiegen, und Georg starrte zornig vor sich hin.

Schließlich sagte Helen: »Würdest du … Würdest du dich setzen?«

»Nein.«

»Nein?«

»Ich kann mich nicht setzen, Helen, denn wenn ich es tue, werde ich nicht mehr aufstehen wollen.«

»Was heißt das?«

Georg lächelte auf sie herunter. In dem gedimmten Licht war sein Gesicht voller Schatten, aber sie konnte seine weißen Zähne sehen, die leuchteten wie bei einem Raubtier.

»Bitte«, sagte sie.

»Bitte?«

»Bitte setz dich.«

»Ich gehe jetzt wieder. In ungefähr zwei Minuten wird Josepha oder sonst jemand kommen und dir ausrichten, dass die gnädige Frau sich fragt, wo du bleibst, und dann wirst du wieder Teil dieser Maschinerie sein, die sich Frommberg nennt.«

»Hör auf.«

»Es gibt nichts weiter zu sagen, Helen, außer das: Wenn du mich noch einmal geliebter Bruder nennst, vergesse ich mich. Dann reite ich noch heute Nacht nach Deutsch Krone und nehme den ersten Zug.«

Helen stand auf. Ihr war ein wenig schwindelig, aber gleichzeitig fühlte sich sich ganz klar. Sie ging auf Georg zu, ohne zu wissen, warum und was sie als Nächstes tun würde, und es war nicht nur so, als würden sich die Millisekunden zu Stunden dehnen, sondern auch, als würde sie nicht nur ein paar Meter zurücklegen, sondern einen reißenden Fluss voller Strudel und tückisch verborgener Eisschollen überqueren müssen.

Sie hörte sein Nein, noch bevor sie vor ihm stand, aber sie achtete nicht darauf. Sie presste seine Schultern gegen die Tür und drückte sich an ihn, und dann küssten sie sich so, als wäre alles wie in diesem Sommer, und nichts, gar nichts hätte sich zwischen ihnen verändert.

Dann schob Georg sie von sich.

»Ich kann das nicht mehr«, sagte er.

»Aber …«

»Du spielst mit mir.«

»Nein!«

»Es geht einfach nicht mehr, Helen. Es ist vorbei.«

»Das ist nicht wahr!«

Und natürlich war es nicht wahr. Für den Moment allerdings schon, denn Josepha klopfte an die Tür und sagte mit ihrer schüchternen und immer ein wenig groben Stimme genau das, was Georg prophezeit hatte.

# 21

Zur selben Zeit war Justus alles andere als in Weihnachtsstimmung. Während seine Mutter mit acht Verwandten und seinen beiden Schwestern vor dem Weihnachtsbaum saß und alle sich bemühten, über das Fehlen des Hausherrn und des Sohnes hinwegzuplaudern, nahmen die beiden, Justus und sein Vater, gemeinsam an einer inoffiziellen Dringlichkeitssitzung des örtlichen Kyffhäuserbundes teil, in den ihn sein Onkel Leo vor ein paar Wochen feierlich eingeführt hatte. Es gab mehrere Reden verdienter Militärs und auch eines Vertreters der Obersten Heeresleitung, ein kleiner, dicker Mann, der, als er das Rednerpult erklomm, in seiner üppig ordensbestückten Uniform an einen kompakten Christbaum erinnerte.

»Die Verhältnisse in Berlin«, begann er mit sonorer Stimme, »übertreffen unsere schlimmsten Befürchtungen. Es herrschen Chaos und Anarchie. Die Volksmarinedivision, die anfangs aufseiten der gemäßigten Sozialdemokratie stand, hat sich zu einem Monster entwickelt. Unser Plan, Friedrich Ebert als Staatsoberhaupt mit weitreichenden Vollmachten auszurufen, um der revolutionären Wucht Einhalt zu gebieten, hat nicht die erhoffte Wirkung entfaltet. Diese Linksradikalen haben sich im Stadtschloss einquartiert, und es sieht ganz so aus, als hätten sie sich an Wertgegenständen bereichert. Das Räumungsultimatum des Stadtkommandanten wurde nicht eingehalten. Wir befinden uns in der dramatischen Situation, dass sich der Stadtkommandant und die Regierung in der Gewalt dieser verbrecherischen Organisation befinden, während die Kommunisten und Spartakisten, kurz: der Pöbel, mit ihnen paktieren.

Nun, und das ist natürlich nicht alles. Ich verschweige die

entsetzlichen Zustände auf den Straßen, die Gewalt, den Terror, die Toten und Verletzten. Wie Sie alle wissen, hat immer mehr Städte dieses entsetzliche Virus des Sozialismus erfasst. Der Rückhalt eines Teils der Bevölkerung – eine Minderheit, gewiss, aber eine, die größer ist, als wir jemals annehmen konnten, und insofern von entscheidender Bedeutung – erweist sich als erschreckend und alarmierend. Am 7. November wurde in München unter unbeschreiblichen Umständen die Republik ausgerufen, am 9. November protestierte der Plebs zu Hunderttausenden in Berlin mit den bekannten entsetzlichen Folgen. Diese Menschen haben keine Skrupel, sie sind innerlich verroht, und das macht sie so gefährlich für uns, ihre Kontrahenten mit Zielen und Prinzipien. Die Monarchie wird einfach so für tot erklärt, ein Philipp Scheidemann ruft die Republik aus, und zwei Stunden nach ihm beschwört ein Anarchist und Verbrecher namens Karl Liebknecht die Freie Sozialistische Republik Deutschland – das ist doch absurd, meine Herren, und in seiner Absurdität nicht mehr länger hinnehmbar! Ein furchtbares und vollkommen fruchtloses Durcheinander droht den Staat zu überwältigen, die Lücke, die der zurückgetretene Kaiser im niederländischen Exil hinterlassen hat – als Oberbefehlshaber nicht nur des Heeres, sondern auch der Menschen unseres braven Volkes, die sich auf ihn, und zwar nicht nur auf seine Person, sondern auch auf die Symbolkraft seines Amtes, verließen, an ihn glaubten, ihn verehrten und aufgrund dieser Verehrung jene bewundernswerte Leidensfähigkeit unter Beweis gestellt haben: Diese Lücke, meine Herren, ist, wie wir es an den aktuellen Entwicklungen sehen, kaum zu füllen. Es fehlt – schmerzlich, aber wahr – eine Person, auf die sich die Massen einigen können, eine Lichtgestalt, die dem Reich Struktur verleiht und ihm den Weg weist. Ohne sie könnte alles zerfallen.

Was tun?

Heute musste Reichskanzler Friedrich Ebert, der ja nun als gemäßigter Sozialdemokrat glücklicherweise auf unserer Seite steht, reguläre Truppen um Hilfe anrufen, weil die Dinge ein weiteres Mal aus dem Ruder liefen. Unsere Truppen sind in diesen, ich möchte sagen: historischen Minuten dabei, das Stadtschloss mit den Rebellen der Volksmarinedivision zu stürmen. Jedoch scheint es leider zu großen Schwierigkeiten zu kommen, denn die Aufständischen haben in der aufgeputschten Bevölkerung ja so ungeahnt viele Unterstützer. Ohne Übertreibung muss es hier gesagt werden: Die Lage ist furchtbar, ein verheerender Bürgerkrieg wie in Russland droht das Reich zu zerreißen. Wenn wir jetzt nicht handeln, werden wir untergehen, und mit uns unsere Kultur der Disziplin, unsere Werte des Ausgleichs, unsere Tapferkeit vor dem Feind – überhaupt alles, meine Herren, was das ruhmreiche Deutsche Reich jemals ausgemacht hat. Ja, wir haben den Krieg verloren, und ja, die Zeiten werden härter, und dennoch sollten wir nicht aufhören, um das zu kämpfen, was uns ausmacht: unser Volk und unsere Ehre. Ich danke Ihnen.«

Justus' Gefühle bei dieser Brandrede waren kaum zu beschreiben. Sie wechselten im Sekundentakt von Aufregung zu tiefster Verbitterung. Dann wieder übermannte ihn ein heiliger Zorn angesichts der vaterlandslosen Gesellen, die sich anmaßten, im Namen des Volkes zu handeln. Welches Volk hatten diese Verbrecher denn bitte schön im Sinn? Eines, das sich seiner Tradition nicht mehr bewusst war? Eines, das keine Autoritäten mehr anerkannte, sondern allen Ernstes glaubte, selbst über sein Schicksal entscheiden zu können, ohne die ordnende Hand ihm wohlgesinnter Herrscher, die väterlich klug über ihr Wohlergehen wachten? Das konnte nicht geduldet werden! Man musste etwas unternehmen, aber nicht morgen oder übermorgen oder nach weiteren endlosen Sitzungen, in denen stundenlang Fürs und Widers erörtert wurden, sondern jetzt sofort, in dieser Sekunde.

Und so hielt es Justus nicht mehr länger auf seinem – im Übrigen ohnehin recht unbequemen, da ungepolsterten – Sitz. Ohne dass er recht wusste, wie ihm geschah, sprang er auf und rief: »Kameraden! Lasst uns nicht länger reden, sondern jetzt etwas tun! In dieser Sekunde!«

Stille senkte sich auf die Stuhlreihen, einen Moment lang schien die Zeit stehen geblieben zu sein. Dann wandten sich die meist erheblich betagteren Herren ungläubig und irritiert nach dem jugendlichen Störenfried um. Justus' Vater verging fast vor Scham über diesen Affront an der ehrwürdigen Organisation, und auch Justus selbst wurde nun bewusst, dass er dabei war, die ganze Versammlung zu sprengen, und er errötete so tief, dass sein Kopf zu glühen schien. Wie gelähmt von seinem schlechten Benehmen brachte er es nicht einmal fertig, sich wieder hinzusetzen. Und so stand er da wie ein Mahnmal der Torheit, angestarrt von etwa fünfzig Augenpaaren, und dann passierte etwas, von dem er noch seinen Enkeln erzählt hätte, hätte er die Möglichkeit gehabt, sie kennenzulernen.

Jemand klatschte, ein einsames, fast zaghaftes Geräusch, dann fiel ein anderer ein, schließlich ein dritter, und dann gab es richtig lauten, fast dröhnenden Applaus. Der Gesandte der Obersten Heeresleitung erklomm daraufhin trotz seiner Figur erstaunlich behände noch einmal das Rednerpult und rief von dort mit begeisterter Stimme: »Das, meine Herren, sind die jungen Männer, die wir brauchen. Sie werden das Deutsche Reich nicht nur retten, sondern zu höchsten Ehren führen! Sie sind unsere Chance. Meine Unterstützung haben Sie, junger Freund, und meine Herren: Geben Sie Ihre noch dazu, und wir werden siegen, obwohl wir fürs Erste verloren haben!« Der Applaus wurde noch lauter, und dann war die Versammlung plötzlich zu Ende, weil alle zu ihren Familien nach Hause eilten, um nicht das gesamte Christfest zu verpassen. Justus' Onkel Leo aber, der als alleinstehender Mann bei den Dahlwitz Weihnachten feierte, sagte zu vorgerückter Stunde und nach dem fünften Glühwein: »Ich habe mich nicht in dir getäuscht, Justus, mein Junge. Ich möchte dich morgen früh bei mir sehen. Bitte pack all deine Habseligkeiten zusammen und verabschiede dich von deiner Familie, wir werden eine Reise unternehmen.«

»Du machst mich neugierig, lieber Onkel«, antwortete Justus, auch schon reichlich angeheitert, nicht nur vom Alkohol, sondern auch von seinem unerwarteten Erfolg.

Sein Onkel lehnte sich zurück und zog an einer jener grausig stinkenden Zigarren, die Justus wohlweislich diesmal ausgeschlagen hatte.

»Oberst Wilhelm Reinhard, 4. Garderegiment«, sagte der alte Herr, ohne Justus anzusehen, der höflich abwartete, ob nun noch etwas kam.

»Ja?«, fragte er schließlich, nachdem nichts weiter folgte. Onkel Leo beugte sich nun vor und fixierte Justus auf seine gewohnt penetrante Art. Hinter seinem Monokel sah das rechte Auge erheblich größer aus als das linke, was ein bisschen lächerlich wirkte, aber Justus bemühte sich dennoch redlich, so ernst zu bleiben, wie es der Lage zukam.

»Oberst Reinhard«, sagte Onkel Leo, »wurde heute von der Regierung beauftragt, eine Ordnungstruppe in Berlin aufzustellen. Was hältst du davon?«

»Nun, das finde ich großartig«, sagte Justus, ohne genau zu wissen, was es mit dieser Truppe auf sich haben sollte, aber zu allem bereit. Alles war besser, als hier im hübsch verschlafenen Marburg herumzusitzen, während anderswo aufregende, möglicherweise welterschütternde Dinge geschahen.

»Ich möchte mich nützlich machen«, bekräftigte Justus.

»Das ist gut, mein Junge. Ich werde noch heute mit deinen Eltern sprechen. Ich möchte nicht, dass sie denken, ich entführe ihnen ihren einzigen Sohn.« Justus lächelte über diesen kleinen Scherz, aber tatsächlich war es ihm ganz recht, dass der alte Herr dieses Gespräch in die Hand nehmen wollte.

»Mutter wird nicht froh sein«, sagte er.

»Das versteht sich von selbst. Ich werde sie überzeugen. Das Reich braucht dich.«

»Vielen Dank, lieber Onkel.«

»Du triffst um sieben Uhr früh bei mir ein? Wir haben eine lange Fahrt vor uns.«

»Ich werde pünktlich sein!«

»Ich verlasse mich darauf.«

Am nächsten Tag saßen sie um acht Uhr fünfzehn im Zug, der sie nach Berlin bringen sollte, also in eins der Epizentren des Bebens, das zurzeit das Deutsche Reich erschütterte. Sie saßen einander in dem komfortablen Erste-Klasse-Abteil gegenüber. Der Schaffner brachte Frühstück und ein Glas Champagner für Onkel Leo, während sich Justus auf Kaffee und gebutterte Brötchen mit zwei Sorten Marmelade beschränkte.

Sie nahmen die Mahlzeit schweigend ein, während der Zug Marburg verließ und durch die dünn beschneite Landschaft ratterte. Onkel Leo klingelte nach dem Schaffner und bestellte ein weiteres Glas Champagner und dazu einen Schnaps. Erst nachdem er Letzteren mit für die Tageszeit erstaunlicher Geschwindigkeit heruntergestürzt hatte, kam ein wenig Leben in sein blasses Gesicht.

»Nun«, sagte er. »Wir haben ein paar Stunden Zeit, in denen ich dich auf den neuesten Stand bringen kann. In Berlin wird dafür keine Zeit mehr sein.«

»Natürlich nicht«, sagte Justus. Er trug seine Uniform, die seine Mutter mit derart liebevoller Sorgfalt gestopft hatte, dass sie zwar immer noch abgeschabt, aber immerhin ordentlich aussah. Seine Auszeichnungen hatte er in den Koffer gepackt, aber nicht angesteckt; in der momentanen angespannten Situation fand er es unangebracht, sich mit ihnen zu schmücken.

»Vielleicht ist es am besten, du stellst mir Fragen, die ich nach bestem Wissen beantworten werde«, sagte Onkel Leo, doch bevor Justus damit anfangen konnte, kam der livrierte Schaffner herein und fragte, ob sie noch weitere Wünsche hätten. Justus bestellte einen Kaffee, sein Onkel winkte ungeduldig ab. Der Schaffner verbeugte sich und verschwand.

»Nun?«

»Bitte?«

»Ich warte auf deine Fragen, Justus.«

»Ich habe mich schon ein wenig informiert, aber …«

»So? Was weißt du denn genau?«

Der Schaffner brachte den dampfenden Kaffee, und Justus, froh über diese kurze Unterbrechung, die ihm Zeit gab, sich zu sammeln, nahm einen Schluck.

»Nicht viel, zugegeben. Aber dass das Heer in einem beklagenswerten Zustand ist. In einigen Kasernen, so wurde mir von ehemaligen Kameraden erzählt, geht es zu wie in Tollhäusern. Es gibt keine Wachen mehr, nur noch sogenannte Soldatenräte, die in den Gängen und Stuben herumlungern. Schlägereien und Schießereien sind an der Tagesordnung, das Laster macht sich schamlos breit. Die Kasernen sind gestopft voll bei der Essensausgabe und am Zahltag, jedoch leer, wenn der jeweilige Kommandant Männer zum Dienst anfordert.«

»Das ist alles richtig«, sagte sein Onkel. »Aber noch nicht die ganze Wahrheit.«

»Das bezweifle ich nicht.«

»Am 11. November – du weißt, die Unterzeichnung des Waffenstillstands?«

»Wie könnte ich das vergessen?«

»Das Heer bekam dreißig Tage Zeit, die besetzten Gebiete zu räumen und die Truppen hinter die Grenzen von 1914 zurückzuführen. Zwei Millionen Soldaten, und alles musste improvisiert werden: die Marschetappen, die Versorgung der Truppe, der Rhythmus des Übergangs … Eine enorme logistische Leistung der Heeresleitung, auf die sie zu Recht stolz sein kann. Doch leider beging sie den folgenschweren Fehler, die Lage dennoch falsch einzuschätzen. Sie bauten auf die Loyalität ihrer Truppen, die sich auch tatsächlich hervorragend benahmen. Die Soldaten begriffen nämlich rasch, dass sie ohne ein Maximum an Disziplin nicht so schnell wie gewünscht nach Hause kommen würden. Sobald sie jedoch deutschen Boden erreicht hatten, ließen sie alles im Stich, ihre Kameraden, ihre Kompanien … Sie haben sich einfach verdrückt. Und das war die Stunde der Revolutionäre. Sie stießen in die Lücke.«

»Eine bestechende Analyse. So habe ich das noch gar nicht gesehen.«

»Gehen wir nun einen Monat zurück, in das aufständische Berlin. Ende November war ich dort und konnte mich von den Zuständen persönlich überzeugen. Durch die dicht gedrängte Menge bahnten sich Militärlastkraftwagen ihren Weg, besetzt mit Soldaten – Soldaten unseres Heeres, wohlgemerkt! –, die laut schreiend rote Fahnen schwenkten. Auf einigen Automobilen sah ich bewaffnete Männer in Feldgrau. Sie kletterten herunter, um ehrenvollen und verdienten Soldaten und Offizieren, die nicht auf ihrer Seite standen, deren Rangabzeichen abzureißen. Und wehe, diesen Verbrechern wurde der Gehorsam verweigert! Blutvergießen war die Folge, und ich wurde sogar Zeuge von brutalen Erschießungen.«

»Das ist unvorstellbar. Wir werden dem ein Ende bereiten, das verspreche ich!«

»Ich schätze deinen Mut und deine Tatkraft, Justus. Du wirst bald Dinge erleben, die du dir in deinen kühnsten Träumen nicht vorstellen kannst. Bisher stand der Feind auf der anderen Seite. Das ist eine vollkommen neue Situation. Jetzt wirst du auf Männer schießen müssen, die unsere Sprache sprechen. Vielleicht wirst du einen Kameraden wiedererkennen, der sich auf die Seite der Kriminellen geschlagen hat und nun unversehens zum Feind geworden ist. Wirst du damit fertig?«

»Die Vorstellung ist furchtbar, aber ich werde damit zurechtkommen.«

»Du wirst andererseits Männer erleben, die deinesgleichen sind. Gemeinsam seid ihr stärker als die Revolution, die unser Volk aus den Angeln zu heben droht.«

»Ich freue mich darauf.«

»Gemeinsam seid ihr stark«, sagte Onkel Leo noch einmal. Und als hätten ihn diese markigen Worte über Gebühr ermüdet, sanken seine Augenlider nach diesem Vortrag erst auf halbmast und schlossen sich dann ganz, während sein Kinn absank, die schmalen Lippen sich öffneten und eine unvollständige Reihe schlechter Zähne offenbarte. Einen Moment lang befürchtete Justus eine gesundheitliche Krise, doch dann begann der Onkel derart laut zu schnarchen, dass es fast das Rattern des Zuges übertönte.

In den nächsten Stunden betrachtete Justus die karge, verschneite Landschaft, bis der Schaffner ihm ein Mittagessen servierte. Onkel Leo schreckte zwar bei dieser Unterbrechung kurz auf, nickte aber nach der mit heiserer Stimme geäußerten Bemerkung »Keinen Hunger!« wieder ein.

Als sie in Berlin ankamen, war es tiefe Nacht. Onkel Leo hatte bis zur Einfahrt in den Anhalter Bahnhof geschlafen und wirkte noch Minuten nach dem Aufwachen schwach und nicht auf dem Posten. Justus rief den Schaffner, und der brachte nach einem Blick auf den alten Herrn einen doppelten Schnaps, den Onkel Leo sichtlich dankbar auf ex trank, um dann noch einen weiteren zu verlangen.

Anschließend schien er so weit wiederhergestellt zu sein, dass sie ein Taxi zum *Adlon* nehmen konnten. Während das

Auto über das Kopfsteinpflaster ratterte, schaute Justus aus dem Fenster. Es war eine kalte, klare Nacht, und zu Justus' Bedauern fuhren sie absichtlich einen Umweg durch leere Gassen, um den Krawallen zu entgehen, wie der Taxifahrer sagte. Eine halbe Stunde später waren sie im *Adlon* angekommen, und Justus war so überwältigt von der Pracht des elf Jahre alten Hotels mit seiner Einrichtung in Neobarock und im Stil Ludwigs des XVI., dass er für den Moment sogar seine Mission vergaß, die da lautete: sich in den Kampf zu stürzen.

Nachts schlief er schlecht, was zum einen an dem üppigen Abendessen mit mehreren Gläsern schwerem Rotwein lag, zu dem ihn sein plötzlich wieder recht munterer Onkel genötigt hatte, vor allem aber an der freudigen Erwartung, das zu tun, wozu er geboren und ausgebildet worden war, nämlich seinem Land zu dienen. Als er endlich in einen unruhigen Schlaf fiel, träumte er von Helen, die mit einer Fackel in der Hand auf ihn zulief, das prächtige Haar offen und gekleidet in einer Art Toga, und ihn an Artemis, die Göttin der Jagd, erinnerte.

Er war erregt und verzückt und fest entschlossen, ihr Ehre zu machen, doch als er ihr genau das sagen wollte, zog ihn etwas von ihr fort, und schließlich erwachte er von einem entfernten Donnern, das er sofort als Gefechtslärm erkannte.

Er sprang auf, voller Vorfreude auf die Herausforderungen, die ihn erwarteten.

# 22

Der 5. Januar 1919 sollte Donata ewig in Erinnerung bleiben. Viele Jahre später grübelte sie noch immer darüber nach, ob sie irgendetwas hätte tun können, um das Unheil abzuwenden, und das zumindest hätte jeden in ihrem Umfeld überrascht (wenn es denn jemand erfahren hätte, was nicht der Fall war). Neigung zur Selbstkritik in Form von Was-wäre-gewesen-wenn-Erwägungen war in Donatas Charakter ja nicht angelegt; begangene Fehler vergaß sie zügig, Reue erlaubte sie sich selten, aus der selbst in Gedanken nie ausformulierten Überzeugung heraus, dass Bedauern Dinge nicht besserte, sondern einem lediglich die Kraft zum Weitermachen raubte.

Alles begann mit Augusts und Ernas Verschwinden aus Frommberg – ein zufälliges Zusammentreffen mit allen Ereignissen, die noch folgen sollten, aber dennoch von symbolhafter Bedeutung, jedenfalls wenn man es im Nachhinein betrachtete, was Donata in den folgenden Jahren mit geradezu zwanghafter Besessenheit einfach nicht lassen konnte, obwohl es doch ohnehin zu spät war, nachdem die Dinge längst ihren unaufhaltsamen Lauf genommen hatten.

Am 5. Januar warf Mariechens Bruder August eine halbe Stunde nach Mitternacht einen Schneeball an Ernas Zimmerfenster. Erna, hellwach und unter ihrer Bettdecke vollständig angezogen, stand sofort auf, schlich auf Zehenspitzen zum Fenster, öffnete und schloss es wieder, als vereinbartes Zeichen für August, dass sie ihn gehört hatte.

Sie warf einen Blick auf Josepha, die wieder einmal schlief wie tot. Ein paar Sekunden lang betrachtete sie Josepha knochiges Gesicht mit dem massiven Unterkiefer, der auf eine willensstarke Persönlichkeit schließen ließ. Tatsächlich war

Josepha aber eine zarte Seele, die sich hinter einem Knochenpanzer verstecken musste, und Erna tat sie kurz beinahe leid, denn Josepha Leben würde nie leichter werden, sie hatte keinerlei Möglichkeiten, ihr Schicksal zu verbessern, und da dies so war, drängte sie auch nichts dazu. Ganz im Gegensatz zu Erna, die wusste, dass sie zu etwas anderem berufen war und dass dieses andere zwar noch nicht sonderlich konkret war, aber sich gerade in seiner Ungewissheit als reizvoll, wild und schön präsentierte. Das Mitleid über die Beschränktheit von Josepha Optionen legte sich demnach recht schnell, eigentlich schon als Erna sich von ihr abgewandt und mit ihrem gepackten Köfferchen leise die Tür geöffnet hatte und auf den schmalen Gang des Dienstbotentrakts gelangt war.

Langsam setzte sie einen Fuß vor den anderen auf den knarzenden Dielenboden, dessen Latten zu allem Überfluss teilweise locker waren, weil zurzeit niemand die Muße hatte, sie wieder ordnungsgemäß zu befestigen. Als Erna die verschlossene Haustür öffnete, überlegte sie, ob sie ihre Schlüssel auf die Konsole neben dem Eingang legen sollte, ließ es aber sein. Natürlich hatte sie nicht vor, jemals zurückzukommen, aber man wusste ja nie so genau, was passieren würde.

Sie beließ also den dicken Bund an ihrem Lederband um den Hals und zog die Tür vorsichtig hinter sich ins Schloss. Wie besprochen wandte sie sich dann nach rechts zur Garage, in der das Auto des Großvaters untergebracht war, das August zu stehlen gedachte. Die Nacht war trocken und klar, und tatsächlich klappte alles wie am Schnürchen. August erwartete sie vor der bereits aufgebrochenen Garage, und sie ließ sich erleichtert und mit einem Rest Nervosität in seine Arme sinken. »Du bist die Beste«, flüsterte August in ihr Ohr, und sie strahlte ihn an, obwohl sie sein Gesicht in der Dunkelheit kaum sehen konnte.

Das Starten mit der Anlasserkurbel verursachte einen entsetzlichen Lärm – der Schwachpunkt ihres Plans, wie sie selbst wussten. Doch immer noch schien ihnen das Glück gewogen, denn nirgendwo im Schloss ging Licht an, niemand rief nach ihnen, und so fuhren sie ungehindert mit dem schon recht altersschwachen Gefährt Richtung Abenteuer.

Zur selben Zeit schlich sich Georg in Helens Zimmer, wo er den gesamten Rest der Nacht verbringen sollte, weil Helen und er aus Versehen einschliefen, nachdem sie sich ausgiebig geliebt hatten. Als Mariechen am nächsten Morgen ins Zimmer kam und die Fensterläden öffnete, um das gnädige Fräulein anzukleiden, sah sie also als Erstes einen Arm, der auf Helens nackter Hüfte lag, und anschließend die Nachtkleidung des Besuchers, die links und rechts neben dem Bett auf dem Boden verstreut lag, als hätte der junge Herr Pyjamahose, -jacke und Morgenmantel nicht ordentlich abgelegt, sondern in einer merkwürdigen Geste des Triumphs oder der Euphorie in unterschiedliche Richtungen geschleudert.

Obwohl Mariechen wie alle Dienstboten über diese verbotene Affäre im Bilde war, stellte sie fest, dass selbst handfeste Hinweise etwas ganz anderes waren, als mit eigenen Augen etwas zu sehen, das man nicht hatte glauben wollen, aber nun glauben musste. Der Schmerz, den Mariechen dabei empfand, hatte nur wenig damit zu tun, dass sie für den jungen Herrn schwärmte, seitdem er sie aus dem Schneetreiben gerettet hatte. Viel schlimmer war das Wissen, dass die gnädige Frau in diesem Moment auf dem Weg nach oben war, weil sie Helen ein Kleid zeigen und anprobieren lassen wollte, das von der Schneiderin in Deutsch Krone enger genäht worden war.

Die Verzagtheit, die Mariechen erfasste, weil sie absolut keine Möglichkeit sah, diese Situation zu retten, führte dazu, dass sie sich wie eine Maus in der Falle fühlte, die sich wie ein Kreisel in dem Gittergeflecht drehte und mit panisch zuckender Nase nach einem Ausweg suchte, den es nicht gab. »Um Gottes willen«, schrie Mariechen also mangels besserer Alternativen und zerrte an Georgs Arm herum, woraufhin beide Delinquenten erwachten und sich zwar sofort züchtig bedeckten, dann allerdings in verlegenes, aber auch ein bisschen trotziges Gelächter angesichts Mariechens erschrockenen Gesichts ausbrachen: Es war ja nur das liebe Mariechen, schon fast mehr eine Freundin und Komplizin als nur eine Kammerzofe. Sie würde dichthalten, da waren sich beide ganz sicher. Womit sie wertvolle Zeit verschwendeten und insofern das Verhängnis seinen Lauf nahm.

Die Tür öffnete sich – mit Klopfen hatte sich Donata, Helens Kleid über dem Arm, wie üblich gar nicht erst aufgehalten –, und nun schien alles furchtbar schnell zu gehen, gleichzeitig aber erstarrte die Szenerie zu einem Tableau tiefster Bestürzung. Donata ließ das Kleid sinken, eine blaue Tüllwolke schwebte herab, während die Wut auf die unfassbare Dummheit ihrer Brut ihren ganzen Körper erfasste und erzittern ließ. Helens und Georgs Gesicht waren beinahe so weiß wie das Bettzeug aus französischer Spitze, während Mariechen sogar noch blasser wurde und schließlich in Ohnmacht fiel. Der Grund war diesmal keine Grippe und auch nicht nur der Schock über Donatas Erscheinen, sondern vor allem ihre Schwangerschaft im dritten Monat, von der niemand etwas ahnte, denn was würden die Leute über sie reden, wenn herauskäme, dass der Vater ihres unehelichen Bastards auch noch der eigene Bruder war?

Lieber würde sie sterben, als diese doppelte Schande zu ertragen.

Es verging eine Minute, ohne dass sich einer der Anwesenden rühren konnte. Schließlich griff sich Helen ihr Nachthemd, das zusammengeknüllt hinter ihrem Kissen lag, zog es sich hastig im Sitzen über und stand auf, um sich um Mariechen zu kümmern. »Hilf mir«, sagte sie zu ihrer Mutter, die immer noch regungslos in der Tür stand.

»Hilf mir!«, wiederholte Helen, und schließlich ermannte

sich Donata, stieg über das Kleid hinweg und kniete neben Helen, während Georg seinen Morgenmantel vom Boden fischte und sich schwerfällig aus dem Bett rollte.

»Mach ein Tuch nass«, sagte Donata, an Georg gerichtet, aber ohne ihn anzusehen. Sie bettete Mariechens Kopf auf ihre Knie, während Georg folgsam zum Waschbecken lief, den Hahn aufdrehte und eins von Helens Handtüchern in das kalte Wasser tauchte.

»Wring es aus und gib es mir.«

»Ja, Maman.«

Donata legte das Handtuch auf Mariechens Stirn und dann in den Nacken, kniff ihr sanft in die Wangen, nahm ihre kalten Hände und rieb sie zwischen ihren warmen. Langsam kehrte die Farbe in Mariechens spitzes kleines Gesicht zurück, und sie öffnete die Augen.

»Es tut mir leid«, flüsterte sie.

»Bist du schwanger, Mariechen?«, fragte Donata, hob dabei den Kopf und sah ihre Tochter an.

Helen senkte den Blick, ihr brach der Schweiß aus.

»Nun?«, fragte Donata, immer noch die Augen auf Helen gerichtet. Ohne es zu wollen, registrierte sie Helens lange Wimpern, ihre bläulichen Lider, ihre zarte Haut, den winzigen Leberfleck unter dem rechten Mundwinkel, die perfekt geformten dunkelblonden Augenbrauen.

»Ich weiß es nicht«, sagte Mariechen.

»Doch, liebes Kind, du weißt es, nicht wahr?« Donata riss sich von Helen los, ihrer Schönheit und ihrer Verdorbenheit, zwei in der Kombination fatale Eigenschaften, gegen die möglicherweise kein Kraut gewachsen war.

»Mariechen. Du kannst es mir sagen.«

Ihre Stimme war jetzt ganz sanft, und Mariechen fing sofort an zu weinen, ein leises, trostloses Schluchzen, während ihr schlaffer Oberkörper immer noch in Donatas Schoß lag.

»Es ist gut, Mariechen«, sagte Donata und strich ihr über

die Stirn und die Wangen. »Wir lassen dich nicht allein. Glaubst du mir das?«

Mariechen versuchte zu nicken, aber die Tränen liefen ihr unaufhörlich links und rechts die Schläfen hinunter und sickerten in Donatas himbeerfarbenen Rock. »Ich möchte …«

»Ja, mein liebes Kind?«

»Ich möchte aufstehen. Es geht mir wieder gut.«

Langsam halfen Helen, Georg und Donata Mariechen auf die Beine. Donata schickte sie auf ihr Zimmer mit der Auflage, sich bis mindestens mittags auszuruhen. Kaum hatte Mariechen das Zimmer verlassen, drehte sich auch Donata um, fort von Helen und Georg, als wäre ihr der Anblick der beiden unerträglich. Mit der Hand an der Türklinke sagte sie ohne besondere Betonung, dass sie sie in einer halben Stunde im Salon zu sehen wünsche.

»Vollständig angekleidet, wenn ich bitten darf«, fügte sie hinzu, ohne Zorn und ohne Ironie, vielmehr so sachlich, als wäre es tatsächlich erforderlich, Helen und Georg über einen so selbstverständlichen Aspekt der Etikette in Kenntnis zu setzen.

Dann ging sie hinaus.

»Willst du mich heiraten? Willst du mit mir zusammen sein für den Rest unseres Lebens, in guten wie in schlechten Tagen, bei Gesundheit und Krankheit …«

»Ja! Ja!«

»Dann komm mit mir. Jetzt!«

»Das würde ich gern.«

»Du willst es nicht.«

»Doch!«

»Lüg mich nicht an. Nicht jetzt.«

»Unsere Heirat würde ein Gerichtsverfahren erfordern, und ohne die Zustimmung unserer Eltern würden wir dieses Verfahren verlieren. Das weißt du!«

»Wir reden mit ihnen. Wir überzeugen sie von der Ernsthaftigkeit unserer Liebe.«

»Sie haben das schon zweimal abgelehnt, und sie werden auch jetzt nicht zustimmen. Niemals.«

»Warum bist du so …?«

»Du hast nicht mitbekommen, wie Maman mich angesehen hat. Sie hasst mich.«

»Sie liebt dich, sie liebt uns beide. Sie ist ein schwieriger Mensch, aber sie wird uns verstehen. Eines Tages.«

»Eines Tages vielleicht. Aber nicht heute, nicht jetzt.«

»Wir müssen es versuchen. Was für eine Wahl haben wir denn noch?«

»Georg, sie hat mich angesehen, als wäre ich … als wäre ich …«

»Du willst nicht, Helen. Du hast Angst, oder du willst nicht, eins von beiden, und was es auch ist, es spielt keine Rolle. Sag, dass ich recht habe, mit dem einen oder mit dem anderen, und ich gehe sofort.«

»Nein!«

»Ich werde dich nie wieder belästigen, das verspreche ich dir. Ich werde aus deinem Leben verschwinden, und alles wird so sein, als hätte es mich nie gegeben.«

»Bitte, bitte tu das nicht.«

»Sei ehrlich mit mir, Helen, ein einziges Mal. Dir stand der Sinn nach einer heiteren, unbeschwerten Tändelei, nicht nach mir. Nicht in allerletzter Konsequenz.«

»Das ist nicht wahr, du bist mir der wichtigste Mensch auf der Welt, Georg. Ich will nie wieder ohne dich sein.«

»Aber?«

»Es gibt kein Aber!«

»Es gibt Tausende Aber. Und das wichtigste lautet, dass du nicht geneigt bist, dich festzulegen.«

»Doch!«

»Ich verstehe dich sogar. Ich verstehe dich, weil ich dich

liebe. Ich sehe, wie die Männer dich anstarren und wie du dich in ihren Blicken sonnst.«

»Das ist so albern!«

»Du genießt es.«

»Ich bemerke es nicht einmal. Und wenn ich es merke, bedeutet es mir nichts.«

»Ich bin doch nicht blind! Dein Strahlen, wenn du mit diesen Dummköpfen tanzt, denen die Augen aus dem Kopf fallen, sobald du ihnen dein Dekolleté entgegenstreckst! Und wie du dich spreizt bei ihren abgedroschenen Komplimenten!«

»Schrei mich nicht an!«

»Hör auf zu weinen!«

»Ich wusste nicht, wie sehr du mich hasst.«

»Du verstehst überhaupt nichts!«

»Wir müssen nach unten gehen, Georg. Sie erwarten uns im Salon.«

»Wir können nicht nach unten gehen, wenn wir uns nicht einig sind.«

»Ich will mit dir zusammen sein. Glaub mir das bitte, bitte! Aber ich will nicht durchbrennen, und das müssten wir. Wir müssten durchbrennen.«

»Und davor hast du Angst. Alles zurückzulassen, die dienstbaren Geister, die regelmäßigen Mahlzeiten, das weiche Bett, die hübschen Kleider, Mariechen, die dich jeden Abend anders frisiert, die reizenden Feste mit dir als Ballkönigin. Auf das müsstest du verzichten, du müsstest sämtliche Brücken zum süßen Leben ohne Sorgen abbrechen, und das kannst du nicht. Du hast weder die Kraft noch den Mut, noch den Elan. Ich gebe zu, das ist enttäuschend. Ich dachte, du bist stark und couragiert, aber du bist ein hübsches, kleines, behütetes Mädchen, und mehr nicht.«

»Es ist mir egal, was du von mir hältst, denn ich merke gerade, dass du mich überhaupt nicht kennst. Die Wahrheit ist …«

»Was denn, Helen? Ich bin sehr neugierig!«

»Die Wahrheit ist, dass es furchtbar kalt ist, Georg! Die Wahrheit ist, dass wir nicht wissen, wo wir hingehen können, wenn wir Frommberg verlassen. Wer würde uns beherbergen, wovon sollten wir leben? Dieser Wahrheit verschließt *du* dich. *Du* bist derjenige, der nicht ehrlich ist.«

»Onkel Felix würde uns helfen.«

»Er ist Mamans Bruder, er würde niemals etwas gegen ihren Willen tun!«

»Du willst mit mir zusammen sein, aber keine Opfer bringen, nicht wahr?«

»Mir war nicht klar, dass du so ungerecht sein kannst.«

»Du lenkst ab. Geschickt, das muss ich dir lassen. Plötzlich bin ich der Schuft.«

»Wie kannst du so mit mir reden, wo ich dir alles gegeben habe?«

»Ich habe verstanden, Helen. Ich werde Frommberg verlassen, heute noch.«

»Bitte, bitte, bitte nicht.«

»Es bleibt mir ohnehin nichts anderes übrig. Die Karten liegen auf dem Tisch.«

»Es gibt eine Lösung. Wir müssen nur nachdenken, wir dürfen nichts überstürzen, wir …«

»Lass uns nach unten gehen.«

»Aber …«

»Lass uns nach unten gehen, Helen, das Tribunal erwartet uns. Worauf willst *du* noch warten? Dass sie jemanden hochschicken, der uns abholt?«

»Du hast selber gesagt, wir müssten uns vorher einig sein.«

»Zu diesem Zeitpunkt dachte ich noch, wir könnten unsere Liebe retten. Daran glaube ich nicht mehr.«

»Georg …«

»Unsere Liebe ist tot, unsere Wege trennen sich. Tupf dir

die Tränen mit deinem Spitzentaschentüchlein ab oder ruf eine deiner Freundinnen an, um mit ihr im Duett zu schluchzen. Tu, was immer dir beliebt, es hat keinerlei Bedeutung mehr für mich.«

»Nein! Warte!«

»Lass mich los. Du musst nicht mitkommen. Was ich zu sagen habe, sage ich allein.«

»Nein! Bitte!«

»Leb wohl, Helen.«

»Ich hasse dich! Ich *hasse* dich!«

# 23

Um zwei Uhr nachmittags saß Georg im Zug nach Berlin, nun selbst tränenblind, was ihm sehr peinlich war, denn ihm gegenüber tuschelten zwei ältere Frauen mit riesigen Hüten aus der Vorkriegszeit, und ganz offensichtlich ging es um ihn, weil ihn ab und zu ein Blick traf – gut, aber nicht ausreichend kaschiert von der überdimensionierten Krempe.

*Es ist das Beste so, Georg, du wirst sehen.*

*Onkel Felix wird sich um dich kümmern.*

*Du wirst dein Abitur machen, studieren, was immer du möchtest.*

*Du wirst ein neues Leben anfangen.*

*Du wirst Helen vergessen.*

*Du triffst die richtige Entscheidung für euch beide, glaub es uns.*

*Wir sind froh, dass du zur Vernunft gekommen bist.*

*Wir sind stolz auf dich.*

Georg schloss die Augen. Nie hatte er sich so verloren gefühlt, nicht einmal vor dem letzten Gefecht in Frankreich, als seine Finger wegen des eiskalten Regens so klamm waren, dass sie kaum das Gewehr halten konnten, und links und rechts Kameraden in den Dreck fielen und nicht mehr aufstanden.

Sie hatten ihm Geld gegeben, das immerhin. Genug, um ein paar Tage allein zu überbrücken, vielleicht sogar, wenn er sparsam lebte, ein bis zwei Wochen. Ein ehemaliger Kamerad von ihm lebte im Wedding. Vielleicht konnte er ihn aufnehmen, bis er selbst etwas fand.

*Onkel Felix wird dich abholen. Wir geben ihm Bescheid, dass du kommst.*

Onkel Felix würde ihn gar nicht erst zu Gesicht bekommen. Weder mit ihm noch mit jemand anderem aus dieser Sippe wollte Georg je wieder etwas zu tun haben. Es gab ja nicht einmal die Verknüpfung durch gemeinsame Blutsbande. Georg war von Anfang an ein Fremder in dieser Familie gewesen, er hatte sich niemals wirklich zugehörig gefühlt, und jetzt weniger denn je, also war es nur folgerichtig, dass er ab heute seinen eigenen Weg gehen würde.

Abends kam er nach einer längeren Irrfahrt mit der Straßenbahn bei seinem Kameraden an, und der war tatsächlich zu Hause, allerdings nicht etwa allein oder im trauten Familienkreis, sondern inmitten einer Gruppe junger Männer in zerschlissenen Uniformen. Sie lümmelten sich auf abgewetzten Sesseln und Stühlen, sechs oder sieben saßen mit hängenden Beinen auf dem Esstisch aus grobem, verkratztem Fichtenholz, dem man die jahrelange Benutzung ansah. Es roch nach Schweiß, Rauch und billigem Alkohol. Peter Wirth, so hieß der Kamerad, stand mitten auf dem Tisch, ganz offensichtlich am Ende einer flammenden Rede angekommen, denn seine Wangen waren hochrot, und die Augen wirkten fiebrig vor Erregung.

Als er Georgs ansichtig wurde, stieß er einen Jubelschrei aus, sprang herunter, schloss ihn in die Arme und berichtete jedem, der es hören wollte, dass Georg ihm das Leben gerettet habe, indem er den Verletzten von einer Stelle weggezerrt habe, auf der eine Minute später eine Granate explodierte, die Peter in Stücke gerissen hätte.

»Ich konnte mich nicht rühren. Aber Georg war da. Ohne ihn wäre ich tot.«

»Du übertreibst.«

»Du bist zu bescheiden, Georg! Warst du schon immer.«

»Ach was.«

»Du bleibst doch?«, fragte Peter ein ums andere Mal, legte seinen Arm um Georgs Schulter und drückte ihn wieder und wieder an sich.

»Wenn ich kann.«

»Ob du *kannst?* Wir brauchen jeden Mann!«

»Darf ich hier schlafen? Nur ein paar Tage?«

»Solange du willst, Genosse!«

»Ich bin dabei«, sagte Georg. »Egal, wobei!«, fügte er grinsend hinzu, und die Runde brach in schallendes Gelächter aus, das Georg einschloss, und er lachte ebenfalls, ließ sich anstecken von der Begeisterung und der untergründig schwelenden Wut, auf der sie beruhte, vergaß Helen, vergaß die Vergangenheit, ließ sich auf die Zukunft ein.

Und dann gingen sie auf die Straße, denn, so hatte es Peter ausgedrückt, jetzt sei »Feuer unterm Dach«.

»Feuer?«

»Sie wollen den Polizeipräsidenten absetzen.«

»Und?«

»Er ist auf unserer Seite. Eichhorn ist ein Spartakist!«

»Ihr seid Spartakisten?«

»Für den Moment. Und du?«

Georg musste nicht lange nachdenken. »Ich bin dabei«, sagte er.

Peter lächelte ihn an. Er sah glücklich aus. »Dann komm«, sagte er.

»Wohin?«

»Wir kämpfen. Die werden sich noch wundern.«

Justus war ebenfalls auf dem Weg zu diesem Kampf. Er marschierte neben Offiziersstellvertreter Suppe vom 2. Garderegiment, dem er die letzten Tage zugeteilt worden war. Suppe, der Gründer eines der ersten Freikorps, dem viele folgen sollten, war klein, aber drahtig. Das Eiserne Kreuz funkelte an der Uniform. An der Koppel hing im klotzigen Futteral eine Luger 8, die gleiche Armeepistole, die auch Justus bei sich trug.

In den letzten Wochen hatte es nicht wenige Schussgefechte zwischen staatstreuen Soldaten und Spartakisten gegeben. Die Revolution war in vollem Gang, beide Parteien schenkten sich nichts, und bislang hatten, trotz aller Verluste, immer die Roten gewonnen. Justus wusste nicht, wie viele von den Aufrührern er erschossen hatte, und er dachte nicht darüber nach. Es ging ja nicht nur darum, das Reich zu retten, von ausschlaggebender Bedeutung war außerdem, es von Elementen zu säubern, die dem Volk in seiner Gesamtheit nicht nur jetzt, sondern auch künftig gefährlich werden konnten. Er spürte die Last dieser immensen Verantwortung und genoss sie: Er war ein Soldat mit Leib und Seele und wollte nichts anderes sein.

Es gelang ihm mittlerweile, die Spartakisten selbst dann als Feinde zu betrachten, wenn sie ehemalige Frontsoldaten waren. Das war, wie Onkel Leo ihm prophezeit hatte, ein längerer Prozess gewesen; die ersten Tage hatte er sich furchtbar gefühlt, denn es machte einen großen Unterschied, auf Menschen zu schießen, denen er in anderen Zeiten sein letztes Hemd überlassen hätte. Doch dann war sein Kamerad und bester Freund Karl Wolff zur Truppe gestoßen, und das hatte sich äußerst positiv auf seine Moral ausgewirkt.

Karl war eigentlich bei einem hessischen Freikorps untergekommen, aber angesichts der angespannten Lage auf Justus' Vorschlag hin vorübergehend nach Berlin beordert worden. Und nun waren beide wieder unzertrennlich, Freunde fürs Leben, wie Karl manchmal mit leuchtenden Augen sagte, woraufhin Justus ihm aus übervollem Herzen zustimmte. Worin, pflegte Karl zu fragen, besteht der Sinn der Freundschaft? Justus' Antwort lautete dann immer: Gemeinsam durch das Feuer zu gehen!

Auch heute waren die Straßen vollgestopft mit Menschen, die Stadt brodelte, und Suppe hatte noch am Vormittag befürchtet, von aggressiven, kampflustigen Massen eingeschlossen zu werden und nicht mehr voranzukommen, doch dann hatte Justus die glorreiche Idee gehabt, einen Musikzug zusammenzustellen. Und tatsächlich war es Suppe, begeistert von der Anregung, in Windeseile gelungen, seinen Trupp mit Trommlern und Trompetern anzureichern, und der Erfolg war ungeheuer. Die verblüffte Menge wich zurück, bildete sogar eine Gasse, als sich die Männer mit Marschmusik Bahn brachen und in dieser aufreizenden Formierung in den Hof der Reichskanzlei einzogen, die von den Spartakisten gestürmt werden sollte.

»Es wird wild werden«, sagte Karl zu Justus, wie immer bei solchen Einsätzen, und rempelte ihn freundschaftlich in die Seite.

»So soll es sein«, sagte Justus lächelnd. Gemeinsam besetzten sie mit Hauptwachtmeister Flick, einem Adjutanten Suppes, das Palais Prinz Leopold, füllten Sandsäcke und brachten die Maschinengewehre in Stellung. Um drei Uhr eröffneten die Roten das Feuer. In das Krachen der Detonationen mischte sich das Pfeifen der Geschosse, das Aufklatschen auf Pflaster und Mauern.

Als die letzten Schüsse verhallt waren, lagen zwanzig Tote und dreiundvierzig Verwundete auf dem vereisten Pflaster, alles Spartakisten: Suppes Truppe hatte die Stellung gehalten, die Regierung war fürs Erste gerettet.

»Wir haben gewonnen«, sagte Suppe, und seine Männer jubelten. »Wir werden weiter gewinnen«, sagte Justus.

»Das ist nur eine Etappe zum großen Sieg«, fügte Karl hinzu. »Und bald sitzen wir am Ruder. Ist das nicht herrlich?«

»Du sagst es, Karl. Wir werden siegen.«

*Hast du jemals in einen Menschen hineingesehen, John? Geglaubt, was er geglaubt, und gefühlt, was er gefühlt hat? Ich weiß, das ist eine rhetorische Frage, du bist kein Schauspieler, kein Psychologe und kein Schriftsteller, du hast nie versucht, dich wenigstens in deiner Fantasie zu verwandeln, du warst immer ganz du selbst, ohne die geringste Vorstellung davon, wie es wäre, ein anderer zu sein.*

*Mein Ich vergrößert sich infolge des Verlusts seiner Stofflichkeit nicht nur exponentiell, es wird zu reiner Energie und zerfasert gleichzeitig in ungezählte mögliche Facetten des Seins. Ich bin Hunderte, Tausende, Millionen Menschen. Ich spüre Wut, die nicht meine ist, Kummer, den ich nie kannte, Ekstasen, deren Wucht mich verblüffen und erschrecken würde, wenn ich über das Stadium der Überraschungen nicht längst hinaus wäre.*

*Natürlich habe ich auch dich erfasst, dein Wesen bis in die feinsten Verästelungen. Ich habe all deine Erinnerungen in ihre Bestandteile zerlegt und in Sekundenbruchteilen analysiert, ich kenne deine Stärken und Beschränkungen, ich weiß alles über dich, und das ist im Übrigen hundertmal mehr, als du je selbst über dich erfahren wirst.*

*Doch es gibt auch für mich noch Rätsel. Wozu nicht nur die Umstände meines Ablebens gehören, sondern auch eine Vergangenheit, der ich mich zu Lebzeiten nie gestellt habe. Wann werde ich bereit sein, sie in Worte zu fassen, wenigstens vor mir? Wer war ich wirklich, und was waren meine tatsächlichen Ziele und Absichten? In solchen Momenten erfasst mich das sehr irdische Gefühl von Trauer und Scham, denn ich sehe hinter der ironisch-trotzigen Skepsis der mütterlichen Linie den steinharten Kern ungesunder Besessenheit, den Justus mir über die väterliche Linie vererbt hatte.*

*Ich sehe ihn von außen – seine blitzenden Augen, seine jugendliche Empörung über das Unrecht, das seinem Volk widerfahren ist. Ich sehe ihn von innen – und fühle, wie ihn die Begeisterung seiner Mitstreiter packt, er sich mitreißen lässt von leidenschaftlichen Appellen. Ich sehe Karl, ich fühle Justus' brüderliche Liebe zu ihm, seine tief empfundene Freude über das, was sie verbindet, und ich ahne leise Zweifel, die sein Glück überschatten. Ich spüre den Rückstoß des Maschi-*

*nengewehrs, die Schmerzen in den Schultern, die sich bis in Kopf und Ellbogen ziehen, die Taubheit in den Ohren, wenn das Trommelfeuer kurz abklingt, weil das MG neu geladen werden muss.*

*Ich glaube, was er glaubt, ich liebe, was er liebt. Und ziehe mich zurück aus ihm, voller Angst und Entsetzen.*

*Ich entdecke Georg, wie er auf das Regierungsgebäude zuläuft, schwer bewaffnet und im Kreis seiner neuen wilden Freunde, euphorisch Parolen brüllend und ohne die geringste Ahnung, welcher Bewegung er sich verschrieben hat.*

*Und da ist Helen.*

*Sie sitzt aufrecht im Bett mit geschlossenen Augen und murmelt Georgs Namen, mehrmals hintereinander.*

*Sie versucht, ihn zu warnen, eine Verbindung herzustellen.*

*Aber er hört sie nicht.*

*Und plötzlich sind es wieder die Stimmen, die mich bedrängen; dumpfes Gemurmel hinter einer meterdicken Milchglaswand. Ich begreife, dass jemand zu mir will, aber ich bin nicht bereit dazu, es ist zu anstrengend, und es hat auch gar keinen Sinn.*

*Ich stoße mich ab und schwebe zurück in eine angenehm gleichgültige Ewigkeit, in der ich nichts zu befürchten habe.*

# TEIL 3

# 24

*Ich sehe dein Gesicht, John. Ich möchte es streicheln, aber ohne Hände ist das ein Problem. Ich möchte dich küssen, aber meine Lippen sind nur noch Erinnerung. Ich liebte deine breiten Schultern, deine sanfte, kraftvolle Ausstrahlung. Du bist mager geworden und so schmal. Erst wenn du lächelst, wirst du zu dem John, den ich kannte. Der John, mit dem ich ein halbes Gramm Haschisch nach Chile schmuggelte. Erinnerst du dich? Als uns die Grenzpolizei aus dem Bus holte, warf ich heimlich die Medikamentenschachtel weg, in der ich den Stoff vermutete, nur um später festzustellen, dass es die falsche Schachtel war. Wir feierten diesen Umstand mit einem Joint auf dem Dach unseres Hostals in Arica; die Sonne ging unter, und die Umgebung wurde pastellfarben. Wir legten uns zurück und sahen in den rosafarbenen Himmel, der an den Rändern lila wurde und schließlich dunkelviolett.*

*Ja, ich sehe, du erinnerst dich, aber du lächelst nicht, du bist weit weg von alldem. Dein Gesicht wird unscharf wie bei einer Mehrfachbelichtung, überlagert von den Gesichtern deiner Ahnen. Ich entdecke das Penible deines Vaters, ein liebloser, freudloser Mann, der an Alzheimer erkrankte und den du in seinen letzten Monaten gepflegt hast, ohne dass er es dir dankte. Und hier ist deine Großmutter, von der du die dicken blonden Haare deiner jungen Jahre hattest und die sich von deinem Großvater schlagen ließ, damit er das Gleiche nicht mit ihren Kindern tat.*

*Ich verrate dir noch etwas, das du nicht weißt. Deine Großmutter weinte niemals, wenn die Gefahr bestand, dass dein Großvater es sehen könnte, weil ihn das noch zorniger gemacht hätte. Sie war eine tapfere Frau. Sie schlug sich durch mit jener unerschöpflichen Energie, die sich durch deine ge-*

*samte Familie zieht und speziell dich befähigte, aus prekären Verhältnissen das Maximum herauszuholen und dir die Sonnenseite des amerikanischen Traums zu erarbeiten.*

*Nachdem wir uns in Ayacucho getrennt hatten, dem Ort, vor dem unsere große, kurze Liebe angefangen hatte (ich erinnere mich an den langen ersten Kuss in dem schwankenden Bus, der sich über gekieste Serpentinenstraßen dröhnend bergauf arbeitete und knirschend bergab schlitterte, vorbei an tiefen Schluchten, die man im Interesse seines eigenen Seelenheils besser ignorierte) – als wir uns also in einem hässlichen, billigen Hotelzimmer Lebewohl sagten, begann gerade der Leuchtende Pfad das Land zu verwüsten, der Backpacker-Tourismus brach ein, also kehrte keiner von uns je dahin zurück. Der Kontakt zwischen uns brach ab; wir kehrten in unsere jeweiligen Leben zurück, was ich so sehr bedauerte, aber glaubte, nicht ändern zu können.*

*Nun lerne ich dich neu kennen, erfahre Dinge, die ich nicht wissen wollte, begreife das Schicksalhafte unserer Begegnung.*

*Aber nein, nein.*

*Es ist zu früh.*

*Ich begutachte stattdessen die verdrehte Strickleiter meiner Doppelhelix, studiere meine genetischen Informationen, die – so hübsch! – wie Post-its in allen möglichen Formen und Farben an den Sprossen angebracht sind. Ich nehme sie ab – es geht ganz leicht – und bilde ein Puzzle. Ich kreiere bunte, verspielte Muster, ich füge sie zu geheimnisvollen, dreidimensionalen Strukturen und merke gleichzeitig, wie sie sich meinem Zugriff entziehen. Mein Charakter ist ein Flickenteppich, ein Patchwork, ein Cocktail mit den unterschiedlichen Ingredienzien, nichts an mir bin ich allein. Helens Trotz, Donatas Blick, scharf wie ein Seziermesser, die Skepsis meiner Mutter Edith, die Gutgläubigkeit meines Vaters Dietrich, Justus' schmale Schultern und seine Neigung zum Bauchansatz, der spitze Haaransatz meiner Großmutter mütterlicherseits –*

*all das war ich, machte mich aus; uralte Lasten trug ich mit mir herum, Gefühle aus zig Jahrhunderten bahnten sich durch mein Unterbewusstsein, und ich ließ sie ahnungslos gewähren und Einfluss nehmen auf mich, mein Leben, die Menschen, die mich liebten, mit mir arbeiteten, sich an mir abarbeiteten (o ja, auch das). Ich erbte Rudelas Ahnungen, ihre krausen Ideen, Fantasien und Ängste, böse Dinge, die ich mir wünschte und die prompt eintrafen, wie der plötzliche Tod eines untreuen Liebhabers, den ich mit einer Mischung aus Schock und Erleichterung zur Kenntnis nahm. Ich war pragmatisch wie mein Vater, nervös wie meine Mutter und wankelmütig und eigensinnig wie Helen. Ich war ein See mit zart vereister Oberfläche, unter der es brodelte.*

*Ich kann dort nicht hin.*

*Nicht jetzt.*

*Ich verlasse dich, für einen Moment oder für immer, ich bin mir gerade nicht sicher, denn ich sehne mich nach jemandem, der mir Kraft gibt, und das kann nur Helen sein – mit ihrer Kunst, einen Raum zu erleuchten einzig aufgrund ihrer Anwesenheit. Sie ist mir die Liebste von allen, so wie sie wollte ich immer sein, und nun weiß ich zumindest, dass etwas von ihr in mir weitergelebt hat.*

*Das ist ein Trost. Immerhin.*

# 25

## *MÜNCHEN FEBRUAR 1920*

Seit einem knappen Jahr wohnte Helen bei ihrer Tante Waltraud Hardt. Tante Waltrauds Mann, Onkel Casimir, war wesentlich älter als sie gewesen und schon vor elf Jahren einem Schlaganfall erlegen. Seiner trauernden Witwe hatte er zum Trost einen Aktienfonds mit ansehnlicher Rendite und das gemeinsame Domizil in der Georgenstraße vererbt. Hier residierte Helen einigermaßen komfortabel in zwei geräumigen, durch eine Schiebetür getrennten Zimmern mit einem großen Bad nur für sie allein. Dazu gab es ein Extrazimmer im selben Stockwerk für Mariechen. Tante Waltraud war großzügig und lustig und nahm ihre Aufsichtspflicht nicht allzu ernst. Sie hatte fast jeden Abend »etwas vor«, wie sie es ausdrückte, und gab, wenn sie nichts vorhatte, üppige Diners mit jungen Männern aus gutem Hause, um Donatas Hoffnung auf einen adäquaten Schwiegersohn in spe nicht zu enttäuschen.

Bislang hatte sich diesbezüglich allerdings noch nichts ergeben.

Helens Zimmer gingen auf einen ruhigen, mit Heckenrosen und zwei Kastanien bepflanzten Innenhof, im Bad zur Straße hin hörte man dagegen das Rattern der Automobile auf dem Kopfsteinpflaster. Helen liebte dieses Geräusch. Und alles andere, was sie nicht an Frommberg erinnerte.

Wie gewöhnlich verbrachte sie den Vormittag in der Damenakademie in der Barerstraße 21, wo sie unter anderem Kurse in Kunstgeschichte, Maltechnik und Anatomie belegt hatte. Zusammen mit dreißig anderen Kommilitoninnen fertigte sie eine Kohlezeichnung von einer schwangeren jungen Frau mit außergewöhnlich üppiger Figur an. In dem kargen Raum mit den fünf großen Atelierfenstern herrschte eine beinahe weihevolle Stille, nur unterbrochen vom Kratzen der Kohle auf dem Papier und dem Knarzen des Holzschemels auf dem Podest, denn das Modell bemühte sich zwar redlich, vollkommen still zu sitzen, was sich aber in ihrer vergleichsweise komplizierten Position – ein Bein auf dem ohnehin schmalen Schemel, das andere auf dem Boden, die linke Hand in die Hüfte gestützt, die rechte im Haar vergraben – kaum bewerkstelligen ließ.

Helen saß mit ihrer Staffelei in der ersten Reihe, so wie es ihr am liebsten war. Sie vertiefte sich in jede Einzelheit des Körpers, registrierte mit einer geradezu besessenen Neugier die gespannte Haut des gewölbten Bauchs mit den hellen, rissig aussehenden Schwangerschaftsstreifen, die ausladende rechte Brust, deren Fülle bereits zu erschlaffen begann, die langen dünnen Falten, die sich sich von dem braunen Hof bis zum Dekolleté zogen.

Helens Bogen war noch immer unberührt, obwohl die Zeit bereits ziemlich fortgeschritten war. Eigentlich mochte sie das Kohlezeichnen nicht besonders; die Ergebnisse gerieten ihr immer zu grob. Sie wollte nicht den ganzen Körper, dessen Haltung und Attitüde wiedergeben, ihr ging es um Details. Sie lenkte den Blick auf die Achselhöhle des erhobenen rechten Arms und beschloss, sich heute darauf zu beschränken. Sie registrierte den dunklen Flaum, die bläulichen Adern unter der weißen Haut – wie eine Flusslandschaft, dachte sie und beschloss, diesen Gedanken zeichnerisch umzusetzen, was aber missglückte. Zwanzig Minuten später nahm sie das Papier von der Staffelei und zerknüllte es verärgert.

Schon stand der Dozent der Akademie hinter ihr, ein blasser junger Mann, mit dem Helen sich zurzeit ab und zu traf.

»Darf ich sehen?«, fragte er mit gedämpfter, bemüht neutraler Stimme.

»Es gibt nichts zu sehen«, sagte Helen lauter, als sie eigentlich vorhatte.

»Ich bin sicher, da ist etwas, das Sie mir zeigen können.« Der Dozent hieß Jiri Kirschbaum und stammte aus Prag. Er sprach Deutsch mit einem Akzent, den Helen attraktiv fand, und hatte eine freundliche, sinnliche Ausstrahlung, die sie ebenfalls zu schätzen wusste. Er unterrichtete seit zwei Jahren an der Akademie der bildenden Künste, wo Frauen nicht zugelassen waren, weshalb sich die Tüchtigsten von ihnen zusammengetan und die Damenakademie gegründet hatten. Jiri schätzte die losen Sitten im Umfeld der Damenakademie und dankte insofern fast täglich seinem Schöpfer für diesen angenehmen zweiten Arbeitsplatz. Helen war Jiris dritte Freundin, die er als solche bezeichnete, obwohl sie es nie bis zum Letzten kommen ließ. Aber in dieser Hinsicht war er ungebrochen optimistisch.

»Da ist nichts, Herr Doktor Kirschbaum. Beziehungsweise, da ist etwas, aber es ist nicht das, was ich wollte. Also hat es auch keinen Sinn, dass Sie es sich ansehen.«

»Nun …«

»Ich werde von vorn anfangen.«

»Sie sind zu streng mit sich«, sagte Jiri Kirschbaum, ging aber dann zur nächsten Schülerin, nicht ohne vorher ein zusammengefaltetes Zettelchen auf die Querstrebe der Staffelei fallen zu lassen, mit der sich die Höhe verstellen ließ. Helen schob es unauffällig in die Tasche ihres Kittels. Hinter ihr kicherte jemand, Helen drehte sich grinsend um und legte den Finger auf die Lippen.

Zwei Stunden später aß der ganze Kurs, einschließlich Jiri und noch ein paar anderer männlicher Dozenten, zusammen zu Mittag. Es war der letzte Tag vor den Semesterferien, und alle waren sich einig, dass das gefeiert werden musste. Das hierfür gewählte Lokal befand sich nur ein paar Straßen weiter, ein finsterer Raum im Souterrain, wo das Essen billig und der Wein schlecht, aber die Gäste umso munterer waren. Helen hatte sich in München angewöhnt, zu derartigen Gelegenheiten bereits mittags ein Glas zu trinken, und manchmal – so wie heute – wurden es auch zwei oder drei.

Es gefiel ihr, beschwipst zu sein. Sie fühlte sich unbeschwerter als sonst und gleichzeitig angenehm matt. Sie war geduldiger und geselliger und schaffte es, stundenlang auf einem unbequemen Stuhl zu sitzen, ohne den sonst übermächtigen Drang, aufzuspringen, sich hastig zu verabschieden und dann allein durch die Straßen zu laufen – irgendwohin, egal wohin. Der Alkohol machte ihre Augen größer und ihre Lippen voller, und sie wurde redseliger.

Alle wurden redseliger.

Helen schloss die Augen und lauschte den Gesprächsfetzen um sie herum.

»Lass uns nach Rom fahren, Schatz.«

»Das ist zu teuer.«

»Ich lade dich ein. Es gibt die schönsten Hotels in Trastevere.«

»Das würde dir so passen!«

Gelächter.

»Im Herbst können wir alle auf die Akademie.«

»Wie bitte?«

»Die *richtige* Akademie der Künste! Sie wird im Herbst für Frauen geöffnet.«

»Das glaube ich erst …«

»Es ist so. Ich schwöre. Es kann doch nicht sein, dass ihr das nicht wisst!«

»Ich mochte die Damenakademie! Es war schön, unter uns zu sein, oder nicht?«

»So gesehen …«

»Ja, du hast recht.«

»Wie heißt du?«

Eine samtige Männerstimme mit österreichischem Zungenschlag, direkt an Helens linkem Ohr. Sie schrak hoch, öffnete widerwillig die Augen und merkte bei der Gelegenheit, dass sie beinahe eingenickt wäre.

»Und du?«, fragte sie den Störenfried mit der Samtstimme, der auf irgendeine Weise den Stuhl links neben ihr ergattern konnte. Er hatte dunkle Haare und ein hübsches, bartloses Gesicht.

»Ich habe zuerst gefragt.«

»Und?«

Er lächelte und entblößte dabei recht schlechte Zähne. »Robert«, sagte er. »Und jetzt du!«

»Helen.«

»Die schöne …«

»Helen, nicht Helena.«

»Habe ich etwas Falsches gesagt? Ich wollte dich keinesfalls beleidigen.«

»Im Gegenteil, lieber Robert, das war bestimmt freundlich gemeint, aber ich sehe mich nicht als Wiedergängerin einer Sagengestalt aus dem Altertum.«

»Touché«, sagte Robert, und sein Lächeln verschwand, was Helen sofort leidtat. Andere junge Frauen in ihrem Alter beklagten sich über die Härte und Herzlosigkeit der Männer, doch Helen empfand sie in erster Linie als hochsensible, um nicht zu sagen überempfindliche Kreaturen.

»Sei mir nicht böse«, sagte sie und legte ihre Hand auf seine, woraufhin sich sein Gesicht sofort aufhellte und einen leicht mokanten Zug annahm.

»Wie könnte ich einem so bezaubernden Wesen böse sein?«

»Nun, du schienst mir gekränkt.«

»Aber geh!«

»Dann wäre das geklärt?«

»Was mich betrifft, auf jeden Fall. Darf ich dich auf ein Versöhnungsglas einladen?«

In diesem Moment betrat ein in der Gegend wohlbekannter ungarischer Ziehharmonikaspieler das Lokal und begann sogleich den ersten Tisch mit seiner Version von *»Nimm Zigeuner deine Geige«* zu erfreuen. Innerhalb weniger Minuten sangen alle Anwesenden mit oder taten zumindest so. Es wurde schließlich auch geschunkelt, und Robert nahm die halb ausgelassene, halb sentimentale Stimmung als gute Gelegenheit wahr, Helen den Arm um die Schulter zu legen und zu vorgerückter Stunde sogar zu küssen, was wiederum Jiri Kirschbaum mit erheblichem Unmut zur Kenntnis nahm. Allerdings war er auf einer Bank zwischen zwei munteren Studentinnen eingeklemmt, die ihn erfolgreich daran hinderten, sturzbetrunken seinen Konkurrenten zum Duell zu fordern.

# 26

Am Tag darauf saß Helen mit ihren zwei besten Freundinnen, Corinne Gräfin von Bassewitz und Martina Schladenhauf, in ihrem Wohnzimmer. Wobei *sitzen* es nicht ganz traf; eher lagerten die jungen Frauen auf Helens mit vielen Kissen bestückten Sofas, spülten Aspirintabletten mit bitterem Leber- und Magentee herunter, stöhnten in regelmäßigen Abständen ausgiebig und pflegten so auf angemessen melodramatische Weise ihren ausgewachsenen Kater.

Corinne war die Erste, die auf die Idee kam, den Teufel mit dem Beelzebub auszutreiben. Ihrer großen Beuteltasche aus kostbar geprägtem Antilopenleder entnahm sie eine Flasche Gin. Martina und Helen sahen ihr mit halb geschlossenen Augen zu, und schließlich erhob sich Helen und holte drei Wassergläser und eine Flasche britisches Tonic Water vom Balkon.

»Tonic Water ist so bitter«, beschwerte sich Martina von ihrem Sofa aus.

»Aber der Gin gleicht das aus, meine Liebste«, konterte Corinne. »Und je mehr davon, desto besser. Man gewöhnt sich daran und will dann gar keinen schlechten Wein mehr trinken.«

»Ihr seid verrückt. Wir sollten beim Tee bleiben.«

»Der noch bitterer ist als Tonic Water? Du wirst sehen, das hier ist die beste Medizin und noch dazu wohlschmeckend, was man nicht von jedem Medikament sagen kann«, sekundierte Helen Corinne, die bereits dabei war, die Drinks zu mixen.

»Medizin, soso. Das hört sich für mich nach Trinkerlogik reinsten Wassers an.«

»Eben koa Wasser«, rief Helen, Martinas niederbayerischen Akzent imitierend, und Corinne lachte ihr heiseres Lachen, einer der vielen Gründe, weswegen Helen so gern mit ihr zusammen war.

Schließlich tranken sie doch alle drei davon, erst vorsichtig und dann ganz beherzt, und siehe da, die hämmernden Kopfschmerzen verschwanden fast auf der Stelle und machten einer Art gelassenen Heiterkeit Platz.

»Was habt ihr nun vor?«, fragte Helen in die Runde.

»Oh, ich werde hierbleiben. Vielleicht ein wenig reisen. Nach Mecklenburg zieht mich gar nichts.«

»Aber es ist deine Heimat«, wandte Martina ein, deren Eltern aus der Gegend von Straubing waren und die sie schon deshalb heiß liebte, weil sie ihrem Wunsch, Künstlerin zu werden, nicht im Weg standen.

»Das ist keine Heimat, das ist ein Grab.«

»Wie kannst du das sagen?«

»Sei nicht böse mit mir, Martina, nicht jeder hat so wundervolle Eltern wie du.«

»Deine sind bestimmt nett!«

»Nett klingt furchtbar, meine Süße.«

»Du bist zu streng«, sagte auch Helen.

»Und? Du willst doch auch nicht nach Hause. Was wirst du tun?«

»Ich bin mir nicht sicher. Meine Eltern hätten gern, dass ich komme.«

»Aber du hasst Frommberg!«

»Nun ja …«

»Das hast du gesagt!«

»Du kannst deine Heimat nicht hassen!«, rief Martina, die Corinne häufig und ohne jede Ironie als den besten und liebenswertesten Menschen der Welt bezeichnete. Außerdem war Martina die mit Abstand Begabteste auf der Damenakademie.

Helen nahm einen Schluck von ihrem Drink, der nach

würzigem Wacholder und bitterem Chinin schmeckte, eine unwiderstehliche Kombination, der sie, genau wie Corinne, verfallen war.

»Was ist jetzt?«, fragte Corinne. »Wollen wir verreisen? Alle drei?«

»Wohin?«, fragte Helen, ohne die Frage wirklich ernst zu meinen. Ihre Mutter würde ihr solche Fisimatenten weder gestatten noch bezahlen, und Martina würde als bescheidene, doch stolze Stipendiatin, die gerade so über die Runden kam, eine Einladung von Corinne niemals annehmen.

»Florenz!«, sagte Corinne. »Ich war noch nie dort.«

»Florenz wäre herrlich«, sagte Martina sehnsüchtig. »Ich würde so gern *Das letzte Abendmahl* einmal im Original sehen.«

»Dann ist es ausgemacht!«, rief Corinne begeistert, und bevor eine der beiden anderen etwas dagegen sagen konnte, läutete es unten an der Haustür. Eine knappe Minute später kam Mariechen herein, knickste und kündigte einen Herrn Scheunendrescher an.

»Scheunendrescher?«, fragte Corinne. »Das ist nicht dein Ernst, Mariechen!«

»Doch«, sagte Mariechen auf ihre reizende schüchterne Art. »Ich habe sogar nachgefragt!«

»Ist das vielleicht …«

»Wie sieht er denn aus, Mariechen?«, unterbrach Helen Corinne.

»Er ist … er hat..«

»Jung? Alt? Mittelalt? Hübsch wie eine Botticelli-Statue oder hässlich wie Zwerg Nase? Dunkel? Blond?«

»Hör auf«, sagte Helen halb amüsiert, halb verärgert zu Corinne. »Du verunsicherst sie.«

»Jung«, sagte Mariechen zur gleichen Zeit. »Und nicht … sehr hässlich. Gar nicht hässlich, eigentlich. Und er hat braune Haare, aber er trägt einen Hut, also weiß ich nicht …«

Helen und Corinne begannen zu lachen, und Helen sagte zu Mariechen, sie solle den jungen und nicht sehr hässlichen Herrn Scheunendrescher nach oben bringen. Allerdings erst in ein paar Minuten, damit sich die Damen ein wenig frisch machen könnten.

Zwei Stunden später hatte sich Helens kleine Gesellschaft um mehrere Personen erweitert, darunter nicht nur Herr Scheunendrescher, der sich erwartungsgemäß als jener Robert entpuppte, mit dem Helen am Vorabend geflirtet und dem sie vermutlich in einer schwachen Minute ihre Adresse verraten hatte. Es kamen noch Jiri Kirschbaum, ein weiterer Mann, den keine der jungen Frauen kannte, und ein anderer Dozent namens Johannes Sperber hinzu. Corinnes Ginflasche war im Nu geleert, weshalb Johannes Sperber befohlen wurde, Nachschub zu beschaffen.

Dies dauerte der Runde jedoch ein wenig zu lange, weswegen sich Jiri Kirschbaum auf die Suche nach den alkoholischen Beständen der Witwe Hardt machte, die auch an diesem Abend »etwas vorhatte«, also abwesend war. Helen begleitete ihn, damit er nichts Dummes anrichtete, denn Tante Waltraud war zwar äußerst tolerant, aber alles ließ sie sich vermutlich auch nicht gefallen, und Helen lag viel daran, dass sie hier wohnen bleiben konnte.

Jiri wiederum missverstand die Tatsache, dass Helen ihm nicht von der Seite wich. Kaum waren sie im Erdgeschoss angekommen, drängte er sie an die Wand und küsste sie.

»Nicht, Jiri«, murmelte Helen, aber dann küsste sie ihn doch zurück, und so vergingen einige Minuten, in denen Jiri erfolglos versuchte, die Knöpfe ihres Kleides zu öffnen, was Helen durch geschickte Ausweichbewegungen immer wieder zu verhindern wusste.

Schließlich schob sie ihn von sich, nicht heftig, aber doch entschieden genug, dass Jiri spürte, zu weit gegangen zu sein.

Er wich ein paar Schritte zurück und stand dann da mit betrübter Miene und hängenden Armen, bis sie ihn wieder an sich zog. Aber nun in eine feste, schwesterliche Umarmung. »Du bist so schön«, murmelte Jiri an ihrem Hals. »Verzeih mir. Ich bin so verliebt in dich.«

»Du musst mich verstehen«, sagte Helen leise. »Ich möchte nicht enden wie Mariechen.«

»Wer, verflucht, ist das?« Jiri hob den Kopf von Helens Schulter. Seine Haare waren zerwühlt, und seine Augen stumpf vom Alkohol.

»Meine Kammerzofe, Jiri! Du kennst sie.«

»Oh, sicher. Ich erinnere mich. Und?«

Aber Helen konnte es ihm nicht sagen, es war zu kompliziert und ohnehin nichts für die empfindlichen Ohren eines Mannes. Mariechens Weigerung, ihre Schwangerschaft zu akzeptieren, trotz Donatas Versprechen, ihr zu helfen. Ihr Besuch bei einer Engelmacherin, der fast in einer Katastrophe geendet hätte. Die schrecklichen Blutungen. Der wochenlange Krankenhausaufenthalt. Die Schmerzen, die zurückgeblieben waren und die Mariechen vielleicht den Rest ihres Lebens quälen würden, auch wenn sie nie darüber sprach und Helen schon lange nicht mehr fragte, weil sie merkte, dass Mariechen ihr Mitgefühl nicht half.

»Es ist egal«, sagte Helen, plötzlich ernüchtert und traurig.

»Was?«, fragte Jiri sanft.

»Nichts. Lass uns den Wein holen.«

Währenddessen begaben sich Erna und August zu einer jener Veranstaltungen, die Erna fürchten gelernt hatte. Sie fanden in der Regel in nach Bier stinkenden Kaschemmen statt, wo Frauen, außer als Kellnerinnen, stark in der Unterzahl waren. Häufig begannen die Versammlungen mit langatmigen Erklärungen zur desolaten Lage des Deutschen Reichs (»ächzend unter der Knute des Versailler Vertrags«), die Erna schlecht verstand, weil die Ausführungen oft schon nach den ersten Worten vom begeisterten Applaus der Parteigänger beziehungsweise dem Buh-Geschrei Andersdenkender unterbrochen wurden. Nicht selten gab es anschließend Krawalle, dann kam die Polizei, prügelte ohne Ansehen der Person auf jeden ein, der nicht zurückschlug, und flüchtete vor den tatsächlichen, bewaffneten Gewalttätern. Ein paarmal war Erna im Lauf dieser Querelen von August getrennt worden und hatte sich ganz allein zu ihrem winzigen, elenden Quartier im Glasscherbenviertel Haidhausens durchschlagen müssen, während August erst Stunden später kam, meistens betrunken irgendwelche Parolen brüllend, womit er die Nachbarn hinter den dünnen Wänden ihres Zimmerchens verärgerte, was weitere lautstarke Auseinandersetzungen zur Folge hatte und so fort.

Doch heute sollte alles ganz anders kommen. So anders, dass sie sich ihr Leben lang daran erinnern würde, bis zu dem Genickschuss, den ihr ein sowjetischer Soldat ein Vierteljahrhundert später in Auschwitz verpassen würde.

Anfangs deutete nichts auf etwas Ungewöhnliches hin, im Gegenteil, der Abend begann wenig vielversprechend mit einem der üblichen heftigen Streite, in dem es darum ging, dass Erna nach einem langen, harten Tag in der Gastwirtschaft zu müde war, um August ein weiteres Mal zu einem dieser unangenehmen und sinnlosen Treffen zu begleiten, wo viele Männer sich wichtigtaten, ohne dass sich das Geringste änderte. Das wollte August durchaus nicht einsehen, obwohl die anderen, argumentierte Erna, doch in der Mehrzahl auch ohne ihre Frauen unterwegs waren. August bestand trotzdem auf ihrer Anwesenheit, ohne jedoch einen einzigen überzeugenden Grund anzuführen, und schließlich beschloss Erna zum ersten Mal in aller Stille, August zu verlassen und nach Frommberg zurückzukehren.

»Du kommst mit«, sagte August gegen Ende der Auseinandersetzung, und er setzte diesen kalten, entschlossenen Blick auf, vor dem Erna bisher immer Angst gehabt hatte, aber der sie jetzt nicht weiter kümmerte, denn wie kam sie dazu – sie, die Mutige, die Stolze! –, sich von einem Mann zur Jammertrine machen zu lassen, und das nun schon seit vielen Monaten.

Vorbei, dachte sie.

»Nein«, sagte sie, und etwas in ihrem Ton, etwas in ihrer Haltung gab August offenbar zu denken, denn er hörte auf, sie anzuschreien, und ließ sich auf das schmale Bett sinken, neben dem Tischchen und dem wackligen Holzstuhl das einzige Möbelstück in ihrem Zimmer, weil mehr bei bestem Willen nicht hineinpasste.

Erna setzte sich auf den Stuhl. Sie war erschöpft und entmutigt. Von ihrer Flucht aus Frommberg hatte sie sich Leidenschaft und Abenteuer versprochen, und beides war in gewisser Weise auch eingetreten, aber das wog die Nachteile bei Weitem nicht mehr auf. August und sie, das war, als ob Feuer auf Feuer traf, sobald er sie anfasste, loderten Flammen in ihr hoch, und ja, ihr Leben war auch sonst viel spannender als im verschlafenen Frommberg. Aber sie arbeitete zu hart als Bedienung und verdiente zu wenig, während August sich tagsüber weiß Gott wo herumtrieb und zu ihrem Lebensunterhalt kaum etwas beitrug. Am schlimmsten war aber, dass er manchmal an ihrem Arbeitsplatz auftauchte, sich in eine Ecke setzte, von ihr ein Bier verlangte, ohne es zu bezahlen, und sie dann mit finsterer Miene beobachtete, wie die Gäste mit ihr scherzten und sie notgedrungen darauf einging. Mitten in der Nacht, wenn sie todmüde nach Hause kam, machte er ihr dann wilde Eifersuchtsszenen, als ob sie etwas dafürkonnte, dass es in diesem Lokal üblich und geboten war, derbe Witze zu erdulden und sich schlimmstenfalls sogar anfassen zu lassen.

»Ich will nicht mehr«, sagte sie.

August sah zu ihr hoch, zu ihrer Überraschung hatte er Tränen in den Augen.

»Es tut mir leid«, sagte er.

»Der nächste Schritt wird sein, dass du mich schlägst«, sagte Erna. »Ich will niemanden, der mich schlägt.«

»Das würde ich nie tun!«

»Dein Geschrei erzählt mir aber etwas anderes.«

»Ich schreie nicht.«

»Du schreist. Warum sonst, glaubst du, beschweren sich die Nachbarn? Und irgendwann erhebst du die Hand gegen mich, und dann muss ich dich töten.«

Hatte sie das wirklich gesagt?

Wenn, dann konnte sie nicht mehr zurück.

August sah sie an, als sähe er sie zum ersten Mal. Erna hielt seinem Blick stand, und es war wie eine Spiegelung zweier identischer Charaktere, die dazu bestimmt waren, eins zu werden. Ihre Kräfte bündelten sich in einem Brennglas, und Erna wusste in diesem Moment, dass sie sich nie wieder fürchten würde, egal was passieren sollte (und es sollte eine Menge passieren). August und sie waren dazu bestimmt, an einem Strang zu ziehen, beide auf derselben Seite, und sollte er das nicht verstehen, musste er sterben.

So war das.

»Du bist mein«, sagten sie im Chor, nicht weil sie das geplant, sondern weil sie zur selben Zeit dasselbe gedacht hatten. Das musste etwas zu bedeuten haben. Sie lachten, ein bisschen unsicher, aber auch triumphierend; alles war gut, sie gehörten zusammen, um gemeinsam Großes zu erreichen, sie hatten es nur vergessen.

»Lass uns gehen«, sagte August.

»Du wirst mich nie schlagen und nicht mehr anschreien?«

»Ich verspreche es.«

Erna nickte, nahm ihre Tasche und schlang ihr Umschlagtuch um Kopf und Schultern.

# 27

Diesmal kamen Erna und August so früh an, dass sie sich Sitzplätze weit vorn im Saal sichern konnten. Sogar zwei Halbe Bier und einen Wurstsalat leisteten sich sich, was nicht zu umgehen war, denn an den langen Tischen herrschte Verzehrzwang. Über dem Rednerpult hing eines der Plakate, die für die Veranstaltung warben, wieder einmal irgendwelche marktschreierischen politischen Floskeln, die Erna bislang nie eines Blickes gewürdigt hatte. Aber heute tat sie es, weil heute vielleicht wirklich alles anders war.

**Deutsche Arbeiter-Partei**
**An das notleidende Volk!**
**Großer öffentlicher Vortrag**
**Am Dienstag, den 24. Februar 1920**
**Im Großen Saale des Hofbräuhauses (Platzl)**
**Thema:**
**Was uns nottut!**

Während sie das entzifferte, stieß August sie an, sie drehte sich zum Eingang um und gab einen überraschten Laut von sich, denn die Leute strömten nur so herein, der Saal füllte sich im Nu, der Lärmpegel stieg von Sekunde zu Sekunde, und Ernas Kolleginnen kamen kaum mehr nach mit den Bestellungen.

»Als gäb's etwas umsonst«, sagte Erna. Sie legte den Kopf zurück und bestaunte die hohe Gewölbedecke mit den blauen und rosafarbenen Malereien. »Das sind die bayerischen Wappen«, sagte eine Stimme. Sie gehörte einem Mann, der mit dem Rücken zu ihr an einem der drei anderen Tische saß.

»So, wirklich?«, gab Erna schnippisch zurück, drehte sich um und erschrak. Es war der junge Herr Justus. Sie hoffte, dass er sie nicht erkannte, doch im selben Moment sprang August auf.

»Herr Leutnant!«

»Gefreiter August! Wie schön, dass Sie an einem so wichtigen Tag ebenfalls zugegen sind!«

»Das versteht sich doch, Herr Leutnant, ich habe es doch fest zugesagt! Darf ich Ihnen meine künftige Frau Erna vorstellen?«

Erna verzichtete nur zu gern darauf, den jungen Herrn Justus an ihre Position in Frommberg zu erinnern, und lächelte stattdessen so freundlich, wie es ihr möglich war.

Justus lächelte zurück mit jener Herzlichkeit, die sie schon immer an ihm gemocht hatte, doch ganz offensichtlich ohne sie zu erkennen. »Sie müssen wissen, ich kenne Ihren Verlobten schon lange.«

»Oh, wirklich?«, sagte sie erleichtert.

»Ja, wir haben als Kinder miteinander gespielt. Ich nannte ihn den wilden August. Und dann trafen wir uns im Lazarett! Was für eine Fügung!«

»Im Lazarett?«, fragte Erna.

»Ja, 1917. Das gab ein Hallo!«

»Ich dachte, Sie hätten zusammen gedient«, sagte Erna.

»Nun …«, sagte August, doch der junge Herr Justus unterbrach ihn, nun plötzlich sehr ernst. »Nehmen Sie es mir nicht übel, aber Sie ahnen nicht, liebes Fräulein, wie es bei einem Aufenthalt im Lazarett zugeht, und das ist auch gut so, schöne Frauen müssen das nicht wissen. Wir waren uns gemeinsam beim Genesen behilflich, und das ist ebenso mutig und wichtig, als wären wir im selben Regiment gewesen, nicht wahr, August?«

»Ich bin froh, dass Sie das so sehen.«

»Ich sehe das nicht so, es ist die pure Wahrheit, lieber August. Bitte mache mich doch noch einmal richtig mit deiner wunderschönen Verlobten bekannt!«

»Sie heißt Erna Wartenburg, Herr Leutnant. Wir werden demnächst heiraten.«

»Das freut mich ungemein«, sagte Justus und schüttelte Erna mit einer gewissen Feierlichkeit die Hand. »Junge, starke Frauen wie Sie braucht die Bewegung.«

»Welche Bewegung?«, fragte Erna. Doch Justus lächelte nur und drehte sich wieder um.

An die erste Stunde der Veranstaltung sollte sich Erna später nur lückenhaft erinnern, so langweilig war sie. Der Wurstsalat und das ungewohnte Bier rumorten in ihrem Bauch, die Luft wurde immer stickiger, die Reden zur Lage der Nation erschienen ihr stocksteif und staubtrocken, und das Publikum schien ähnlich zu empfinden, denn es wurde immer lauter im Saal.

Doch dann kam er.

Ernas neues, großartiges Leben begann mit dem Mann, der als Dritter an das Pult trat. Er hatte so blaue Augen wie Erna und August. Seine Haare allerdings waren dunkel, rechts gescheitelt und über der hohen Stirn zurückgekämmt. Er trug einen geraden Schnurrbart, der von der Nase bis zur Mitte der Oberlippe reichte und die Mundwinkel freiließ. Das Auffälligste an ihm blieben jedoch seine Augen. Sie traten ein wenig hervor, und sie schienen den schlecht beleuchteten Saal förmlich zu überstrahlen.

»Wer ist das?«, fragte Erna.

»Er gehört zu denen, die unser Volk retten werden«, sagte August; auch seine Augen strahlten jetzt, und Erna hätte ihn am liebsten vor all den Fremden geküsst, obwohl sie das mit dem Volk-Retten übertrieben fand und auch gar nicht verstand, was es heißen sollte.

Dann begann der Mann zu sprechen. Ein 25-Punkte-Programm kündigte er an, und das klang anfangs ähnlich dröge wie die anderen Beiträge, steigerte sich aber von Punkt zu Punkt und wurde schließlich für Erna zur Offenbarung. Endlich glaubte sie zu verstehen, worauf es ankam, was zu tun war und was sie selbst beitragen konnte, und dieses Gefühl einer plötzlichen, allumfassenden Erkenntnis hatte viel weniger mit dem Inhalt der Rede zu tun als mit der Leidenschaft des Vortragenden. Nicht nur sein Mund sprach, sein ganzer Körper schien eins zu werden mit den Forderungen, die er mit ständig wachsendem Elan in das Publikum hineinrief, ja: schrie. Und diese Lautstärke – diese scheinbar unbeherrschbare Ekstase des Zorns, die so unwiderstehlich seltsam konterkariert wurde von den wie abgezirkelt wirkenden Bewegungen und der überdeutlichen Aussprache, in der man den österreichischen Dialekt nur als ganz leichte Färbung wahrnahm – riss Erna tatsächlich fast vom Stuhl, und das war absolut wörtlich zu nehmen; es hielt sie kaum noch auf ihrem Platz, am liebsten wäre sie sofort aufgesprungen, in die Kälte hinausgelaufen und hätte *gehandelt,* so wie dieser Mann auf dem Podium, der es nicht bei gedrechselten Worten beließ, sondern alle Anwesenden, Erna eingeschlossen – ja, mehrmals hatte sie den Eindruck, dass er sie direkt ansah, was ihr erschien wie eine Auszeichnung –, also wirklich jeden Einzelnen dazu aufrief, sich ihm anzuschließen, und zwar *jetzt* sofort, statt sich zufriedenzugeben mit der aktuellen *Misere* eines nur scheinbar *verlorenen, vergessenen Volkes,* das seine Kraft nicht mehr kannte. Doch, sie war da, diese Energie, und sie war eine *Verpflichtung,* für ein besseres Leben zu kämpfen und zu siegen, und zwar gemeinsam. Allein, rief er, sind wir *nichts.* Zusammen sind wir eine Macht, die *niemand* mehr ignorieren kann. Und Erna ertappte sich dabei, zu klatschen, dabei wusste sie noch gar nicht, worum es eigentlich ging, doch schon – und das rechnete sie ihm hoch an, kein ewiges leeres Gerede um den heißen Brei mit komplizierten Begriffen, die sie nicht verstand – kam er zu *unserem* Forderungskatalog.

Punkt eins: *Wir* verlangen den Zusammenschluss aller deutschen *Volksgenossen* aufgrund des Selbstbestimmungsrechts der Völker zu *einem Großdeutschland*. Punkt zwei: *Wir* fordern die Aufhebung der *sogenannten* Friedensverträge von Versailles, die das deutsche Volk *ausbluten lassen*. Punkt vier: Staatsbürger *kann* nur sein, wer deutscher *Volksgenosse* ist. Deutscher Volksgenosse *kann* nur sein, wer deutschen Blutes ist. Punkt sechs: *Jedes öffentliche Amt* darf nur durch *deutsche Volksgenossen* übernommen werden. Punkt acht: Jede weitere Einwanderung *Nichtdeutscher* ist zu *verhindern*. *Alle* Nichtdeutschen, die seit 2. August 1914 in Deutschland eingewandert sind, müssen *sofort* zum Verlassen des Reiches *gezwungen* werden.

Jetzt begann der Saal zu toben, lautstarker Beifall mischte sich mit Pfiffen, eine infernalische Geräuschkulisse, die der Mann jedoch mühelos übertönte und es sogar zu genießen schien, dass sich der Höllenlärm zum Crescendo steigerte, als er zu Punkt 18 kam (Wir fordern, dass *gemeine Volksverbrecher*, die sich an *unserer Not bereichern* wie *Wucherer*, *Schieber* und *Kriegsgewinnler* mit dem *Tode* zu bestrafen sind) und schließlich Punkt 24 (Wir bekämpfen den *jüdisch-materialistischen Geist* in uns) noch nicht ganz schloss, Punkt 25 jedoch relativ schnell abhandelte (*Wir* fordern eine *starke* Zentralgewalt des Reiches), aber noch eine Erläuterung anfügte, die seine Anhänger ebenfalls zu stürmischem Applaus animierte: *Unrechtmäßig* erworbener Grund und Boden, rief er, müsse *sofort* enteignet werden. Dies richte sich *selbstverständlich nicht* an deutsche Volksgenossen, sondern ausschließlich an *jüdische Spekulanten*, die mit dem *Elend* des deutschen Volkes *Geschäfte* machten, ohne Teil von ihm zu sein. Und das, rief der Mann, und sein anfangs so ordentlich fixiertes Haar fiel ihm nun als Tolle ins Gesicht, das sei der eigentliche *Skandal*. Die *Fremdherrschaft* des jüdischen Kapitals auf deutschem Boden. Das lassen wir uns nicht länger gefallen – und Erna hörte kurz auf zu klatschen, denn sein Gesichtsausdruck hatte jetzt fast etwas Bedrohliches, und er sprach plötzlich so leise, dass seine Worte fast untergingen …

Das wird Folgen haben.

Diese *Verbrecher* werden sich noch *umschauen*.

Und jemand aus dem Publikum rief etwas, das klang wie »Heil«, und jemand anderes rief etwas, das klang wie »Sieg«.

Der Mann hob seine Hand. Er ballte sie zur Faust und verließ das Rednerpult. Wieder brandete der Applaus auf, das Geschrei, die Pfiffe.

»Sieg«, wiederholte Erna, als sie am Arm Augusts und mit den zweitausend anderen Zuhörern den Saal verließ. »Heil«, flüsterte sie, ihr Umschlagtuch über den Kopf ziehend und vor ihrem Mantel verknotend, als die kalte Februarnacht sie in Empfang nahm.

»Kannst du allein nach Hause gehen?«, fragte August. »Ich muss zu den Kameraden.«

»Sind das da deine Kameraden?«

»Das sind sie.«

»Ist dieser Mann dabei?«

»Das nehme ich an.«

»Dann geh. Aber das nächste Mal nimmst du mich mit.«

*Die Stunde null. Zellen verbinden sich nach einem geheimnisvollen Bauplan, ein Herz beginnt zu schlagen, Energie wird zielgerichtet und besiegt das Chaos, Dissonanzen finden den Taktgeber, der ihre Zerrissenheit synchronisiert, widerstreitende Ideen harmonisiert und aus disparaten Elementen eine ureigene Melodie entwickelt und vorantreibt. Das System wächst und gedeiht. Es erfindet seine Sprache, seine Gesten, seine Rituale, seine Antworten auf alle Fragen, seine unumstößlichen Gewissheiten.*

*Und schließlich: seine Gesetze und seine Strafen, um das Gedeihen des Organismus zu gewährleisten.*

*Ich reise durch die menschliche Geschichte und staune über den Einfallsreichtum, wenn es darum ging, sich Gründe auszudenken, um andere im Auftrag des Systems quälen zu können. Noch faszinierender ist nur jener kreative Aufwand, der an die Erfindung mannigfaltiger Misshandlungen mithilfe grausamster Apparaturen verschwendet wurde. Daumenschrauben, Streckbank, Spanischer Stiefel, gedornte Halskrause, Ketzergabel, Pechfackel, Kopfbrecher, Judaswiege, Krokodilschere, sizilianischer Bulle – verzichte darauf, es zu googeln, John, ich bin sicher, du willst nicht wissen, was genau dieses bestialische Instrumentarium mit den Unschuldigen anstellte, die es wagten, das System zu irritieren.*

*Das System ist anfangs flexibel wie ein verspielter junger Hund. Es wird getragen von einer verzweifelten und ratlosen Grundstimmung und genährt von der Begeisterung junger, willensstarker, charismatischer Menschen mit ausgeprägtem Hang zur Rechthaberei. Und es zieht spätestens in seiner zweiten Entwicklungsphase jene brutalen Vollstrecker an, die es braucht, um seinen Regeln die erforderliche Durchschlagskraft zu verleihen.*

»August«, sagte Justus erfreut. »Wie schön, dass du dich zu uns gesellst.«

August fühlte sich gut in dieser Runde, angenommen und verstanden. Hier, das spürte er, waren alle gleich. Es gab reiche Männer, Männer von Stand, Kriegshelden und Männer wie ihn. Einfache, aber tapfere Soldaten, stark, klug, mutig, willig. Und deutsch. Oder nordisch oder germanisch, wie man in diesen Kreisen auch gern sagte und damit nicht nur – aber auch – seine breiten Schultern, seine weißen Zähne und seine blonden Haare meinte.

Jemand wie er brauchte keinen Titel. Er gehörte auch so zur führenden Rasse.

»Ich freue mich, hier sein zu dürfen«, sagte August ein wenig steif, und die Herren lachten, aber nicht hämisch, sondern amüsiert und freundschaftlich, auch der, dessen Rede August so beeindruckt hatte, und nicht nur ihn allein, wie man an der Reaktion im Saal hatte erkennen können.

»Setzen Sie sich zu mir«, sagte der Mann, den er zum ersten Mal in dieser Runde sah – derselbe, der gerade eben so fulminant und überzeugend gesprochen hatte, dass August Schauer über den Rücken gelaufen waren. Er holte sich folgsam einen Stuhl vom Nebentisch. Der Mann mit dem seltsamen Nachnamen wirkte nicht mehr aufgeregt und voller Zorn, sondern ruhig und entspannt, fast wie ein ganz anderer Mensch. Er betrachtete August unverwandt, von oben bis unten, schließlich sah er ihm mit seinem leuchtenden Blick direkt in die Augen und lächelte mit so viel echter Herzlichkeit, dass August der Schweiß ausbrach. Ihm war so, als wäre er noch nie zuvor auf diese Weise angeschaut worden, also ganz tief in ihn hinein und voller Wohlgefallen über das, was dort vorzufinden war.

»Männer wie Sie sind die Zukunft«, sagte der Mann mit seinem sanften österreichischen Akzent, der jetzt viel hörbarer war als während seiner Rede, und wandte sich dann an den Rest der Runde. »Finden Sie nicht auch? Oder meinen Sie, ich übertreibe?«

»Überhaupt nicht!«, rief Justus, und man sah, wie er sich für August freute. »Ich kenne August seit seiner Kindheit und verbürge mich in jeder Hinsicht für die Reinheit seines Charakters. Und das, verbunden mit einem kraftvollen Auftritt und einem leidenschaftlichen Kämpferherz, ist doch äußerst vielversprechend, nicht wahr?«

»Da mögen Sie recht haben«, sagte der Mann, und die Kameraden um ihn herum nickten ihm zu.

»Sie waren Soldat?«, fragte einer von ihnen August.

»Ja. Gefreiter in Frankreich und an der Ostfront.«

»Damals schon entstand der wahre Sozialismus des Schützengrabens, wir teilten unser Brot untereinander, so wie wir auch Freud und Leid miteinander teilten, nicht wahr?«

»So ist es.«

»Sie sind willkommen.«

»Danke«, stammelte August, aber nicht aus Schüchternheit, sondern weil er überwältigt war vor Glück. Er dachte an Erna und wie stolz sie auf ihn sein würde, wenn er ihr davon berichtete. Er dachte daran, wie dankbar er Leutnant von Dahlwitz sein musste, dass er ihn ermutigt hatte, heute Abend bei dieser vergleichsweise intimen Zusammenkunft zu erscheinen, um so mit den richtigen Menschen in Kontakt zu kommen – Menschen, die ihn brauchten und die er nun endlich richtig kennenlernte, nicht mehr nur aus der Ferne, bei Versammlungen in verrauchten Lokalen.

Er merkte, dass die anderen auf etwas warteten, eine Reaktion seinerseits. Also sagte er: »Ich mache nicht gern viele Worte, aber ich stehe zu Diensten.« Und nie hatte er etwas ehrlicher gemeint.

# 28

Eine gute Woche nach Beginn der Semesterferien stand fest, dass Helen, Corinne und Martina nicht nach Florenz, sondern nach Frommberg fahren würden. Ein Kompromiss, und zwar ein schlechter, wie alle drei wiederholt klagten, doch immerhin konnten die drei Freundinnen auf diese Weise Zeit miteinander verbringen. In Frommberg, so der Plan, würden sie ein bis zwei Wochen bleiben und anschließend nach Ostpreußen zur Kurischen Nehrung reisen, wo eine Verwandte Corinnes ein Sommerhaus an der Ostsee besaß. Martina befand sich zurzeit noch bei ihren Eltern, würde aber übermorgen in München eintreffen, wo die drei sich am Hauptbahnhof verabredet hatten, um ein paar Stunden später in den Zug nach Berlin zu steigen.

An diesem Morgen aber saß Helen mürrisch und übermüdet in Tante Waltrauds üppig dekoriertem Salon, während die ältere Dame mit gewohnter Hartnäckigkeit versuchte, sie zu einem Ball zu überreden.

»Du musst das nicht tun«, sagte Helen und legte ihre schmale Hand auf die reich beringte ihrer Tante.

»Was meinst du?«

»Mich an den Mann bringen.«

»Wie kommst du darauf?«

»Ich bitte dich, deine Bemühungen sind so offensichtlich, als hättest du sie dir auf die Stirn geschrieben.«

»Und was liest du da, mein Liebchen?«

»Helen. Braucht. Einen. Verehrer. Aus. Gutem. Haus.«

»Ich bitte dich.«

»Ich bitte *dich!* Lass es sein!«

»Das war nicht nett, Lenchen.«

»Du hast recht. Entschuldige.«

»Oh, mein Liebchen«, sagte die Tante und drückte Helens Finger, die durch die Arbeit mit den Farben und den übrigen Chemikalien nicht mehr so weiß und glatt waren, wie es sich für eine Dame gehört hätte, was Waltraud ihr jedoch taktvoll verschwieg.

»Ich will dich nicht ›an den Mann bringen‹«, sagte sie stattdessen. »Was ist das überhaupt für ein Ausdruck?«

»Ich glaube dir nicht.«

»Ich liebe es einfach, dich mit der Gesellschaft vertraut zu machen, das ist alles! Du solltest dich nicht dauernd dagegen wehren, du solltest es genießen, dass die jungen Herren dir zu Füßen liegen. Ich habe außerdem ein wunderschönes Kleid gesehen, es ist in einem seidigen Pfirsichton, das würde dir wunderbar zu Gesicht stehen und auch perfekt in das Ambiente des *Vier Jahreszeiten* passen.«

»Liebe Tante, ich brauche nicht noch ein weiteres Abendkleid, ich habe einen ganzen Schrank voll davon und noch nicht die Hälfte davon ausführen können.«

»Nun, du hast vielleicht recht, aber schon deshalb fände ich es wunderbar, wenn du mich begleitest, und das, ich gestehe es, aus vollkommen egoistischen Motiven.«

»Tante Waltraud …«

»Ich als alte, hässliche Frau bin doch schon längst nicht mehr willkommen, jedenfalls nicht ohne dich.«

»Du bist nicht alt und hässlich, du bist eine Diva in den allerbesten Jahren!«, rief Helen, und das war keine taktvolle Lüge, sondern die reine Wahrheit. Obwohl es erst zehn Uhr morgens war, trug Waltraud eine mit blitzenden Steinen besetzte Brosche auf dem breiten Stirnband aus violettem Samt, das *à la mode* und außerdem dazu geeignet war, Waltrauds ein wenig schütter gewordenes Haar im Stirnbereich fülliger erscheinen zu lassen. Ihr Mund war mit großer Sorgfalt in einem zarten Orange gefärbt und der Teint so geschickt gepudert, dass es kaum maskenhaft wirkte, jedoch die Altersflecken beinahe vollkommen abdeckte. Ihr Haar war akkurat kinnlang geschnitten und glänzend grau, was beides ihrem weichen Gesicht mit den breiten Lippen schmeichelte. Auf der Nase trug sie einen mit Diamanten besetzten Kneifer, dessen Gläser zartrosa eingefärbt waren. Lange Perlenketten in unterschiedlichen Farben von schimmernd weiß bis metallisch anthrazit verlängerten Tante Waltrauds ein wenig molligen Hals, und ihr wadenlanges Seidenkleid mit der tief angesetzten Taille war nachtschwarz, obwohl die Tante längst nicht mehr in Trauer war. Der Grund war vielmehr, dass Schwarz nicht nur schlank machte, wie sie ihrer Nichte anvertraut hatte, sondern in jedem Alter Eleganz verströmte, auch dies ein Trick, den Waltraud Helen verraten hatte, weil Helen ja nicht ewig so jung und schön bleiben würde und es vorzusorgen galt.

»Eine Diva«, wiederholte Tante Waltraud und schüttelte zwar den Kopf, doch man sah ihr an, dass sie sich geschmeichelt fühlte.

»Das bist du«, bekräftigte Helen. »Du bist wunderschön.« Auf deine Art, wollte sie noch hinzufügen, ließ es aber im allerletzten Moment sein.

»Nun hör aber auf, Kindchen, das wird mir langsam peinlich!«

»Es ist wahr!«

»Du möchtest mich einwickeln, damit ich dich in Ruhe lasse …«

»Aber nein!«

»Doch das wird nicht funktionieren. Ich bitte dich um diesen Gefallen!«

»Warum ist es dir so wichtig, um Himmels willen? Ich möchte einfach nicht!«

Tante Waltraud legte den Scone aus der Hand, den sie gerade in ihren Tee hatte tunken wollen. »Schatz, deine Mutter rief mich gestern an.«

Helen presste die Lippen zusammen. Mit einem Mal verfluchte sie die Idee, nach Frommberg zu fahren, ob nun mit oder ohne Corinne und Martina.

»Was will Maman?«, fragte sie, aber sie wusste es natürlich schon.

»Immer das Gleiche, Liebchen: dass du wenigstens einem jungen Mann von Stand eine zweite Gelegenheit gibst, dich näher kennenzulernen.«

»Das ist lächerlich.«

»Deine Maman möchte dich glücklich sehen.«

»Ich bin auch ohne Heiratspläne glücklich!«

»Nein, das bist du nicht«, sagte Tante Waltraud so ernst, wie Helen sie selten erlebt hatte.

»Nein? Aber das werde ich selbst doch wohl am besten beurteilen können!«

»Du lässt dich gehen, Lenchen, das ist nicht das Gleiche wie Glücklichsein. Deine sogenannten Freunde sind Bohemiens …«

»Na und? Sie sind charmant und herzlich und langweilen mich nicht.«

»Sie können dir die Gegenwart versüßen, doch dir keine Zukunft bieten. Sie sind reizend, aber unstet. Du selbst bist begabt, das lässt sich nicht leugnen, aber …«

»Ich werde nie eine Künstlerin sein. Ich weiß.«

»Ich wollte dich nicht kränken, Schatz.«

»Das hast du nicht! Ich will nur einfach heute Abend ein wenig entspannen, nichts sonst. Alles in Ruhe ausklingen lassen, nicht schon wieder ausgehen.«

»Entspannen kannst du lange genug, die ganzen Ferien hindurch, wenn du das willst. Komm also wenigstens heute Abend mit, Lenchen. Das ist das Einzige, was ich mir wirklich wünsche. Ob du etwas daraus machst, ist deine Sache. Aber ich habe dann zumindest meine Pflicht getan.«

»Das klingt so traurig.«

»Es wird nicht traurig sein, das verspreche ich dir. Wir werden uns amüsieren.«

»Liebe Tante …«

»Ich verspreche es!«

Zumindest das *Vier Jahreszeiten* war keine Enttäuschung. Gedämpfte warme Farben, schmeichelndes Licht aus Kristalllüstern und Wandkandelabern, Smyrnateppiche, Filetstores und mit schimmerndem Seidendamast bezogene Wände verbreiteten eine wunderbare, bei aller Eleganz wohlige Atmosphäre. Nur leider fand sich Helen neben einem Baron von Stocklicht als Tischherrn wieder, der nicht einmal zu einer rudimentären Konversation zu bewegen war. Ein Typus, der innerlich andauernd die Hände an die Hosennaht legt – so sollte Helen ihn Corinne und Martina am übernächsten Tag beschreiben und sich gemeinsam mit ihnen ausschütten vor Lachen, aber nun ging es darum, zumindest das Diner bis zu den ersten drei Pflichttänzen ohne allzu unbehagliches Schweigen zu überstehen. Zu allem Überfluss war sie an einem großen, runden Tisch mit weit entfernten Tischgefährten platziert, weshalb andere potenzielle Gesprächspartner zu weit weg saßen, während ihr Nebenmann zu ihrer Rechten sich um die Belange seiner eigenen Tischdame kümmern musste. Es war also eine nahezu verzweifelte Situation, die strategisches Vorgehen erforderte. Da es Helens Erfahrung nach selbst schüchternste Männer liebten, ausschweifende Vorträge über ihre Meinungen und ihre Angelegenheiten zu halten, sofern man sie nur geschickt genug ermutigte, ging sie – nachdem ihre scharfzüngig-witzigen Bemerkungen über die anderen Gäste nicht gefruchtet hatten – dazu über, den einsilbigen Baron, den sie insgeheim bereits Stockfisch getauft hatte, mit entsprechenden Fragen zu bombardieren.

»Wie lange sind Sie bereits in München?«

»Seit drei Jahren.«

»Und, gefällt es Ihnen hier?«

»Es ist so gut oder so schlecht wie jede andere Stadt.«

»Studieren Sie hier?«

»Ja.«

»Was genau?«

»Forstwirtschaft.«

»Wie interessant. Mein Bruder Jürgen studiert Landwirtschaft.«

»Aha.«

»Ja. Sind sich die beiden Studiengänge nicht recht ähnlich?«

»Das kann man nun wirklich nicht sagen.«

»Worin sehen Sie denn die Unterschiede?«

»Mein Gott, ich wüsste gar nicht, wo ich da anfangen sollte!«

Schließlich verlegte Helen sich aufs Weintrinken, leerte ein Glas nach dem anderen, flirtete mit dem Kellner, der ihr grinsend immer wieder nachschenkte, was erwartungsgemäß dazu führte, dass sie irgendwann entsprechend beschwipst einfach drauflos plauderte, vollkommen egal, ob es Baron Stockfisch interessierte, dessen einziges sichtbares Lebenszeichen ohnehin sein nervös auf und ab hüpfender Adamsapfel war. Helen berichtete also von ihrem Kunststudium, den herrlich verrückten, sympathisch amoralischen Frauen und Männern, die sich in diesem Umfeld sammelten, ihren Gelagen und wechselvollen Liebschaften, und siehe da, kurz bevor sie, befeuert vom Alkohol, richtig provokant indiskret werden konnte, geschah das Wunder: Er stellte eine Frage.

»Welche Art von Kunst gefällt Ihnen?«

Helen sah ihn verblüfft an (Er sprach! Freiwillig!) und sagte nach einer kleinen Pause: »Ich liebe die Franzosen.«

»Franzosen? Welche?«

»Das werde ich Ihnen sagen, sobald Sie aufhören, mich zu verhören.«

»Wie bitte?«

»Oder sind Sie Polizist und gerade im Dienst? Dann entschuldige ich mich für meine Irritation.«

»Ich verstehe nicht.«

»Warum überrascht mich das nicht?«

»Ich verstehe immer noch nicht.«

Helen schloss kurz die Augen und riss sie wieder auf, weil sich alles drehte und sie fast vom Stuhl gekippt wäre. Die Trunkenheit machte sie plötzlich müde und schlapp, und dieser völlig misslingende Abend drückte zusätzlich auf ihre Stimmung. Da aber Baron Stockfisch tatsächlich an einer Antwort gelegen zu sein schien, sagte sie, bemüht, nicht zu lallen: »Um Ihre Frage zu beantworten, ich liebe Picasso und Georges Braque.«

»Kubismus«, sagte der Baron voller Abscheu.

»Oh, Sie kennen sich aus. Ja, es ist neu und inspirierend.«

»Entartet.«

»Sie meinen, ihre Malerei?« Helen gähnte nun ganz unverhohlen, es war ihr völlig egal, welchen Eindruck sie machte; diesen Mann würde sie ohnehin niemals wiedersehen, wenn es sich vermeiden ließ.

»Unter anderem«, erklärte der Stockfisch auf seine schrecklich ernsthafte, penible Art. »Es geht natürlich auch um entartete Schriftstellerei, nehmen Sie nur die Symbolisten.«

»Ich kann Ihnen nicht folgen.« Das konnte sie natürlich schon; sie hatten auf der Akademie erschöpfend unter anderem die Hasstiraden Max Noldaus auf die Symbolisten behandelt.

»Sie kennen Max Noldau nicht?«

»Ich kenne ihn und lehne seine Thesen ab!«

»Darf ich fragen, warum?«

»›Symbolisten, soweit sie ehrliche Entartete und Schwachsinnige sind, können nur mystisch, das heißt verschwommen, denken.‹ Eine furchtbare Äußerung, die jedes Experiment, jede künstlerische Entwicklung ausschließt.«

Und das war ihr letztes Wort; Helen war nun zu allem bereit, was in diesem Fall bedeutete, unter Missachtung sämtlicher Etiketteregeln aufzustehen und sich durch eine Hintertür zu verdrücken, um Stockfisch samt seinem unruhigen Kehlkopf dem Schicksal aller Langweiler zu überlassen. Doch gerade als sie dieses skandalöse Vorhaben in die Tat umsetzen wollte, spürte sie eine Hand an ihrem rechten Arm.

Sie drehte sich unwillig um und gewahrte zum ersten Mal bewusst den Tischherrn ihrer Nachbarin, die sich gerade nicht an ihrem Platz befand.

»Willkommen bei der Thule-Gesellschaft«, raunte dessen weiche Stimme.

»Bitte?«, fragte sie.

Die Stimme gehörte zu einem dicklichen Bonvivant fortgeschrittenen Alters, den Helen auf den ersten Blick beinahe noch schlimmer fand als ihren eigenen Tischherrn.

»Sie kennen die Thule-Gesellschaft nicht?«

»Wirklich«, sagte sie. »Es reicht mir nun.«

»Oh, schenken Sie mir trotzdem einen Moment lang Gehör, liebes Fräulein von Dahlwitz«, sagte der dicke Mann, ohne sich seinerseits vorzustellen. Seinen Namen konnte Helen nicht entziffern, weil sein Tischkärtchen ungünstig platziert war. Stattdessen redete er einfach weiter, sein Gesicht viel zu nah an ihrem. »Wussten Sie, dass dieser wunderbare Ort hier unser Treffpunkt ist?«

»Dieses Hotel? Ich wüsste nicht einmal, warum mich das interessieren sollte.«

»Nun, Ihre Tante, die wunderbare Waltraut Hardt, hat uns das ein oder andere Mal mit ihrem Besuch beehrt.«

»Das ist ihre Sache, nicht meine, obwohl ich das kaum glauben mag.«

»Sie haben vollkommen recht, es erfordert eine starke Persönlichkeit, sich den Mächten der Dunkelheit zu stellen. Nicht jeder kann diesen Weg gehen, den unbändigen Drang fühlen, unser Land und unser Volk vor den jüdischen Bolschewisten zu retten. Das Deutsche Reich wird den seit den ersten Tagen des vergangenen Römischen Reichs Deutscher Nation vorherbestimmten Auftrag erfüllen. Und Sie sollten dabei sein. Verstehen Sie, was ich meine?«

»Wären Sie so freundlich, Ihre Hand von meinem Arm zu nehmen und sich Ihrer Tischdame zuzuwenden? Sie ist jetzt wieder zurück.«

»Dieses Volk, verehrtes Fräulein von Dahlwitz, schien dem Untergang geweiht und wird doch seine Mission zu erfüllen vermögen. Sie werden sehen. Wollen Sie an diesem historischen Moment nicht teilhaben?«

Doch bevor Helen entweder heftig antworten oder vor dieser zweiten Zumutung des Abends flüchten konnte, begann die Kapelle sehr laut und schwungvoll *»An der schönen blauen Donau«* zu intonieren, was Baron Stockfisch erstaunlicherweise veranlasste, aufzustehen und Helen, wie es sich gehörte, mit einem zackigen Diener zum Wiener Walzer aufzufordern.

Lächelnd und urplötzlich ernüchtert ließ sie sich an der eiskalten Hand ihres Zwangskavaliers auf die Tanzfläche führen, ahnend, was ihr bevorstand. Es gibt nichts Unangenehmeres als Männer, die nicht tanzen wollen, aber tanzen müssen, weil es die Etikette verlangt, würde sie zwei Tage später ihren Freundinnen erzählen, und Corinne würde heftig nicken und eine herzlose, aber komische Bemerkung machen, während Martina Helen auf ihre liebe, ernsthafte Art ermahnen würde, nicht so streng zu sein mit Menschen, die es weniger gut getroffen hätten als sie.

# 29

Zwei Tage später packte Mariechen Helens Schrankkoffer und diverse Reisetaschen, während Helen mit ihrer Tante im Warenhaus Hermann Tietz nach einem Mantel suchte. Eigentlich tat sie das vor allem Waltraud zuliebe, die förmlich darin schwelgte, Helen einzukleiden. Was sich Helen diesmal als Versöhnungsgeste gefallen ließ, denn schließlich hatte sie einiges wiedergutzumachen. Baron Stockfisch war ihr keineswegs zufällig als Tischherr zugeteilt worden, Tante Waltraud hatte vielmehr alle ihre Beziehungen spielen lassen, weil ausgerechnet er als richtig gute Partie galt. Laut Waltrauts Informationen war er Alleinerbe eines rheinischen Schlösschens in sonniger Lage, umgeben von Weinbergen und anderen riesigen Ländereien, weshalb Waltraud fand, es wäre an Helen gewesen, sich ein bisschen mehr Mühe zu geben, um das Eis zu brechen.

»Das habe ich getan! Du ahnst nicht …«

»Ich habe dich beobachtet, Helen. Nach zwanzig Minuten hast du angefangen zu trinken und dich seltsam zu benehmen. Nach den Pflichttänzen hast du ihn auf die allerunhöflichste Art sitzen lassen!«

Und da das nicht ganz aus der Luft gegriffen war, hatte Helen ein richtig schlechtes Gewissen, umso mehr, als sie sich nach dem irritierenden Beginn des Abends dann doch noch bis halb drei Uhr nachts großartig amüsiert hatte. Allerdings nicht mit Baron Stockfisch, sondern mit einer Runde so lustiger wie halbseidener Herren – verarmte Adlige, die ihr mageres Erbe vertranken, und großbürgerliche Filous auf der Suche nach leichten Mädchen waren darunter gewesen, aber kein einziger ernst zu nehmender Heiratskandidat, hatte Waltraud ihr anschließend mit ungewohnter Heftigkeit vorgeworfen, und Helen hatte sich an die hundert Mal entschuldigt, aber es hatte nicht viel geholfen; seitdem war ihr die Tante gram.

Deshalb schlenderten sie jetzt durch *Hertie,* wie das Kaufhaus genannt wurde, als flott gemeinte Abkürzung von Vor- und Nachnamen des Gründers. Es war prächtig ausgestattet und wundervoll dekoriert, aber eben auch voll und überheizt, und Helen hasste es, sich von einer Robe in die nächste zu quälen, nachdem ein Mantel längst gefunden und von einer Verkäuferin zu den Kassen im Untergeschoss gebracht worden war.

»Ich nehme dieses hier«, sagte sie schließlich. Es war ein braunes, gerade geschnittenes Kleid aus Leinen, ideal für eine Zugfahrt geeignet, wie Waltraud fand und deshalb wohlgefällig nickte. »Wie schön«, sagte sie und fügte mit einem Unterton, den Übelwollende vielleicht als leicht hämisch bezeichnet hätten, hinzu, dass sie jetzt nur noch die Schuhabteilung aufsuchen müssten.

»Mein Zug geht in einer knappen Stunde«, erinnerte sie Helen, doch Waltraud bestand einigermaßen vehement auf einem zumindest kurzen Besuch der Schuhabteilung, weshalb sie fast zu spät zum Zug kamen, denn schließlich verspätete sich auch noch Waltrauds Chauffeur, sodass – obwohl sich das Kaufhaus in unmittelbarer Nachbarschaft des Hauptbahnhofs befand – Helen, Waltraud und Mariechen undamenhaft im Schlepptau keuchender Gepäckträger zum Abteil rennen mussten, in dem es sich Corinne und Martina bereits gemütlich gemacht hatten.

»Trink das«, sagte Corinne, als der Zug aus der Bahnhofshalle fuhr, und Helen nahm einen tiefen Schluck Marillenschnaps aus dem silbernen Flachmann.

»Alles wird gut«, sagte sie, als sie die Flasche absetzte, und Corinne lachte ihr raues Lachen, während Martina konzentriert eine Bleistiftzeichnung überarbeitete, die sie während des Wartens auf Helen begonnen hatte.

»Zeig«, sagte Corinne, und Martina ließ sich das Blatt zögernd aus der Hand nehmen, das eine Bahnhofsszenerie in Schwarzweiß mit vielen Grauschattierungen zeigte, die trotz des Mangels an Farbe so lebendig wirkte, als könnten die Figuren demnächst aus dem Bild steigen.

»Es ist nur eine Skizze«, sagte Martina entschuldigend.

»Es ist fantastisch«, sagte Helen, schon wieder leicht beschwipst, und Corinne sekundierte ausnahmsweise fast ernst: »Du bist die einzige echte Künstlerin, die ich kenne. Zumindest in diesem Abteil.«

Am nächsten Morgen, eine Stunde bevor Helen mit ihrer Entourage in Frommberg eintraf, ritt Donata aus. Es war acht Uhr, die blasse Sonne schien ihr ins Gesicht, und sie genoss die milde, für die Jahreszeit erstaunlich trockene Luft, vor allem aber die Tatsache, dass sie außer ihrem eigenen Atem, dem Schnauben ihres Trakehnerhengstes Adonis und dem ploppenden Geräusch der Hufe auf sandigem Boden nichts hörte. Niemand fragte sie etwas, sie musste keine Anweisungen erteilen, keinen Diener zu mehr Engagement ermahnen, keine Kammerjungfer Klara beruhigen, die sich mit dem Stubenmädchen Gisela in die Haare kriegte, sich nicht um Heinrich kümmern, der seit Wochen gesundheitlich angeschlagen war, aber sich weigerte, einen Arzt rufen zu lassen.

Und vor allem: Sie musste sich nicht mit auflaufenden Rechnungen befassen.

Wie sie diese Stunden mit gebeugtem Rücken am Schreibtisch hasste, die komplizierten Einnahmen- und Ausgabenkalkulationen und die Tatsache, dass Gewinne und Verluste trotz aller Anstrengungen und Einsparbemühungen nicht in jenes stabile Gleichgewicht zu bringen waren, das Sorglosigkeit über die nächsten Jahre garantierte. Schon die Investitionen in modernes Ackergerät fielen immer höher als geplant aus, weil die Kosten von Jahr zu Jahr stiegen, während sie gleichzeitig jedes Mal die anfallenden Reparaturen der Altmaschinen unterschätzte. Und so war es in allen Bereichen; man rechnete etwas bis auf die letzte Kommastelle aus, und dann kam etwas dazwischen, in diesem Fall der milde Winter, der ein Vorbote für einen verregneten Sommer mit schlechterer Ernte sein könnte. Wurde der Sommer aber wider Erwarten zu trocken, wirkte sich das ebenfalls negativ auf den Ertrag aus, und so ging es immer weiter; Jahr für Jahr gab es stets neue Gründe, sich Sorgen zu machen, und lief einmal alles genau nach Wunsch – Sonne und Regen, Wärme und Kälte in ausbalanciertem Wechsel –, konnte ein einziger staubtrockener oder viel zu nasser Folgemonat mit Hagel und Sturm alles zunichtemachen. Bisher war es Donata stets geglückt, das Gut finanziell über Wasser zu halten, aber der Preis war hoch, manchmal dachte sie, zu hoch, und dann war sie sich nicht mehr sicher, ob dieses Leben tatsächlich das richtige für sie war, ob sie woanders vielleicht glücklicher, zumindest aber unbeschwerter wäre.

Sie neigte den Kopf unter der engen Reitkappe, beugte sich nach vorn, ließ die Zügel lockerer und schnalzte zweimal mit der Zunge; das Signal für Adonis, in Galopp zu fallen, Donatas Lieblingsgangart. Gerade so schnell, dass sie jene Ausgelassenheit spürte, der sie im Alltag niemals nachgab, aber nicht so wild, dass sie die Kontrolle verlor. Der Hengst gehorchte ihr nicht nur aufs Wort, er war geeicht auf ihre individuellen Bewegungen, reagierte auf jeden Schenkeldruck und durfte deshalb nur in Ausnahmefällen von anderen geritten werden.

Die Sonne hob sich langsam, warf harte Schatten auf die dunkelbraunen Kuhlen der Äcker. Links würden demnächst Kartoffeln gepflanzt werden, rechts davon sollte der im September ausgesäte Winterweizen bald seine ersten zarten

Ährchen zeigen, so Gott und das Wetter mitspielten – aber das würden sie schon, warum auch nicht? –, und langsam spürte Donata, wie der Druck auf der Brust nachließ, das Herz sich weitete und der Atem freier wurde. Sie duckte sich noch tiefer in den Sattel, berührte mit der Stirn fast die Mähne des Tiers und gab ihm zu verstehen, dass es nun richtig loslegen konnte, zeigen durfte, wie schnell es war, und das ließ sich Adonis nicht zweimal sagen und stürmte auf dem befestigten Grasstreifen drauflos, dass die Landschaft an Donata vorüberstreifte wie zwei dicke graubraune Pinselstriche links und rechts mit grünen und goldenen Einsprengseln, und kurz bevor sie auf unstatthafte Gedanken kommen konnte (einfach weiterreiten zur Sonne, zur Freiheit?), sah sie die bereits sattgrüne Weide, richtete sich wieder auf und nahm die Zügel fester in die Hand. Der Hengst verlangsamte seine Schritte sofort und blieb schließlich dampfend im zart vernebelten Morgenlicht vor seiner Koppel stehen, wo der Stallknecht wartete, um ihm den Sattel abzunehmen und ihn langsam im Kreis zu führen, bis er sich abgekühlt hatte.

Zur selben Zeit wachte Georg auf und dehnte sich auf seiner harten Matratze. Draußen bimmelte die Tram und brummten Automobile, dann ertönte das typische Quietschen einer alten, schlecht geölten Anlasserkurbel, dann knallte ein Auspuff, dann heulte ein Motor auf und erstarb. Georg befand sich zwar im dritten Stock, doch waren die Fenster so dünn, dass es ihm zeitweise vorkam, als wohnte er mitten auf der Straße. Zu den Verkehrsgeräuschen gesellte sich Stimmengewirr; eine Frau schrie, ein Mann lachte, schließlich ein mörderischer Krach, als würde ein komplettes Geschirrservice auf dem Asphalt zu Bruch gehen.

Ohne die Augen zu öffnen, drehte sich Georg um und tastete nach dem Tabakbeutel, den er auf dem Boden neben dem

Bett deponiert hatte. Er entnahm ihm eine fertig gerollte Zigarette und eine Streichholzschachtel und legte sich wieder auf den Rücken. Auf dem Fensterbrett über seinem Bett stand ein Aschenbecher, den er wie jeden Morgen im Liegen nicht erreichen konnte, aber es wie üblich doch versuchte und daran merkte, wie sehr er in letzter Zeit dazu neigte, absurde Gewohnheiten zu entwickeln.

Er setzte sich auf, nahm den Aschenbecher herunter, legte sich wieder hin und balancierte das verbeulte Zinntellerchen auf seinem Bauch. Er zündete sich die erste Zigarette des Tages an und sah träge dem Rauch hinterher, wie er an die Zimmerdecke strudelte, sich als ellipsenförmige Nebelschwade ausbreitete und an den Rändern zerfaserte, gleichzeitig stofflich und ungreifbar. Georg schloss wieder die Augen, ließ sich zurück in den Schlaf fallen, aus dem ihn erst ein brandiger Geruch vertrieb, den er zunächst in einen kurzen, aber heftigen Angsttraum integriert hatte. Dann wurde ihm allerdings klar, dass die Gefahr nicht eingebildet, sondern sehr real war, und er fuhr hoch, immer noch verschlafen, doch in dem Bewusstsein, dass es eilte. Ein paar Minuten später war der sich anbahnende Zimmerbrand gelöscht, aber das Kissen hatte nun ein großes, schwarz umrandetes Loch, aus dem einzelne Daunen herausschwebten.

Außerdem stank es schauderhaft nach verkohltem Stoff.

Georg zog sich an – eine dicke graue Wollhose und einen kratzigen blauen Seemannssweater über sein geripptes Unterhemd – und öffnete das Fenster. Der Lärm schien sich jetzt wie durch einen Kamin nach oben zu schrauben und Georg förmlich ins Gesicht zu springen, und nicht zum ersten Mal überkam ihn die Versuchung, Onkel Felix' Vorschlag, ihm ein besseres Domizil zu mieten, nicht länger abzulehnen.

Einmal wöchentlich lud Felix ihn zum Abendessen ein und wiederholte bei der Gelegenheit jedes Mal sein Angebot, und Georg konnte ihm nicht klarmachen, warum das nicht möglich war. Felix' Zuwendungen wurden zwar gern akzeptiert, wenn es darum ging, Plakate zu drucken oder Trinkgelage gegen den Kapitalismus zu finanzieren, doch das Leben in einigermaßen unbequemen Umständen gehörte, ohne dass es einer jemals ausgesprochen hätte, zum Markenkern der Bewegung. Schon die Tatsache, dass Georg nicht nur zwei Zimmer ganz für sich allein bewohnte, sondern auch noch ein Telefon besaß, führte zu wiederholten spöttischen Kommentaren, die sich erst gegeben hatten, als noch andere junge Männer aus betuchteren Kreisen zu ihnen gestoßen waren.

Georg schloss das Fenster und heizte mit Zeitungspapier den Kamin an, der die beiden Zimmer miteinander verband. Darüber schichtete er Holzscheite und Kohlebriketts. Eine Stunde später, nachdem es endlich warm geworden war, zog er seinen verschossenen grauen Gabardinemantel an und verließ die Wohnung. Als er die Tür hinter sich geschlossen hatte, sah er sich vorsichtig um, obwohl es in diesem Haus nie Anlass zur Sorge gegeben hatte, doch Georg hatte sich in den letzten anderthalb Jahren so an die Rolle des gefährdeten Revolutionärs gewöhnt, dass Wachsamkeit zu seiner zweiten Natur geworden war. Das Treppenhaus war leer, aber hinter den Türen hörte man das Geschrei mehrerer Kleinkinder und das Weinen einer Frau, unterbrochen von einem beängstigend lauten Rumsen. Das Weinen verstummte kurz, hob wieder an, erst leiser und kläglicher, bis es sich schließlich zu einem Heulen steigerte, woraufhin ein zweites lautes Geräusch folgte, dessen Ursprung Georg lieber nicht hinterfragte.

Er lief rasch die Stufen hinunter; es war ihm sehr recht, niemanden zu treffen. Er galt hier als scheuer Sonderling mit merkwürdigen Freunden, die viel zu laut diskutierten, weswegen schon häufiger eine Art Bürgerwehr, bestehend aus finsteren männlichen Hausbewohnern, vor seiner Wohnungstür auf rabiate Weise die Einhaltung der Nachtruhe gefordert hatte.

Im Erdgeschoss stieß er die Hintertür zum Innenhof auf. Dort stand, mehrfach angekettet, sein derzeit wertvollster Besitz, nämlich ein stabiles Fahrrad, das sich trotzdem mit großer Leichtigkeit fahren ließ. Obwohl es ein milder Tag war, roch es durchdringend nach verbrannter Kohle, worunter Georg anfangs gelitten hatte, was er aber mittlerweile kaum noch wahrnahm.

»Guten Morgen«, rief er den vielen Jungen und wenigen Mädchen zu, die hier immer zugange waren und selten friedlich miteinander spielten, sondern in der Regel damit beschäftigt waren, sich mit erstaunlicher Verve, ja regelrechter Begeisterung zu streiten und zu prügeln – ein Rudel schmuddeliger Racker mit grauen Gesichtern, um die sich tagsüber offenbar kein Mensch kümmerte. Georg drückte prüfend auf die Reifenschläuche, die häufig durchstochen waren, diesmal aber nicht, löste das Kettenschloss, schwang sich in den Sattel und fuhr schwankend los, das Geschrei und Gelächter der Kinder ignorierend, die ihm irgendetwas – im Zweifelsfall Unverschämtes – hinterherriefen.

Wie immer, wenn er das Haus mit seinem nach Bohnerwachs riechenden Treppenhaus und seinen trübseligen Bewohnern hinter sich ließ, fühlte er sich sofort besser. Die Stadt war sein Revier. Er fuhr in gewagten Schlangenlinien zwischen den hupenden Automobilen hindurch, überholte ein paar alte Droschken und winkte ausgelassen zwei jungen Mädchen zu, die einen Bollerwagen mit prall gefüllten Kartoffelsäcken hinter sich herzogen.

Nach einer halben Stunde erreichte er sein Ziel – ein dunkelgraues fünfstöckiges Haus, in dessen Erdgeschoss sich ein Lokal befand, wo er sich mit den anderen Mitgliedern der Bewegung traf, um zu trinken, zu diskutieren und neue Aktionen zu planen. Als er eintrat, merkte er sofort, dass etwas anders war als sonst. Sein bester Freund Peter Wirth stand am Kopfende des Tisches, den die Bewegung in den letzten Monaten mit größter Selbstverständlichkeit als ihren betrachtete, und berichtete von einem angeblichen Militärputsch, der unmittelbar bevorstand.

»Militärputsch?«, fragte Georg.

»Du bist wieder zu spät, Junge!«

»Was redest du da von einem Putsch?«

»Setz dich. Immer muss man deinetwegen von vorne anfangen.«

# 30

Während sich sich Georg und seine Kameraden die Köpfe heißredeten über die sich immer mehr verdichtenden Gerüchte über einen Staatsstreich, geplant und ausgeführt von Freikorps, denen die vollständige Entmachtung drohte, hatte die Freundinnenclique bereits Frommberg komplett usurpiert. Eine Art freundliche Übernahme, die damit begann, dass Corinne in aller Unschuld und mit größter Selbstverständlichkeit Bekannte aus der Umgebung des Schlösschens einlud, ohne Donata um Erlaubnis zu fragen, ja sogar ohne ihr wenigstens Bescheid zu sagen. Es bevölkerten also täglich immer mehr und immer wieder andere junge Leute das Gut, ließen sich Pferde satteln und von der Dienerschaft Tee und Kekse servieren, spielten Federball im Park und mixten sich aus mitgebrachten Zutaten bereits nachmittags süße, bittere, doch in jedem Fall gehaltvolle Cocktails nach amerikanischen Prohibitionsrezepten.

Donata ließ sie, ganz gegen ihre Gewohnheit, gewähren; es gab zu viele andere Probleme, mit denen sie sich beschäftigen musste, dazu zählte in erster Linie Heinrichs zunehmende Mattigkeit, die ihn immer wieder tageweise bettlägerig machte, vor allem aber beschäftigte sie seine strikte Weigerung, sich angesichts dieser besorgniserregenden Symptome endlich einmal von Kopf bis Fuß untersuchen zu lassen.

So vergingen zehn herrlich milde Frühlingstage, in denen die jungen Leute mehr oder weniger sich selbst überlassen blieben. Am elften Tag beschlossen Corinne und Helen spontan, eine kleine ungezwungene Feier zu geben, ohne zu ahnen, dass sich wieder einmal düstere Wolken über dem Deutschen Reich zusammenbrauten. Und selbst wenn sie es gewusst hätten, hätten sie wahrscheinlich trotzdem gefeiert, denn mittlerweile nahmen sie Hiobsbotschaften außerhalb ihres engen Orbits einfach nur noch zur Kenntnis. Was in etwa so aussah, dass sie durchaus nach entsprechenden Vorfällen mit viel Leidenschaft (und etwas weniger Sachverstand) über die politischen Affären und Tragödien der letzten Monate und Jahre diskutierten, die bedrohliche Lage aber dann recht zügig wieder vergaßen. Denn, ganz ehrlich, dachten sie manchmal – immer dann, wenn sie ein Funken schlechtes Gewissen über ihre Untätigkeit packte –, verstand es sich nicht von selbst, dass sich ihr Engagement darauf beschränkte, die Entwicklungen zu beobachten, zu hinterfragen und zu kommentieren und ansonsten ihr Leben, wie es eben war, so entspannt wie möglich weiterzuführen? Politische Morde waren beinahe an der Tagesordnung, Straßenschlachten entzündeten sich an minimalen Anlässen, häufig ohne dass Anstifter und Opfer klar voneinander zu trennen waren. Links gegen rechts, oben gegen unten, das waren die nur ungefähren Frontlinien. Freund und Feind ließen sich nicht mehr in der gebotenen Klarheit voneinander trennen, also für wen sollte man Partei ergreifen? Die Regierung war schwach, der Adel entmutigt und die Bevölkerung in Aufruhr, doch Lösungen schienen weder in Sicht zu sein noch wirklich gefordert zu werden, also warum sich mit Problemen belasten, die man ohnehin nicht lösen konnte?

»Wir sind junge Frauen von Stand«, sagte Corinne in die Runde, auf dem Höhepunkt ihrer Feier und leicht schwankend, während Martina sie unauffällig stützte. »Wir sind nicht dumm und nicht oberflächlich …«

»Nun, ein bisschen oberflächlich wohl schon«, rief Helen unter dem Gelächter der Umstehenden.

»Da magst du recht haben, Süße«, sagte Corinne und suchte mit den Augen Helens Bruder Jürgen, der am Rand der lustigen Runde stand und ihr lächelnd zuprostete. »Wir sind ein bisschen oberflächlich, von der Arroganz unserer Ahnen geprägt, dieser durch nichts zu erschütternden Überzeugung, etwas Besseres zu sein.«

»Richtig!«, rief ein junger Mann.

»Aber«, fuhr Corinne fort, nun an den jungen Mann gewandt, »eigentlich haben wir keinen Grund dafür, oder? Nenn mir einen Grund!«

»Nun, da fallen mir gleich mehrere ein.«

»So?«

»Wir sind trinkfester als der Durchschnitt. Das spricht für unsere Gene!«

»Gene?«, fragte Helen.

»Erbanlagen, mein Schatz«, sagte der junge Mann und wollte seinen Arm um Helen legen, die sich geschmeidig wegduckte.

»Das ist Blödsinn«, sagte sie. »Mix mir lieber einen neuen *3 Mile*.«

»Bist du sicher? Das würde meine Hypothese bestätigen.«

»Deine Hypothese ist nicht diskutabel.«

»Mädchen von Stand lassen sich auch von einem *3 Mile* nicht umwerfen. Das gilt es jetzt zu beweisen.«

»Nehmen wir die Suffragetten«, sagte Corinne währenddessen zu Jürgen, neben dem sie plötzlich stand, ohne dass sie recht wusste, wie sie dahingekommen war.

»Du bist Sympathisantin?«, fragte Jürgen lächelnd, und Corinne war kurz aus dem Konzept gebracht, warf aber dann den Kopf zurück und parierte: »Du nicht?«

»Ich bin ein Mann. Es wäre an dir.«

»Nun …«

»Oder?«

»Du verunsicherst mich«, sagte Corinne mit einem koketten Grinsen, das dazu diente, diese Behauptung ad absurdum zu führen, und normalerweise funktionierte das auch, aber nicht bei Jürgen, der nicht aufhörte, sie mit diesem irritierend echten Interesse anzusehen, als wollte er wirklich hören, was sie zu sagen hatte.

»Ich betrachte sie mit zurückhaltendem Wohlwollen«, sagte Corinne also ernster, als sie vorhatte.

»Aber?«

»Diese schrillen Töne finde ich eher uncharmant. Wir Frauen haben andere Waffen.«

»Habt ihr die?«

»Du verunsicherst mich schon wieder, lieber Jürgen. Wenn das so weitergeht …«

»Ja?«

»Dann müsste ich dich hier stehen lassen.«

»Wie schade, und warum das?«

»Ich mag es nicht, durchschaut zu werden. Ich verzeihe nicht einmal den Versuch.«

»Weißt du, was ich glaube, Corinne?«

»Ich kann nicht Gedanken lesen und will es auch gar nicht.«

»Wir sollten einen kurzen Spaziergang machen.«

»Oh, wirklich?«

»Ich bin absolut überzeugt davon. Viele Dinge lassen sich an der frischen Luft besser besprechen.«

Die Nacht vom 12. auf den 13. März war sowohl in Berlin als auch in Frommberg kühl, aber klar. Während Corinne und Jürgen durch das Urstromtal schlenderten und sich bemühten, den Strom des Gesprächs nicht abreißen zu lassen, weil sie noch nicht so weit waren, die Stille mit etwas anderem zu füllen, tauchte der Mond die kahlen Büsche und Bäume Frommbergs in silbriges Licht und brachte zur selben Zeit die Stahlhelme und Waffen auf der Straße zwischen Döberitz und Berlin zum Aufblitzen.

Die Brigade Ehrhardt, jenes Freikorps, in dem auch Justus aktiv gewesen war, hatte ihre Unterkünfte eine Stunde vor Mitternacht verlassen, und ihre Söldner waren nun auf dem

Weg, die Macht zurückzuerobern, nicht nur aus Begeisterung für Kampf und Sieg, sondern auch weil ihnen nicht viel anderes übrig blieb. Justus konnte seine Ausbildung an der Militärakademie in Marburg beginnen, doch viele seiner ehemaligen Mitkämpfer standen vor dem Nichts. Der Versailler Vertrag, jenes beim Volk verhasste Papier, das dem einst stolzen und nun gedemütigten Deutschen Reich die gesamte Kriegsschuld aufbürdete, verringerte nicht nur das deutsche Staatsgebiet um ein Siebtel und seine Einwohnerzahl um ein Zehntel, das Reich büßte außerdem seine Handelsmarine, 30 Prozent seiner Kohle, 75 Prozent seines Eisenerzes und 15 Prozent seiner landwirtschaftlichen Produktion ein. Und zu allem Überfluss begrenzte der Vertrag die Reichswehr von vierhunderttausend auf hunderttausend Soldaten. Die Regierung, die dies unterschrieben hatte, weil die Alliierten damit gedroht hatten, andernfalls einzumarschieren, war nun dabei, sämtliche Freikorps aufzulösen, jedoch ohne Plan oder Idee, was mit den dort dienenden Soldaten passieren sollte.

Schon deshalb saß Justus in dieser Nacht schlaflos auf seinem Bett und war mit all seinen Gedanken und Wünschen an der Seite seiner Kameraden, die frohgemut auf die Hauptstadt zumarschierten, auf den Lippen ihr Lieblingslied, dessen Text lautete: *»Hakenkreuz am Stahlhelm, schwarz, weiß, rot das Band, die Brigade Ehrhardt werden wir genannt.«*

Justus wusste – und das machte ihm Mut –, dass Ehrhardt nur die Besten der Besten unter sich versammelt hatte. Er stellte sich ans Fenster, lehnte die Stirn an die kalte, beschlagene Scheibe und sah hinaus in die Nacht. Draußen war es vollkommen still, die ahnungslosen Marburger lagen friedlich in ihren Betten, während in der Hauptstadt in ein paar Stunden nichts mehr sein würde, wie es war.

*Ich sollte dabei sein.*

*Warum bin ich hier?*

Er hörte ein leises Klopfen an der Tür und drehte sich um.

Sein Vater stand auf der Schwelle. Anders als Justus, der vollkommen angekleidet war, trug er einen Pyjama und einen blauen Samtbademantel. Doch sein graues Haar war gekämmt, und seine Augen blitzten.

»Darf ich?«, fragte er.

»Gern! Bitte setz dich!«

Sein Vater nahm sich den Schreibtischstuhl und sah hoch zu Justus, der am Fensterbrett lehnte.

»Du bist blass, mein Sohn«, stellte er fest.

»Du weißt, warum, lieber Vater.«

»Ehrhardt ist glänzend ausgerüstet. Das Volk steht auf seiner Seite. Und Kapp und von Lüttwitz stehen hinter ihm. Bessere Voraussetzungen kann es nicht geben.«

»Ich weiß. Ich sollte trotzdem dabei sein. Ich fühle mich wie ein Deserteur.«

Sein Vater schüttelte den Kopf. »Du hast fürs Erste genug getan. Die Militärakademie ist jetzt wichtiger. Du wirst noch genug Gelegenheit haben …«

»Ich weiß. Es ist jetzt ohnehin zu spät, nicht wahr? Was hältst du von Kapp?«

»Kapp will das Richtige. Doch es ist die Frage, ob er der richtige Mann für diese Operation ist. Meine Hoffnung ruht auf von Lüttwitz.«

»So sehe ich das auch. Was, wenn das Volk nicht mitzieht?«

»Das wird es. Der Versailler Vertrag erbittert alle.«

»Nicht die Bolschewisten.«

Sein Vater lächelte. Er sorgte sich ein wenig um Justus. Einerseits schätzte und liebte er dessen Leidenschaft für Militär und Nation, die noch dazu auf die angenehmste Art gepaart war mit Freundlichkeit und Humor, andererseits erkannte er in Justus seit Kriegsende einen Hang zur Depression aufgrund enttäuschter Hoffnungen.

»Dein Elan ist bewundernswert«, sagte er vorsichtig.

»Aber?«

»Wo siehst du ein Aber?«

»Ich kenne dich, Vater.« Jetzt lächelte Justus. »Du willst mir etwas mitteilen, weißt aber nicht, wie.«

Sein Vater seufzte, wie bei einer Missetat ertappt. Solche Unterhaltungen lagen ihm gar nicht, darin war Elsbeth viel besser. Er suchte nach den richtigen Worten. »Du darfst diese Dinge nicht zu nah an dich heranlassen«, sagte er schließlich.

»Diese Dinge? Zu nah? Es kann gar nicht nah genug sein! Unser aller Zukunft steht auf dem Spiel, und diese Regierung …«

»Sie hat getan, was sie konnte, Justus.«

»Das ist nicht genug, und das weißt du!«

»Ich gebe dir recht, sie ist zu schwach.«

»Sie hat das deutsche Volk verraten!«

»Justus …«

»Bist du etwa nicht dieser Meinung?«

»Ich bin älter als du, müder als du, aber auch erfahrener als du. Gestehe mir das doch zu.«

»Aber das tue ich! Du hast mich falsch verstanden, ich wollte nicht respektlos sein!«

»Darum geht es nicht.«

»Dann verstehe ich dich nicht. Was meinst du? In Deutschland ist eine Herrschaft der Journalisten und Gewerkschafter, ein judisches Regiment entstanden, das wir nicht dulden konnen und nicht dulden dürfen. Sie werden uns verkaufen! Uns alle!«

»Nun …«

»Vater!«

»Tatsache ist, Justus, hätten sie den Vertrag nicht unterschrieben, wären die Alliierten einmarschiert, und die englische Seeblockade hätte fortbestanden, und das wiederum hätte das ohnehin schon gemarterte Volk ausgehungert. Aus Sicht der Regierung gab es keine Wahl.«

»Du entschuldigst sie? Ich bin verwirrt.«

»Ich entschuldige sie nicht. Deshalb bin ich für den Staatsstreich. Weil ich sie nicht entschuldige, weil es trotz allem ein furchtbarer Fehler war, den Vertrag zu unterzeichnen. Ich möchte nur …«

»Nun, was denn?«

»Dass du nicht verzweifelst, falls es dieses Mal nicht klappt. Denn das ist durchaus möglich.«

Justus war nun sehr gerührt. Sein Vater machte sich Sorgen um ihn – sein Seelenheil –, und er hatte es gar nicht gemerkt! In einer spontanen Regung streckte er seine Hand aus, und sein Vater nahm sie zögernd, drückte sie kurz und ungeschickt und ließ sie rasch wieder los.

»Du musst dir keine Sorgen machen«, sagte Justus, und jetzt klang seine Stimme warm und heiter, fast vergnügt. Sein Vater stand auf, nun wieder gefasst, ein großer, schlanker Mann, immer noch gut aussehend und beeindruckend, trotz seines Alters.

»Wirst du ein wenig schlafen?«, fragte er.

»Sosehr ich es wollte, aber das kann ich dir leider nicht versprechen.«

»Nun gut. Dann sehen wir uns beim Frühstück. Einem jungen Mann wie dir schadet eine durchwachte Nacht nicht so wie mir.«

# 31

Am nächsten Morgen, dem 13. März 1920, fiel Justus dann doch noch in einen kurzen, unruhigen Schlummer voller wilder Träume, während eine helle, milde Frühlingssonne Ehrhardts Soldaten bei ihrem Einmarsch in Berlin begrüßte. Mit wehenden Fahnen ging es durch das Brandenburger Tor; die Reichsregierung, die Reichskanzlei, die Brücken und die wichtigsten Gebäude wurden besetzt, ohne dass ein einziger Schuss fiel. Bald wehte die kaiserliche Flagge auf allen öffentlichen Gebäuden. Die Weimarer Republik schien über Nacht verschwunden zu sein. Es gab keinen Widerstand, aber auch keinen Beifall. Die Bevölkerung, Männer wie Frauen, wirkte vielmehr verwirrt und wie gelähmt vor Angst. Was wollten diese mit Gewehren, schweren Pistolen und Handgranaten bewaffneten Soldaten, die mit harten Gesichtern durch die Straßen Berlins patrouillierten? Was bedeuteten die aufgemalten Hakenkreuze auf ihren Stahlhelmen?

War jetzt wieder Krieg?

Es gab keine Zeitungen, die das Geschehen hätten protokollieren und erklären können, die Presse war von den Putschisten schon im Vorfeld mundtot gemacht worden. General von Lüttwitz rief lediglich öffentlich den Sturz der Regierung aus, während Kapp die Nationalversammlung für aufgelöst erklärte und jedem streikenden Arbeiter mit der Todesstrafe drohte. Und so waren die folgenden Stunden und Tage so chaotisch, wie Justus es vorausgesehen hatte. Die Straßen füllten sich mit ehemaligen Soldaten, die sich Ehrhardt spontan angeschlossen hatten, während sich die Zivilbevölkerung so weit wie möglich in ihren Wohnungen verbarrikadierte. Viele Geschäfte blieben geschlossen, weil ihre Besitzer Angst vor Plünderungen hatten. Und da sich selbst das regierungstreue Militär weigerte, gegen die Putschisten aus den eigenen Reihen vorzugehen – Reichswehr gegen Reichswehr, das kam für die Generäle nicht infrage –, flüchtete die SPD-Regierung unter Friedrich Ebert geschlossen aus Berlin nach Dresden und anschließend nach Stuttgart.

Einen Tag später, am 14. März, radelte Georg durch die menschenleeren Straßen zu seinem Stammlokal, das trotz der bedrohlichen Lage geöffnet war. Wie üblich war er zu spät dran, also schloss er eilig sein Rad ab und eilte in den verrauchten Raum, wo sich seine Kameraden bereits berieten. Oder vielmehr Peter Wirth zuhörten, der wieder einmal das große Wort führte.

»Wir haben keinen Grund, diese Regierung zu verteidigen«, sagte Peter Wirth in die schweigende Runde hinein, während Georg sich unauffällig an den Rand setzte.

»Was heißt das?«, fragte einer. »Wir lassen sie einfach gewähren?«

»Das Kapital braucht kein Militär, um seine Herrschaft aufrechtzuerhalten«, versetzte Peter.

»Ach nein?«, fragte Georg. »Das sieht im Moment aber etwas anders aus.«

Peter betrachtete ihn missmutig, und Georg erkannte plötzlich, dass er genauso unsicher war wie alle anderen. Wieder einmal verliefen die Frontlinien nicht gerade und nachvollziehbar, sondern mäanderten unübersichtlich vor sich hin, was bedeutete, dass die Feinde von gestern die Verbündeten von heute und morgen aber wieder jene Gegner sein konnten, die es erbittert zu bekämpfen galt.

»Ihr erinnert euch an den 13. Januar?«, fragte Peter.

Alle nickten eilig, auch Georg, doch Peter sprach trotzdem weiter, als müsste er nicht nur die Runde, sondern auch sich selbst überzeugen. »Die SPD befehligte Polizeitruppen, die auf eine Massendemonstration vor dem Reichstag schossen.

Zweiundvierzig Tote. Diese demokratische Regierung hat im Ruhrgebiet die Todesstrafe für revolutionäre Arbeiter angedroht. Die Todesstrafe! Was also sind wir denen schuldig?«

»Das hat Kapp doch auch getan!«, rief Georg.

»Nun …«

»Wir wissen so wenig über deren Ziele! Nur weil sie gegen die Regierung sind, stehen sie doch nicht auf unserer Seite.«

»Wer redet denn davon?«

»Du, Peter.«

»Habe ich gesagt, dass sie auf unserer Seite stehen?«

Georg schwieg. Obwohl die Gaststube überhitzt war, fror er an den Füßen und schwitzte gleichzeitig unter seinem dicken Wollpullover. Eine gewisse Müdigkeit überkam ihn, und das nicht zum ersten Mal. Revolutionäre Parolen von der angestrebten Macht des Proletariats über die Verbrecher des Großkapitals hatten ihn anfangs begeistert, begannen nun aber in seinen Ohren immer leerer und hohler zu klingen. Die streikenden Arbeiter schienen ihm oft gar nicht recht zu wissen, wofür sie auf die Straße gingen, und ihre Bedingungen hatten sich bislang trotz aller Arbeitskämpfe nicht wirklich verbessert.

»Ich halte Rücksprache«, sagte Peter in seine Gedanken hinein.

»Mit wem?«, fragte Georg, obwohl er wusste, dass er darauf keine Antwort bekommen würde, etwas, das ihm im Übrigen ebenfalls auf die Nerven fiel: die Geheimnistuerei, als ob Peter seine Anweisungen direkt aus Moskau bekommen würde, was bei ihrem spartakistischen Splittergrüppchen mit der überschaubaren Anzahl an Mitgliedern völlig ausgeschlossen war. Abgesehen davon, würde sich Peter Befehlen, von welcher Seite auch immer, ohnehin nicht beugen.

»Wir sollten uns der KPD anschließen«, sagte Georg. »Wenigstens auf Zeit, wenigstens jetzt, in dieser Krise«, fügte er in einem leicht maulenden Tonfall hinzu, obwohl er wusste, dass Peter zu herrschsüchtig war, um sich der Disziplin einer Partei zu unterwerfen. Peter selbst drückte das natürlich vollkommen anders aus; er bezeichnete sich als lupenreinen Anarchisten, der den Thesen Pjotr Kropotkins folgte, wonach der Staat, egal welcher politischen Couleur, zu überwinden war. Weshalb der Bolschewismus per se abzulehnen war, weil hier der Staat keineswegs abgeschafft war, sondern, wie Peter nicht müde wurde zu betonen, im Gegenteil die Hauptrolle an sich gerissen hatte und sich damit in Peters Augen von der zaristischen Diktatur nur durch den neuen Namen unterschied.

»Der Staat muss komplett ersetzt werden durch freiwillige Vereinigungen, durch Arbeiterräte und Kommunen«, sagte Peter und verdrehte die Augen wie bei einem begriffsstutzigen Kind. »Dafür steht die KPD nicht, im Gegenteil. Sie *will* den starken Staat.«

»Ich *weiß*«, sagte Georg und spürte, dass der Rest der zehnköpfigen Runde langsam die Geduld mit ihm verlor. Aber er konnte einfach nicht anders. »Dann schließen wir uns eben der FKAD an. Die vertreten genau diese Ziele, sie folgen Kropotkins Ideen genau wie du! Doch im Unterschied zu uns sind sie groß, haben berühmte Unterstützer und dadurch eine ganz andere Reichweite.«

»Georg …«

»Sie haben Erich Mühsam. Wen haben wir?«

»Das ist lächerlich. Erich Mühsam ist im Gefängnis …«

»Doch er agitiert von dort!«

»… und wer von den arbeitenden Massen kennt Erich Mühsam?«

»Aber wenigstens ist er nicht völlig unbekannt. Ich sehe nicht ein …«

Doch bevor Georg zum wiederholten Mal erklären konnte, was er nicht einsah, knallte draußen ein Schuss, und dann noch einer. Was wiederum verhinderte, dass Peter Georg erneut den Parteiausschluss androhte, falls er sich mit seiner Idee der absoluten Unabhängigkeit kleinster schlagkräftiger Einheiten nicht anfreunden konnte. Doch diese Diskussion musste vertagt werden, denn es ertönte ein dritter Schuss und gleich darauf das charakteristische Pfeifen eines Querschlägers, und sofort sprangen sämtliche anwesenden Männer auf und griffen nach ihren Waffen. Alle liefen nun zur Tür, und die ersten rissen sie mit gezogenen Pistolen auf, liefen auf die Straße und standen unversehens vor einer sich heranwälzenden Menschenmasse, deren brandrote Fahnen eindeutig signalisierten, wer diese machtvolle Demonstration mitorganisiert hatte.

Peters Grüppchen jedenfalls nicht.

Georg stellte sich neben Peter, den Führer und Gründer der VORAN, die sich unabgekürzt »Vorhut Russischer Anarchisten« nannte, ein Name, den sich Peter ausgedacht hatte und auf den er ziemlich stolz war. Doch nun musterte er mit mahlenden Kiefern den sich unaufhaltsam nähernden Aufmarsch. Dann sagte er mit resignierter und gleichzeitig vor Aufregung vibrierender Stimme: »Was ist mit euch, Männer? Seid ihr dabei?« Ein vielstimmiges erleichtertes Ja erscholl, gerade noch rechtzeitig, denn schon wurden sie von der brüllenden, tobenden Menge verschluckt.

Georg hielt sich an seinen besten Freund Mateusz, einen neunundzwanzigjährigen Polen, den es vor etwa zehn Jahren aus nicht ganz nachvollziehbaren Gründen nach Berlin verschlagen hatte (Mateusz' Auskünfte hierüber wechselten je nach Umfang und Art seines Alkoholkonsums). Georg mochte ihn am liebsten von allen Mitgliedern, weil er mutig und lustig war, gerne lästerte und den theoretischen Überbau nicht so schrecklich ernst nahm. Außerdem wusste er manchmal Dinge, bevor alle anderen sie erfuhren.

Sie hielten sich am Rand der Demonstration, weil es im Inneren häufig zu Schlägereien kam. Das Geschrei war zunächst ohrenbetäubend und aus der Nähe kaum verständlich, doch schließlich schien irgendjemand die Menge zu disziplinieren. »Nieder mit den Putschisten!«, skandierten sie jetzt, und: »Bewaffnet die Arbeiter!».

»Warum macht die KPD nun doch mit?«, rief Georg Mateusz zu.

Der kam näher zu ihm und grinste. »Na, weil Arbeiter gezwungen haben«, schrie er ihm ins Ohr.

»Die Partei wollte gar nicht, dass gestreikt wird?«

»Ach was. Die hätte stillgehalten. Die wussten gar nicht, wo Kopf ist. Sagt man so?«

»So ungefähr.«

»Nein, ich möchte richtig sagen!«

»Es heißt: wo ihnen der Kopf steht.«

»So!«

»Woher weißt du das?«

»Was? Ist so laut, kann nicht verstehen.«

»Das alles! Woher weißt du das?«, rief ihm Georg ins Ohr, während das Getöse um sie herum immer weiter zunahm.

»Ich höre um!«, schrie Mateusz zurück. »Ich kenne Leute! Wir sollten verschwinden.«

»Was?«

»Verschwinden! Wir sollten weggehen. Hier nicht sicher.«

»Auf keinen Fall!«

»Die Putschisten warten auf uns, Georg. Sie haben bessere Waffen, bessere Ausrüstung. Das sind Soldaten. Glaub mir, es ist besser, wir gehen.«

»Ich war auch Soldat!«

»Zwei Monate, drei Monate? Das ist doch nichts!«

Georg war erstaunt und leicht gekränkt. Er konnte sehr wohl mit einer Waffe umgehen, und es passte auch nicht zu Mateusz, sich einem Kampf zu entziehen, normalerweise schätzte er es, sich ins Getümmel zu stürzen.

»Komm«, rief Georg. Er selbst spürte durchaus, dass die Demonstration sich ihrem gefährlichen Höhepunkt näherte, kurz bevor alles in Schüsse und Schlägereien zu kippen drohte, aber genau das gefiel ihm ja daran, das Risiko, sich zu verletzen, die Befriedigung, mittendrin zu sein und auf diese Weise sozusagen an der Geschichte mitzuschreiben. Genau wie seine Kameraden liebte er es, nach derartigen Veranstaltungen die Tageszeitungen zu studieren, die sich meist mit Superlativen überschlugen, weil auch die Journalisten gern damit prahlten, im Brennpunkt gewesen zu sein.

Ein paar Minuten später kam die Menge jedoch so plötzlich zum Stehen, als wären diejenigen, die an vorderster Front marschierten, gegen eine Wand gelaufen. Diese Verzögerung setzte sich wie eine Welle nach hinten fort, die Demonstranten prallten aufeinander, was wiederum zu einer extremen Unruhe führte. Ein Ausweichen war nicht mehr möglich, die Menschenwelle brandete bis zu den hohen, grauen und im Zweifelsfall verrammelten Gründerzeithäusern. In den Seitenstraßen standen die Soldaten der Putschisten, erkennbar an den weißen Hakenkreuzen auf den Helmen, dicht an dicht in Zehnerreihen, mit steinernen Gesichtern, angelegten Gewehren und deutlich sichtbaren Handgranaten an den Gürteln.

»Heilige Muttergottes«, sagte Mateusz. »Ich habe gewusst. Die sind stärker als wir.«

Und das schien nicht nur Mateusz so zu sehen. Die Menge verharrte trotz des Gerempels im Inneren des Zuges weitgehend schweigend, ja beinahe regungslos, und diese plötzliche Stille war viel bedrohlicher als der Lärm von vorhin. Georg tastete nach seiner Pistole, die ihm bei einem Feuergefecht mit Soldaten zwar nicht viel nützen würde, aber ihm zumindest ein wenig Sicherheit verlieh. Und möglicherweise wäre auch nicht viel passiert, wenn sich nicht doch noch Panik breitgemacht hätte angesichts der Tatsache, dass sie alle hier wie in einem Kessel gefangen waren, die meisten weder vor- noch zurückkonnten und deshalb das Geschrei wieder anhob, was die Soldaten vielleicht als erneute Aggression missverstanden, vielleicht aber auch aus purer Mordlust begannen, erst in die Luft und dann gezielt in die Menge zu schießen.

Georg, Mateusz und andere Männer schossen zurück, aber natürlich hatten sie nicht die geringste Chance gegen diese bewaffnete Übermacht. »Wir müssen weg!«, rief Georg Mateusz zu, aber sie konnten ja nirgendwo hin; hätten sie sich in das Innere der Demonstration zurückgezogen, wären sie vermutlich totgetrampelt worden, also schossen sie ihre Magazine leer, während sich die unbewaffneten Teilnehmer hinter ihnen vor Angst schreiend und wimmernd zu Boden warfen und die Hände über dem Kopf zusammenlegten, als Schutz und als Geste ultimativer Unterwerfung gleichermaßen. Und schließlich sanken auch Georg und Mateusz auf die Knie und hoben die Hände, doch es war zu spät.

Eine Kugel traf Georg in die Schulter und riss ihn nach hinten, auch sein rechtes Bein fühlte sich mit einem Mal vollkommen kraftlos an; er sank rücklings auf den kalten Asphalt, dann erst kamen der Schmerz und das Blut, das sich anfühlte wie warmes Wasser und von leicht sirupartiger Konsistenz war, schließlich lag alles um ihn herum wie in einer Art Zwielicht, die Geräusche verklangen, stattdessen klopfte der Tod erneut bei ihm an, diesmal um ihm zu erklären, dass er sich nicht mehr abweisen ließe. Wozu Georg verständnisvoll nickte und ein letztes Mal an Helen dachte, dabei aber nicht in Erinnerungen schwelgte, sondern vor seinem inneren Auge eine gemeinsame Zukunft entstehen sah, so plastisch, klar und selbstverständlich, dass er keine Sekunde daran zweifelte, dass all das wirklich geschehen würde beziehungsweise geschehen war, denn nun war ja alles vorbei. Im Angesicht des Todes präsentierte ihm die Höhere Macht den

Rückblick auf ein vollkommenes Leben ohne Hass und Angst, aber voller Freude, bereichert von zwei dunkel gelockten Mädchen namens Lila und Benita – Zwillinge, dachte er staunend –, die zu jungen Frauen heranwuchsen, während Helen und er gemeinsam älter wurden und in einem wunderschönen, irgendwie fremdartigen, aber doch ganz vertrauten Haus lebten. Und Helens Haare wurden in Zeitraffergeschwindigkeit grau, ihre vollen Lippen schmaler, ihre Züge zarter, verletzlicher und müder, aber für Georg blieb sie so schön und liebenswert, wie sie immer gewesen war.

Er schloss die Augen und lächelte. Es war ein wunderbares, erfülltes Leben gewesen, jenes Leben, das er nie geführt hatte, aber hätte führen sollen, und Letzteres war in dieser entscheidenden Sekunde das, worauf es ankam.

Er war bereit für das Ende, glücklich über das, was nicht gewesen war.

# 32

Am 15. März frühstückten Corinne, Helen und Martina in Knickerbockern, karierten Hemden und festen Schuhen, weil sie anschließend eine Wanderung unternehmen wollten. Während das Schloss um sie herum summte und brummte vor Betriebsamkeit, merkten die drei nicht das Geringste davon. Sie waren müde und ein wenig niedergedrückt. Die Gäste waren nach Hause gefahren, die Euphorie hatte sich verflüchtigt, der gestrige Tag war ereignislos verstrichen, und schon morgen sollte es weitergehen an die Ostsee, zum Sommerhaus von Corinnes Verwandten.

Das zumindest war vorgestern noch der Plan gewesen, doch nun schien es zumindest Corinne gar nicht mehr so eilig zu haben mit der Abreise. Darüber diskutierten die drei, während ihnen von den dienstbaren Geistern ständig frischer Kaffee und Tee nachgeschenkt wurde, und schließlich einigten sie sich darauf, noch zwei weitere Tage zu bleiben. Es schlug zehn Uhr, als sie sich endlich auf den Weg machten.

Drei Stunden später rasteten sie in jener Waldlichtung, wo sich Helen und Georg vor unvorstellbaren zwei Jahren zum ersten Mal geküsst hatten, aber Helen hatte keine Lust, darüber zu sprechen. Georg war fort, er hatte sie verlassen, er war für sie kein Thema mehr, basta. Manchmal – immer seltener – träumte sie noch von ihm, herrlich süße Träume von seinen Lippen und seinen Händen, die sie dennoch fürchten gelernt hatte, denn das Aufwachen war jedes Mal ein Desaster, ein schier endloser Sturz aus dem rosa Zuckerwattehimmel direkt in eine dunkelgraue Hölle, die in erster Linie aus dem Gefühl totaler Leere und tiefster Einsamkeit bestand. Helen schlug auf dem Boden eines tiefen, kalten Brunnens auf, sah tödlich verletzt nach oben ins unerreichbare Licht und wusste, dass sie nie wieder dort sein würde und dass das allein ihre Schuld war.

Glücklicherweise dauerte diese Phase schmerzhafter Reue nur kurz. Sie suhlte sich ein paar Minuten lang in dieser elenden Stimmung, dann begann der neue Tag mit all seinen Verpflichtungen, Verheißungen und Zerstreuungen, und schließlich vergaß sie den Traum und alles, was damit zusammenhing.

Man musste nach vorn sehen, alles andere war albern und sentimental und hatte, schlimmer noch, überhaupt keinen Zweck.

Sie legten die dicke Pferdedecke auf den Waldboden und packten ihren Proviant aus.

»Was ist mit dir?«, fragte Corinne Helen.

»Was soll denn sein?«, fragte Helen unfreundlicher zurück, als sie es beabsichtigt hatte. Dieser Platz, erkannte sie jetzt, war schlecht gewählt. Was hatte sie sich nur dabei gedacht, ausgerechnet hierher zurückzukommen?

»Du sahst gerade – ich weiß nicht recht – tieftraurig aus.«

»Das bin ich nicht!«

»Wirklich? Aber …«

»Nein! Gefällt es euch hier?«

»Es ist wunderschön«, sagte Martina auf ihre herzliche Art. »Ich liebe den Wald. Ich liebe das Licht, das durch die Bäume fällt, und die Schattenflecken auf dem Boden.«

»Ich liebe die Wildpastete von Martha«, sagte Corinne trocken.

»Was nicht heißt, dass sie für dich allein gemacht wurde«, sagte Helen.

»O mein Gott, Futterneid! Wie unanständig!«

»O mein Gott, Gier! Wie unanständig!«

»Hört auf«, sagte Martina, aber eher abwesend. Sie saß ein wenig abseits an einen Baumstamm gelehnt und holte ihren

Skizzenblock und ihre Bleistifte aus dem Rucksack. »Wir bleiben doch länger?«, fragte sie.

»Natürlich«, sagte Helen. »Hast du keinen Hunger?«

»Nein, danke.«

»Ein Glas Sauvignon?«

»Nein.«

»Lass sie doch«, sagte Corinne und schenkte sich und Helen ein. »Wir sollten anstoßen.«

»Schon wieder? Das haben wir doch die ganze letzte Woche ohne Unterlass getan.«

Corinne lächelte, aber nicht ironisch, sondern ebenfalls ein wenig unkonzentriert, allerdings bestimmt aus anderen Gründen als Martina. Ihr Blick wanderte in ein ominöses Nirgendwo, und Helen sah sie erstaunt an und begriff plötzlich etwas – einige lose Puzzleteile fügten sich ineinander und ergaben ein schlüssiges, wenn auch befremdliches Bild –, und sie sagte: »Du bist verliebt«, erst ohne es wirklich zu glauben, um dann – als der Satz ausgesprochen und nicht mehr zurückzunehmen war – zu erkennen, dass es stimmte und dass niemand etwas an dieser Tatsache ändern konnte.

»Bitte?« Corinne lachte schallend über diese absurde Idee, aber es klang künstlich und war also eine Bestätigung.

»Natürlich bist du das«, sagte Helen, immer noch leichthin, aber doch schon in etwas schärferem Tonfall.

»Natürlich nicht, das werde ich doch am besten wissen!«

»Merkst du das erst jetzt?«, fragte Martina von ihrem Baumstamm her.

»Wieso? Bin ich etwa die Letzte?«

»Was redet ihr denn da?«, rief Corinne jetzt so offensichtlich verlegen und verärgert, dass die beiden anderen laut loslachten, obwohl Helen eigentlich gar nicht amüsiert war, im Gegenteil. »Jürgen?«, fragte sie, und in der einen Millisekunde bevor sie an Corinnes Miene ablesen konnte, dass es wirklich ihr Bruder war, kamen ihr fast die Tränen.

»Es ist Jürgen«, sagte sie, immer noch ohne es wahrhaben zu wollen, räusperte sich und nickte übertrieben bekräftigend, um dieses miserable, zutiefst elende Gefühl abzuschütteln, das sie im Genick gepackt hatte und einfach nicht mehr loslassen wollte.

»Nun …«

»Gib es doch einfach zu!«

»Helen …«

»Was? Gib es zu, verdammt. Du bist in meinen Bruder verliebt. Ich meine, warum ausgerechnet Jürgen? Er ist …«

»Helen! Du fluchst?«

»Was?«

»Ich bin nicht verliebt in deinen Bruder. Ich finde ihn interessant.«

»Interessant!«

»Was ist dagegen einzuwenden, Helen? Was hast du?«

»Nichts! Einfach: nichts!«

»Bist du … eifersüchtig?«

In diesem Moment stand Martina auf und legte ihren Block beiseite. Sie ging auf Helen zu, kniete sich auf die Picknickdecke zwischen Pastete und offene Weinflasche, die Corinne im letzten Moment vor dem Umfallen bewahrte, und umarmte Helen ganz fest. Helen fing prompt an zu weinen wie ein Kind und hasste sich in dieser Sekunde inbrünstig für diesen verachtungswürdigen Schwächeanfall, aber das half überhaupt nichts, im Gegenteil, die Tränen flossen so unaufhaltsam, als hätte jemand in ihr einen Wasserhahn aufgedreht.

»Oje«, sagte Corinne, verkorkte die Weinflasche und stellte sie außer Reichweite. Dann umarmte sie Helen von der anderen Seite, und so saßen sie zu dritt eine Zeit lang da, ohne zu sprechen, während Helens Schluchzen leiser und leiser wurde, schließlich abebbte und ganz verstummte.

»Es tut mir leid«, sagte Corinne schließlich, ohne zu wissen, was ihr eigentlich leidtat, aber sie wiederholte es zur Sicherheit trotzdem noch einmal voller Überzeugung.

»Es tut mir so leid!«

Helen machte sich sanft los, nahm sich eine der Damastservietten und schnäuzte sich geräuschvoller als nötig.

»Du musst dich nicht entschuldigen, du hast doch nichts getan«, sagte sie. »Ich bin diejenige, die sich entschuldigen müsste. Ich sollte mich freuen, aber ich tue es nicht. *Das* ist unverzeihlich.«

»Hat es mit Georg zu tun?«

»Nein! Ich weiß nicht. Es ist …«

»Ich dachte, du bist über ihn hinweg, Liebste.«

»Das bin ich!«

Eine Pause entstand. Dann sagte Corinne: »Es ist nichts zwischen Jürgen und mir.«

»Wollen wir aufbrechen?«, unterbrach sie Martina. »Die Sonne ist weg, und es wird kalt.«

»Vorher muss ich euch das erklären«, sagte Helen.

»Du musst uns nichts erklären«, sagte Martina.

»Das ist wahr«, sagte Corinne. »Ich will auch gar nichts hören. Aber eins sollst du wissen …«

»Wenn etwas zwischen dir und Jürgen entstehen sollte …«

»Unterbrich mich nicht dauernd!«

»… was jetzt noch nicht ist, wäre ich die Letzte, die sich nicht darüber freuen würde. Es wäre wundervoll!«

»O Helen! Herrgott. Lass das jetzt.«

»Glaubst du mir?«

»Nun …«

»Bitte!«

»Ich glaube dir kein Wort, meine Süße, aber das ist im Moment auch nicht so wichtig. Unsere Freundschaft ist wichtig, sie ist für mich das Einzige, was zählt. Kein Mann soll je dazwischenkommen. Können wir uns darauf einigen?«

»Nicht nur das, darauf trinken wir sogar«, sagte ausgerechnet Martina, schenkte geschwind drei Gläser voll, und dann stießen sie feierlich auf die Unverbrüchlichkeit ihrer Freundschaft an, während die wieder erstarkende Sonne den Wald in magisches Licht tauchte und über ihnen eine ganze Schar Goldfinken hektisch zu zwitschern begannen, als ob sie diesem erfreulichen Plan Beifall zollen wollten.

Beim Souper saß Jürgen an diesem Abend neben Corinne, obwohl Donatas Tischordnung etwas anderes vorgesehen hatte, und Donata duldete es, weil sie so viel anderes im Kopf hatte. Heinrich ließ sich entschuldigen, ihm war wieder einmal nicht wohl, und diesmal hatte sie zumindest erreicht, dass er einen Arztbesuch am nächsten Tag erdulden würde, auch wenn er ihn für absolut nicht erforderlich hielt.

Nach dem Essen bat Jürgen Corinne, mit ihm einen Spaziergang zu machen, und beobachtete zu seiner Verwunderung, wie Corinne, bevor sie antwortete, zu Helen sah und ihr Blick mit merkwürdiger Offensichtlichkeit um Erlaubnis zu fragen schien. Jürgen entging nicht der Schatten, der über Helens Gesicht glitt, und ebenfalls nicht, dass sie ihn mit einem Lächeln zu vertreiben suchte.

Dann nickte sie ganz leicht, und Corinne wandte sich wieder Jürgen zu, diesmal mit dem mokanten Gesichtsausdruck, den er unglaublich attraktiv fand, und sagte: »Warum nicht? Frische Luft ist doch gesund.«

»Wie schön, dass wir uns in diesem Punkt einig sind, und wie erfreulich, dass offenbar auch meine Schwester nichts dagegen einzuwenden hat«, sagte Jürgen im selben ironischen Tonfall, der ihm neuerdings so leichtfiel und mit dem er sich so erstaunlich wohlfühlte. Er hatte sich immer vorgestellt, eine Frau zu heiraten, die sich wie er für Ackerbau und Viehzucht begeistern würde – keine große, romantische Liebe, sondern eher eine robuste Kameradin, die ihm tatkräftig zur Seite stand, anders als Corinne, die wirklich nichts von einer künftigen Landwirtin an sich hatte und auch gar nicht erst so tat, als könnte sie sich für die Materie erwärmen. Dennoch war sie die erste Frau, die Jürgen anziehend genug fand, dass er sich unbedingt näher mit ihr beschäftigen wollte. Da er ein Mann war, machte er sich wenig Gedanken darüber, warum das so war und ob er nicht vielleicht seine Zeit mit einer falschen Kandidatin verschwendete, statt mit Elan nach der richtigen zu suchen. Er nahm einfach hin, dass er empfand, wie er empfand, und handelte, wie es ihm sein Herz vorgab.

Als die Tafel aufgehoben wurde und Donata voller Sorge wieder zu seinem Vater eilte, nahm er also Corinnes Arm, und sie gingen mit der größten Selbstverständlichkeit und vor aller Augen gemeinsam in den Park. Und während sie sich unter derselben Blutbuche küssten, die Georg und Helen vor zwei Jahren zum Verhängnis geworden war, beugte sich Felix im Hexenkessel Berlins über seinen schwer verletzten Neffen.

»Wie geht es ihm?«, fragte Georgs Freund Mateusz, der neben seinem Bett kniete, die Hände gefaltet und den Kopf gesenkt.

»Bete für ihn«, sagte Felix.

# 33

Am Montag, den 15. März, setzte die größte Streikwelle ein, die Deutschland jemals erlebt hatte. In den meisten Betrieben ruhte die Arbeit, der Verkehr kam fast vollständig zum Erliegen. Was unter anderem zur Folge hatte, dass es in großen Teilen Berlins weder Wasser noch Strom, noch Gas gab.

Es herrschte also in der Nacht zum Dienstag zumindest in den ärmeren Vierteln allertiefste Dunkelheit, und Felix musste daran denken, was er seinerzeit zu Donata gesagt hatte über die schwarzen Nächte und die lähmende Stille auf dem Land, was in völligem Gegensatz stand zu einer Metropole wie Berlin. Wie wenig es brauchte, um Berlin ins vorindustrielle Zeitalter zurückzukatapultieren, wo es nachts so finster und ruhig war wie im tiefsten Hinterpommern.

Felix hasste es. Er hatte sich an die Kommunikationsmittel der Neuzeit gewöhnt, die Tatsache, jederzeit mit jedem sprechen zu können. Er liebte die strahlende künstliche Helligkeit der Nacht, die Cafés und sündigen Klubs, die Möglichkeit, mit Menschen aus allen Ländern und Schichten ins Gespräch zu kommen, mit ihnen zu tanzen, zu lachen, zu diskutierten, zu streiten, zu schlafen.

Nichts davon war jetzt möglich, und vermutlich hatte niemand die geringste Ahnung, wie lange dieser Zustand andauern würde, nicht einmal die Streikenden selbst.

Mateusz und er hatten Georgs Bett dicht vor den Kaminofen gestellt, den sie sparsam heizten, weil Georg kaum noch Brennholz hatte und der Kohlenkeller nach dem zwar verhältnismäßig milden, aber langen Winter fast leer war. Zuvor hatte Felix Georg die beiden Kugeln aus dem Oberschenkel und aus der Schulter operiert und dabei festgestellt, dass sie mit feinsten Kleiderfasern verunreinigt gewesen waren.

Das bedeutete die Gefahr einer Sepsis.

»Eine Kugel«, hatte er Mateusz erklärt, der ihm assistierte, so gut er es als Laie konnte, »muss in vielen Fällen nicht operiert werden. Sie ist so heiß, dass sie häufig steril ist. Häufig, aber nicht immer.«

»Nicht immer?«

»Leider nicht. Dringt sie, wie diesem Fall, durch dicke Kleidung, wird sie höchstwahrscheinlich durch die Fasern verunreinigt sein. Und das ist hier so.«

»Verstehe«, sagte Mateusz und nickte bekräftigend. Dann fragte er: »Und wie machen wir sauber?« Das war am Sonntagabend gewesen, in den letzten Stunden, in denen noch alles halbwegs funktioniert hatte.

»Was, die Wunde? Wir reinigen sie, so gut es geht, mit Desinfektionsmittel und hoffen das Beste.«

Dass das Beste nicht gut genug war, merkten sie in der Nacht auf den Dienstag. Georg bekam leichtes Fieber, und während seine Schulter gut zu heilen schien, schwoll sein Bein an. Im Schein der Petroleumlampe wachten Mateusz und Felix an seinem Bett, doch mehr passierte nicht, und am nächsten Morgen war das Fieber beinahe auf Normaltemperatur gesunken, und Georg war, wenn auch erschöpft, bei Bewusstsein. Felix wusste, das bedeutete nicht, dass die Krise vorbei war, aber Mateusz freute sich, und er wollte weder ihn noch Georg unnötig beunruhigen.

Der Tag verging ohne besondere Vorkommnisse, allerdings stieg abends Georgs Fieber wieder an. Es wurde dunkel und blieb auch so. Langsam gingen ihre Vorräte zur Neige, und Mateusz bot an, sich auf die Suche nach Lebensmitteln zu machen, doch Felix winkte ab. »Kein Laden wird geöffnet sein. Ich werde sehen, was ich noch zu Hause habe, und bringe es her. Am liebsten wäre es mir, wir könnten Georg in meine Wohnung bringen, aber jede Erschütterung könnte seinen Zustand wieder verschlechtern, ganz abgesehen von …«

»Zustand auf Straßen, unbekannte Risiko«, vollendete Mateusz Felix' Satz und grinste dabei. Felix grinste zurück. Es gefiel ihm, dass Mateusz sich so treu um seinen Freund sorgte, aber dabei ohne Angst und Nervosität war und auch seinen Humor nicht verlor.

»Kann ich euch zwei Helden allein lassen?«, fragte er, und Mateusz nickte.

»Georg?«

Georg rührte sich nicht, seine Augen waren geschlossen, seine Haut sah leicht gerötet aus. Dazu blasse, aufgesprungene Lippen und geschwollene Lider. Felix legte die Hand auf Georgs Stirn. Sie war heißer als vorhin, und unter Felix' Handfläche bildete sich eine dünne, kalte Schweißschicht. Die Krise war nicht überstanden, vielleicht fing sie gerade erst an. Felix unterdrückte einen Fluch.

»Was ist?«, fragte Mateusz.

»Wir werden sehen«, antwortete Felix ausweichend.

Draußen begann es ganz leicht zu regnen, die Tröpfchen setzten sich wie Dampf an den Fensterscheiben ab. Felix stand auf, warf seine Pelerine über und nahm den Autoschlüssel an sich. Er überlegte, ob er Mateusz irgendwelche Anweisungen bezüglich des Patienten geben sollte, aber ihm fielen keine ein. Niemand konnte Georg helfen, außer er sich selbst.

»Bis gleich«, sagte er daher nur und ging.

Die Straßen waren leer wie in einer Geisterstadt. Kein Licht, nirgends, und nirgendwo ein Mensch. Felix fuhr langsam und so vorsichtig, als würde er rohe Eier transportieren. Auf dem Beifahrersitz lag Mateusz' Pistole, die er sich ausgeliehen hatte, obwohl er mit Waffen nur schlecht umgehen konnte. Die Scheinwerfer des Nautilus tasteten sich durch die Finsternis, und einen Moment lang war sich Felix nicht mehr sicher, ob er den Heimweg finden würde.

Er lachte nervös auf und fing sich wieder.

Nachdem er sich tatsächlich mehrmals verfahren hatte, erreichte er erst zwei Stunden später sein Domizil, stieg aus und tastete sich durch das dunkle Treppenhaus. Vor dem Eingang zu seiner Wohnung stand immerhin eine brennende Petroleumlampe, für die er dankbar war. Er nahm die Lampe mit hinein, ging in die Küche, füllte verschiedene Lebensmittel in Papiertüten, die ihm seine rührige Köchin bereits vor Tagen besorgt hatte, und schnappte sich dann das Hausmädchen Heidi, das verängstigt neben einer weiteren Petroleumlampe in seinem fensterlosen Zimmerchen hockte.

»Sie kommen mit«, sagte er.

»Danke, gnädiger Herr«, flüsterte Heidi.

»Wo ist Walburga?« Walburga war die Köchin, und Felix hätte sie sehr gut bei Georg gebrauchen können, denn es gab buchstäblich nichts Essbares, aus dem sie nicht ein köstliches Mahl zaubern konnte.

»Nach Hause gegangen.«

»Und dich hat sie hiergelassen, allein in der Dunkelheit? Das ist nicht in Ordnung!«

»Es ist nicht schlimm, gnädiger Herr, ich …«

»Dann zieh dir etwas über, liebes Kind. Ich bin froh über jede helfende Hand.«

»Es ist so unheimlich draußen, gnädiger Herr.«

»Da hast du recht, aber hier bist du ebenfalls nicht sicher. Du wirst auf keinen Fall allein hierbleiben, das ist viel zu gefährlich.«

Das Mädchen knickste, holte seinen Mantel und packte bei der Gelegenheit frische Wäsche und Hygieneartikel für den gnädigen Herrn zusammen, der ungeduldig an der Tür wartete und dabei eine seiner würzigen orientalischen Zigaretten rauchte. Ein paar Schüsse waren von weit her zu hören, ein trockenes Tack-tack-tack, schließlich dumpfe Geräusche, die nach Explosionen klangen. Felix drückte die Zigarette an seiner Schuhsohle aus, öffnete die Tür und schnippte den braunen Stummel achtlos in den Hausflur.

»Wir müssen los«, sagte er.

»Ich komme.«

»Jetzt sofort, liebes Kind.«

Doch als sie bereits im Wagen saßen, überlegte er es sich wieder anders, genauso wie Heidi es von ihm gewohnt war. Sie hatte noch nie einen so liebenswürdigen Hausherrn gehabt, aber dauernd verfolgte er neue Ideen, die dann auch sofort umgesetzt werden mussten.

»Warte hier«, sagte er. »Ich muss noch etwas holen.«

Heidi wartete folgsam, doch nervös ihre Hände knetend, bis der gnädige Herr mit einer Art Karton und mehreren Decken herauskam. All das verstaute er sorgfältig im Kofferraum und lehnte dabei Heidis Hilfe ab. Fünf Minuten später startete er endlich den Wagen.

Auf der Hinfahrt hatte Felix das Regierungsviertel weiträumig umfahren, doch dafür war er nun zu ungeduldig, und außerdem machte er sich Sorgen um Georgs Zustand. Also bog er wider besseres Wissen in die Allee Unter den Linden ein und fuhr direkt auf das Brandenburger Tor und die Quadriga zu, die seltsamerweise hell erleuchtet war, was ihn hätte misstrauisch machen müssen. Aber sie war so herrlich anzusehen: die Siegesgöttin Victoria auf dem vierspännigen Streitwagen, die den Frieden in die Stadt und das Land bringen sollte, eine Mission, die bekanntlich nicht sonderlich erfolgreich verlaufen war, was aber ihrer Schönheit keinen Abbruch tat.

»Sieh nur«, sagte er zu Heidi.

»Da ist etwas«, sagte Heidi.

»Wo?« Felix fuhr langsamer, die angestrahlte Victoria blendete ihn, und plötzlich sah er gar nichts mehr, denn unmittelbar vor dem Nautilus flammten Scheinwerfer auf.

Er bremste und hielt an. Zwei bewaffnete Soldaten traten links und rechts an den Wagen, zwei weitere hielten sich im

Hintergrund, ihre Gewehre auf ihn und Heidi gerichtet. Er kurbelte das Seitenfenster herunter und hob die Arme.

»Aussteigen und Hände oben lassen«, sagte der Soldat, der ihm am nächsten stand. Felix konnte sein Gesicht nicht sehen, nur das leuchtend weiße Hakenkreuz auf seinem Helm. Er öffnete die Tür und wies Heidi an, das Gleiche zu tun. Er versuchte, ruhig zu bleiben.

»Aussteigen! Beide!«, wiederholte der Soldat. Seine Stimme klang jung und hart. Der Soldat hinter ihm mit der gezogenen Waffe kam näher.

»Schon gut«, sagte Felix und stieg langsam aus in der Hoffnung, dass Heidi es ihm gleichtat.

»Gehen Sie rückwärts! Beide! Halt!«

Felix drehte sich nach Heidi um.

»Stehen bleiben! Gesicht in meine Richtung!«

»Hören Sie mal«, sagte Felix, »was …« Er konnte den Satz nicht beenden, weil ihn etwas am Kinn traf, und zwar so hart, dass er gegen den Fond des Nautilus prallte und langsam zu Boden ging, bis er den Hinterreifen in seinem Rücken spürte. Es roch nach verbranntem Gummi, Teer, Straßenstaub und ein wenig auch nach Blut, registrierte Felix, als er Heidi schreien hörte und sich aufrichten wollte. Doch diesmal zog der Soldat seine Pistole und knallte ihm den Griff zweimal direkt auf die Kniescheibe. Der Schmerz explodierte in seinen Körper hinein bis in die letzte Faser seiner Zellen, sein Kopf sank zurück, und er versuchte mit aller Kraft, nicht ohnmächtig zu werden.

»Verdammt«, sagte er. »Was zum Teufel wollen Sie von uns?«

Der Soldat ließ sich auf die Hacken nieder, packte Felix' schmerzendes Kinn und starrte ihn an, als würde er etwas suchen. Jetzt konnte Felix sein Gesicht sehen, es war knochig und vollkommen bartlos. Die Lippen waren so schmal, dass man sie kaum ausmachen konnte.

»Jude?«, fragte er.

»Wie bitte?«

»Ob du Jude bist, will ich wissen, du Kriegsgewinnler-Schwein mit deiner teuren Karre.«

»Nein.«

»Was – nein? Jude oder Kriegsgewinnler? Oder beides?«

»Nichts davon. Was soll das?«

»Mach den Kofferraum auf!« Der zweite Soldat trat jetzt neben den ersten und stieß mit dem Gewehrlauf an Felix' verletztes Knie. »Hoch mit dir! Ich will wissen, was da drin ist.«

Felix erhob sich stöhnend, stützte sich mit den Händen hinten am kalten Chassis seines Wagens ab, ohne dass ihm einer der Soldaten zu Hilfe kam. Mittlerweile hatten sie beide ihre Gewehre auf ihn gerichtet. Nie in seinem Leben, das bislang so erfreulich unkompliziert verlaufen war, hatte er sich dermaßen wehrlos gefühlt. Die Schmerzen im Knie und am Kinn, der Zorn über diese Schikane mischten sich mit der Angst um Heidi, von der er gar nichts mehr hörte. Er wusste, dass er jetzt nichts Falsches sagen durfte, um sie nicht zu gefährden, also biss er die Zähne zusammen, obwohl ihm die Wut die Kehle zuschnürte. Es begann wieder zu regnen, diesmal wesentlich stärker. Er spürte die Tropfen auf seinem Gesicht; sie liefen hinten in seinen Hemdkragen hinein und ließen ihn frösteln. Sein Knie, stellte er fest, war kaum belastbar, aber immerhin fühlte es sich nicht gebrochen an. Vielleicht war es nur eine Prellung, dachte er und versuchte sich an der Hoffnung aufzurichten. Schließlich lehnte er keuchend, aber aufrecht am Wagen. Sein Mantel war mittlerweile schwer vor Nässe und schien ihn wieder nach unten ziehen zu wollen.

»Der Kofferraum«, sagte der zweite Soldat ungeduldig.

»Wenn Sie wollen, dass es schneller geht, müssen Sie mir den Schlüssel geben«, sagte Felix so nüchtern und unaggressiv, wie es ihm möglich war. Die Soldaten zögerten, aber schließlich ließ der eine sein Gewehr sinken, beugte sich über das lederbezogene Lenkrad, zog den Schlüssel ab und warf ihn Felix zu, der ihn geistesgegenwärtig auffing. Er stützte sich an dem Wagen ab und öffnete den Kofferraum.

»Bitte sehr«, sagte er. Wo war Heidi? Die Scheinwerfer leuchteten ihm direkt ins Gesicht, alles um ihn herum war nur schemenhaft wahrnehmbar. Er konnte sie nirgendwo sehen und auch nicht die beiden anderen Soldaten, die Heidi offenbar abgeführt hatten. Sie waren jetzt nur noch zu dritt am Wagen.

»Was ist das da drin?«

»Ein Karton, den ich in Decken eingewickelt habe.«

»Das sehe ich, Idiot! Mach ihn auf!«

Felix nahm die Decken vorsichtig ab und öffnete den Karton mit den Reagenzgläsern, in denen sich seine Schimmelpilzkulturen befanden.

»Das ist ja Gift«, befand der eine Soldat.

»Das ist kein Gift, das sind Schimmelpilzkulturen. Sie wirken gegen Bakterien.«

»Du lügst doch. Wen wolltest du vergiften?«

»Niemanden! Ich wollte jemanden heilen!«

»Wen wolltest du vergiften?«

»Niemanden, Herrgott noch mal! Gibt es einen einzigen intelligenten Menschen im Umkreis von zehn Kilometern, dem ich das erklären kann?«

»Du hältst uns für dumm, du Pfeife, du jüdischer Abschaum?«

»Ja«, sagte Felix. »Um ehrlich zu sein, ich halte euch für absolute Trottel.«

Der Schlag, der ihn nun erwischte, überraschte ihn nicht. Er krachte mit dem Hinterkopf auf den nassen Asphalt und wurde bewusstlos.

# 34

Mateusz stammte aus einem armen Dorf südlich von Warschau, in das er niemals zurückzukehren gedachte. Darüber sprach er mit niemandem, lieber dachte er sich die abenteuerlichsten Geschichten aus, denn aus irgendeinem Grund fand er seine Herkunft beschämend. Er war das jüngste von elf Kindern. Sechs waren an unterschiedlichen Krankheiten gestorben, doch fünf hatten es ins Erwachsenenleben geschafft, drei hatten mittlerweile selbst Kinder, keiner von ihnen war jemals aus dem Dorf herausgekommen.

Außer Mateusz.

Er war ein wilder Junge gewesen und hatte, wie seine Mutter nicht müde wurde zu betonen, seinen Eltern immer nur Ärger gemacht. Und irgendwann, als er wieder einmal den reichen Nachbarn beklaut hatte, einen bösartigen Großbauern, von dem die Familie in jeder Hinsicht abhängig war, hatte sein Vater ihn blutig geprügelt und ihn anschließend hinausgeworfen.

Da war er dreizehn. Er war der geborene Optimist und glaubte insofern nicht wirklich daran, dass seine Eltern die Sache mit dem Hausverbot ernst meinten, musste aber bald feststellen, dass dies sehr wohl der Fall war. Seine Mutter zeigte sich immerhin weichherzig und versteckte ihn ein paar Nächte lang in der Scheune, doch als sein Vater dahinterkam, setzte es Schläge, sowohl für die unfolgsame Ehefrau als auch für den komplett missratenen Sohn, und schließlich fand sich Mateusz allein auf einer Landstraße wieder, mit einem Rucksäckchen voller Proviant und ohne die geringste Ahnung, wo er hingehen sollte. Also marschierte er einfach so lange geradeaus, bis eine Kutsche neben ihm hielt. Sie bestand aus dunklem, poliertem Holz mit kostbar aussehenden Intarsien.

Mateusz hatte noch nie ein so schönes Fahrzeug gesehen und starrte es an, als wäre er nicht ganz gescheit.

»Möchtest du mitfahren?« Die freundliche, warme weibliche Stimme veranlasste ihn zu einem heftigen Nicken, dabei hatte er die Frau in der Kutsche noch nicht einmal gesehen. Eine weiße, faltige Hand kam aus dem Fensterchen und winkte ihn näher heran. Schließlich öffnete sich die Tür, und Mateusz kletterte hinein.

Die Hand gehörte einer Frau, die in jüngeren Jahren als Sängerin berühmt geworden war und – wie das Leben so spielte – aus demselben Dorf stammte wie er. Von ihr lernte er, dass er alles werden konnte, wenn er sich nur anstrengte, und als er diese Lektion verinnerlicht hatte, verließ er als Sechzehnjähriger – ausgestattet mit einem kleinen finanziellen Grundstock – ihre prächtige Wohnung in Warschau, weil es ihn weiterzog Richtung Westen, ohne dass er genau wusste, warum.

In Lodz arbeitete er bei einem Schuhmacher und anschließend bei einem Schreiner. Dann traf er einen russischen Arzt und Forscher namens Jewgeni, der sich in ihn verliebte. Mateusz ließ sich aus Neugier auf diese Beziehung ein, merkte aber relativ rasch, dass das nichts für ihn war. Jewgeni nahm ihm das netterweise nicht übel, ließ ihn weiter bei sich wohnen und nahm ihn schließlich mit nach Berlin. Dort machte er ihn mit der großen russischen Gemeinde und seinen zahlreichen Verwandten bekannt. Die meisten hatten sich auf der Flucht vor den Bolschewisten in Berlin niedergelassen und warteten dort auf die Rückkehr der zaristischen Monarchie, obwohl nichts darauf hindeutete, dass diese Zeiten je wiederkehren würden. Mateusz lernte in Windeseile Russisch und war bald auch ohne seinen Freund ein gern gesehener Gast.

Jewgeni stammte aus Tiflis, wo er mit Georgi Eliava, einem der Entdecker der Phagentherapie, zusammengearbeitet hatte. Die Phagentherapie, erklärte er Mateusz, basierte auf der

Erkenntnis, dass es Viren gab, die Bakterien fraßen – es kam also lediglich darauf an, die richtigen Fressfeinde für die jeweiligen Erreger zu finden. Der Schlüssel zum Schloss – so drückte er es Mateusz gegenüber aus. Eines Tages nahm er ihn mit zu Eliava, der sich in Paris mit dem Phagenforscher Félix d'Hérelle getroffen hatte und in Berlin Zwischenstation machte, bevor er nach Russland zurückreisen würde.

An ihn dachte Mateusz nun an Georgs Bett, was einigermaßen müßig war, weil sich Eliava längst wieder in Georgien befand. Mateusz lief unruhig hin und her, um nicht einzuschlafen, während er auf Felix wartete. Die Nacht wollte einfach nicht vergehen, und Georgs Zustand verschlechterte sich immer weiter. Sein Fieber stieg, und er begann zu delirieren.

Als der Morgen graute, ohne dass sich Felix sehen ließ, wusste Mateusz, dass sie nicht mehr viel Zeit hatten. Er wartete noch bis Mittag, dann setzte er sich auf Georgs Bett und erklärte ihm in vielen Worten, weshalb er ihn jetzt für eine Zeit lang allein lassen musste, doch Georg sah ihn mit großen, glasigen Augen an und schien nichts zu begreifen.

»Ich muss finden Felix.«

»Bitte geh nicht weg.«

»Ich komme wieder«, sagte Mateusz und wollte gerade aufstehen, als Georg mit schwacher Stimme etwas murmelte. Mateusz beugte sich über den Kranken und verstand den Namen Helen. Und dann wieder, mit noch größerer Dringlichkeit: Helen!

»Wer ist das?«, fragte er.

»Sie soll kommen!«

»Ja, aber wo kann ich finden?«

»Ich muss sie sehen. Ich muss ihr etwas erzählen.«

»Sag mir, wo sie ist. Ich hole sie!«

»Es ist wichtig.«

»Georg …«

»Ich habe uns gesehen. Wir haben Kinder! Zwei Mädchen!«

»Kinder? Du hast Kinder? Du hast nie gesagt! Wo sind sie?«

Georg lächelte. Sein Gesicht war blass und schweißüberströmt, und dennoch sah er so glücklich aus, dass Mateusz fast die Tränen kamen.

»Hier«, sagte er. »Ganz nah bei mir.«

»Bei dir?«

»Ja. Ganz nah.«

»Ich muss gehen, Georg. Ich komme wieder mit Felix, und alles wird gut sein.«

Währenddessen saßen Helen, Corinne und Martina auf ihren gepackten Schrankkoffern im Salon. Heute hätte es Richtung Ostsee gehen sollen, doch wie sie gerade erfahren hatten, fuhr kein Zug. Die Bahnarbeiter und Lokführer streikten landesweit, niemand kam irgendwohin.

»Was machen wir jetzt?«, fragte Corinne.

»Trinken?«, fragte Helen. Seit dem unseligen Picknick im Wald spukte ihr Georg wieder im Kopf herum, und Alkohol war das einzige wirksame Mittel, um ihn wenigstens vorübergehend aus ihren Gedanken zu vertreiben.

»Gute Idee.«

»Das wäre es, wenn wir noch etwas im Haus hätten.«

»O bitte, Helen! Was ist mit eurem Weinkeller?«

»Vater hat den Schlüssel, und er hält seinen Mittagsschlaf.«

»Kann man ihn wecken?«

Helen zog ihren Mantel aus und warf ihn achtlos über einen Sessel. »Ich glaube nicht«, sagte sie. »Er hat gestern Medikamente gegen – oder für? – seinen Blutdruck bekommen, der ist zu hoch oder zu niedrig, fragt mich nicht, was das zu bedeuten hat. Und die Medikamente machen ihn müde, also …«

»Wir könnten noch einen Spaziergang machen«, warf Martina ein.

»Bitte nicht«, sagte Corinne. »Ich bin heute früh geritten, mein Bedarf an Bewegung ist gedeckt.«

»Du bist geritten? Allein?«

Corinne lächelte, ohne zu antworten.

»Ich frage Martha«, sagte Helen nach einer Pause. »Vielleicht hat sie den Schlüssel.«

Georg öffnete die Augen und sah die Sonne schräg in sein Zimmer scheinen. Ihre Farben waren anders als sonst, aufgeteilt in rote, violette, gelbe und blaue Streifen wie ein Regenbogen ohne Regen, doch von unirdischer Schönheit. Sein Körper fühlte sich schwebend leicht an, als wäre er gar nicht mehr da, und er vermisste ihn auch nicht. Er dachte nicht mehr an Helen noch an sonst jemanden, den er gekannt und geliebt hatte, er war weit weg von alledem. Um ihn herum befanden sich Menschen, die ihm lästig waren; er wusste, dass sie da waren, auch wenn er sie nicht sehen, nur ihre Stimmen hören konnte, die von leise bis schrill unverständliches Zeug auf ihn einredeten oder auch miteinander sprachen, das ließ sich nicht so richtig auseinanderhalten …

*Geht weg!*

*Bitte geht weg!*

Er döste ein, versank in schwarzem Vergessen und wachte wieder auf, aber die Stimmen waren immer noch da. Manche, stellte er fest, sangen auch, und schließlich erkannte er das Lied und glaubte mitzusummen, doch in Wirklichkeit blieb sein Gesicht vollkommen reglos.

*Schlaf, Kindlein, schlaf,*
*Der Vater hüt die Schaf,*
*Die Mutter schüttelt's Bäumelein,*
*Da fällt herab ein Träumelein.*
*Schlaf, Kindlein, schlaf!*
*Schlaf, Kindlein, schlaf,*

*Am Himmel ziehn die Schaf,*
*Die Sternlein sind die Lämmerlein,*
*Der Mond, der ist das Schäferlein,*
*Schlaf, Kindlein, schlaf!*
*Schlaf, Kindlein, schlaf,*
*Christkindlein hat ein Schaf,*
*Ist selbst das liebe Gotteslamm,*
*Das um uns all zu Tode kam,*
*Schlaf, Kindlein, schlaf.*

Jemand saß an seinem Bett. Er roch nach Pfeifenrauch und hatte einen langen, dunklen Bart. Genau wie die Stimmen vorhin redete er in einem fort, in einer seltsamen, wie verwischten Sprache, die Georg an etwas erinnerte, aber er wusste nicht, woran, und kam auch bei angestrengtestem Nachdenken nicht darauf.

»Ich habe Kopfschmerzen«, sagte er und lauschte dieser Äußerung nach, die so verwirrende Echos in seinem Kopf verursachte, dass er daran zweifelte, überhaupt etwas gesagt zu haben. Der Mann allerdings schwieg einen Moment lang und beugte sich aufmerksam über Georg, also schien er zumindest etwas gehört zu haben. Georg sah ihm in die Augen, die ebenfalls dunkel waren und von so vielen Fältchen umrahmt, dass man sie nicht zählen konnte, sosehr man sich auch anstrengte.

»Wir werden versuchen, Junge«, sagte er.

»Was?«, fragte Georg.

»Wir werden versuchen, aber du darfst nicht erzählen. Niemandem.«

»Warum?«

»Ist nicht legal.«

»Warum?«

»Still sein, Junge.«

Und Georg spürte, wie ihm jemand den Arm abband.

»Mateusz«, sagte er, und Mateusz lächelte ihn an, während er den Gürtel fest zuzog.

»Wenn wir nicht machen, du sterben«, sagte er, aber Georg spürte seine Unsicherheit, obwohl Mateusz doch nie, nie unsicher war, und deshalb sagte er laut: »Ich will nicht.«

»Du musst«, sagte der Mann mit dem Bart. »Und du wirst danach vergessen, dass ich hier war. Versprichst du?«

»Warum?«

»Junge, warum, warum, warum? Versprich einfach!«

»Ich habe Kopfschmerzen. Alles tut weh.«

»Versprich!«

»Ja.«

»Sonst musst du sterben, und vielleicht denkst du, dass du in Himmel kommst, aber das wird nicht sein, du bist Teil des Verbrechens, und solche Leute nie kommen in Himmel, kommen direkt in Fegefeuer …«

Mateusz sagte etwas in der Sprache, die Georg nun als die Sprache der Bolschewisten erkannte.

»Bolschewist?«, fragte er, während der Mann ihm etwas spritzte.

Der Mann lächelte, und unter dem Bart kamen sehr weiße Zähne zum Vorschein.

»Das Gegenteil«, sagte er, »aber auch darüber muss schweigen.« Er drückte die Spritze durch, zog sie dann heraus und presste ein Stückchen weiße Watte auf die kleine Wunde. Dann verband er Georgs Verletzungen mit einer in Flüssigkeit getränkten Gaze, die sich angenehm kühl anfühlte. Er sagte etwas in der Sprache, die Georg nun als Russisch identifiziert hatte, und plötzlich, so kam es ihm vor, war er verschwunden, und nur noch Mateusz saß bei ihm und hielt seine Hand. Die Sonne war ebenfalls fort und mit ihr die Farben des Regenbogens, stattdessen brannte eine Petroleumlampe neben seinem Bett.

»Mateusz.«

»Ja?« Mateusz saß nicht mehr an seinem Bett, er kam von irgendwoher, materialisierte sich aus dem Dunkeln wie ein Geist.

»Wer war der Mann?«

»Welcher Mann?«

»Der Russe, der nicht Bolschewist war.«

»Hier war kein Mann, hier war nur ich.«

»Ich habe geträumt, dass er hier war.«

»Schlaf weiter, Georg. Schlafen ist gut.«

»Wo ist Felix?«

»Ich weiß nicht. Ich habe überall gesucht, aber konnte nicht finden. Er wird sicher bald kommen.«

»Muss ich sterben, Mateusz?«

»Du wirst leben! Warum fragst du so?«

»Wenn ich sterbe, muss ich Helen etwas sagen.«

»Wer ist Helen?«

»Ich muss ihr etwas sagen über sie und die Kinder. Hol sie.«

»Ich kann sie nicht holen, wenn du nicht sagst, wo ist. Sag mir, wo ist!«

Georg sah an die Decke, die sich immer tiefer auf ihn heruntersenkte. Irgendwann würde sie direkt über ihm sein, und dann würde sie ihn zerquetschen wie eine Fliege.

»Ich habe Angst«, sagte er. Langsam schlossen sich seine Augen, ohne dass er viel dagegen unternehmen konnte.

»Keine Angst«, hörte er Mateusz' sanfte Stimme, während alles dunkel um ihn wurde. Er fühlte Mateusz' kühle Hand auf seiner heißen Stirn. Er sehnte sich nach Schnee. Als Kind hatten Helen, Jürgen und er sich oft hineinfallen lassen und das Engelchen gemacht. Er erinnerte sich an die Kälte, an das blendende Wintersonnenlicht, das der Schnee millionenfach reflektierte, an Jürgens Lachen, an Helens blasses, kindlich gerundetes Gesicht.

Sie hauchte in die Luft und erfreute sich an dem Dampf.

Georg lächelte. Ihre großen Augen, ihre weiße Haut. Sehnsucht überflutete ihn wie eine warme Welle.

»Wenn ich sterbe …«

»Du wirst nicht sterben.«

»Ich will sterben. Wenn ich jetzt sterbe, war mein Leben schön. Mit ihr und den Kindern. Aber ich muss Helen noch einmal sehen. Einmal noch.«

»Georg …«

»Holst du sie?«

»Ja, Georg. Ich verspreche.«

# 35

Felix fand sich in einem hohen Raum wieder. Er war an Händen und Füßen gefesselt und lag halb verdreht, die Nase auf dunkles Parkett gepresst, das intensiv nach Bohnerwachs und etwas viel Unangenehmerem roch, eine Mischung, die dazu führte, dass ihm zu allem Ungemach auch noch der Schweiß ausbrach. Und ihm war ohnehin schon entsetzlich übel, ganz zu schweigen von seinem Kopf, der schmerzte, als würde er demnächst platzen. Felix stöhnte leise, versuchte sich zu entspannen und stellte dabei fest – der Geruch! –, dass er sich übergeben hatte.

Er wollte sich bewegen, schon allein um die kleine Lache seines Erbrochenen nicht ständig vor Augen zu haben. Nach endlosen Minuten war er zwar nicht viel weitergekommen, aber er hatte sich zumindest einen kleinen Überblick verschafft. Der Raum war ein kleiner Salon der gehobenen Kategorie, äußerst gediegen, wenn nicht sogar luxuriös eingerichtet mit Biedermeier- und Louis-quinze-Mobiliar, gepolstert in gedeckten Farben. An der hinteren Wand stand ein voluminöser Schreibtisch, vermutlich aus Mahagoni. Aus großen Sprossenfenstern mit weißen, kostbar gedrechselten Rahmen fiel kaltes Tageslicht herein, das ihm in den Augen wehtat.

Die Übelkeit ließ immerhin etwas nach. Felix tippte auf eine leichte bis mittelschwere Gehirnerschütterung, was auch seine Ohnmacht erklärte, die wahrscheinlich nicht durchgehend gewesen war. Einige Erinnerungsfetzen bestätigten seine Selbstdiagnose – eine Fahrt über Kopfsteinpflaster, die ihn durchschüttelte, bis der Schmerz kaum noch auszuhalten war, zwei Männer, die ihn fluchend treppauf schleppten, während seine Füße an jede einzelne Stufe schlugen –, aber wie er in diesen Salon gekommen war, wusste er nicht.

Ein paar Minuten oder Stunden später hörte er ein Rumpeln, dann das Geräusch von herannahenden Stimmen, dann sprang die große Flügeltür auf, und er sah Knobelbecher und darüber eine Uniform mit reichlich Lametta, wie man so sagte. Das Gesicht war knapp außerhalb seines Blickfelds, Felix ahnte nur einen umfangreichen Schnurrbart, dessen Enden sich kühn nach oben bogen. Hinter der Uniform entdeckte er zwei weitere Paar Knobelbecher, die flugs heransprangen und dem zackig hervorgestoßenen Befehl Folge leisteten: »Fesseln lösen! Zu mir bringen! Aber flott, ihr Schwachköpfe!«

»Wer sind Sie?«, fragte der General – denn es war einer, das war an den Epauletten deutlich zu erkennen –, nachdem Felix auf einen Stuhl vor einem noch größeren Schreibtisch gesetzt worden war. Er fühlte sich immer noch sehr matt, doch ein wenig Morphium linderte mittlerweile den Schmerz.

»Felix Hardt«, sagte er. »Ich bin Arzt«, fügte er hinzu. Er vermutete, dass es sich um General von Lüttwitz handelte, einen der beiden Drahtzieher des Putsches, doch er enthielt sich jeder Frage.

»Wen wollten Sie vergiften mit diesem ekelhaften Zeug? Ist das eine neue Mordwaffe?«

»Niemanden.«

»Das können Sie mir doch nicht erzählen!«

»Das ist keine Mordwaffe, Herr General, das sind Versuchsreihen aus meinem privaten Labor, und sie sind vollkommen legal. Ich wollte sie an einen anderen Ort bringen, wo sie sicher sind.«

»Schimmelpilze? Was erforschen Sie denn da, das ist doch pervers!«

»Diese Pilze können vielleicht einmal Leben retten. Sie vernichten Erreger, wenn man sie richtig einsetzt. Aber das alles ist noch im Versuchsstadium.« In der Folge setzte ihm Felix das Wirkungsprinzip auseinander, der General wirkte nun doch recht interessiert, doch schließlich kam ein weiterer Militär herein und flüsterte ihm etwas ins Ohr. Der General erblasste und schickte den Mann weg.

»Sie können gehen«, sagte er zu Felix. »Aber der Schimmel bleibt hier.«

»Bitte ...«

»Gehen Sie jetzt!«

»Erst muss ich wissen, was mit meinem Hausmädchen passiert ist. Sie heißt Heidi Gatterstaller.«

Es kamen nun weitere Männer in den Raum, alle wirkten angespannt und verunsichert. Ohne auf Felix' Frage einzugehen, beauftragte der General zwei Soldaten, Felix hinauszubringen. Auch diese beiden beantworteten keine Fragen, sondern chauffierten ihn in einem Kübelwagen aus dem Regierungsviertel hinaus. Dann hielten sie an.

»Verschwinden Sie«, sagte der eine. »Sofort.«

Felix stieg aus und machte sich zu Fuß auf den Weg zu Georg. Die Stadt war noch immer durch den Generalstreik lahmgelegt, besonders im armen Osten, in der Gegend um den Prenzlauer Berg, wo Georg wohnte, doch es waren wieder mehr Menschen auf den Straßen. Sie standen, erstaunlich wohlgelaunt plaudernd und lachend, in langen Schlangen vor den wenigen Lebensmittelgeschäften, die geöffnet hatten. Es gab auch wieder Zeitungen, Extrablätter, die titelten, dass der Putsch niedergeschlagen war und die Regierung zurückkehren würde.

Felix kaufte eine und eilte weiter, so schnell es ihm mit seinen Verletzungen möglich war.

Stunden später kam er in der Weißenburger Straße an. Die Wirkung des Morphiums begann sich zu verflüchtigen, und ihm tat jeder Schritt weh. Langsam und mühselig wie ein alter Mann zog er sich am Treppengeländer bis in den dritten Stock. Er klingelte mit letzter Kraft und sank dann vor der Tür zu Boden. Die Schmerzen kamen jetzt in Wellen zurück, sein Knie pochte und fühlte sich von Sekunde zu Sekunde dicker an.

Die Tür öffnete sich von innen, und Mateusz half ihm hoch und stützte ihn beim Hineingehen. In der Wohnung roch es intensiv nach Krankheit. Mateusz brachte ihn zu Georgs Bett, und Felix ließ sich stöhnend auf den Stuhl neben der Matratze sinken. Georg sah aus, als ob er schliefe, aber genauso gut konnte es sein, dass er bewusstlos war und seinem Ende entgegendämmerte. Sein Gesicht war blass und eingefallen.

»Wie geht es ihm?«, fragte er, auch wenn klar war, dass Mateusz ihm darauf keine Antwort geben konnte.

»Er will sterben«, sagte Mateusz.

»Hat er das gesagt?«

»Ganz oft.«

Das war ein schlechtes Zeichen, und Felix sah, dass auch Mateusz es wusste.

»Seit wann ist er bewusstlos?«

»Ich weiß nicht. Eine Stunde? Er wacht auf, schläft wieder – es geht immer hin und her.«

Felix schlug die Decke zurück und öffnete die Verbände. Die Wunden sahen zu seiner Überraschung besser aus als gedacht.

»Hast du den Verband gewechselt?«

»Habe ich falsch gemacht?«

»Nein, du hast es sehr ordentlich gemacht! Die Wunden sehen gut aus.«

»Aber Georg sieht nicht gut aus«, sagte Mateusz. »Er will sterben. Das sagt er immer wieder. Er will sterben und Helen sehen.«

Felix sah auf. »Helen? Hat er das gesagt?«

»Sie kennen sie?«

Felix zögerte. Dann sagte er: »Sie ist meine Nichte. Die beiden waren verliebt, aber sie konnten aus vielerlei Gründen nicht zusammenbleiben.«

»Sie muss kommen!«

»Nein, das hätte überhaupt keinen Sinn.«

»Sie wissen, wo sie ist?«

»Es hat keinen Sinn, wirklich, Mateusz. Es geht einfach nicht.«

»Sie müssen sie holen! Unbedingt! Bitte!«

»Mateusz …«

»Ich bitte Sie! Wenn Georg stirbt und sie ist nicht da, dann sind wir schuld! Er will ihr Dinge sagen. Wichtige Dinge. Er wird unglücklich sterben, wenn sie nicht da! Sie müssen sie holen!«

»Ich kann nicht. Du verstehst das nicht.«

»Sie müssen!«

»Schrei mich nicht an!«

»Ich töte Sie, wenn Sie sie nicht holen!«

*Du kennst Meerneunaugen, aber du hast noch nie eins gesehen, nicht wahr, John? Sie sind unheimlich, so viel ist sicher, lebende Fossilien, wenn du so willst, die sich seit einer halben Milliarde Jahren kaum verändert haben, ganz im Gegensatz zu uns, die wir uns laufend verändern wollen, und nicht nur uns, sondern auch alles um uns herum, was ein Teil des Problems ist …*

*Aber zurück zu den Neunaugen, lang gezogen wie Aale, im Wasser lebend, aber keine Fische, sondern primitive, jedoch extrem effiziente Wirbeltiere. Sie haben alles, was sie brauchen, also warum sollten sie aussterben und Platz für eine neue Rasse machen, sie sind perfekt (aber ich schweife wieder ab, entschuldige). Jedenfalls verfügen die Neunaugen über ein kreisrundes Maul ohne Kiefer, jedoch voller winziger Zähne. Sie saugen sich wie Vampire an ihren Beutetieren fest und trinken ihr Blut, eine ausgesprochen praktische, leicht verdauliche Art der Nahrungsaufnahme. In den 1940er-Jahren haben sie sich, vom Atlantik kommend, in euren Großen*

*Seen ausgebreitet und die seit der Eiszeit dort ansässigen Seeforellen fast ausgerottet.*

*Nun wäre der Mensch nicht der Mensch, wenn er derartige Entwicklungen dulden würde, also beginnt jetzt eine dieser Tragikomödien, die die Höhere Macht stets mit höllischem Gelächter zu quittieren pflegt, weil sie die Ambivalenz menschlicher Bemühungen so perfekt auf den Punkt bringt.*

*Die Fischer beschwerten sich bei der Regierung, weil ihnen die Neunaugen ihre Lebensgrundlage zu entziehen drohten, es gab viele ergebnislose Konferenzen zu dem Thema und noch mehr scheiternde Versuche, der Plage Herr zu werden, doch schließlich gelang es Wissenschaftlern, ein Gift zu entwickeln, das für Neunaugen tödlich, für andere Fischarten jedoch eher harmlos ist. Tatsächlich konnten die Neunaugen auf diese Weise dezimiert werden, doch schon bahnte sich das nächste ökologische Problem seinen Weg in die Großen Seen. Da die Neunaugen den restlichen Fischbestand minimiert hatten und inzwischen selbst unter Beschuss standen, konnten sich nun die atlantischen Flussheringe mangels Fressfeinden ausbreiten. Wenige Jahre später machten sie unglaubliche neunzig Prozent der Biomasse der Großen Seen aus, was dazu führte, dass im heißen Sommer 1967 Milliarden toter Heringe auf Chicago zutrieben. Wochenlang andauernder fauliger Fischgestank war die Folge, weil die Fische, die eher für ein Leben im Salzwasser geschaffen waren, im Süßwasser ohnehin schon unter erhöhtem Stress litten. Weshalb es – als dann auch noch die Wassertemperaturen stiegen – zu diesem schauderhaften Massensterben kommen musste, das sich vermutlich jeden Sommer wiederholen würde und schon deshalb nicht hinnehmbar war.*

*Also produzierten die Menschen eine neue fantastische, also wirklich absolut clevere Idee, dieser Herausforderung zu begegnen. Sie setzten Zigtausende Junglachse in einem Zufluss des Michigansees aus. Das war zwar ungefähr so, als hätte man Schneeleoparden im Schwarzwald platziert, um einer Kaninchenplage Herr zu werden, doch zunächst ging die Strategie auf. Die Lachse mästeten sich an den Flussheringen, wurden riesengroß und erfreuten plangemäß sowohl Angler als auch Fischer. Doch ein Vierteljahrhundert später brach dieser paradiesische Zustand durch eine Muschelart zusammen, die via Schifffahrt vom Atlantik über den Sankt-Lorenz-Strom in die Großen Seen transportiert worden war und sich dort innerhalb weniger Jahre von Wisconsin bis Michigan festsetzte. Die Dreikantmuscheln ernähren sich vom Phytoplankton, woraus Algen entstehen, die die Flussheringe zum Überleben brauchen, weshalb die Population der Flussheringe einbrach. Dies führte dazu, dass nun die Lachse vom Aussterben bedroht sind und erneut die Experten auf den Plan gerufen werden …*

*Ist das nicht wunderbar absurd?*

*Aber so sind die Menschen, John, du, ich, wir alle. Wir opfern einerseits immer mehr natürlichen Lebensraum dem Fortschritt und überschätzen andererseits unsere Möglichkeiten, die schlimmsten Auswüchse zu verhindern. Wir glauben nicht nur, dass wir Dinge ändern können, wir glauben auch, dass wir es* müssen, *wir haben da so ein arrogantes Pflichtgefühl* der Welt *gegenüber und oft ja auch die allerbesten Vorsätze, aber in Wirklichkeit sind wir unfähig, die Konsequenzen unseres Handelns zu überblicken, weil es viel zu viele Variablen gibt, die nicht nur auf die unvorhergesehenste Weise aufeinander reagieren, sondern auch außerhalb unserer Einflusssphäre liegen. Menschen zetteln aus den ehrenwertesten Motiven Revolutionen an und ernten mehr Blutvergießen als in der schlimmsten Diktatur davor, weil bestimmte Faktoren emotionaler oder religiöser oder stammesgeschichtlicher Natur außer Acht gelassen wurden, die aber für das Gelingen von ausschlaggebender Bedeutung gewesen wären. Oh, und nicht zu reden von den Fehlentwicklungen aufgrund von*

*Gier und Angst! Menschen schießen erstklassig bestückte Satelliten mit fantastischen Fähigkeiten in den Orbit, und andere Menschen missbrauchen sie anschließend als banale Spionagewerkzeuge; Menschen dringen in jahrzehntelanger Forschungsarbeit bis zum Bauplan des Universums vor, und das Ergebnis ist eine Bombe, die gar nichts kann, außer alles auszulöschen, was jemals existierte. Menschen erfinden Tools, die unsere Kommunikation auf eine neue Ebene katapultieren könnten, und erschaffen Zombies, die das Flirten im Hier und Jetzt verlernt haben. Ja, das ist von finsterer Komik und gleichzeitig wirklich zum Verzweifeln, und deshalb würde ich aus meiner aktuellen Perspektive am liebsten euch allen, die ihr noch lebt, zurufen, dass ihr euch doch bitte zurücklehnen sollt, um wenigstens ein paar Jahrzehnte vollkommen tatenlos vergehen zu lassen.*

*Nichts mehr erfinden oder »revolutionieren«, sondern allenfalls das verbessern, was es bereits gibt.*

*Sich mit dem zufriedengeben, was besteht, und aus den gegebenen Verhältnissen das Maximum herausholen.*

*Still sein.*

*Nicht eingreifen.*

*Ist das zu schwierig? Vielleicht sogar absolut unmöglich?*

*Jemand spricht zu mir, aber ich kann ihn nicht verstehen. Ich wünschte so sehr, dass du es wärst, aber du bist ganz weit weg.*

*Ich bin wieder im Bauch meiner Mutter, ich atme nicht, sie atmet mich.*

*Es ist wunderschön, geatmet zu werden. Es ist fantastisch, tatenlos im Fruchtwasser zu schweben, nichts zu denken, nichts zu planen, nichts zu fürchten.*

*Ich verabschiede mich für unbestimmte Zeit, John, nur das eine muss ich noch loswerden, weil sich doch das Schicksal unserer Familie in der Sekunde gabelte, als Mateusz Felix umzu-*

*stimmen versuchte. Die Höhere Macht, musst du wissen, setzt zu ihrem eigenen Amüsement bestimmte Knotenpunkte, an denen für eine kurze Zeit alles möglich ist, doch diese Kreuzungen nehmen wir, und das ist das Perfide daran, meistens nicht als solche wahr. Wir marschieren munter drauflos und erkennen – wenn überhaupt – erst im Rückblick, welche Optionen wir uns eröffnet und verbaut haben.*

*Aber bei Felix war es anders – Felix wusste Bescheid. Er hatte natürlich nicht sämtliche Alternativentwicklungen vor Augen, aber ihm war klar, dass er im Begriff war, aus Liebe einen verhängnisvollen Fehler zu begehen. Wäre er hart geblieben, hätte er nicht Mateusz' leidenschaftlichem Drängen nachgegeben und schließlich wider besseres Wissen in Frommberg angerufen (und dann auch noch Mateusz den Hörer in die Hand gedrückt, im kindlich-irrationalen Bestreben, die Verantwortung abzuschieben!), hätte Helen ein paar Monate später einen Junker aus bestem Hause kennengelernt. Sie hätte ihn nicht so geliebt wie Georg, das war nicht möglich, aber sie wären in Maßen glücklich geworden, genauso wie übrigens auch Georg mit einer fröhlichen, schlagfertigen Berlinerin großbürgerlicher Herkunft, die Donata ohne Weiteres akzeptiert hätte. Georgs und Helens Liebe wäre schließlich abgeklungen, ganz langsam, doch unaufhaltsam hätte sie sich an der Wirklichkeit aufgerieben. Das ist der Lauf der Dinge; nur in schlechten Filmen wird Leidenschaft zum Schicksal, in Wirklichkeit braucht sie äußere Gegebenheiten, die sie immer wieder aufs Neue befeuern.*

*Justus hätte sich wiederum niemals in Rudela verliebt, weil Helens glamouröse Präsenz Rudelas wirren Liebreiz überstrahlt hätte. Rudela wiederum hätte ein paar Jahre später einen ehrlichen und erfolgreichen Kaufmann aus Dresden kennengelernt, der nicht wie Justus im Krieg gefallen wäre, und so hätte Donata nur Jürgen verloren, nicht aber auch noch Helen und Georg, und auch sonst wäre so vieles anders gekommen, doch vor allem …*

*Was wirklich zählt …*

*Ja, ich greife schon wieder vor, und zur Strafe versucht mich schon wieder jemand zurückzuzerren in das Durcheinander, das ihr Leben nennt und das ich so gerne hinter mir lassen würde, wenn nicht …*

*Wenn nicht …*

# 36

… Mariechen den Hörer abgenommen hätte, und zwar ein paar Minuten bevor sie, Corinne, Martina und Helen in den Wagen stiegen, der das Quartett zum Bahnhof bringen sollte. Das Telefon klingelte so durchdringend in die Diele hinein, dass es nicht nur Mariechen durch Mark und Bein ging, sondern auch Rudela zusammenzuckte, während sie gerade Helen einen Abschiedskuss gab, die aufgrund von Donatas und Heinrichs Verschwiegenheit glücklicherweise nicht ahnte, dass es ihre kleine Schwester gewesen war, die sie seinerzeit unter der Blutbuche entdeckt und dann verraten hatte.

»Was ist mit dir, Süße?«, fragte Helen also liebevoll. Sie kannte Rudelas Nervosität und wunderte sich deshalb auch nicht, dass Rudelas Augen plötzlich zu zittern und zu flimmern schienen, ein Eindruck, der daher rührte, dass sich ihre Augäpfel minimal, doch in rasender Geschwindigkeit von links nach rechts und wieder zurück bewegten, was ihrem Blick in solchen Momenten eine besondere Intensität und Dringlichkeit verlieh – ein unbewusster Prozess und ein Symptom dafür, dass sie schrecklich aufgeregt war, ohne zu wissen, warum.

»Das Telefon«, sagte Rudela. »Für dich«, fügte sie hinzu. Sie trat einen Schritt von Helen zurück, als wollte sie sie freigeben – wofür auch immer –, und Helen sah sie zum ersten Mal, seitdem sie wieder in Frommberg war, richtig an. Ihre hochaufgeschossene, schlaksige Gestalt in Reitkleidung und ihre rührend ungeschickten Bewegungen, sobald sie nicht auf einem Pferderücken saß, auf Bäume kletterte oder Geige spielte.

Die zitternden blauen Augen mit den hellblonden Wimpern.

Das gebräunte Gesicht mit den weichen Zügen.

»Wie kommst du darauf, dass es für mich ist?«, fragte sie lächelnd.

Rudela sah an ihr vorbei. »Es ist immer für dich, nicht wahr?«

»Das wird sich bald ändern, Liebes. Du bist erst fünfzehn, hab Geduld.«

Mariechen kam von hinten und zupfte Helen am Ärmel. »Es ist für Sie«, sagte sie.

»Aber wir haben keine Zeit, Mariechen, wir verpassen sonst den Zug«, sagte Helen. »Wer ist es denn?«

»Es ist ein Pole«, sagte Mariechen.

»Ein Pole?«, fragte Helen und wollte schon eine ironische Bemerkung machen, doch Mariechens Gesicht war blass, und Helen begann sofort, sich Sorgen zu machen, weil Mariechen seit der Abtreibung nie wieder richtig gesund geworden war.

»Hast du Schmerzen?«, fragte sie behutsam. »Möchtest du dich schon ins Auto setzen und dort auf uns warten? Wir kommen nach den Abschiedshonneurs sofort nach.«

Doch Mariechen schüttelte heftig den Kopf. »Der Pole«, sagte sie und senkte ihre Stimme, sodass sich Helen zu ihr hinbeugen musste.

»Ja?«, fragte sie.

»Er ruft aus Berlin an. Er ist ein Freund vom gnädigen Herrn Georg … Es geht ihm nicht gut. Dem gnädigen Herrn, meine ich.«

»Was heißt das? Was meinst du damit?«

»Er ist … schwer verletzt.«

Helen nahm Mariechens Hand und drückte sie, aber so fest, dass Mariechen beinahe aufgeschrien hätte. »Was soll ich tun?«, fragte sie, aber nicht Mariechen speziell, sondern mehr so in den Raum hinein, in Richtung Corinne und Martina, die sie nicht hörten, weil sie sich gerade von Donata und Heinrich verabschiedeten und dabei die üblichen vielen, vielen

Worte machten, um sich gegenseitig zu versichern, dass der Besuch kein Fiasko geworden war. Was speziell in diesem Fall von Corinnes Seite aus eine absolute gesellschaftliche Notwendigkeit war, denn nicht nur hatte sie ihre Gastgeberin während ihres Aufenthalts sträflich missachtet, sondern auch noch über ihren Kopf hinweg ausufernde Festivitäten organisiert.

Und darüber hinaus ihren Sohn angeflirtet.

Helen sah nun alles mit größtmöglicher Tiefenschärfe – ihre Mutter, die zarter und zerbrechlicher wirkte als sonst, ihren Vater, der zugenommen hatte, aber dennoch ungesund wirkte und sich das herzliche Lächeln sichtlich abringen musste, die treue und fast blinde Cora neben ihm und vor ihm die strahlende Corinne und in ihrem Schatten die freundliche, ein wenig schüchterne Martina, daneben ihren Bruder Jürgen, breitschultrig, frohgemut, sicher wie ein Fels in der Brandung –, und eine tiefe Traurigkeit breitete sich in ihr aus wie bei jemandem, der gezwungen war, endgültig Abschied zu nehmen, ohne es zu wollen. Aber Letzteres spielte keine Rolle mehr, denn obwohl doch noch gar nichts entschieden war, hatte es in ihr bereits jene tektonischen Verschiebungen gegeben, die den Blick auf die Welt und die diesbezüglichen Gefühle unwiderruflich veränderten. Weshalb sie sich schließlich umdrehte und allein in die leere, dämmrige Diele zurückging, wo das Telefon auf einem Tischchen neben der Ankleide stand und die Hörmuschel neben der Gabel sie ansah wie ein Gesicht.

Sie nahm sie auf und hörte Georgs alarmierend schwache Stimme.

»Helen?«

»Georg«, sagte sie leise in das Rauschen hinein.

»Bist du das, Helen?«

»Ja. Ich bin hier.«

»Es ist so schön, deine Stimme zu hören.«

»Du bist verletzt? Wie ist das passiert?«

»Ich weiß nicht.«

»Du weißt es nicht?«

»Vielleicht werde ich leben. Vielleicht nicht. Das Leben zieht an mir, und der Tod lässt mich nicht los. Wirst du kommen?«

»Ja. Ja, natürlich.«

»Das ist wunderbar. Ich muss dir nämlich etwas sagen.«

»Ich werde da sein.«

»Es ist wichtig. Du musst es unbedingt wissen.«

»Du wirst leben, Georg. Ich werde sofort kommen, und du wirst leben. Verstehst du?«

»Ich bin so glücklich. Beeil dich.«

Helen schloss die Augen. »Stirb nicht«, sagte sie. »Ich komme, so schnell ich kann.«

»Ich liebe dich.«

»Ich verbiete es dir, zu sterben.«

Zwei Stunden später saß sie zusammen mit Mariechen im Zug nach Berlin. Vorher hatte sie Corinne und Martina verabschiedet, die in Richtung Nordosten fuhren und absolutes Stillschweigen geschworen hatten.

»Du bist so mutig«, hatte Corinne gesagt, und ihre Augen hatten geleuchtet vor Begeisterung. »Berlin ist gefährlich, pass auf dich auf«, hatte die pragmatischere Martina angefügt. Und dann waren sie einander in die Arme gefallen und hatten geweint, aber auch gelacht, weil sie wussten, dass wieder einmal nichts mehr war wie vorher, dass das Leben weiterhin die seltsamsten und gefährlichsten Kapriolen schlagen würden, aber sie noch jung genug waren, um diese Vorstellung reizvoll zu finden.

Und während Helen schließlich nachts an Georgs Krankenlager saß, seine Hand hielt und seine Stirn und seinen Nacken trocknete, während Mariechen auf ihrem und Helens Mantel in der Küche schlief und Mateusz auf einem Stuhl schnarchte, war Felix erfolglos auf der Suche nach seinem Hausmädchen Heidi, das er durch seinen Leichtsinn in Gefahr gebracht hatte. Im Regierungsviertel herrschte Chaos, die Freikorps-Söldner waren allesamt verschwunden, und an ihrer Stelle standen nun die regulären Truppen, die sich in ihrem herrischen Gebaren jedoch überhaupt nicht von ihren besiegten Gegnern unterschieden und also Felix unmissverständlich zu verstehen gaben, dass er hier *nichts zu suchen* hatte und sich gefälligst trollen sollte, bevor er bedauern würde, sie mit seinem läppischen Anliegen belästigt zu haben. (Später sollte er erfahren, dass Heidi leider gestorben war, doch weder sollte jemals ihre Leiche auftauchen, noch schien es irgendjemanden zu geben, der ihm hierzu Auskunft erteilen konnte oder wollte.)

Felix kehrte also unverrichteter Dinge und sehr übel gelaunt in seine Wohnung zurück mit dem festen Willen, sich ab jetzt nur noch um sich selbst zu kümmern, Georg, Helen und Mateusz ihrem wohlverdienten Schicksal zu überlassen und das zu tun, was er am besten konnte, nämlich seine egoistischen Freuden zu verfolgen. Doch seltsam, kaum hatte er das Taxi bezahlt und war mit dem – nun wieder funktionstüchtigen – Lift in seine Etage hochgefahren, merkte er, dass seine Sehnsucht nach Ruhe, Frieden und eventuell ein wenig Opium viel weniger stark war als seine innere Anspannung, und so lief er kaum fünf Minuten später wieder auf die Straße, hielt einen Wagen an und ließ sich quer durch die Stadt zu Georg bringen.

Wo ihm Helen öffnete, nachdem er sich mit seinem schmerzenden, geschwollenen Knie erneut in den dritten Stock geschleppt hatte.

»Ich wusste es«, sagte Felix mit einem leicht verzweifelten Unterton, und Helen lächelte ihn ein bisschen schief an und antwortete: »Du hättest Georg vielleicht kein Telefon spendieren sollen.«

»Mea culpa«, sagte Felix und meinte es auch so. »Wie geht es ihm?«

»Ich weiß es nicht. Er schläft.«

»Und Mateusz?«

»Der auch.«

So verging auch diese endlose Nacht irgendwie, und am nächsten Morgen schlug Georg die Augen auf und wusste, dass er dem Tod zum zweiten Mal ein Schnippchen geschlagen hatte, was ihm kurz darauf vom verblüfften Felix bestätigt wurde. Die beginnende Sepsis hatte sich zurückgezogen, als ob Felix sie nie diagnostiziert hätte, die Wunden schienen wie nach dem Lehrbuch zu verheilen, und sogar das Fieber war verschwunden.

Am nächsten Vormittag erlitt Heinrich beim Ankleiden seinen ersten leichten Herzinfarkt. Nachdem Cora mit ihrem Bellen seinen Kammerdiener Anton alarmiert hatte und der wiederum Donata Bescheid gab, rief sie ihren Hausarzt an, der sich sofort in seine Kutsche setzte und eine halbe Stunde später in Frommberg ankam. Dr. Grauvogel war ein kleiner, munterer Mann mit einem dicken Bauch, aber raschen und geschickten Bewegungen, und er konnte Heinrich mit einer Gabe Aspirin die Beschwerden nehmen, allerdings erklärte er Donata anschließend, dass Heinrich keineswegs außer Gefahr war.

»Am besten wäre es, er käme in ein gutes Krankenhaus, wo er sorgfältig untersucht wird«, sagte er, während er seine Instrumente in der Arzttasche aus dunkelbraunem Leder verstaute.

»Welches ist denn gut?«, fragte Donata, sich die Hände reibend, wie immer, wenn sie aufgewühlt war, es jedoch niemandem zeigen wollte.

»Nun, die Charité in Berlin wäre natürlich die beste Adresse.«

»Jemand müsste ihn dorthin begleiten«, sagte Donata nachdenklich.

»Sie haben keine Zeit, gnädige Frau? Heute geht es ohnehin nicht. Der gnädige Herr sollte noch ein paar Tage ruhen.«

»Natürlich habe ich Zeit, Heinrichs Gesundheit geht vor!«

»Dann würde ich Ihnen vorschlagen, in etwa vier bis fünf Tagen zu reisen, wenn möglich mit allem Komfort. Bis dahin sollte der gnädige Herr jeden Tag eine Aspirintablette nehmen. Ich komme heute Nachmittag wieder vorbei und bringe sie Ihnen mit.«

»Jeden Tag eine Tablette? Ist das nicht schädlich?«

»O nein, im Gegenteil. Aspirin ist ein Wundermedikament und noch dazu aus Deutschland, worauf wir zu Recht stolz sein können. Es ist eine Schande, dass Bayer die Rechte an der Marke an die Siegermächte abgeben musste.«

»Oh, wirklich?«

»Der verfluchte Versailler Vertrag, gnädige Frau! Brauchen Sie noch etwas?«

»Sie haben Heinrich gerettet, lieber Herr Doktor, ich bin Ihnen zu ewigem Dank verpflichtet.«

»Danken Sie nicht mir, danken Sie der Firma Bayer. Und er ist nicht außer Gefahr, bitte vergessen Sie das nicht. Wir sehen uns heute Nachmittag.«

Donata sagte Jürgen Bescheid und versuchte anschließend, ihre Tochter zu erreichen. Leider hob Corinne ab, und es dauerte nicht lange, bis sie nach Donatas heftigem Insistieren zugab, dass Helen nicht bei ihr und Martina, sondern in Berlin war. Ein weiteres Telefonat mit Felix brachte Gewissheit.

Abends setzte sich Donata wieder zu ihrem Mann ans Bett. Heinrich war blass, aber ansprechbar. Neben ihm lag Cora, was Donata erlaubte, weil sie wusste, dass die Hündin ihm guttat, und der Arzt auch keine Einwände dagegen geäußert hatte.

Ihr war klar, dass sie ihn nicht aufregen durfte – jede starke Gemütsregung könnte ihn umbringen, hatte ihr der Arzt noch einmal eingeschärft –, also war sie so freundlich und gelassen, wie sie nur konnte, doch Heinrich merkte trotzdem, dass etwas nicht stimmte. Sie sah in seine lieben, besorgten Augen und wusste in dem Moment, dass er der beste Kamerad war, den sich eine Frau nur wünschen konnte, und plötzlich musste sie weinen, weil sie das, was er ihr zu geben hatte, nie angemessen geschätzt hatte. Heinrich hob seine Hand und strich ihr über die Stirn, und sie beugte sich vorsichtig über ihn, legte ihre nasse Wange an seine, und so verharrten sie eine Weile schweigend, während Heinrich ihr den Rücken tätschelte und Cora ihre feuchte Nase gegen die Hand stieß, bis ihr Schluchzen nachließ, obwohl sie doch diejenige war, die ihn hätte beruhigen müssen, nicht umgekehrt.

»Manchmal hasse ich mich selbst«, murmelte sie an seinem Hals.

»Du musst dich nicht lieben, das nehme ich dir gern ab«, sagte Heinrich mit schwacher Stimme, und fast hätte Donata wieder geweint, aber sie nahm sich zusammen. Sie setzte sich auf und strich sich mit ihrer typischen ungeduldigen Geste die paar Haarsträhnen aus dem Gesicht, die sich während ihres Gefühlsausbruchs gelöst hatten.

»Du bist alles für mich«, sagte sie heiser. »Ich hoffe, du weißt das.«

»Liebste Donata, du machst mir ganz furchtbare Angst. Steht es so schlimm um mich?«

»Du Dummkopf.« Sie lächelte. »Ich wollte dir eine Liebeserklärung machen. Habe ich mich so ungeschickt angestellt?«

»Ungeschickt oder nicht, sie macht mich glücklich.« Heinrich nahm ihre Hand, drückte sie sanft und legte sie auf sein

Herz, das seinen Dienst nicht mehr tun wollte, vielleicht weil ihm zu oft wehgetan worden war.

»Sag mir die Wahrheit, Liebste. Wie sieht es wirklich mit mir aus?«

»Du musst nicht beunruhigt sein, es ist alles in Ordnung, jedenfalls für den Moment. Aber *à la longue* musst du ins Krankenhaus.«

»O nein, ich bitte dich!«

»Doch, sie müssen dich untersuchen mit ihren Röntgengeräten oder wie immer man die nennt, und das kann unser Doktor Grauvogel nicht. Er ist nur ein einfacher Landarzt und hat diese Apparate nicht, die man dazu braucht. Wir fahren am Donnerstag nach Berlin. Und dort werde ich Helen und Georg endlich alles sagen.«

An seinem Gesicht erkannte sie, dass sie sich verplappert hatte.

»Helen und Georg?«, fragte er.

»Nun …«

»Sie sind in Berlin?«, flüsterte er.

»Ja, aber du verstehst das ganz falsch, es gibt keinen Grund zur Sorge.«

»Zusammen? Sie sind wieder zusammen?«

»Nein, sie …«

»Bitte lüg jetzt nicht, Donata.«

»Heinrich …«

»Sie sind wieder zusammen, nicht wahr? Und diesmal … diesmal …«

»Bitte beruhige dich! Es ist nicht, wie du denkst!«

»Doch, das ist es. Ich weiß, du willst mich schonen, aber wir haben sie verloren, nicht wahr?«

»Nein!«

»Wir haben sie endgültig verloren.«

»Das ist nicht wahr! Ich hätte nie … Ich hätte nie …«

Donata schlug sich die Hand vor den Mund, als wollte sie

die verhängnisvollen Worte in sich einsperren, aber zu spät, sie waren in der Welt, bahnten sich ihren Weg in Heinrichs Ohr, nahmen einen Umweg über sein Gehirn, erreichten sein Herz und erhoben dort ihren finalen Vernichtungsschlag.

Der Schmerz war ungeheuerlich und endgültig.

Er hörte Donatas Rufen und Coras Winseln, er spürte, wie Donata ihn schüttelte, obwohl es überhaupt keinen Sinn mehr hatte – was er ihr gerne sagen wollte, aber nicht konnte, denn sein Körper gehorchte ihm nicht mehr, also ließ er es sein und versuchte stattdessen, ihr schönes, aufgelöstes Gesicht in sich aufzunehmen als emotionale Wegzehrung für seine allerletzte Reise.

»Heinrich!«

Er hätte ihr so gern versichert, dass sie keine Angst zu haben brauchte, dass sie auch ohne ihn zurechtkommen würde, aber seine Lippen fühlten sich ganz kalt und steif an, und die Luft blieb ihm weg, als sein Herz, das vielfach geplagte Organ, seine Arbeit einstellte.

»Bitte, bitte geh nicht weg!«

*Es ist gut, meine Liebste.*

»Heinrich! Bleib bei mir!«

*Ich werde immer bei dir sein.*

»Nein! Bitte, bitte Gott, bitte nicht!«

Ihre Stimme verhallte. Das Letzte, was er hörte, war Coras lautes, verzweifeltes Jaulen. Das Letzte, was er dachte, war, dass er nun doch vor ihr sterben würde und dass ihm das eigentlich ganz recht war.

Es war alles schwarz bis auf einen winzigen Lichtpunkt. Er bewegte sich langsam darauf zu. Am Ende stand Donata, seine Braut, in einer Gloriole aus weißem Licht, so schön und so jung wie vor vielen Jahren, als er mit ihr zusammen vor dem Altar stand und sein Glück kaum fassen konnte, obwohl er sogar jetzt spürte, dass etwas an dieser Verbindung nicht stimmig war. Er musste an seinen Vater denken, einen nüchternen, pragmatischen Mann, dessen Lieblingsspruch lautete, dass, wenn etwas zu schön schien, um wahr zu sein, es in der Regel auch nicht wahr sein konnte.

Donata winkte ihm zu und sagte, dass er zu ihr kommen solle, und er fragte verwundert, wie das denn möglich sei, er sei doch tot, worauf sie in ihrem typischen halb humorvollen, halb gereizten Tonfall antwortete: »Ich bin die Donata, die du immer wolltest, also beschwer dich nicht!«

Er lächelte Donata an, und sie lächelte zurück wie die glücklichste Braut aller Zeiten.

# TEIL 4

# 37

## *FROMMBERG*
## *OKTOBER 1897*

Bevor Donata als Neunzehnjährige endgültig von Berlin nach Frommberg umzog, schwärmte sie ihren Freundinnen von der erhabenen Schönheit unverdorbener Natur vor, der sie sich künftig widmen würde – wie man sich das eben so ausmalte, wenn man im eleganten Charlottenburg wohnte, zu viele Kitschromane über liebende Landadelige las und echte Flora und Fauna nur bei gelegentlichen, von Dienern sorgfältig vorbereiteten und durchorganisierten Picknicks erlebt hatte. Ohne das Gut vor ihrer Hochzeit je kennengelernt zu haben, ließ sich Donata von einer Reihe gefällig colorierter Fotografien bezirzen und sah sich voller Vorfreude und jungmädchenhafter Begeisterung unter schattigen Kastanienbäumen lustwandeln, in schicker Reitkleidung über ihre weitläufigen Besitzungen galoppieren und gemeinsam mit ihren Freundinnen, die alle geschworen hatten, sie »am liebsten schon morgen« mit einem Besuch zu beehren, auf der sonnigen Terrasse *Five o'Clock Teas* zelebrieren.

Tatsächlich ließen die Freundinnen aber auf sich warten, und auch sonst fehlten Donata die Großstadt und alle damit verbundenen Annehmlichkeiten. Bereits auf der ewig langen Zugfahrt durch leere, trübselig-herbstliche Landschaften war ihr bang zumute geworden. Umso größer gestaltete sich der Schock über ihr neues Heim ohne jegliche mondäne Abwechslung in unmittelbarer Nähe. Keine Theater, keine Kaffeehäuser, keine edlen Stoffgeschäfte, keine guten Schneiderinnen, keine Diners, keine rauschenden Feste. Außer matschigen Feldern, finsteren Wäldern, stoppelig abgeernteten

Äckern und ärmlichen Bauernkaten, die sich scheu in die karge Landschaft zu ducken schienen, gab es in der näheren Umgebung nichts – jedenfalls nichts, was sie, wie sie feststellen musste, auch nur im Mindesten interessierte.

Das neue Schloss war zu diesem Zeitpunkt noch nicht einmal geplant. Zu Beginn ihrer Ehe wohnten Heinrich, sein Weimaraner Gustav und sie also im alten Gutshof, der Heinrich ein paar Jahre zuvor von seinem Vater übertragen worden war. Das schmuck- und reizlose Gebäude weckte schon von außen keinerlei romantische Gefühle und erwies sich im Inneren als extrem zugiges, schwer heizbares Ungetüm mit häufig verstopften Kaminen, undichten, selbst im Hochsommer beschlagenen Fenstern und einfach gezimmerten Dielenböden, die wegen der klammen Feuchtigkeit in allen Räumen unschöne Wölbungen aufwiesen.

Die ersten Wochen empfand Donata als so unerträglich, dass sie ausschließlich das schlechte Wetter davon abbrachte, ihre Sachen zu packen, sich auf den Bock eines gutseigenen Landauers zu setzen, mutterseelenallein nach Berlin zurückzukutschieren und dort die Schmach auf sich zu nehmen, ein Leben als alte Jungfer zu fristen. Warum hatte sie Heinrich geheiratet, wie war sie jemals auf die Idee gekommen, dass sie mitten in diesem Nirgendwo glücklich werden könnte? Wo kam dieser idiotische Traum her, und wo würde er sie noch hinführen? Fast am schlimmsten war jedoch die Erkenntnis, dass Heinrich mit seiner rührenden, aber auch ärgerlichen Naivität erwartete, dass sie mit ihrem – von ihm nicht näher spezifizierten – »weiblichen Gespür« ganz von selbst eine behaglich-glamouröse Atmosphäre schaffen würde, die er als Mann der Scholle nicht zustande bringen konnte.

War es ihm selbst zu ungemütlich hier? Hatte er sie deshalb zur Frau genommen? Damit sie den Besitz im Alleingang auf Vordermann brachte?

»Ich weiß einfach nicht, wo ich hier anfangen soll«, sagte sie an einem dieser düsteren, verregneten Abende, an denen sie sich fühlte wie lebendig begraben. Heinrichs Eltern hatten sich, endlich erleichtert von des Gutes Fron, auf ausgedehnte Reisen in südliche Gefilde begeben, also saßen sie nur zu zweit am Esstisch aus indischem Teakholz, der aufgrund unsachgemäßer Behandlung durch die ohnehin spärliche Dienerschaft klaftertiefe Risse zeigte – kaschiert von einer Damasttischdecke, die an vielen Stellen nur noch durch dünnes Fadengeflecht zusammengehalten wurde und längst durch ein schöneres Stück aus Donatas Aussteuer hätte ersetzt werden können, wenn nicht die entsprechende Truhe auf dem Postweg irgendwo stecken geblieben wäre.

Aber das war das geringste Problem.

»Du wirst dich gewöhnen, meine Liebste«, sagte Heinrich bemüht freundlich, doch mit einem leicht gereizten Unterton, der in erster Linie dazu diente, seine Verzweiflung zu bemänteln, denn es war ein harter Schlag, dass seine junge, schöne, verwöhnte Frau nach nur wenigen Wochen in ihrem neuen Heim ihr Strahlen verloren hatte, und das, wie sie nicht müde wurde zu betonen, mehr oder weniger durch seine Schuld.

»Ich werde mich aber nicht gewöhnen!«

»Nun …«

»Lass uns nach Berlin fahren! Bitte! Nur für zwei, drei Wochen!«

»Ich kann jetzt nicht weg, das weißt du doch. Das lässt die Jahreszeit noch nicht zu. Wir können im Winter reisen. Hab ein wenig Geduld.«

In diesem Moment trug die achtundzwanzigjährige Martha, damals Köchin und Serviererin in Personalunion, den von Heinrich geschossenen Fasan auf. Er schmeckte wie alles, was Martha mit nimmermüdem Elan briet, kochte, dünstete und buk, dermaßen köstlich, dass Donata einen Moment lang nicht mehr ans Durchbrennen dachte. Stattdessen brach sie in Tränen aus, deren salziger Geschmack sich auf seltsam tröstliche Weise mit dem Aroma des mit Wein und Sahne veredelten Geflügelfonds vermischte.

»Bitte nicht«, sagte Heinrich, nun völlig aus dem Konzept gebracht.

»Bitte was?«

»Bitte weine nicht!«

»Ich muss weinen! Es ist schrecklich hier!«

»Du tust so, als würde ich dich hier festhalten!«

»Und? Ist es nicht so?«

»Nein!«, rief Heinrich, nun ernstlich zornig. »Du kannst jederzeit allein nach Berlin fahren!«

Donata schwieg trotzig.

»Möchtest du das?«, insistierte Heinrich, plötzlich erleichtert bei dem Gedanken, nicht jeden Abend einer Frau mit hängenden Mundwinkeln gegenübersitzen und dabei ein schlechtes Gewissen haben zu müssen.

»Ich weiß nicht.«

»Du könntest deinen Bruder und deine Eltern besuchen, und ich komme im Winter nach.«

»Das wäre … Das wäre eine Möglichkeit«, sagte Donata zögernd und nahm einen weiteren Happen von dem würzigen, dunklen Fleisch.

»Natürlich. Warum telegrafierst du nicht gleich morgen? Alle werden sich freuen, dich zu sehen.«

Donata weinte nicht mehr; der Impuls hatte sich vollkommen verflüchtigt. Glücklicher war sie trotzdem nicht. Etwas an Heinrichs Idee war verführerisch, andererseits kam sie sich wie eine Fahnenflüchtige vor, eine kindische Jammertrine, die nichts aushielt und sich beim geringsten Problem unter den Rockschößen ihrer Eltern verkroch. Außerdem wusste sie sehr genau, wie ihre Mutter auf ihre Ankunft reagieren würde – leise triumphierend nämlich, weil Donata gegen ihren Rat den Antrag des Fabrikanten Guido Lawerenz ausgeschlagen hatte und es nun zu spät war, ihre Meinung zu ändern.

»Ich denke darüber nach«, sagte sie schließlich.

»Gut«, sagte Heinrich, und sie beendeten schweigend ihr Mahl.

Nachts lag sie neben ihrem beneidenswert friedlich schnarchenden Mann und lauschte dem Herbstwind, der empört pfeifend und schnaubend um das Gebäude fegte und mit Furor an losen Fensterläden zerrte, bis das Geklapper kaum noch auszuhalten war.

So konnte es nicht bleiben. Das war sicher.

Ein paar Tage später ließ zu ihrem eigenen Erstaunen die Lähmung nach, die sie seit ihrer Ankunft befallen hatte, und sie wurde so aktiv wie noch nie in ihrem Leben. Statt sich weiter zu beschweren, begann sie, mit all den ihr zur Verfügung stehenden Mitteln den »hässlichen alten Kasten«, wie sie ihn in despektierlichen Briefen an ihren Bruder bezeichnete, in ihrem Sinne herzurichten. Dabei half ihr ihre damalige Kammerzofe Katja, die zehn Jahre später an Lungenschwindsucht sterben sollte, aber zu der Zeit eine junge, gesunde Frau war mit erstaunlich ausgeprägtem Geschmack und lustigem, unkompliziertem Wesen. Während also Heinrich wie üblich den ganzen Tag im Büro und in den Ställen verbrachte oder den Besitz abritt, um nach dem Rechten zu sehen, richteten die beiden Frauen Frommberg ein. Gemeinsam mit Katja reiste Donata nach Berlin, Paris, Rom und London und begab sich auf die Suche nach Tapeten, Wandfarbe und Mobiliar, kurz: allem notwendigen Zubehör, das den ungeschliffenen Diamanten Frommberg allmählich zum akzeptablen Schmuckstück formen sollte. Donata wurde in dieser Zeit zum ersten Mal schwanger, doch das bremste ihren Überschwang nicht. Die Geburt des kleinen Jürgen verlief unproblematisch, und nach dem

Wochenbett wurde – wie es damals üblich war – das Baby einer Amme übergeben, die es nährte und sich um es kümmerte.

Die Jahrhundertwende zur Belle Époque kam und ging, die Menschen hofften euphorisiert auf goldene Zeiten, das industrielle Zeitalter schuf Arbeitsplätze in Massen, der Krieg war noch weit weg, doch schon äußerst gegenwärtig in den Köpfen der aufgerüsteten Militärs und des technikbegeisterten und hochpatriotischen Kaisers. Währenddessen beaufsichtigten Donata und Katja die Scharen von Handwerkern, die Frommberg nicht nur bequemer, sondern auch vorzeigbarer machen sollten.

Anderthalb Jahre und einige Rückschläge später war das Gut nicht mehr wiederzuerkennen, und der zunächst skeptische Heinrich war voller Stolz auf seine Frau, die mit so viel Geschick, Ehrgeiz und den Handwerkern aus der Umgebung Frommbergs ein Heim geschaffen hatte, das ihren Mindestanforderungen an ein komfortables, stilvolles Domizil genügte. Auch der Park, vorher kaum mehr als Brachland, durchsetzt von dornigem Gestrüpp, wurde nun regelmäßig von drei Gärtnern nach Donatas Plänen und Anweisungen betreut und wirkte zwar noch immer nicht kunstvoll angelegt, jedoch gepflegt und sauber, selbst wenn es noch eine ganze Weile dauern würde, bis die gepflanzten Rosen in voller Blüte stehen und die Bäume und Büsche ihre von Donata geplante Höhe erreichten.

Es war also noch nicht alles perfekt; nichtsdestotrotz, erklärte Donata ihrem nicht mehr ganz frischgebackenen Ehemann, wäre es endlich an der Zeit, Gäste einzuladen.

»Gäste?«

»Die Liste ist schon geschrieben.«

»Welche Liste?«

»Nun, die der Eingeladenen aus den Gütern der Umgebung. Wir haben nie Gäste außer den paar Freunden aus Berlin und der Familie! Du denkst hoffentlich nicht, dass ich mich auf die Dauer allein mit dir vergraben will.«

»Eine entsetzliche Vorstellung, meine Liebste, wie konnte ich so herzlos sein zu glauben, meine Gegenwart genüge dir?«

»So war das nicht gemeint!«

»Es ist in Ordnung, du hast ja recht. Ich war ein Hagestolz und muss mich nun daran gewöhnen, die Gesellschaft zu lieben und nicht nur dich.«

»Entschuldige bitte, das war nicht nett!«

»Nun …«

»Bestraf mich ruhig, ich habe es verdient.«

»Nun gut, dann küss mich.«

»Wie bitte? Hier im Salon?«

»Küss mich, meine Liebste, und dir sei alles verziehen.«

»Das verschieben wir aufs Schlafgemach, du unbegabter Charmeur. Und nun lass uns das erste Souper planen, das diesen Namen auch verdient.«

Weitere Monate vergingen, in denen sich Donata nun auch für die Belange der Landwirtschaft zu interessieren begann und sich dabei überraschend geschickt anstellte. Sie entdeckte ihre Begeisterung für das Reiten im Allgemeinen und den Umgang mit Pferden im Besonderen. Sie liebte nicht nur den Duft nach Heu und frisch gemähtem Gras im Sommer, sondern gewöhnte sich sogar an den intensiven, erdigen Dunggeruch, der im Frühjahr die Ländereien überzog und durch kein noch so starkes Parfüm überdeckt werden konnte. Sie lernte von Heinrich, einem kundigen und geduldigen Lehrer, alles über die Tücken und Herausforderungen der Landwirtschaft, über die Jahreszeiten und ihre Erfordernisse, über die Bauern und ihre Launen und Dickschädeligkeiten, von deren Kooperation alles abhing, denn niemand kannte das Land so gut wie sie. Aber auch Donata entwickelte allmählich ein Gespür für die klimatischen Gegebenheiten Westpreußens, die typischen wettermäßigen Unwägbarkeiten, die das Säen und Ernten beeinflussten. Bald war sie imstande, sowohl Schlachtungen als auch die Wurstherstellung zu beaufsichtigen, und entwickelte selbst für diese Materie eine Leidenschaft, die ihr niemand zugetraut hätte, der sie als verwöhnte junge Frau in der Berliner Gesellschaft erlebt hatte. Ihre schönsten Momente erlebte sie bei gemeinsamen frühmorgendlichen Ausritten mit ihrem Mann, kurz vor Sonnenaufgang, wenn die Luft noch feucht und klamm war, doch der Himmel bereits in allen denkbaren Blau- und Rottönen leuchtete. Mit solchen Unternehmungen machte Donata nicht nur sich selbst, sondern auch Heinrich zum glücklichsten Menschen der Welt, denn endlich, endlich, dachte er, waren sie nun doch eine echte Familie.

Später sollte Heinrich oft und sehnsuchtsvoll an diese Phase zurückdenken, in der alles im Gleichgewicht schien, keineswegs geruhsam, aber entspannt, weil man sich dort befand, wo man hingehörte, und das tat, wozu man geboren war. Heimat lautete die Vokabel, die ihm für diesen ausbalancierten Zustand stiller Heiterkeit einfiel, obwohl Heimat die Sache nicht ganz traf, denn der Ort Frommberg spielte dabei zwar eine wichtige, aber nicht die Hauptrolle; eher war es eine Art seelisches Zuhause, bestehend aus ihm, Donata, Jürgen und der Dienerschaft, dem nur noch mehr Kinder fehlten, um es vollkommen zu machen.

Aber dann kam Besuch aus Berlin.

# 38

Agnes Gräfin von Hohenfeld-Sauerlach war eine in Berliner Kreisen berüchtigte Lebedame, die ihre diversen Affären gerade noch so diskret behandelte, dass man sie aus Rücksicht auf ihren freundlichen und offenbar vollkommen ahnungslosen Ehemann Casimir einladen konnte, ohne sich als Komplizin zu kompromittieren.

Doch nun war Casimir einem Krebsleiden erlegen, und Agnes steckte nach einer eher kurzen Trauerphase voller Tatendrang. Da sich ihr aktueller Liebhaber von ihr getrennt hatte und ein neuer nicht in Sicht war, begab sich die frischgebackene Witwe mangels reizvollerer Perspektiven auf eine ausgedehnte Reise durch Frankreich, Italien und das Deutsche Reich, um Familie und Freunde mit ihrem Besuch zu beehren. Eines ihrer Ziele war das Ostseebad Swinemünde, wo sie in einem der Casinos Felix Hardt näher kennenlernte. Von da an trafen die beiden sich immer wieder an unterschiedlichen Orten Europas und verbrachten jedes Mal vergnügliche Zeiten miteinander, vollkommen zwanglos, ohne weitergehende Pläne, denn Agnes war gute zehn Jahre älter, und allein dieses Detail schloss eine Ehe faktisch aus.

Im Januar 1901 kam sie mit drei Schrankkoffern und mehreren Reisetaschen in Frommberg an. Donata war ein wenig überrascht über den telegrafisch angekündigten Besuch gewesen, weil sie Agnes eigentlich kaum kannte, doch er war ihr trotzdem sehr recht. Im Winter gab es draußen nicht viel zu tun, drinnen waren die Renovierungsarbeiten fürs Erste abgeschlossen, und außer Agnes hatte sich auch Felix angesagt, der bisher erst zweimal in Frommberg gewesen und mit der ihm eigenen Rastlosigkeit nach jeweils kaum einer Woche schon wieder abgefahren war. Agnes' bekannt exzellente

Qualitäten als Alleinunterhalterin würden ihn vielleicht bewegen, diesmal etwas länger zu bleiben, spekulierte Donata und ahnte nicht, wie richtig sie damit lag.

Drei Tage nach ihrer beider Eintreffen, das mit verdächtiger Gleichzeitigkeit erfolgte, aber Donata nicht weiter auffiel, begann es unaufhörlich zu schneien. Am sechsten Tag schien die Sonne auf die überzuckerte Landschaft, und Donata organisierte eilig eine ausgedehnte Schlittenfahrt, aus Angst, ihre beiden Gäste könnten sich, ans Haus gefesselt und ohne Freizeitangebote, langweilen. Was sie natürlich keineswegs taten, ganz im Gegenteil, doch die Idee gefiel ihnen trotzdem ausnehmend gut, und in der Nacht davor fantasierten sie bereits kichernd über reizvolle Aktivitäten unter opulenten Felldecken.

Es kam allerdings anders. Sie fuhren zwar mit zwei Schlitten aus, doch nicht in der Konstellation, die sie sich gewünscht hätten. Stattdessen spannte Donata Heinrich mit Felix und sich selbst mit Agnes zusammen. Felix ärgerte sich ein wenig, nicht nur wegen der ihm entgehenden Freuden, sondern weil Heinrich alles andere als ein spritziger Gesprächspartner war. Agnes wiederum nahm es ihrem Charakter gemäß, wie es kam. Während also die beiden Frauen gemütlich eingepackt und mit dicken Pelzmützen über den aufgetürmten Frisuren die weiß glitzernde Landschaft genossen und dabei unentwegt plauderten, versuchten Heinrich und Felix ebenfalls, gemeinsame Themen zu finden, was sich aber wie erwartet als schwierig erwies und schließlich damit endete, dass Heinrich Felix einen ausufernden Vortrag über die klimabedingte Reifezeit der Lagerkartoffeln hielt, bei dem Felix einnickte, sobald Heinrich auf die Problematik der Kraut- und Knollenfäule zu sprechen kam.

Heinrich nahm Felix' leises Schnarchen zur Kenntnis, hörte auf zu reden und versuchte während der nächsten Minuten, sich diesen unabsichtlichen Affront nicht zu Herzen zu nehmen. Felix wachte erst auf, als eine Schlittenkufe quietschend und ruckelnd über einen Stein fuhr.

»Ich bitte um Entschuldigung«, sagte er, peinlich berührt über seine Unhöflichkeit.

»Das macht doch nichts«, erwiderte Heinrich. »Ich hoffe, ich habe dich nicht zu sehr ermüdet.«

»Nein! Es war höchst interessant, lieber Heinrich. Ich würde gern mehr über die ideale Lagertemperatur hören.«

»Das glaube ich dir gern, lieber Felix, aber ich denke, zu diesem Thema ist alles gesagt.«

Nach ein paar Stunden ging die Sonne unter, und selbst unter den Fellen wurde es unangenehm kühl. Die beiden Herren schwiegen sich nun ausdauernd an, während sich die Damen aneinander kuschelten und wie von selbst begannen, leiser und vertrauter miteinander zu reden, wie zwei Backfischfreundinnen, die sich unter der Bettdecke Geheimnisse anvertrauten.

»Bist du glücklich hier?«, erkundigte sich schließlich Agnes, eine der intimen Situation geschuldete und trotzdem vielleicht unangemessen persönliche Frage, die sie aber beschäftigte, seitdem sie hier war, weil sie, wie sie Felix bereits anvertraut hatte, lieber sterben würde, als ein derart abgeschiedenes Leben zu führen.

»Ja«, sagte Donata, doch eher automatisch, ohne genau zu wissen, ob das eigentlich stimmte. »Oft jedenfalls«, fügte sie hinzu und dachte an den Sommer, das Reiten bei Sonnenaufgang, den sanften Morgenwind, der die Blätter vor ihrem Schlafzimmerfenster zum Rascheln brachte.

»Oft?«

»Ja. Natürlich ist der Winter lang und dunkel.« Sie stockte, plötzlich bedrückt, weil sie das noch niemandem erzählt hatte: die Tatsache, dass sie sich im Winter häufig fortsehnte.

»Es tut mir leid«, sagte Agnes schließlich. »Ich wollte dich nicht bedrängen.«

»Oh, ich bitte dich, meine Liebe! Du hast mich nicht bedrängt, es ist nur ... Mir wurde zum ersten Mal klar, dass diese Monate zwischen November und Februar ein wenig belastend sind. Es wird spät hell, und kaum hat man sich daran gewöhnt, bricht schon wieder die Nacht an. So wie jetzt.«

»Das verstehe ich.« Agnes, trotz ihres ein wenig oberflächlichen Wesens ein grundguter Mensch, zerbrach sich nun den Kopf, wie sie Donata wieder heiterer stimmen konnte. Warum nur hatte sie dieses Thema angeschnitten!

»Ich habe eine Idee«, sagte sie.

»Eine Idee? Wofür?«

»Nun ... für Frommberg.«

»Was meinst du?«

»Wäre es nicht schön ...«

»Ja?«

»Ich weiß nicht recht, wie ich es sagen soll.«

»Ich bitte dich, sag es einfach geradeheraus!«

»Ich dachte ... wie es wäre, ein wenig mehr kulturelles Leben nach Frommberg zu bringen.«

In diesem Moment bog Kutscher Glienke mit dem Schlitten in die Kastanienallee ein. Der Schnee leuchtete beinahe unheimlich in der Dämmerung, die kahlen Bäume ragten wie Mahnmale in den blaugrauen Himmel, und ein heftiger Windstoß blies ein paar vertrocknete Blätter in den Schlitten. Die Pferde schnaubten, Dampf stieg von ihren Rücken auf, und die Kälte wehte ihnen jetzt direkt ins Gesicht.

»Kultur?«, fragte Donata. Sie schloss die Augen. Ihre Haut fühlte sich an wie von Eiskristallen bedeckt.

»Ja, Kultur. Ein Streichquartett, eine Dichterlesung – das organisieren doch viele, also warum nicht ihr? Es gibt hervorragende Künstler *en masse,* die sich mehr schlecht als recht ernähren können. Sie wären dankbar für eine Einladung und bestimmt nicht unbescheiden in ihren Honorarforderungen.«

»Ich weiß nicht recht ... Das klingt interessant.«

»Ja, nicht wahr?«

»Wir sollten später darüber sprechen.«

»Das sollten wir, liebste Donata! Spätestens beim Souper! Bis dahin werde ich mir noch ein paar Gedanken machen.«

Und so geschah es auch. Agnes war ausgesprochen angetan von ihrer Idee, weshalb sie auch Donatas Skepsis überhaupt nicht wahrgenommen hatte und beim Abendessen tatsächlich mit dem für sie typischen Elan zur Sprache brachte, wie wichtig es doch gerade auf dem Lande sei, auf dem Laufenden zu bleiben.

»Du meinst, um nicht zu versauern?«, fragte Heinrich trocken, und Agnes, unempfänglich für Ironie, die sie einem drögen Zeitgenossen wie Heinrich ohnehin nicht zutraute, rief: »Ganz genau, lieber Heinrich! Du hast hier eine wunderschöne junge Frau, die geistige und seelische Anregung vermisst, und ich präsentiere eine erstklassige Lösung für das Problem.«

»Dem möchte ich nicht im Wege stehen. Wenn Donata das wünscht.«

»Sie findet die Idee gut!«

»Sie ist anwesend und kann hoffentlich selbst antworten«, sagte Heinrich nun mit einer gewissen Schärfe.

»Vielen Dank«, sagte Donata. »Ich werde darüber nachdenken.«

»Warum nicht jetzt schon ein paar Details besprechen, liebste Donata?«

»Weil es zu früh ist, liebste Agnes.«

Und damit war das Thema zwar vorerst beendet, doch die Stimmung nicht mehr dieselbe wie vorher. Besonders Donata war den restlichen Abend still und ungewöhnlich in sich gekehrt, sodass sich die Runde bereits um zehn Uhr auflöste. Als Felix eine halbe Stunde später gerade in Agnes' Zimmer schlüpfen wollte, womit er sonst bis nach Mitternacht wartete, um weder sie zu kompromittieren noch seine Gastgeber zu brüskieren, vernahm er gerade noch rechtzeitig die festen Schritte Heinrichs auf dem Flur, blies seine Kerze aus und verbarg sich hinter einem Schrank. Er hörte seinen Schwager an Donatas Tür klopfen und ihre leicht ungehaltene Stimme »Herein« rufen. Die Tür öffnete und schloss sich wieder, und Felix blieb noch ein paar Minuten in der Dunkelheit stehen und dachte über Donata nach – ob Agnes recht hatte, sich einzumischen, oder nicht, und weshalb sie sich überhaupt so engagierte –, dann ließ er das Ganze auf sich beruhen und begab sich auf Zehenspitzen an Donatas Tür vorbei in Agnes' Schlafgemach.

Währenddessen saß Heinrich auf Donatas Bettrand und sah auf sie hinunter. Ihr Haar war zu einem fast hüftlangen Zopf geflochten, und sie trug ein neues roséfarbenes Nachthemd, das Felix ihr aus Berlin mitgebracht hatte. Heinrich erkannte durchaus, dass sie müde war und keine Lust auf ein klärendes Gespräch hatte, doch konnte er diesmal darauf keine Rücksicht nehmen.

Er griff nach ihrer Hand. Sie versteifte sich auf ihre typische Donata-Art, wenn es darum ging, ihm ohne Worte mitzuteilen, dass er nicht willkommen war.

Dessen ungeachtet sagte Heinrich: »Ich möchte mit dir über Agnes' Idee reden.«

»Oh bitte, Heinrich! Warum jetzt? Es ist spät.«

»Ich gehe gleich wieder. Ich wollte dir nur mitteilen, dass ich sie gut finde.«

»Gut? Was ist daran gut?«

»Die Abwechslung. Die Winter hier sind lang, du hast gerne Gäste, und wir bekommen ein wenig mehr von dem mit, was in der Welt vor sich geht. Dagegen ist doch nichts einzuwenden. Viele Gutsfamilien tun das, seien wir doch die erste in dieser Gegend. Oder überfordert dich die Organisation einer solchen Veranstaltung?«

»Natürlich nicht!«

»Ich habe nicht daran gezweifelt.«

Donata sah ihn misstrauisch an, während sich aber – langsam, unmerklich – ihr Gesicht entspannte.

»Bist du sicher?«

»Sonst würde ich es nicht sagen.«

»Es könnte Spaß machen«, sagte Donata zögernd. »Oder?«

»Dann ist es hiermit beschlossen.«

»Wirklich?«

»Ja.«

»Das tust du nur mir zuliebe, nicht wahr?«

Darauf antwortete Heinrich nicht, sondern sagte: »Vielleicht nimmst du Agnes' Hilfe in Anspruch, sie kennt bestimmt die richtigen Leute.«

»Wenn du meinst.«

»Du nicht?«

»Doch. Sie kennt Gott und die Welt. Wer, wenn nicht sie?«

»Und du magst sie.«

»Ja«, sagte Donata langsam. »Sie ist amüsant. Sie nimmt das Leben, wie es kommt. Glaubst du, das kann man lernen?«

»Ich denke nicht, meine Liebste. Andererseits macht Übung vielleicht auch hier den Meister. Gute Nacht.« Heinrich stand auf und strich seinen Morgenmantel glatt. Donata sah zu ihm hoch und lächelte.

»Setz dich wieder hin.«

»Wirklich?«

»Mein Gott, Heinrich. Ja!«

»Oh. Ich danke herzlich für die Einladung und nehme sie gern an.«

»Sei nicht immer so umständlich. Versprichst du mir das?«

»Zu Befehl, mein Schatz.«

Donata ahnte zu diesem Zeitpunkt schon, dass das geplante Unternehmen Fallstricke bereithalten würde. Aber nicht, dass es alles auf den Kopf stellen sollte, was ihr Leben bislang ausgemacht hatte.

# 39

*Es wird dir nicht gefallen, was ich dir jetzt mitteilen muss, lieber John, aber die Höhere Macht ist keineswegs eine Schicksalsmetapher, die ich mir ausgedacht habe. Sie existiert tatsächlich, nach deinem Tod wirst du ihre Allgegenwärtigkeit ebenfalls spüren, auch wenn du als pragmatischer Agnostiker diese Aussicht im Moment noch weit von dir weist. Allerdings – und das wird dir wiederum gefallen – ist sie vollkommen anders geartet, als es die Gläubigen wahrhaben wollen. Die Höhere Macht lässt sich nicht nach unseren Maßstäben beurteilen, Gott, Allah oder Jahwe sind vollkommen willkürliche Bezeichnungen, die lediglich unsere Anstrengungen bezeugen, eine umfassende Präsenz, die wir spüren, doch nicht in Worte fassen können, weniger bedrohlich wirken zu lassen. Die Höhere Macht ist pure Energie, in der das Gute und das Böse eins sind, zwei Kräfte, die sich in ihrem Inneren bekämpfen und befruchten und sich damit keineswegs neutralisieren, sondern ihr enormes Potenzial vertausendfachen. Die Höhere Macht ist unendlich stark und sanft, geschmeidig und hart, doch vor allem verspielt im liebevollsten und grausamsten Sinne. Sie mixt die Zutaten für Orkane und Vulkanausbrüche, sie flutet Landstriche und lässt andere austrocknen, sie verhindert hier Hungersnöte, dort aber keine Massenmorde, oder umgekehrt.*

*Sie gibt und nimmt, wie es ihr gefällt.*

*Sie hat Millionen, Milliarden Gesichter.*

*In der Regel lässt sie alles geschehen und schaut, was passiert. Sie hat keine Moral, sie belohnt und bestraft nicht. Sie betrachtet die Welt und das All gelassen und ruhig, bis sie Lust hat, einzugreifen, denn manchmal plagt sie ein Gefühl der Langeweile, wie es sich einstellen kann, wenn man alles ist, hat, kann und weiß, aber kein Gegenüber zur Verfügung steht. Dann erhört sie Gebete. Lässt Planeten entstehen und Sonnensysteme zusammenstürzen, Tumore schrumpfen oder explodieren, Diktatoren aufsteigen, Attentate ins Leere laufen. Sie ist überall, und ihr ist alles gleich, vom Atom bis zur Galaxie. Sie gewichtet nicht.*

*Oder nur ein bisschen.*

*Menschen interessieren sie zum Beispiel, natürlich in erster Linie als Versuchsobjekte. Sie kreiert die wunderbarsten Talente, gefährlichsten Verrücktheiten und abstoßendsten Triebe und zieht sich dann auf ihren Beobachterposten zurück. Sie schafft Gelegenheiten und Risiken, aber das Drama der freien Entscheidung findet sie natürlich viel spannender als Vorherbestimmung. So schuf sie die Voraussetzungen, um Georg ein zweites Mal das Leben zu retten, und verschob zur selben Zeit die tektonischen Platten unter dem chinesischen Haiyuan um jene Winzigkeit, die für ein Erdbeben noch nicht ganz ausreichte, es aber um den Faktor 1000 wahrscheinlicher machte (es erfolgte im Dezember des gleichen Jahres mit der Maximalintensität XII auf der Mercalli-Skala und kostete 234 360 Menschen das Leben).*

*Der Grund, weshalb sie Joseph Hammerstein nach Frommberg schickte? Sie liebt es, Versuchsanordnungen aufzustellen, Möglichkeiten zu generieren, den Lauf der Dinge zu unterbrechen, um sich dann zurückzulehnen, mit sich selbst zu wetten, was geschehen würde, geschehen könnte.*

*Und so …*

… kam Joseph Hammerstein im September 1901 nach Frommberg, nebst zwei anderen Dichtern sowie einem Streichquartett, das die Lesungen mit Stücken von Mozart, Mendelssohn und Beethoven musikalisch untermalen sollte. Es war bereits die vierte Veranstaltung dieser Art, und der Erfolg gab Agnes recht, die sich nun ziemlich häufig in

Frommberg aufhielt, wo sie eine reizvolle Aufgabe jenseits des Witwendaseins und der allmählich etwas ermüdenden Jagd nach neuen Liebhabern gefunden hatte. Nach einer kurzen Anlaufphase waren sie immer ausgebucht. Die Eintrittsgelder kamen zur Gänze den Künstlern zugute. Zugfahrt, Kost und Logis für zwei Nächte wurden gestellt, sie durften ihre Werke mitbringen und sie zum Verkauf anbieten.

Die Lesungen fanden jeden ersten Samstag im Monat statt und verliefen immer gleich. Es gab ein leichtes Buffet im Salon, anschließend ein paar Kammermusikstücke. Dann begaben sich die Autoren nacheinander ans erhöhte Pult und rezitierten mit mehr oder minder ausgeprägter rhetorischer Begabung Gedichte und Prosa aus eigener Feder. Einige der Vortragenden waren so nervös, dass man ihnen kaum von der Seite weichen durfte, damit sie nicht in letzter Sekunde das Weite suchten (ein Verfasser wilder expressionistischer Wortspielereien revolutionären Inhalts wurde nach längerem Suchen in der stockfinsteren Speisekammer entdeckt, wo er in der Aufregung einen übrig gebliebenen Hühnerschlegel bis auf die Knochen abgenagt hatte). Andere konnten es kaum erwarten, sich ausgiebig zu produzieren (einen experimentellen Romancier musste man fast von der Bühne tragen, weil er seine Lesezeit um das Dreifache überschritten hatte). Am beliebtesten waren stets die Komiker, am begehrtesten jedoch die Melancholiker mit ihren zarten, knochigen Händen und elfenbeinfarbenen Gesichtern unter dunklen Bartschatten, denen man ansah, dass sie sich – ungeachtet sehnsuchtsvoller Oden an die Unverfälschtheit der Natur – nur ungern im Freien aufhielten.

In einer sich anschließenden längeren Pause wurde erwartet, dass jeder Gast mindestens ein Buch erwarb und es sich signieren ließ. Erst dann wurden weitere Erfrischungen gereicht, und die Autoren mischten sich unter das Publikum. Dieser Teil der Veranstaltung war erfahrungsgemäß am beliebtesten, weshalb Agnes und Donata ihn von anfangs einer Stunde auf nunmehr zwei bis drei Stunden streckten. Zum Schluss spielte das Streichquartett ein letztes Musikstück, das die Gäste eigentlich hinauskomplimentieren sollte, was aber häufig nur zum Teil gelang; ein harter Kern verabschiedete sich nur widerwillig und oft erst weit nach Mitternacht. Darunter befanden sich viele junge Damen, die vorher ausgiebig mit den Dichtern und Musikern geflirtet hatten. Manche verliebten sich unsterblich in tiefe Blicke, schrägen Humor und fantasievoll-gewagte Komplimente, die dem vierschrötigen Landadel nie über die Lippen kommen würde. Weshalb die Mütter häufig einige Mühe aufwenden mussten, um den entflammten Nachwuchs wieder in die Kutschen zu bugsieren.

Joseph Hammersteins Vater war Kaufmann in Berlin, sein älterer Bruder Mathematikprofessor in Leipzig, seine jüngere Schwester würde dereinst das väterliche Miederwarengeschäft übernehmen, und er selbst fiel zur Enttäuschung der Familie als Schriftsteller aus der Reihe. Joseph war hochgewachsen und hübsch, was ihm einerseits erfreulich viele Romanzen ermöglichte und ihn andererseits häufig in höllische Schwierigkeiten brachte. Vor einem dieser Probleme war er gerade auf der Flucht, und deshalb kam ihm das Engagement in Frommberg sehr gelegen, auch wenn es sich nur um ein langes Wochenende handelte. Das Problem hieß Matthias Hirsch und war ein wohlgenährter Mittfünfziger, der sich aufgrund einer Erbschaft seit mehreren Jahren als Liebhaber der schönen Künste und großzügiger Mäzen einen Namen machen konnte. Hirsch zeigte sich geneigt, auch Joseph in seinen Bestrebungen zu unterstützen, allerdings erwartete er dafür gewisse Dienstleistungen – fürs Erste handelte es sich nur um den Besuch einschlägiger Bars, doch würde es dabei sicher nicht bleiben. Joseph, trotz seiner Erfolge bei beiden Geschlechtern ein schüchterner Mensch, wusste nicht, wie er auf dieses ihm unangenehme Ansinnen reagieren konnte, ohne seinen Wohltäter zu vergrätzen, dessen Geld er eigentlich gar nicht wollte. Vollkommen unabhängig war er aber auch nicht von ihm, nachdem sein Vater schon mehrfach gedroht hatte, den monatlichen Beitrag zu Josephs Selbstfindungsbemühungen zu streichen, falls sich sein Sohn nicht für eine bürgerlichere Karriere entscheiden sollte. Außerdem war es so oder so gefährlich, die Rachsucht eines potenten Gönners mit besten Kontakten zum Verlagswesen herauszufordern. Dieses Dilemma beschäftigte Joseph während der gesamten Zugfahrt, und so versäumte er es sogar, sich mit all seinen gut gelaunten Künstlerkollegen zu amüsieren, die sich diebisch auf unbeschwerte Tage in luxuriösem Umfeld freuten und ihn mehrmals fragten, was denn mit ihm los sei und warum er nicht mit ihnen anstoßen wolle.

Schließlich ließen sie ihn in Ruhe grübeln.

Als sie in Frommberg ankamen, warteten bereits zwei offene Kutschen auf sie, und die angeheiterte Gesellschaft begann scherzhaft darüber zu streiten, wer sich mit wem zusammensetzen sollte. Joseph war das vollkommen egal, also fand er sich mit den beiden Violinistinnen und dem Bratschisten in einem Wagen wieder, die sich lebhaft unterhielten, ohne ihn weiter zu beachten, weshalb er sich an einem Weizenfeld erfreuen konnte, das bis zum Horizont reichte und das Strahlen der Sonne aufzunehmen und zu reflektieren schien.

Der warme Fahrtwind liebkoste sein Gesicht. Zum ersten Mal seit Wochen ließen die Ängste nach, und er fühlte sich ruhiger, beinahe heiter. Er betrachtete den breiten Rücken des Kutschers in der stramm sitzenden blauen Livree, roch den Dunst der Pferde, hörte ihr gleichmäßiges Schnauben, überließ sich dem unregelmäßigen Schaukeln und schlief ganz friedlich an der Schulter des darüber wenig begeisterten Bratschisten ein, was eine große Erleichterung war, denn die letzten Nächte hatte er entweder wach gelegen oder schlecht geträumt.

Kurz bevor sie ankamen, versetzte ihm der Bratschist einen gereizten Schubs, und Joseph erwachte erholt und beinahe glücklich. Die Kutsche hielt, er stieg langsam und noch ein wenig steifbeinig aus, stieß zum Grüppchen und sah Donata. Sie stand im Eingang zum Gutshof, gerahmt von Efeu, und hieß alle herzlich willkommen, wie man so sagte, doch Joseph dachte unwillkürlich, dass etwas an ihrem Lächeln nicht ganz zu stimmen schien – er glaubte, eine gewisse Erschöpfung herauszulesen –, und plötzlich war er an der Reihe, sie zu begrüßen, und da nahm er zum ersten Mal ihre Augen und ihre Lippen wahr und dann ihre leicht gebräunte Haut, die von innen zu leuchten schien – er hatte, so stellte er fest, überhaupt nicht damit gerechnet, dass sie noch so jung war! –, und schließlich konnte er die Hand nicht mehr loslassen und merkte, dass sie blass wurde und ihr Blick etwas Unverwandtes, Verletzliches bekam, das ihn unglaublich rührte.

Er lächelte.

Donata verschwand im Haus, ließ die Künstler einfach so stehen und übertrug es der überraschten Agnes, den Rest zu regeln.

# 40

Als der Abend fast vorbei und nichts weiter passiert war als ein paar Blickwechsel, die man auch als rein zufällig hätte interpretieren können, atmete Donata auf. Es war ein kurzer Wahn gewesen, ein Spalt in ein paralleles Dasein, der sich ganz kurz geöffnet und wieder geschlossen hatte, und sie musste beinahe lächeln über den albernen, aber doch erstaunlich starken Impuls, der sie immerhin fast einen Nachmittag gekostet hatte – zwei, drei Stunden, in denen sie so verwirrt gewesen war, dass es nicht nur Agnes aufgefallen war, sondern auch Donatas Kammerzofe Katja.

*»Sind Sie krank, gnädige Frau? Sollen wir die Lesung absagen?«*

*»O nein, liebe Katja, es ist alles in Ordnung.«*

*»Ich mache mir Sorgen.«*

*»Dazu besteht kein Anlass. Ich muss nur ein wenig ruhen. Agnes wird alles übernehmen. Könntest du ihr helfen?«*

*»Selbstverständlich. Brauchen Sie etwas?«*

*»Nein, nichts, meine Liebe.«*

Nachdem sie um kurz vor eins die letzten Gäste verabschiedet hatten, umarmten sich Agnes und Donata, wie sie es immer taten, wenn der Abend ein Erfolg gewesen war, und begaben sich dann in den ersten Stock, wo sich ihre Gemächer befanden (Agnes verfügte längst über eine eigene Zimmerflucht in Frommberg). Sie trennten sich auf dem Gang, Donata ging nach links, Agnes nach rechts. Donata öffnete die Tür zu ihrem kleinen Boudoir und kleidete sich im Schein der Petroleumlampe allein aus, da Katja wie üblich bereits schlief. Danach stellte sie sich ans Fenster, lehnte die Stirn an die kühle Scheibe und dachte an nichts.

Es war sehr dunkel, kein einziger Stern war zu sehen; vermutlich hatte der Himmel sich in den letzten Stunden zugezogen. Hoffentlich gab es keinen Regen; in den nächsten Tagen sollte die Heuernte beginnen. Donata öffnete das Fenster und streckte die Hand hinaus, doch sie blieb trocken. Die Nachtluft war so warm wie selten in diesen Breiten und wirkte dennoch feucht, geradezu dampfig, beinahe wie man es sich in den Tropen vorstellte. Donata hörte ein gedämpft knirschendes Geräusch, als schliche jemand über die gekieste Einfahrt.

»Wer ist da?«, rief sie.

Niemand antwortete. Es war nun ganz still.

»Hallo? Wer ist da?«

Nichts.

Donata zog sich ihren Morgenmantel aus bedruckter Shantungseide über – ein Geschenk von Felix –, nahm die Lampe und lief nach unten. Sie öffnete die Haustür und hielt die Lampe über ihren Kopf, damit sie sie nicht blendete. Am äußeren Rand des Lichtkreises glaubte sie die Silhouette einer Person zu erkennen, wahrscheinlich ein Mann.

»Was machen Sie denn da?«

Der Mann näherte sich langsam und blieb schließlich vor dem Steintreppchen, das zur Tür hinaufführte, stehen. Es war Joseph Hammerstein, den sie schon fast wieder vergessen hatte. Seine drei schwermütigen und sehr langen Gedichte waren gut angekommen, daran erinnerte sie sich immerhin noch, ohne dass sie die geringste Ahnung hatte, worum es in ihnen gegangen war.

»Was machen Sie denn da?«, fragte sie noch einmal, stellte die Lampe auf das Mäuerchen neben dem Eingang und verschränkte die Arme.

»Ich hatte Sie mir viel älter vorgestellt«, sagte Joseph, eine in Anbetracht der Situation unangebrachte Äußerung, wie ihm sofort bewusst wurde, ohne dass er daran noch viel ändern konnte.

»Entschuldigen Sie«, fügte er hinzu und machte ein dermaßen ratloses und verlegenes Gesicht, dass Donata fast lächeln musste. Sie sah auf ihn hinunter, betrachtete mit beinahe klinischem Interesse seine blasse Haut, seine umschatteten Augen, die größer wirkten, als es bei einem Mann üblich schien.

»Was machen Sie hier?«, fragte sie nun ein drittes Mal.

»Oh, ich … Ich konnte nicht schlafen, also dachte ich daran, einen Spaziergang zu machen.«

»Ohne Lampe? Sie waren wohl noch nie nachts auf dem Land.«

»Da haben Sie recht. Ich bin froh, dass ich wieder zurückgefunden habe. Man sieht ja nicht einen Meter weit!«

»Nun, der Himmel ist bedeckt. Wo soll das Licht herkommen?«

»Das stimmt. Aber es ist so angenehm warm. Ich möchte nicht hinein. Schlafen kann ich ohnehin nicht.«

Donata dachte kurz nach, dann nestelte sie den Hausschlüssel von ihrem Schlüsselbund, den sie immer bei sich trug. Sie ging ein paar Stufen nach unten und drückte Joseph den Schlüssel in die Hand. »Den brauchen Sie jedenfalls«, sagte sie.

»Warum kommen Sie nicht mit? Sie haben eine Lampe, und ich habe den Schlüssel. Zusammen sind wir ein gutes Team.«

»Team?«

»Oh, das ist englisch. Es bedeutet …«

»Ich kann mir denken, was es bedeutet.«

Ein paar Sekunden sagte niemand etwas. Dann nahm Joseph mit der größten Selbstverständlichkeit Donata die Lampe ab und bot ihr seinen Arm. »Zeigen Sie mir alles, was bei Dunkelheit sichtbar ist.«

»Nun …«

»Es sei denn, Sie sind müde. Ich möchte Sie nicht von Ihrem wohlverdienten Schlaf abhalten.«

»Nein.«

»Nein?«

»Ich bin nicht müde.«

In dieser Nacht geschah nichts Kompromittierendes außer einem langen, nicht abreißenden Gespräch über den Sinn des Lebens, worüber Donata noch nie mit einem Mann gesprochen hatte. Bisher hatte sie Dichter für verstiegene Sonderlinge gehalten. In ihren Elfenbeintürmen drechselten sie semantische Kunststücke, die sich interessant anhörten, aber mit der alltäglichen Wirklichkeit nichts zu tun haben durften. Es ging darum, Wolkenkuckucksheime zu schaffen, diffuse Sehnsüchte zu wecken, ohne sie jemals zu erfüllen, denn das würde das poetische Geschäftsprinzip ad absurdum führen.

»Wahr gewordene Träume würden Sie arbeitslos machen«, sagte Donata.

»Ich bin nicht für Träume zuständig.«

»Oh, wirklich? Warum schreiben Sie dann, anstatt ...«

»Etwas Sinnvolles zu tun?«

»Ich wollte Sie nicht kränken.«

»Keine Angst, meine Eltern fragen sich das ebenfalls.«

»Nun, und was antworten Sie ihnen?«

Sie hatte die Lampe auf einer Bank abgestellt, denn dic Wolken hatten sich vor Minuten gelichtet, und ein blasser Halbmond spendete genügend Licht, um sich nicht zu verlaufen.

»Es gibt keine Antwort darauf«, sagte Joseph, während sie durch den Park wandelten, der in dieser Schwarz-Weiß-Beleuchtung wie ein verwunschener Garten wirkte, voller Mythen und Geheimnisse. »Ich habe ein Bedürfnis und gehe dem nach. Ich liebe die Welt der Worte, ich verliere mich in ihnen, und manchmal gelingt es mir, aus ihnen etwas aufzubauen.«

»Dann sollte ich Sie einen Architekten nennen?«

Er lächelte, ohne Donata anzusehen. »Ja«, sagte er. »Nennen Sie mich einen Architekten, warum nicht? Ich errichte Gebäude aus Sand und Nebel auf der Basis von Papier und Druckerschwärze. Meine Arbeit ist vergänglich, ich bin zu nichts nütze.«

»Jede Arbeit ist vergänglich. Wir säen, wir ernten, wir verarbeiten die Ernte und fangen wieder von vorne an.«

»Aber Sie sind nicht allein.«

»Woher wissen Sie das?«

»Sind Sie es denn?«

»Nein, natürlich nicht. Das war dumm.«

»Sie tun das, was von Ihnen erwartet wird. Die Welt ist zufrieden.«

»Spricht jetzt Ihr Vater aus Ihnen?«

»Mein Vater drückt sich etwas anders aus, um ehrlich zu sein.«

»Weniger freundlich?«

»Das trifft es recht gut.«

»Wir sollten langsam umkehren. Ich werde jetzt doch ein wenig müde.«

»Natürlich. Ich danke Ihnen für diesen Spaziergang. Ich wusste nicht, wie bezaubernd die Natur sein kann.«

»Das ist sie auch nicht immer, kann ich Ihnen versichern. Oft genug besteht sie vor allem aus Schlamm und Dreck.«

»Sagen Sie das nicht!«

»Warum denn nicht? Es ist doch wahr.«

»Es klingt traurig.«

»Das haben Sie missverstanden.«

Sie gingen auf die Bank zu, wo die stehengelassene Lampe ihnen entgegenleuchtete wie eine winzige Sonne. Joseph nahm sie auf, und zwei Minuten später standen sie vor der Haustür. Joseph schloss die Tür auf und ließ Donata den Vortritt. »Hier, Ihre Lampe«, sagte er.

»Nehmen Sie sie. Mir reicht eine Kerze, ich kenne jeden Zentimeter im Haus.«

»Gute Nacht«, sagte Joseph, und in einer spontanen Aufwallung wollte er besonders höflich sein, nahm Donatas Hand und küsste sie so, wie man es genau nicht tat. Seine Lippen berührten Donatas Ring- und Mittelfinger, anstatt, wie es sich schickte, über ihnen zu schweben, und dieser vollkommen unabsichtliche Fauxpas löste etwas in Donata aus, was sie nicht kannte und sie erschreckte. Sie wich zurück und lief die Treppe hoch, bevor sich Joseph entschuldigen konnte, was er auf jeden Fall getan hätte, wenn er auch keine Ahnung hatte, wofür.

# 41

Am nächsten Tag, dem Sonntag, hatten die Künstler frei und konnten sich auf dem Gut umsehen oder auch in ihren Zimmern bleiben, ganz wie es ihnen beliebte. Es gab ein großes Frühstücksbuffet, und dort wurde in der Regel fleißig zugelangt, nachdem Dichten und Musizieren ja einigermaßen brotlose Künste waren, sofern man nicht zu den ganz großen Stars gehörte, die wiederum Besseres zu tun hatten, als ins abgelegene Frommberg zu kommen.

Agnes und Donata setzten sich zumindest anfangs meistens dazu, gaben Ratschläge, was sich auf dem Land unternehmen ließ, und bei schönem Wetter bot Donata Reitstunden an. In der Regel beließen es die Künstler jedoch beim Lustwandeln im Park oder beim Kartenspielen im Salon. Oft musizierten sie auch, und die Autoren lasen weitere Gedichte vor, es gab Sherry, Wein und Knabbereien, die Runde wurde immer munterer, Agnes, befeuert vom Sherry, erzählte keinesfalls jugendfreie Anekdoten aus ihrem Liebesleben, und oft ging es nach wenigen Stunden so ausgelassen und fröhlich zu, dass sich selbst Heinrich amüsierte, bei dem es immer eine ganze Weile dauerte, bis er auftaute. Nach dem Souper zogen sich die Gastgeber relativ früh zurück, und die meisten Gäste verstanden dann auch den Wink, dass es Zeit war, ins Bett zu gehen, schon weil der erste Zug nach Berlin bereits um sechs Uhr morgens fuhr und Kutscher Glienke sie um fünf Uhr morgens auf dem gekiesten Platz vor dem Eingang erwartete.

Auch dieser Sonntag, der Tag nach Donatas und Josephs nächtlichem Spaziergang, verlief im Wesentlichen nach Plan, bis auf das Wetter, das morgens überraschend umgeschlagen hatte, weswegen sich die Heuernte verschieben würde, wie

Heinrich und Donata zu ihrem Missvergnügen feststellten. Jedenfalls regnete und stürmte es bei wenig sommerlichen Temperaturen, also war die Gesellschaft von morgens bis abends ans Haus gefesselt, und das blieb nicht ohne Folgen. Eine knappe Stunde vor dem Souper waren alle glücklich beschwipst, das Streichquartett spielte seinen ersten Walzer, dem noch einige folgen sollten, und irgendwann fand sich Donata in Josephs Armen wieder, während Heinrich von Agnes aufgefordert wurde, die so intensiv auf ihn einredete, dass er nur noch mit »Ach ja?«, »Nein, wirklich?« oder »Wie ungemein interessant, meine Liebe!« antworten und dabei lächeln und nicken konnte, bis ihm Kiefer und Nacken schmerzten.

Joseph wirbelte unterdessen Donata herum, bis sie sich plötzlich in der Diele wiederfanden, wo die Musik nur noch ganz leise zu hören war und schließlich – hinter der Treppe – fast gar nicht mehr, doch Joseph hielt seine Tanzpartnerin einfach weiter fest, drehte sich allerdings langsamer und langsamer, Donatas rechte Hand ruhte weiterhin in seiner linken, aber nicht mehr bei halb nach oben gestrecktem Arm, wie es der Walzer verlangte, sondern nah an seinem Herzen.

Donata war schwindelig von dem Sherry, dem sie viel stärker als sonst zugesprochen hatte, und so entwand sie ihm nicht ihre Hand, trat keinen Schritt zurück, blieb vielmehr in diesem sanften Wiegeschritt mit dem verwirrenden Gefühl, dass jetzt alles genau richtig war, obwohl nichts hätte falscher sein können, doch bevor sie Joseph Letzteres mitteilen konnte, musste sie erst ihren Kopf heben, und da er sich im selben Moment zu ihr herunterbeugte, trafen sich rein zufällig ihre Lippen beziehungsweise kamen einander so nahe, dass ein Kuss die absolut logische Konsequenz schien.

Sie blieben stehen, minutenlang, wie es Donata schien, und dennoch konnte sie nicht aufhören mit dem, was sie da tat, erkundete sie konzentriert jeden Winkel von Josephs weichem, festen Mund, als hätte sie eine unendlich wichtige Aufgabe zu erfüllen. Gleichzeitig war sie wie hypnotisiert von einem nagenden, saugenden Begehren nach mehr, das ihr völlig fremd war und gleichzeitig so vertraut, als hätte sie sich in diesem Moment selbst gefunden, als wäre sie in Wirklichkeit die, die sie jetzt war, und alles Vergangene nur Täuschung. Diese Überzeugung trug sie durch den gesamten restlichen Abend und auch durch die Nacht und durch sämtliche folgenden Nächte und natürlich auch die Vormittage, an denen sie auf Josephs Briefe wartete, die zuverlässig eintrafen.

Dann ein Besuch in Berlin unter einem Vorwand. Dann das Treffen mit Joseph in seinem Zimmer, in dem er zur Untermiete wohnte, ausgerechnet an dem einen Abend, an dem sein unangenehmer Vermieter nicht zu Hause war. Diese – vielleicht nie wiederkehrende – Gelegenheit führte mit süßer und fataler Zwangsläufigkeit zu weiteren Aktivitäten, die niemand verhindern konnte, schon gar nicht die Akteure selbst; das uralte Drama einer verbotenen Liebe vollzog sich nach seinem vorgegebenen Programm wie ein aufgezogenes Uhrwerk, dessen bestimmungsgemäßer Ablauf sich nicht mehr unterbrechen ließ, ohne die gesamte Mechanik zu zerstören.

Jedenfalls war dieser mehr oder weniger zufällige Kuss hinter der Treppe – ein Kuss kann ja gar nichts sein oder aber die ganze Welt bedeuten – nicht mehr rückgängig zu machen; etwas rastete ein, etwas setzte sich in Gang, das nicht aufzuhalten war, wie eine Lawine ja auch aus einem Schneeball entstand und ein Sturm aus einem Windhauch, und so hätte Donata es zwei Jahrzehnte später gern auch Georg und Helen auf Heinrichs Beerdigung erklären wollen, aber sie fand nicht die richtigen Worte dafür. Nicht nur weil ihr alles zu viel geworden war, nicht nur weil die Reue an Heinrichs Totenbett Tage später zu einer vernichtenden Kraft geworden war, die sie überrollte, aussog und schließlich nur noch Verbitterung übrig ließ – sie war schuld an seinem Tod, sie hatte ihm vor vielen Jahren das Herz gebrochen und nichts getan, um ihm bei der Heilung behilflich zu sein, sodass der Sprung geblieben war und sich zur konkret körperlichen Symptomatik auswachsen konnte –, es gab auch ganz banale Gründe für ihre Unfähigkeit, wie ein heftiger grippaler Infekt, der sie ausgerechnet kurz vor dem Begräbnis erwischt hatte und so schwächte, dass sie kaum noch wusste, wie sie die nächsten Tage überstehen sollte.

Abgesehen davon, wollte sie kein Verständnis für ihren Schmerz und ihren Kummer, im Gegenteil, sie verdiente es doch gar nicht besser! Dass sie sich in Joseph verliebt hatte, dass sie ihm wie ein romantischer Backfisch nach Berlin gefolgt war, dass sie ihre Ehe aufs Spiel gesetzt und ihr Kind verlassen hatte wegen einer Leidenschaft ohne Zukunftsaussichten und dass sie – schlimmer noch! – auf jeden Fall bei Joseph geblieben wäre, wenn er nicht an einer Blinddarmentzündung erkrankt wäre, die zu spät erkannt worden war und ihn in Donatas viertem Schwangerschaftsmonat das Leben kosten sollte: unverzeihlich! Die monatelange Verzweiflung nach seinem qualvollen Tod, das unstillbare Verlangen, selbst zu sterben, die Tatsache, dass nur sein Kind als sein Vermächtnis sie davon abgehalten hatte, ihm nachzufolgen: Wie hätte sie das in Worte fassen können, ohne sich selbst noch hundertmal mehr zu hassen für das, was sie Heinrich und Jürgen angetan hatte? Was sie getan hatte, war niemals wiedergutzumachen, und genauso sagte sie es auch auf ihre so unglückselig harsche Art: dass Helen und Georg aufgrund ihrer, Donatas, Sünde *Halbgeschwister* waren, dass Heinrich in einer unendlichen und völlig unverdienten Güte Georg als seinen eigenen Sohn angenommen und adoptiert hatte, dass dieses unglaublich großherzige Verhalten maximale Dankbarkeit erforderte, an der sie selbst es hatte jahrzehntelang fehlen lassen – »jahrzehntelang!«, rief sie mit überschnappender

Stimme – und dass es nun Georgs Pflicht sei, an dieser unseligen Beziehung zu seiner *Halbschwester* nicht länger festzuhalten, sondern er sich verantwortungsvoll zu zeigen hätte, denn noch gäbe es keinen Skandal, noch hätten Helen und Georg die Möglichkeit, das Schreckliche ungeschehen zu machen.

»Maman«, sagte Helen mit tonloser Stimme.

»Unterbrich mich nicht!«

»Ist das …?«

»Selbstverständlich ist das wahr, du dumme Göre, wie kannst du so eine Frage stellen! Und hör auf, zu jammern und zu zittern wie eine alte Frau, das ist lächerlich! *Ich* müsste weinen, *ich* schäme mich in Grund und Boden, und das seit vielen Jahren, aber damit ist niemandem geholfen. *Niemandem!*«

»Maman …«

»Eine Ehe steht außerhalb jeder Möglichkeit. Habt ihr das jetzt verstanden?«

»Ich … Wir …«

»Alles, was zwischen euch beiden geschehen ist, ist falsch! Ich will nichts mehr hören, Helen, schon gar nichts von einem Wir! Ich hoffe, dass Gott mir irgendwann vergibt, ich selbst werde es nie tun, aber die Wege des Allmächtigen … Ihr habt es jedenfalls in der Hand. Ihr entscheidet. Heinrich ist euretwegen gestorben, es sollte nicht umsonst gewesen sein.«

Und mit dieser durch nichts zu rechtfertigenden Anschuldigung ließ sie das Paar im Salon allein, denn es gab ja noch so unendlich viel vorzubereiten; zu Heinrichs Beerdigung hatten sich entsetzlich viele Gäste angesagt, und davon würden mindestens zwölf über Nacht bleiben, unter anderem Justus und seine Eltern, die das erste Mal in Frommberg waren.

Und erst am frisch ausgehobenen, mit zahlreichen Kränzen geschmückten Grab Heinrichs, wo sie alle standen, die Heinrich geliebt und verehrt hatten, nur eben nicht Helen und Georg, die, ohne sich von jemandem zu verabschieden, wieder nach Berlin zurückgekehrt waren, erst da wurde Donata klar, dass sie zwei Kinder verloren hatte.

Nachts träumte sie zum ersten Mal seit vielen Jahren von Joseph. Sein Gesicht war seltsam unscharf, aber seine warme Stimme mit dem kleinen Lächeln darin erkannte sie sofort, auch wenn sie nicht verstand, was er sagte, obwohl sie sich Mühe gab. Sie umarmte ihn, doch sie fasste irgendwie immer ins Leere, es gelang ihr nicht, ihn zu berühren. Geh jetzt, sagte Joseph schließlich, und diesen Befehl verstand sie nur zu gut. Als sie aufwachte, weinte sie genauso trostlos wie damals, als er ihr jede Nacht, jede verdammte Nacht erschienen war und sie immer, immer, immer geglaubt hatte, dass sie nun zusammenbleiben würden.

Bis zum nächsten Morgen.

Sie stand auf, spritzte sich kaltes Wasser ins Gesicht, rubbelte sich mit ihrem Frotteehandtuch die kalte Haut ab, bis sie brannte, und rief nach Klara, die sich wieder einmal verspätet hatte.

# 42

So verging der Rest dieses Jahres irgendwie, ohne dass sich Donata später an viele Einzelheiten erinnern konnte. Es gab immerhin keine weiteren Tragödien, stattdessen durchaus angenehme Entwicklungen. Es war sogar ein bisschen so, als wollte ihr Gott, der Herr, ein wenig Trost spenden, nachdem er ihr so herbe Verluste beschert hatte. Rudela wuchs zu einem hübschen, wenn auch weiterhin verträumten jungen Mädchen heran, das sich am liebsten in der Natur oder bei ihrer Geige aufhielt. Justus kam im Spätsommer zu Besuch und zeigte sich anfangs enttäuscht, Helen nicht mehr anzutreffen, doch er schien sich erstaunlich schnell für ihre Schwester erwärmen zu können. Jedenfalls unternahmen die beiden lange Reitausflüge, und Justus liebte es offenbar, Rudela beim Geige-Üben zuzuhören. Bei den Soupers kam er aus dem Schwärmen über ihre Musikalität und ihren »sanften, sensiblen Bogenstrich« gar nicht mehr heraus, und Rudela senkte dann den Kopf und lächelte mit dem ihr eigenen linkischen Liebreiz. Während Donata erfreut, aber doch überrascht über diese Wendung der Dinge war, denn wie konnte jemand, der sich für Helen interessiert hatte, auf Rudela umschwenken?

Wilhelms Behinderung wurde zwar nicht besser, wie Dr. Grauvogel gehofft hatte, aber sie verschlimmerte sich immerhin nicht weiter, auch wenn Donata zwei zusätzliche Hilfskräfte einstellen musste, die ihn beruhigten, wenn er tobte und schrie. Jürgen beendete sein Studium genau zur richtigen Zeit und konnte ihr nun zur Hand gehen, und – fast besser noch – er verlobte sich mit Corinne, die Donata sehr mochte, weil sie sie an sie selbst erinnerte, besonders der herbe Humor, die Offenheit bis hin zu expliziter Dreistigkeit, die in Donatas Jugend einer jungen Frau gar nicht gut zu Gesicht gestanden hätte, aber jetzt offenbar als eine Qualität wahrgenommen wurde. Donata ahnte, dass Corinne weiterhin Kontakt zu Helen hatte, aber sie sprach sie nie darauf an; sie betete nur, dass Helen ihr die Hintergründe verschwiegen hatte.

Dass dies nicht der Fall war, wurde ihr eines Abends im November klar, als sie mit Corinne allein im Salon saß, alle Gäste bereits zu Bett gegangen waren und die beiden, wie sie es sich angewöhnt hatten, noch einen Cognac zusammen tranken und so mühelos miteinander plauderten, wie Donata es seit Agnes' Tod vor ein paar Jahren mit niemandem mehr gekonnt hatte.

»Helen sehnt sich nach dir«, sagte Corinne plötzlich auf ihre direkte Art.

Donatas Gesicht zeigte großes Missfallen, aber Corinne nahm darauf keine Rücksicht. Sie schwenkte das Glas mit der dunkel schimmernden Flüssigkeit, stellte es dann ab, ohne davon zu trinken, und fuhr fort: »Wie soll es deiner Meinung nach weitergehen?«

Donata saß jetzt sehr gerade in ihrem Biedermeiersessel, den sie vor ein paar Wochen hatte neu beziehen lassen – den Stoff zierte ein auffälliges Motiv, bestehend aus lauter roten Rosen, und er hatte im Geschäft entschieden besser ausgesehen als jetzt auf diesem Stuhl. Das Braun der gedrechselten Lehne und der geschwungenen Beine vertrug sich überhaupt nicht mit dem knalligen, modernen Muster, und diese Fehlentscheidung ärgerte Donata jeden Tag, und so auch jetzt. Sie wäre gern aufgestanden, hätte gern den Raum verlassen, aber sie spürte ihre Knie unter dem dünnen Seidenkleid zittern. Corinne legte ihre warme Hand auf Donatas Oberschenkel, was es nur noch schlimmer machte.

»Warum?«, fragte Corinne hartnäckig.

»Warum was?«

»Warum bist du bei ihm geblieben?«

»Heinrich war der beste Mensch auf der Welt. Ich verstehe deine Frage nicht.«

»Ich meine nicht Heinrich.«

»Oh.«

»Also?«

»Was willst du hören?«

»Ich will es verstehen. Bitte, Donata. Ich *muss* es verstehen. Jürgen und ich wollen heiraten, und ich werde dann Teil eurer Familie sein, die meine beste Freundin verstoßen hat.«

»Ich habe Helen nicht verstoßen. Sie kann jederzeit zurückkommen. Genau wie Georg.«

»Zu deinen Bedingungen.«

»Es sind nicht meine Bedingungen, es sind …«

»Ich weiß, Donata. Ich muss trotzdem die Hintergründe kennen.«

»Nein.«

»Doch. Ich bitte dich. Ich kann nicht Jürgens Frau werden, wenn ich nichts weiß.«

»Jürgen? Hast du es ihm …«

»Er wird es nie erfahren, das schwöre ich, und das habe ich auch Helen versprochen. Er würde es nicht verstehen.«

»Nein«, sagte Donata gedankenvoll. »Er ist wie Heinrich, ein wenig unbeweglich und moralisch gefestigt, nur stärker und selbstbewusster.«

»Aber *ich* muss es wissen.«

»Warum denn?«

»Bitte vertrau mir, Donata. Du bist mir die Liebste nach Jürgen und Helen. Bitte vertrau mir.«

Und so erzählte ihr Donata schließlich doch einiges über Joseph, nicht weil Corinnes Argumente sie wirklich überzeugt hätten, sondern weil es seit Agnes' Tod niemanden mehr gab, mit dem sie über ihn hätte sprechen können.

»Wie war er?«, fragte Corinne.

»Anders.« Sie spürte die Sehnsucht, das Verlangen; es schlug eine Brücke über all die Jahre hinweg.

»Wie anders?«

»Ich kannte niemanden wie ihn.« Sie spürte den Schmerz, als wäre es gestern gewesen.

»Was meinst du damit?«

»Er lebte mit allen Sinnen, und er liebte mich so, wie ich immer geliebt werden wollte. Heinrich gab mir alles, was er hatte, aber sein Innerstes blieb verschlossen.«

»Ich verstehe.«

»Wirklich?«

»Nun ja. Ich glaube schon.«

»Selbst in Momenten größter Innigkeit misstraute er mir, misstraute dem Schicksal, glaubte nicht an unsere Liebe. Joseph öffnete mein Herz und seine Seele mit der allergrößten Selbstverständlichkeit, er zweifelte nie an mir, an uns, und so stellten wir fest, dass wir immer aufeinander gewartet hatten.«

»Das klingt so wunderbar.«

»Wir hatten nur eine winzige Wohnung, die Felix für uns anmietete – kein Vermieter hätte uns genommen, ein Paar, das in Sünde lebte –, aber es war genug. Wir hatten uns, und das war genug.«

»Wer wusste davon?«

»Aus der Gesellschaft, meiner Familie? Niemand außer Felix. Heinrich tat so, als sei ich erkrankt, und vielleicht war ich das auch. Oder nein, ich war es sicher.«

»Du warst nicht krank.«

»Ich habe meinen kleinen Sohn – deinen künftigen Ehemann – zurückgelassen. Das war unverzeihlich.«

»Aber …«

Donata stand auf, ein wenig steif, aber entschlossen. Sie musste weiterleben, für Frommberg, für ihre Kinder, hoffentlich auch für Enkel. Sie konnte sich keine Reminiszenzen leisten.

»Bitte geh nicht«, sagte Corinne.

»Es gibt nichts mehr zu sagen. Jedes weitere Wort bedeutet nur noch mehr Traurigkeit.«

»Ich dachte …«

»Was denn noch?«

»Vielleicht gibt es ja einen Ausweg für Georg und Helen.«

»Deswegen wolltest du die Geschichte hören? Um mich umzustimmen?«

»Nein!«

»Es gibt keinen Weg, Corinne. Es kann keinen geben. Geschwister dürfen nicht heiraten, schon ein Zusammenleben ist streng verboten. Sie können wegen Blutschande ins Gefängnis kommen. Ich frage mich, wann ihr das endlich begreift.«

»Niemand weiß von Joseph, Donata. Offiziell ist Georg adoptiert. Es muss niemand erfahren.«

»Es gibt eine Geburtsurkunde, und darin steht Josephs Name. Das Original liegt gut verwahrt beim Standesamt. Ohne Geburtsurkunde keine Hochzeit. Ich verstehe nicht, warum ich das mit dir erörtern muss. Wenn man gar nichts über das Leben und die Tücken der Bürokratie weiß, ist es manchmal besser, den Mund zu halten.«

Und mit diesem Worten verließ Donata den Salon und ließ Corinne sitzen, die nie wieder auf das Thema zu sprechen kam.

Manchmal telefonierte Donata mit Felix in Berlin, sie sprachen über alles Mögliche, aber sie fragte ihn weder nach Georg noch nach Helen.

# 43

Das neue Jahr begann nicht gut. Am 1. Januar 1921 starb Wilhelm überraschend an einer Lungenentzündung. Donata nahm es als erneute Strafe des Herrn, diesmal dafür, dass sie Wilhelm nie wie einen Sohn behandelt hatte, immer nur wie einen Störenfried. Als er still und weiß auf seinem Bett lag, trauerte sie zum ersten Mal um ihn, um sein kurzes unglückliches Leben und seinen frühen Tod. Ein paar Tage später musste sie Cora einschläfern lassen, diesen sanftesten, freundlichsten aller Hunde, der nie über Heinrichs Tod hinweggekommen war.

Am 5. Januar wurden anlässlich drohender Streiks die Bezüge der Eisenbahner um 55 bis 70 Prozent erhöht – nichts, was in Frommberg jemanden interessierte. Am 8. März besetzten Franzosen und Belgier die Städte Duisburg und Düsseldorf, als Pfand für die korrekte Zahlung der Reparationen. Diesen Bruch des Völkerrechts nahmen die Frommberger schon eher zur Kenntnis, auch wenn sie nach wie vor das Gefühl hatten, weit weg von alldem zu sein. Die Natur erwachte, es gab jede Menge zu tun, und Corinne und Jürgen planten ihre Hochzeit für den Juni. Corinne kam nun immer häufiger nach Frommberg, reiste aber auch viel herum, besuchte Verwandte in London, Freunde in Paris, und im März nahm sie Martina und Helen mit in das Familienanwesen in der Toskana.

Nach zwei Tagen in Florenz saßen die drei, erschöpft von ihrer Besichtigungstour zu nahezu sämtlichen kulturellen Sehenswürdigkeiten, in einem Café bei den Uffizien.

»Gäbe es Florenz nicht, würde ich vom Glauben abfallen, wenn das nicht ohnehin schon passiert wäre«, erklärte Martina, kaum dass sie Tee, Cappuccino und mehrere Sorten Tramezzini bestellt und sich die Kellner mit einer Verbeugung entfernt hatten. Martina lächelte mit der ihr eigenen Unschuld in die Runde, während Helen und Corinne darüber nachdachten, ob Martina schon immer so seltsame Dinge von sich gegeben hatte oder ob sie sich in den letzten Jahren verändert hatte. Zumindest sah sie anders aus als früher. Vor ein paar Tagen hatte sie sich in einer unerklärlichen Anwandlung ihr feines, staubfarbenes Haar noch kürzer geschnitten, als es ohnehin schon war, so kurz, dass es dem modischen Garçonne-Stil überhaupt nicht mehr entsprach. Sie trug keinen Hut, dafür trotz der frühlingshaften Wärme mehrere Lagen unterschiedlich gemusterter Kleidung übereinander, was einen sackähnlichen Look ergab, den man nur mit viel gutem Willen als Boheme bezeichnen konnte.

»Ist es nicht seltsam?«, fragte sie.

»Was ist seltsam, Schatz?«, fragte Corinne, doch mit zunehmendem Unwillen. Seitdem Martina begonnen hatte, sich in München als Malerin einen Namen zu machen, war sie zur anstrengenden Reisebegleiterin geworden, die sich nie zu entspannen schien. Entweder schleifte sie einen in jede Kirche und jedes Museum, wo sie dann jedes Kunstwerk so ausführlich analysierte, dass einem nach ein paar Stunden der Kopf rauchte, oder sie zeichnete mit gesenktem Kopf und wie besessen in ihren Skizzenblock. Auch an Orten, wo es sich einfach nicht gehörte, wie zum Beispiel in diesem Café, wo sich laut *Baedeker* die Hautevolee der Stadt traf, die sicher keinen Wert darauf legte, von einer Touristin porträtiert zu werden.

»Was seltsam ist?«, wiederholte Martina Corinnes Frage, eine weitere ihrer neuen Schrullen, genau wie der übertrieben schelmische Gesichtsausdruck dazu.

»Ja, sprich es einfach aus«, sagte Helen. »Und bitte pack den Block wieder ein. Ich kündige dir die Freundschaft, wenn du jetzt zu zeichnen beginnst.«

»Ich wollte gar nicht …«

»Das wolltest du wohl.«

»Also, was ist seltsam?«, fragte Corinne ungeduldig, während Martina folgsam den Block in ihrer riesigen Beuteltasche verstaute, ohne die sie nirgendwohin ging.

»Ich liebe Frauen, Helen liebt ihren Bruder, und ausgerechnet du, Corinne, heiratest einen braven Junker ohne Fehl und Tadel.«

»Na und?«

»Ich dachte nur …«

»Was?«

»Sei nicht böse, bitte!«

»Meine beste Freundin findet mich bieder, ein bedauernswertes Opfer überkommener Konventionen; was soll ich dazu sagen, das vernichtet mein Ego!«

»Und ich dachte schon, du bist beleidigt!«, rief Martina mit so viel ehrlicher Erleichterung in der Stimme, dass ihr Corinne einen Kuss gab.

»Du bist wirklich verrückt.«

»Das Kompliment gebe ich zurück. Corinne, knietief im Schlamm der Heimaterde nach Kartoffeln wühlend und anschließend den Acker umpflügend. *Das* ist verrückt.«

»Abgesehen davon, dass dieser Kommentar bezeugt, wie wenig Ahnung du von der Landwirtschaft hast: Ich liebe Jürgen, und ich würde ihn auch lieben, wenn er der berüchtigtste Anarchist unserer wackligen Republik wäre.«

»Oh, natürlich! Das versteht sich doch!«

»Was willst du damit sagen, Martina? Übst du dich in Ironie?«

»Wenn ich euer Geplänkel kurz unterbrechen darf …«

»Natürlich, liebste Helen, es geht ja nicht um Weltbewegendes. Nur klitzekleine Missverständnisse, die sich allerdings durchaus …«

Helen legte ihre Hand auf Corinnes Unterarm. »Ich muss morgen zurückfahren.«

Das übertriebene Entsetzen in Corinnes Gesicht wirkte

auf kabarettistische Weise gespielt, so wie es typisch für sie war, und doch spürte Helen dahinter echten Kummer.

»Sind wir eine so wenig amüsante Gesellschaft?«

»Hör auf.«

»Helen, im Ernst, ich bitte dich! Wir wollten doch noch nach Venedig!«

»Ich kann nicht. Ich habe gestern Abend mit Georg telefoniert, es gibt neue wichtige Aktionen.«

»Mein Gott, Helen, was meinst du mit Aktionen? Sind das die Worte dieser unsäglichen Wirrköpfe, denen ihr euch angeschlossen habt?«

»Bei aller Liebe, aber wer sich so wenig mit Politik beschäftigt, sollte sich zurückhalten.«

»Hörst du dich eigentlich selbst reden? Hier spielt sich das Leben ab! Sieh dich einmal um, diese Schönheit, diese Pracht, diese Grazie überall, diese sprudelnd gut gelaunten Menschen. Wenn sie streiten, streiten sie mit Elan und Leidenschaft, ohne jemals unhöflich zu werden, doch die meiste Zeit verbringen sie damit, einander die freundlichsten Dinge zu sagen und dabei so umwerfend auszusehen, dass man sich auf der Stelle in sie verlieben muss. Und du sprichst von *wichtigen Aktionen*. Das klingt so hart und deutsch, so gefährlich und uncharmant.«

Helen lehnte sich zurück und sagte ein paar Sekunden lang nichts, ließ tatsächlich, wie Corinne es angeregt hatte, die Atmosphäre auf sich wirken, die ja wirklich so anders als im hektisch rauen Berlin war. Das Café war auf kunstvolle Weise so verglast, dass man fast glaubte, sich im Freien zu befinden. Die Gäste speisten unter hohen marmornen Rundbogen, die ein Gefühl von Weite vermittelten. Putten aus schimmernd poliertem Stein schwebten an unsichtbaren Fäden über den beiden – natürlich ausnehmend hübschen – Kellnern, die sich nun wieder ihrem Tisch näherten, um abzuräumen und neue Bestellungen entgegenzunehmen.

»Helen?«

»Ja?«

»Bitte fahr nicht.«

»Ich muss.«

»Kommst du …«

»Nein.«

»Ich will dich als Trauzeugin! Du musst kommen! Wir feiern in Mecklenburg, Frommberg spielt dort gar keine Rolle …«

»Es geht einfach nicht. Unsere Anwesenheit würde alles verderben, und allein komme ich nicht.«

»Du machst mich unglücklich, weißt du das?«

Martina orderte einen Tee und stand dann auf, um sich zu den Waschräumen zu begeben. Helen und Corinne sahen ihr hinterher, Corinne, plötzlich wieder besser gelaunt, mit einem kleinen Grinsen. Martinas ein wenig breitbeinige Erscheinung wirkte wie eine kalkulierte Irritation auf die elegante Harmonie des hohen Raums, dachte Helen, während Corinne sich zu ihr beugte und raunte: »Lass mich nicht allein mit ihr, ich bitte dich!«

Helen lächelte sie an, doch ohne auf ihren Lästerton einzugehen, den sie plötzlich als unfair empfand und als Corinnes nicht würdig. Dabei hatte sich Corinne doch immer so gegeben, als Spotterin, der nichts heilig war, also warum störte Helen sich ausgerechnet jetzt daran? Aber es war so, nicht nur Martina, auch sie selbst hatte sich verändert, es gab Dinge, die sie nicht mehr dulden konnte. »Sprich nicht so über Martina. Sie ist eine Künstlerin, und nur weil du jetzt unter Mamans Einfluss stehst …«

»Das tue ich nicht!«

»Nun …«

»Jetzt fängst du auch schon damit an!«

»Sei ein wenig toleranter. In ein paar Jahren wird die Kunstwelt über Martina sprechen …«

»Ja, ja. Ich verehre Martina, das weißt du genau, und das wird sich auch nie ändern, selbst wenn sie ihre verfusselte und ausgeleierte Wolljacke bis zum Hochsommer nicht mehr ausziehen sollte …«

»So ist's recht, meine Liebe!«

»… und ich werde unglaublich nett zu ihr sein, vorausgesetzt, du fährst nicht.«

»Sei nicht böse …«

»Und kommst zu meiner Hochzeit.«

»Nein.«

»Doch!«

»Es geht nicht, Corinne.«

Martina näherte sich ihrem Tisch; ein paar Gäste schienen sie erstaunt zu mustern.

»Deine Familie vermisst dich«, sagte Corinne mit gedämpfter Stimme.

»Ich vermisse sie auch, aber ich liebe Georg, und beides zusammen ist nicht möglich.«

»Du bist dir so sicher mit Georg, das ist beinahe unheimlich.«

»Wir gehören zusammen, auch wenn ich das lange nicht wahrhaben wollte, und wenn das so ist, wenn man das einmal erkannt hat, ist es vollkommen egal, was die Welt davon hält.«

»Das klingt wirklich unheimlich, meine Liebe. Ich frage mich …«

»Lass es sein, Süße. Es ist, wie es ist.«

Martina setzte sich dazu, doch scheu und ungeschickt, als spürte sie, dass die beiden anderen über sie gesprochen hatten. »Santa Maria Maddalena dei Pazzi«, sagte sie nach einer kurzen Pause; die Worte kamen ein wenig mühsam, und Helen schämte sich für Corinnes scharfe Zunge, die Martina auf undefinierbare, aber merkliche Weise ausgeschlossen hatte.

»Das klingt wunderschön. Ist das eine Kirche?«, fragte Helen aufgrund ihres schlechten Gewissen etwas zu eifrig und zu bemüht.

»Ja, im Norden.« Martina klang dennoch dankbar.

»Oh, wirklich?«

»Ja. Sie ist bezaubernd. Man gelangt von dort aus über die Krypta zur *Crocifissione*.«

»Hat das etwas mit Kreuzigung zu tun?«

»Das würde passen«, murmelte Corinne, was Martina wiederum zu kränken schien, doch sie setzte sich tapfer darüber hinweg und sagte: »Ja, es ist ein außergewöhnlich schönes, monumentales Fresco von Pietro Perugino aus dem 15. Jahrhundert. Ich kann natürlich auch allein hingehen.«

»Natürlich nicht«, sagte Helen.

»Das wäre dann nach meiner Zählung die neunundvierzigste Kirche in zwei Tagen«, sagte Corinne.

»Andererseits kann man nicht oft genug die Gnade des Herrn erbitten«, fügte Helen hinzu und versetzte Corinne unter dem Tisch einen Tritt.

»Du hast vollkommen recht, Schatz. Und wisst ihr, was das Gute daran ist? Ich habe dann für den Rest des Lebens meine Besucherpflicht sakraler Stätten erfüllt.«

# 44

Das erste Mauser-Gewehr, das beim deutschen Heer eingeführt wurde, war das Modell 1888 mit dem charakteristischen Zylinderverschluss. Versuche führten zur Einführung einer neuen 7,92-mm-Patrone, und diese Ausführung wurde als Gewehr Modell 98 oder kurz Gew 98 bekannt. Dieses neue Gewehr wurde zu einer der am weitesten verbreiteten und erfolgreichsten Waffen seiner Art und in großen Stückzahlen hergestellt.

Es war ein klassisches Mauser-Gewehr, formschön, aber ziemlich lang und dafür gut ausbalanciert. Der Verschluss hatte sich bald einen hervorragenden Ruf aufgrund seiner Zuverlässigkeit, Feuerkraft und Genauigkeit erworben, und noch bis heute werden Debatten darüber geführt, ob das Modell 98 und seine verschiedenen Ableger und Nachfolger nicht vielleicht sogar das beste Infanteriegewehr aller Zeiten war. Sicher ist jedoch, dass Gew 98 im deutschen Heer gute Dienste leistete. Die Frontsoldaten mussten es sorgsam behandeln, was sich aber in der Regel darauf beschränkte, den Zylinderverschluss mit einem Tuch zu bedecken, wenn das Gewehr nicht verwendet wurde. Zusätzlich war Gew 98 die erste Panzerabwehrwaffe überhaupt, aufgrund der zufälligen Entdeckung, dass die Panzerung der ersten britischen Panzer des Modells Mark 1 mittels einer umgekehrt geladenen Patrone durchschlagen werden konnte.

Zwei dieser Modelle – Sonderversionen für Scharfschützen mit Zielfernrohren – lehnten an der Anrichte. Davor saßen Erna und August und verspeisten im Schein einer Kerze dicke gebutterte Brotscheiben mit Blut- und Leberwurst, die sie aus der Speisekammer entwendet hatten. Außerdem hatte Erna eine Kanne starken Kaffee aufgebrüht.

Es war sechs Uhr morgens und noch stockdunkel. In spätestens fünf Minuten würde Martha das elektrische Licht einschalten und sie hier entdecken. Sie hatten keine Ahnung, was dann passieren würde, angesichts der Tatsache, dass Erna bei ihrem damaligen Verschwinden einfach den Hausschlüssel hatte mitgehen lassen und sich mit genau diesem Schlüssel nun widerrechtlich Eintritt verschafft hatte. Doch da sie nicht nur die beiden Gewehre bei sich hatten, sondern auch mit jeweils einer Ari-08-Pistole und einem Grabendolch bewaffnet waren, konnte es ihnen vollkommen egal sein.

Ernas dicke blonde Haare waren kurz geschnitten und normalerweise unter einer Schirmmütze versteckt, die jetzt auf dem Tisch lag. Sie trug verschlissene, verdreckte Soldatenkleidung und war so hager und sehnig geworden, dass man sie auf den ersten Blick für einen abgemagerten Siebzehnjährigen halten konnte. Auf den zweiten und dritten Blick war man sich dann nicht mehr so sicher, doch das spielte keine große Rolle; Kameraden, die es wagten, Mutmaßungen über Ernas Geschlecht anzustellen oder gar den Ausdruck »Flintenweib« in den Mund zu nehmen, bekamen es unverzüglich mit August zu tun.

Er sah Erna zu und kaute dabei ununterbrochen. Erna merkte nichts davon; sie stützte Ellbogen und Unterarm auf den Tisch und schlang riesige Bissen von der Brotscheibe herunter. Es war ihre erste richtige Mahlzeit seit Tagen, und August hätte am liebsten gesagt, dass sie sich nicht beeilen müsse; sie hatten ohnehin geplant, ein paar Tage in der Gegend zu bleiben, um sich von den Strapazen der Kämpfe im Osten zu erholen, wo sie gegen die von ihnen so bezeichnete polnische Tscheka gekämpft oder auch gewütet hatten; warum nicht ehrlich sein, sie waren ja im Recht gewesen, und insofern mussten – so war es ihnen beigebracht worden – auch keine Rücksichten auf Völkerrecht oder traditionelle Kriegsgebräuche genommen werden.

Schließlich schob Erna mit einer brüsken Bewegung den halb leeren Zinnteller zur Seite. August wusste, dass ihr jetzt übel war, weil sie zu hastig und zu viel auf einmal gegessen hatte. Er hoffte, dass sie es trotzdem bei sich behielt, und stellte vorsichtshalber seinen Flachmann in ihre Reichweite. Erna grinste schief, griff sich das verbeulte Metallfläschchen, nahm einen tiefen Zug, warf den Kopf zurück und schloss die Augen. August sah ihre zitternden Wimpern und einen feuchten Schleier auf ihrer rußig grauen Stirn, doch dann rötete sich ihr Gesicht, sie öffnete die Augen, und er atmete auf.

»In Ordnung?«, fragte er.

»Sicher.«

»Gibt's noch Kaffee?«

»Klar.«

Sie schob die Kanne in seine Richtung. Die Zeiten, in denen sie ihn bedient hatte, waren lange vorbei. Sie waren immer noch ein Liebespaar, aber ausschließlich in der Nacht. Tagsüber waren sie Kampfgefährten, nicht mehr und nicht weniger.

»Ich hasse sie«, sagte Erna.

»Wen? Die Regierung?«

»Die auch.«

»Die Polacken?«

»Auch! Unabhängigkeit, am Arsch! Aber wir kriegen die klein!«

»Sicher.«

»Du wirst sehen!«

»Ja, Erna. Wir müssen uns nur ausruhen.«

»Ausruhen? Wie geht das?«

»Keine schlechten Träume wäre schon mal ein guter Anfang.«

Erna lachte heiser, stand auf und machte das Licht an. Dann lehnte sie sich mit verschränkten Armen an die Anrichte und sah sich in der Küche um, in der sich in den letzten Jahren so gut wie nichts verändert hatte. Der Kupferkessel auf der eisernen Herdplatte, der weiß lasierte Schrank neben der Tür, wo sich die Töpfe und Pfannen befanden, die verkratzte Metallleiste über dem Ofen mit den blank polierten Schöpfkellen unterschiedlicher Größe, der im Schachbrettmuster gekachelte Boden, der dauernd geputzt werden musste, weil man auf den weißen Fliesen jeden Krümel sah. Alles wie immer, dachte Erna mit einem seltsam unbehaglichen Gefühl in der Magengrube, obwohl es ausgerechnet hier nun wirklich keinen Grund gab, sich zu fürchten.

»Was noch?«, fragte August, während er sich Kaffee einschenkte.

»Was?«

»Na, wen hasst du noch?«

Erna wollte eigentlich sagen: Alles hier, sieh dich nur um, aber eigentlich stimmte das gerade gar nicht.

»Egal«, sagte sie.

Plötzlich spürte sie die Müdigkeit im ganzen Körper, die Erschöpfung nach den langen Märschen mit dem schweren Gepäck, die Sehnsucht nach einem heißen Bad – sie konnte sich gar nicht mehr erinnern, wann sie sich zum letzten Mal von Kopf bis Fuß gewaschen hatte –, die Kälte und die Einsamkeit, die sie nachts manchmal überfiel, wenn sie darüber nachdachte, wie ihr Leben weitergehen sollte.

Das Blut. Das viele Blut. Man wurde unempfindlich mit der Zeit, aber nur tagsüber, nicht nachts. Die Nacht rächte sich für den Tag, an dem man Dinge tat, die man sich nie hätte vorstellen können, bis sie eben geschahen und irgendwann selbstverständlich wurden.

In diesem Moment betrat die kleine, mollige Martha die Küche und fabrizierte ein so komisch-schreckhaftes Kieksen, dass Erna beinahe losgelacht hätte. Sie richtete die Pistole auf Martha, August packte sie derweil grob an den Armen und drückte sie auf einen Stuhl. »Maul halten«, sagte Erna, wie so oft. Maul halten oder *zamknij morde.* Dann hielt sie für gewöhnlich *dem Feind* oder auch *dem Verräter an der deutschen Sache* die Waffe an den Kopf, während August ihn von hinten festhielt, und manchmal schoss Erna aus nächster Nähe, weil es notwendig war, und hielt es anschließend aus: das Blut, wie gesagt, aber eben auch das auf die denkbar hässlichste Weise zerstörte Gesicht mit herausstehenden weißen Knochen, und im Hintergrund sehr oft das Schreien von Frauen und Kindern, die die Vollstrecker um Gnade anheulten.

*Łaska! Łaska!*

Erna legte die Pistole auf den Tisch und setzte sich.

Martha starrte sie an, und Erna merkte, wie es ihr langsam dämmerte, wer Erna einmal gewesen war, und es war seltsam, denn auch Erna schien sich unter diesem Blick zurückzuverwandeln in das naive, abenteuerlustige Mädchen mit den langen Zöpfen, das sich in einen *Russen!* verliebt und von der weiten Welt geträumt hatte.

»Erna?«, fragte Martha.

Nun kannte sie die weite Welt.

»Bist du das?«

Und deren Grausamkeit.

»Ja, ich bin's«, sagte sie.

Martha war dicker geworden, fiel ihr auf, aber vielleicht kam es ihr auch nur so vor; sie war Hungerleider gewohnt, die angespannten, eingefallenen Gesichter der Kameraden, ihren wilden Blick aus tiefen Augenhöhlen, und hier nun saß Martha: wohlgenährt, gesund und munter in ihrem stramm sitzenden, jedoch blitzsauberen blauen Kleid mit dem perfekt gebügelten schneeweißen Kragen, so behaglich wirkend in ihrem beschaulichen, übersichtlichen Kosmos.

»Kennst du mich noch?«, fragte Erna.

»Dann bist du es?«

»Das war ich mal.«

»Wie siehst du denn aus, um Gottes willen!«

Erna lächelte, und daran erst erkannte Martha sie zweifelsfrei; das Lächeln war ein wenig schief, aber dennoch unverkennbar Erna. »Und du bist Mariechens Bruder«, sagte Martha zu August, der sich neben Erna gesetzt hatte.

»Ja«, sagte August erstaunlich friedlich, und dann füllte sich die Küche ganz allmählich; Klara kam herein, um den morgendlichen Tee für die gnädige Frau aufzubrühen, es fand sich der Rest der Dienerschaft ein, und schließlich saßen sie alle am großen Esstisch und bestaunten diese beiden Gestalten aus einer ihnen völlig fremden Welt.

»Wo ist Mariechen?«, fragte August.

»Mariechen kommt nicht mehr.«

Die Herrschaft wurde mit Ernas und Augusts Ankunft nicht behelligt. In seltener Einigkeit wurde vielmehr weitgehend stillschweigend der Entschluss gefasst, niemanden in den oberen Etagen über einen Besuch zu informieren, der die Abläufe doch ohnehin nicht stören würde, sondern einfach das leere Dienstbotenzimmer herzurichten, das als Reservezimmer für Erkrankte diente, damit sich der Rest des Personals nicht ansteckte. Erna und August durften ein Bad nehmen – es gab jetzt ein echtes Badezimmer mit fließendem Wasser! – und sich anschließend den ganzen Tag ausschlafen.

Sie öffneten das Dachfenster ihres Zimmerchens, so weit es ging – man gewöhnte sich daran, im Freien zu schlafen, und hielt es dann nur noch schwer in geschlossenen Räumen aus –, und kuschelten sich auf der schmalen Matratze aneinander.

»Es riecht so frisch«, sagte Erna.

»Sicher«, murmelte August, und in der nächsten Sekunde hörte sie ihn schnarchen. Sie befreite sich aus seinen Armen, stieg vorsichtig über ihn hinweg und legte sich in das zweite Bett gegenüber. Eigentlich wollte sie gar nicht schlafen;

schlafen hieße, den Genuss des sauber riechenden Zimmers und der frischen Bettwäsche zu versäumen und dazu all die heimeligen Geräusche wie das Zwitschern der Vögel, das dumpfe Brummen der Kühe im Stall und Hufgeklapper auf dem Kies der Einfahrt. Eine Frauenstimme, wahrscheinlich die von Donata, rief nach dem Stallknecht, Erna hörte das Lachen einer anderen Frau, und darüber schlief sie dann doch ein, verschlief komplett den sonnigen Frühlingstag und erwachte erst, als es dunkel war und die Luft klamm und kühl.

Sie zog die Decke über die nackte Schulter und drehte sich um. August saß auf dem Bett, schon in Hemd und Hose, aber mit heruntergelassenen Hosenträgern. Das gelbe Licht der Nachttischlampe beleuchtete sein Gesicht von der Seite und warf einen unheimlich verzerrten Schlagschatten seines Profils an die Wand. Einen Moment lang sah es so aus, als wäre August nur halb – als wäre die andere Hälfte abgehackt. Erna schauderte kurz, nahm sich aber zusammen, als August aufsah und sie musterte.

»Komm her«, sagte er.

»Nein.«

»Komm schon!«

»Mir tut alles weh. Nein!«

Und so war es auch; überdies fühlte Erna sich so steif, dass sie ein paar Momente lang glaubte, nicht mehr aufstehen zu können. Ihr fielen die Augen wieder zu, aber August packte und rüttelte sie an der Schulter, schüttete ihr dann ein Glas kaltes Wasser ins Gesicht, und schließlich erhob sie sich murrend und leise schimpfend.

Das Abendbrot, das bei der Dienerschaft immer schon um sechs Uhr stattfand, zwei Stunden bevor die Herrschaft speiste, hatten sie verpasst. Doch um elf gab es die Reste des Soupers, die Martha ihnen großzügig zukommen ließ. Wieder sammelten sich alle um sie herum, Martha holte Bier aus der Speisekammer, und sie tranken auf ihre Heimkehr, auch wenn es keine war, weil sie ja wieder zurückkehren würden. Nicht morgen, nicht übermorgen, aber in den nächsten Tagen auf jeden Fall; sie hatten eine Pflicht gegenüber dem deutschen Volk, eine Kampfespflicht, der man nicht immer gern nachkam, aber der man sich auch nicht entziehen konnte, wenn man sich einmal dafür entschieden hatte.

Wenn man sich einmal dafür entschieden hatte, das deutsche Volk zu verteidigen, dann war das ein lebenslanger Schwur.

Man konnte ihn nicht brechen.

»Wo müsst ihr hin?«, fragte Klara, von Erna argwöhnisch beäugt. Dieses hübsche Lärvchen mit seiner zarten weißen Haut würde keine Stunde dort überleben, wo sie die letzten Monate verbracht hatten.

»Das brauchst du nicht zu wissen«, antwortete Erna.

»Polacken«, sagte August, obwohl das eigentlich geheim war; sie waren keine offizielle Truppe, das chaotische Deutsche Reich ließ sie die Drecksarbeit erledigen und ansonsten schmählich im Stich.

»Und was ist da?«

»Na, Krieg!«, sagte Erna. »Die gegen uns, wir gegen die. Die Deutschen dort sind froh, dass wir da sind, das kann ich euch sagen, die Polacken würden das Land sofort einsacken und unsere Landsleute vertreiben.«

»Aber der Krieg ist doch aus!«, rief Martha.

»Sehr lustig! Und was ist das dann?« August, schon ziemlich angeheitert von Bier und Schnaps, öffnete sein frisch gewaschenes Hemd und zeigte seine Schulter mit der wulstigen Narbe.

»O mein Gott!«, kreischte Klara, kicherte völlig unmotiviert und hielt sich dann mit einer damenhaften Geste die Hand vor den geöffneten Mund.

Die Übrigen schwiegen erschrocken. Plötzlich war aus der lauten, vergnügten Runde eine recht stille geworden.

»Was ist das?«, fragte schließlich ein junger Mann mit schmalem, hübschen, vom Alkohol geröteten Gesicht.

»Na, was denkst du wohl?«, schnappte August; er machte sein Hai-Gesicht, wie Erna es nannte, doch bevor die Situation eskalieren konnte, unterbrach sie ihn. »Du bist neu hier, wer bist du?«, fragte sie.

»Alfons«, sagte der Junge schüchtern und fügte erklärend hinzu: »Kammerdiener des gnädigen Herrn.«

»Welchem Herrn? Jürgen?«

»Ja.«

»Der, der sich gedrückt hat vor dem Kampf und auf Mann der Scholle macht?«

Alfons sah verwirrt aus, doch bevor Erna ihm erklären konnte, was es damit auf sich hatte, öffnete sich die Tür, und ein kalter Hauch wehte herein, zusammen mit der gnädigen Frau in ihrem violetten Morgenrock, die sich ausgesprochen ungnädig erkundigte, was denn hier los sei und was ihnen denn einfiele, einen derartigen Lärm zu veranstalten.

# 45

Am nächsten Morgen ritten Rudela und Justus wieder einmal gemeinsam aus. Es war Justus' letzter Urlaubstag, und er war weniger fröhlich als sonst, was Rudela jedoch nicht auffiel. Sie galoppierte neben Justus über die Felder und sah ihn dabei kein einziges Mal an, sondern ging ganz in der Bewegung auf, konzentriert, doch eigentümlich heiter auf ihre stille Art. Wie es ihr wirklich ging, was sie tatsächlich fühlte, konnte man nur ahnen; entsprechende Nachfragen erwiesen sich stets als absolut unergiebig. Vielleicht, dachte Justus manchmal, geheimste er auch etwas in sie hinein, einen verborgenen inneren Reichtum, der nur in seiner Vorstellung existierte, vielleicht war sie im Gegenteil ein einfacher Mensch mit einfachen Bedürfnissen und einer überschaubaren Interessenlage, die außer ihren Hengst Cassian im Wesentlichen ihre Geige und ihre Bücher umfasste, in denen es wiederum meist um musizierende Mädchen ging, deren bester Freund ein Pferd war.

Justus liebte sie trotzdem und sah etwas in ihr, das andere nicht wahrnehmen konnten, etwas schwer zu Definierendes, doch Starkes und Unbeugsames. Er konnte nicht genau sagen, was dieses erstaunlich stetige Gefühl in ihm auslöste, nur dass es da war und dass es, seitdem er Rudela für sich entdeckt hatte, keine andere mehr für ihn gab, obwohl er als eifriger Tänzer und gut gelaunter Mensch in der Damenwelt gut ankam. Er kannte eine Menge hübschere, witzigere und temperamentvollere Mädchen als sie, aber keine sah ihn so an wie Rudela. So offen, so unverwandt, so zutraulich und ohne Falschheit. Sie sagte wenig – zugegeben, das war ein Manko für einen gesprächigen Menschen wie ihn, der es liebte, sich auszutauschen –, aber nie etwas, das sie nicht wirklich meinte, und das machte ihren Mangel an Beredsamkeit mehr als wett.

Dann war da noch diese faszinierende Kunstfertigkeit, mit der sie ihr Instrument beherrschte, diese fast ein wenig beunruhigende Hingabe an eine ihm trotz des Wohlklangs fremde Welt mit eigenen Codes, aus der sie bestimmte Anweisungen zu empfangen und willig zu befolgen schien. In solchen Momenten wirkte sie einerseits ganz weit entfernt und andererseits viel wacher, zielstrebiger und entschlossener als sonst, als ob sich jemand ihrer bemächtigt hätte, der sie zu maximaler Präzision und Ausdruckskraft befähigte, um nicht zu sagen: befehligte. Und das erinnerte ihn wiederum an ihn selbst, seine eigene Gabe, die vor allem darin bestand, andere mit Leidenschaft von dem zu überzeugen, was ihn antrieb. Auch wenn sich sein Glaube an die deutsche Nation nicht mit der Liebe zur Musik vergleichen ließ, gab es doch Ähnlichkeiten, was die Passion als solche betraf. Er verstand Rudelas Versunkensein als eine Art göttlichen Funken, den er auch in sich selbst spürte, wenn er sich über seine individuellen Befindlichkeiten hinwegsetzte – hinwegschwebte! –, um sich dem Großen und Ganzen zu widmen, nämlich in seinem Fall dem deutschen Volk und dessen großartiger Bestimmung.

Wir sind leidenschaftliche Schwärmer und realistische Träumer, dachte er, während er von Trab in Galopp fiel, ein Gedanke, der ihm ausgesprochen gut gefiel und ihm gleichzeitig Mut machte, den Schritt zu wagen, denn es gab ja noch andere Probleme, über die er sich den Kopf zerbrach, seitdem er beschlossen hatte, Rudela seine Liebe zu gestehen. Er war acht Jahre älter als sie, ein erwachsener Mann, und sie gerade erst sechzehn geworden. Seine Tante Donata schien ihn zwar zu mögen, doch ob sie ihn als Schwiegersohn akzeptieren würde, stand in den Sternen; oft machte sie einen äußerst strengen, ja überkritischen Eindruck auf ihn. Und nicht zuletzt war auch Rudela selbst ein unberechenbarer Faktor. Manchmal erschien sie ihm reif genug für ihr Alter, dann doch wieder recht kindlich …

Sie zügelten die Pferde und ließen sie im Schritttempo auf den Stall zugehen.

»Rudela?«

Sie wandte sich ihm zu und lächelte so halb, ein bisschen widerspenstig, aber doch herzlich und lieb, und wieder ging ihm das Herz auf.

»Könntest du dir vorstellen …?«

»Hm?« Sie stand bereits auf dem Boden, die Zügel in der Hand, also stieg auch Justus ab. Nebeneinander führten sie Cassian und Nofretete zum Stallknecht Oswald, der am Tor auf sie wartete. Es roch nach Pferdedung und Schweiß; nicht der perfekte Moment für einen Antrag, aber einen besseren würde es vielleicht nicht geben, also blieb Justus abrupt stehen und fragte Rudela, die sich erstaunt umdrehte, ob sie sich vorstellen könnte – nicht jetzt sofort, aber vielleicht in ein, zwei Jahren …

»Hm?«

»… mich zu heiraten.«

»Hm?«

»Rudela. Möchtest du mich *heiraten?*«

Einen Moment lang sah sie so verblüfft aus, als hätte er sie gebeten, einen Rückwärtssalto zu machen. Dann nahm sie die Reitkappe mit dem Ohrenschutz ab, den sie brauchte, weil sie häufig unter Mittelohrentzündungen litt, und stand eine knappe Minute lang einfach nur da auf dem matschigen Boden, mit ihrem erhitzten Gesicht und dem Striemen von der Reitkappe auf der Stirn.

»Heiraten?«, fragte sie dann.

»Ja. Mich.«

»Ich weiß nicht. Ich habe noch nie darüber nachgedacht zu heiraten.«

Oswald nahm ihnen grinsend die beiden Pferde ab und verschwand im Stall.

»Aber du könntest es dir eventuell vorstellen?«

Rudela sah ihn an und überlegte, ob etwas dagegensprach. Es wäre schön, immer mit Justus zusammen zu sein, und das war es ja wohl, was das Wesen einer Heirat ausmachte. Sie erinnerte sich, dass sie schlecht geschlafen hatte, weil sie wusste, dass heute sein letzter Tag auf Frommberg war und sie ihn sicher längere Zeit nicht sehen würde. War das so etwas Ähnliches wie Liebe? Dass man jemanden vermisste, wenn er nicht da war, und sich freute, wenn er kam? Eins war jedenfalls klar, wenn sie jetzt Nein sagte, würde Justus sie vielleicht seltener besuchen und irgendwann möglicherweise überhaupt nicht mehr.

Dieser Gedanke war nicht schön.

Gar nicht schön.

Also sagte sie: »Gern!«, und nickte dabei bekräftigend, als sei ihr selbst klar, dass das ein wenig lahm klang. Tatsächlich entsprach es nicht dem, was sich Justus unter verliebter Zustimmung vorstellte, gleichzeitig wusste er, dass diese Reaktion wahrscheinlich das Höchste war, was ein Mann von einem Mädchen wie Rudela erwarten konnte. Also lächelte er und nahm sie – keusch und vorsichtig – in den Arm, was Rudela sich zu ihrer eigenen Überraschung tatsächlich »gern« gefallen ließ.

Und so wäre alles zumindest für den Moment gut gegangen, wenn ihm nicht Erna und August vollkommen unabsichtlich einen Strich durch die Rechnung gemacht hätten.

Während sich Rudela und Justus für die erste Mahlzeit des Tages umzogen, berieten Donata und Jürgen bereits am Frühstückstisch, was mit den beiden Eindringlingen zu geschehen hatte. Als sich Justus dazusetzte, ohne zu wissen, worum es ging, abgelenkt von der Frage, wie er Donata über seine Pläne in Kenntnis setzen sollte, war noch keine endgültige Entscheidung gefallen. Jürgen hatte argumentiert, dass Erna und August nur wenige Tage bleiben wollten, Donata regte sich über das widerrechtliche Betreten Frommbergs auf, doch immerhin hatten sie sich darauf geeinigt, dass die beiden Delinquenten gehört werden sollten.

Donata klingelte also, ohne Justus und Rudela zu beachten, die sich ahnungslos ihre Brötchen schmierten, während Martha Erna und August ins Esszimmer begleitete.

»August!«, rief Justus, als er seiner ansichtig wurde. »Alter Freund, was für eine Freude!«

»Ihr kennt euch?«, fragte Donata perplex.

»Wir sind Kriegskameraden«, sagte Justus in freudestrahlender Naivität. »Und noch einiges mehr, nicht wahr, August?«

In dem folgenden Gespräch erfuhr Donata nicht nur zum ersten Mal auf unverblümte Weise, wo Justus, der freundliche, herzliche, trotz seiner militärischen Tapferkeitsauszeichnungen stets ein wenig harmlos wirkende junge Mann, tatsächlich politisch stand. Sondern hörte auch, welche fantastischen Pläne er für das deutsche Volk hegte, wovon vieles mit krasser Offensichtlichkeit auf den Ideen jenes proletarischen Schreihalses beruhte, den Justus offenbar hoch verehrte, Donata aber genauso wenig ernst nehmen konnte wie all die anderen hysterischen Gruppierungen mit ihren absurden Theorien. Jüdische Kriegsgewinnler, jüdische Bolschewisten und all die anderen vaterlandslosen Gesellen, die sich jetzt breitmachten, seien für den beklagenswerten Zustand des Deutschen Reiches nach Unterzeichnung des schmachvollen Versailler Vertrags verantwortlich, erklärte Justus mit erhobener Stimme, während Jürgen erfolglos versuchte, ihn zu unterbrechen. Und das Schlimmste kam ja noch – in Form der von Justus mit Verve geäußerten Überzeugung, dass der Krieg noch längst nicht vorbei sei.

»Wir fangen gerade erst an!«, rief er mit blitzenden Augen

und rühmte, mitgerissen von seinem eigenen Enthusiasmus, Ernas und Augusts Tapferkeit, die das Vaterland im Osten unter Einsatz ihres Lebens verteidigten, während die Regierung als Sklave der Entente Augen und Ohren verschloss und stattdessen dem deutschen Volk Reparationszahlungen abpresste, die es noch weiter in die Armut treiben würde. Dabei bemerkte er nicht, wie blass seine Gastgeberin geworden war; er war überhaupt blind für alles um sich herum – außer für Rudela in ihrem wunderhübschen himmelblauen Kleid, ja eigentlich produzierte er diese leidenschaftliche Suada ohnehin nur für sie, die ihn wieder einmal mit diesem eigenartig hypnotischen Blick ansah, in den man alles hineinlesen konnte, also auch Zustimmung und Bewunderung.

»Wir beide«, sagte er zu Rudela, »wir werden Teil dieses neuen, alten Volkes sein.«

Und Rudela lächelte noch über die Vorstellung, gemeinsam mit Justus Teil von irgendetwas zu sein, als Donata schon sagte: »Jetzt ist aber Schluss mit diesem entsetzlichen Blödsinn.«

Justus schwieg nun endlich und bereute sofort jedes einzelne Wort. Wie hatte er sich so vergessen können? Ihm war doch immer klar gewesen, dass seine Tante aufgrund ihrer Ahnungslosigkeit – Frommberg war ja noch immer eine Insel der Seligen in einem wild bewegten Meer – bestimmte Überzeugungen gar nicht teilen *konnte,* sie wusste einfach viel zu wenig von der wirklichen Welt mit ihren echten Problemen, weshalb er bisher ganz instinktiv politische Diskussionen weitgehend vermieden hatte. Und während er überlegte, wie er den Karren am geschicktesten aus dem Dreck ziehen konnte, ohne dabei seine heiligen Überzeugungen zu verraten, gab Donata die schöne Hoffnung auf, dass ihre sensible, kauzige, geniale und auf geniale Weise unbedarfte zweite Tochter erfreulich zügig unter die Haube kommen würde.

»Musst du nicht packen?«, fragte sie kalt.

»Noch nicht«, sagte Justus, der sich nicht so schnell geschlagen geben wollte.

»Ich will nicht, dass du gehst«, sagte Rudela, und Justus lächelte sie zärtlich an.

»Ich komme ja wieder.«

Das werden wir sehen, wollte Donata sagen, fing aber einen warnenden Blick von Jürgen auf und hielt deshalb fürs Erste den Mund.

»Warum ausgerechnet er?«, fragte sie später, als sie einen Spaziergang im Park machten.

»Du willst nicht noch eine Tochter verlieren«, sagte Jürgen.

»Nein, aber …«

»Das ist doch so, oder?«

»Nein.« Sie seufzte.

»Wir können Justus überzeugen, wenn wir nur wollen«, sagte Jürgen. »Und das sollten wir versuchen, schon um Rudelas willen. Er steckt so tief in seinem Offiziersumfeld, er umgibt sich nur mit Gleichgesinnten, die einander bestärken, Widerspruch ist in diesen Kreisen wie ein Sakrileg; es ist kein Wunder, dass er denkt, wie er denkt.«

»Aber es ist so dumm!«, rief Donata. »Wir haben den Krieg verloren, weil wir uns übernommen haben und die Kriegsgegner zu zahlreich waren. Es ist so einfach und klar! Warum sieht er diese Wahrheit nicht?«

»Ganz so einfach ist es vielleicht nicht. Justus ist jedenfalls in seiner Offiziersehre gekränkt. Er war so jung, als der Krieg begann, er hat gekämpft unter den widrigsten Bedingungen, und niemand dankt es ihm und seinen Kameraden. Ich denke, wir verstehen das nicht.«

»Nein. Das alles ist mir völlig fremd.«

»Noch etwas.«

»Ja? Bitte keine weiteren Katastrophen.«

»Nein, nein.«

»Also, was? Erna und August?«

»Können sie nicht doch noch ein paar Nächte bleiben? Sie wecken nicht gerade meine Sympathien, doch ich könnte mir vorstellen, dass es die Dienerschaft nicht in Ordnung findet, wenn wir sie einfach so auf die Straße setzen.«

»Du hast recht. Sagst du ihnen Bescheid? Ich möchte noch ein wenig für mich sein.«

»Natürlich.«

Donata tauchte nicht mehr auf, um sich von Justus zu verabschieden, obwohl sie wusste, dass sein Zug mittags abfuhr. Doch immerhin beauftragte sie Glienke, ihn rechtzeitig zum Bahnhof zu bringen.

*Ich betrachte Justus, wie er deprimiert im Zug sitzt und sich am liebsten im Nachhinein auf die Zunge beißen würde, aber leider nicht aus Reue über das, was er gesagt hat, sondern wie er es gesagt hat. Ich sehe jetzt die Stationen seines künftigen Lebens in aller Klarheit, das Glück mit Rudela und seinen drei Kindern, die sie ihm schenken sollte, wie man so sagte, und von denen eines mein Vater war, der nun auch auftaucht aus den Tiefen der Zeit, was mich tieftraurig und überglücklich macht. Ich sehe meinen Vater als strohblonden, ein wenig schüchternen Neunjährigen mit Justus auf einer Stufe vor dem Eingang Frommbergs sitzen. Mit stolzem, sehnsüchtigem Kinderblick schaut er zu ihm auf, während Justus seine Schirmmütze mit dem Adler in der Mitte und der schwarz-weiß-roten Reichskokarde darunter auf dem Mäuerchen abgelegt hat und liebevoll auf seinen Sohn hinunterschaut, und das tut so weh, John, weil ich weiß, was Justus getan hat beziehungsweise aus voller Überzeugung nicht verhindert hat, und ich denke …*

*Was von ihm …*

*Ist in mir …*

*Und ich will es nicht wissen, aber ich muss es wissen wollen.*

*Ich versuche, mich heranzuschleichen an das Phänomen,*

*von außen nach innen, von der Theorie bis zum eigenen Erleben das Wesen des nationalen Chauvinismus zu begreifen, und weiß nicht, wo ich anfangen soll, denn hier gibt es nichts mehr zu erklären oder zu entschuldigen, ich bin nun in mir selbst, meinen eigenen Gehirnwindungen, und ich sehe nichts, außer weiteren Erinnerungen …*

*Ich bin fünfzehn und stehe am Rand eines Feldes, auf dem nichts wächst, denn es handelt sich um militärisches Übungsgelände. Es regnet, und ich habe keinen Schirm dabei. Ich verstecke mich unter der Kapuze meines Parkas und rauche trotzig schiefe selbst gedrehte Zigaretten, während eine Kolonne von Panzern an mir vorbeifährt, die den schlammigen Boden mit ihren Gleisketten malträtieren. Spritzer der nassen Erde besudeln unsere Gesichter, Tiefflieger heulen über uns hinweg; die Glattrohrkanonen von den Geschütztürmen folgen ihnen wie in Trance, und mein Vater, Diplom-Ingenieur, Begabtester seines Jahrgangs, erklärt uns mitten im Höllenlärm die überlegene Technik des Leopard II, an der er an entscheidender Stelle mitgewirkt hat, und erst jetzt, Jahrzehnte später, erkenne ich die Absurdität dieser Leistung, die meinen Vater, der als Weißer Jahrgang nie dienen durfte, nun doch in eine Reihe mit seinen Vorfahren stellt.*

*Als Offizier ehrenhalber.*

*Ich erkläre ihm mit patziger Stimme, was er schon weiß, dass ich nämlich Pazifistin bin – eine Pazifistin im Armeeparka, nun ja – und einen Teil meiner Freizeit damit verbringe, gegen Waffen wie diese hier zu demonstrieren, und dass ich mich nur ihm zuliebe zu dieser entsetzlichen Veranstaltung, die sich Tag der offenen Tür nennt, habe mitschleifen lassen, und mein Vater hat wieder diesen kummervollen Blick, der besagt, dass Waffen Frieden schaffen können im Sinne eines Gleichgewichts des Schreckens, aber er hat dieses Argument schon so oft angeführt, dass er jetzt keine Lust mehr hat, es zu wiederholen, nachdem ich ohnehin immer alles besser weiß ….*

*Oh nein, nein, nein, ich lenke ab, eine andere Erinnerung, mein Lebensthema, dem ich mich endlich stellen sollte, die Tatsache, dass ich und mein Land auf irrationale Weise eins waren, nie war ich »Europäerin« oder »Weltbürgerin« wie so viele meiner Landsleute, die dachten, sie könnten sich so aus der Verantwortung stehlen, ich war immer hier, ich blieb hier, ich wollte nirgendwohin, außer hierher, und doch …*

*Dann traf ich dich und wollte zum ersten Mal wirklich weg, du warst meine Exitstrategie, mein Ausweg, meine Fluchtmöglichkeit in ein anderes problematisches Lebensthema, nämlich deins (alles war besser als meins!), und dann verließ mich nicht nur der Mut, nein, es war viel schlimmer, ich* wollte *es nicht mehr, ich fand Millionen Gründe, es* nicht *zu tun, und alle diese Ausflüchte klangen so verachtenswert* vernünftig *und* verständig *und* verantwortungsvoll.

*Und ich blieb.*

*Und bildete mir ein, es sei meine Entscheidung gewesen, doch in Wirklichkeit hatten meine Vorfahren für mich entschieden, ich war nur ihre Marionette; der tote Justus, Abkömmling einer tapferen Offiziersfamilie, abgeschossen vor der Front in einem Fieseler Storch, begraben in Ssochkranaja – Justus prägte mich, ohne mich auch nur zu kennen, sein absurder Patriotismus legte eine genetische Spur bis zu mir, und also gab es kein Entkommen.*

*Ich war ich, ich blieb hier, und ich war schuldig.*

*Für immer.*

# 46

Zur selben Zeit, als Justus zu seinem Regiment unterwegs war und grübelte, wie er seinen Fauxpas wiedergutmachen könnte, waren Helen, Georg und Mateusz Richtung Halle unterwegs, um sich an Ereignissen zu beteiligen, die später als die Märzkämpfe in Mitteldeutschland in die Geschichte eingehen sollten. Der Zug war überfüllt mit sehr vielen bewaffneten Parteigenossen und sehr wenigen Genossinnen. Schnapsflaschen kreisten, und die Stimmung wurde lauter, lustiger und bedrohlicher. Helen fühlte sich nicht wirklich wohl in dieser Gesellschaft, doch Georg und Mateusz hatten sie vorsorglich in die Mitte genommen, also machte sie gute Miene, nahm sogar ab und zu einen winzigen Schluck von dem ekelhaften Fusel, denn Georg hatte ohnehin schon mit einer gewissen Verve versucht, sie von der Teilnahme abzubringen, und sie wollte nicht, dass er recht behielt und sie sich als zu schwach erwies.

Als sie ankamen, empfing sie bereits am Bahnhof ein Plakat, das Helen derart entsetzte, dass sie trotzdem beinahe wieder umgekehrt wäre.

**Aufruf!**
**Diktatur des Proletariats!**
**Wir haben mit unseren roten Truppen den Ort besetzt und verhängen hiermit das proletarische Standrecht, das heißt, dass jeder Bürger erschossen wird, der sich nicht den Anordnungen der militärischen Oberleitung fügt! Im selben Augenblick, wo uns gemeldet wird, dass Polizei oder Reichswehr im Anmarsch ist, werden wir sofort die ganze Stadt anzünden und die Bourgeoisie abschlachten!**
**Gez. Max Hölz**

»Was ist das?«, fragte sie Georg, dabei ließ der Wortlaut doch eigentlich keine Fragen offen.

»Du weißt ja, wie Max ist«, sagte Georg zerstreut. »Halt dich an mir fest, wir dürfen uns nicht verlieren. Hast du deine Pistole?«

»Ja, aber ich schlachte niemanden ab, verstehst du?«

»Du musst niemanden schlachten«, sagte Mateusz und zwinkerte ihr zu.

»Ich finde das nicht komisch!«

»Du brauchst das nicht so ernst zu nehmen«, sagte Georg. »Max übertreibt immer, aber in der Sache hat er recht.«

»Er übertreibt? So nennst du das? Das ist Wahnsinn! Das ist genauso schlimm wie die Hakenkreuzler!«

»Wie kannst du so etwas sagen!«

»Ich sage es, weil es wahr ist! Wir unterscheiden uns überhaupt nicht mehr von den Nationalisten, nur dass wir uns Internationalisten nennen!«

»Komm jetzt«, sagte Georg und warf Mateusz einen komplizenhaften Männerblick zu, der Helen noch zusätzlich ärgerte, doch bevor sie sich entsprechend äußern konnte, erreichten sie den Bahnhofsplatz, wo mehrere Wagen standen, die ihre Gruppe zu den Leunawerken im Süden von Halle bringen sollten.

Als sie ankamen, schien Max bereits da zu sein, man hörte ihn jedenfalls durch den dichten Polizeikordon, der sich bereits um die Firma gebildet hatte, reden, vielmehr: schreien. Helen schauderte, als sie seine raue Stimme erkannte. Jede seiner bekannt aufrührerischen Parolen über die verbrecherische Macht des Kapitals und die Notwendigkeit, selbiges und »die Handlanger der Regierung gleich mit« zu stürzen, wurde vom begeisterten Gebrüll seiner Anhänger beantwortet. Ein KAPD-Genosse führte Georg und Helen und den Rest ihrer Gruppe an den schwer bewaffneten Polizisten vorbei zu einem geheimen Eingang, wodurch sie unbemerkt auf das Gelände gelangen konnten.

»Was machen wir hier?«, fragte Helen, während sie im Laufschritt zum Versammlungsort eilten.

»Du hättest nicht mitkommen sollen«, sagte Georg.

»Das ist keine Antwort. Was machen wir also hier?«

»Wir stärken Max den Rücken. Helen, wir haben das besprochen, du wolltest unbedingt mitkommen, also …«

»Ich habe nicht den Eindruck, dass das nötig ist.«

»Du wirst dich noch wundern, wie nötig das ist. Die Polizei wartet nur darauf, zuzuschlagen.«

»Halt«, sagte der Genosse. »Hier entlang.« Er schloss eine schmale, graue Metalltür auf, die fast unsichtbar ins Mauerwerk eingelassen war. Sie schlüpften hinein, das Geschrei von draußen ebbte plötzlich ab, es ging einen finsteren Gang entlang, und plötzlich, so kam es Helen vor, standen sie wieder in der gleißenden Helligkeit eines Frühlingstages, nun dicht gedrängt zwischen Arbeitern in graublauer Drillichkleidung.

Es roch nach Schweiß und Schmutz und noch etwas anderem, etwas Künstlich-Chemischem, das Helen nicht zuordnen konnte. Sie wusste, dass die Leunawerke der BASF gehörten, dass hier Ammoniak hergestellt wurde, dass es sich dabei um einen Grundstoff sowohl zur Sprengstoff- als auch zur Düngemittelherstellung handelte und dass die Leunawerke seit einem Jahr zur Ammoniakwerke Merseburg-Oppau fusioniert worden waren. Sie wusste auch, dass seit dem Kapp-Putsch in vielen Teilen Mitteldeutschlands Streiks und andere Arbeitsverweigerungsmaßnahmen an der Tagesordnung waren und dass das unter anderem das Verdienst der kommunistischen Partei war, die sich nimmermüde für die mit Füßen getretenen Rechte der Arbeiter einsetzte.

Daran jedenfalls hatte sie bislang immer geglaubt, auch wenn einige Aktionen der Partei aus dem Ruder gelaufen waren beziehungsweise in Gewaltexzessen mit der Polizei geendet hatten, an denen nicht nur die Polizei schuld war. Sie hatte auch Max Hoelz immer geschätzt, ja sogar gemocht, trotz seiner manchmal herben, um nicht zu sagen aggressiven Ausdrucksweise, wenn es um den Klassenfeind ging. Sie selbst hatte Georg und Mateusz dazu überredet, sich von Peter und seinem kleinen und leider auch recht ineffektiven anarchistischen Grüppchen zu trennen. Max nannte sich zwar ebenfalls einen Anarchisten, doch war die KAPD alles andere als das, wie Peter ihnen vorgeworfen hatte.

»Die KAPD bekommt ihre Anweisungen zwar nicht direkt aus dem Kreml wie die KPD, aber das sind trotzdem keine Anarchisten, das sind Parteisoldaten reinsten Wassers«, hatte er sich aufgeregt und sie nach einer ewig langen Diskussion aus seiner Wohnung geworfen, was sie äußerst kränkend fanden. Wie Helen in den letzten Wochen feststellen musste, hatte Peter jedoch nicht ganz unrecht gehabt. Oder sogar vollkommen recht, wie sie mittlerweile glaubte, und dennoch hatte sie bisher keine Konsequenzen gezogen, weil das gemeinsame hehre Ziel – Gerechtigkeit für alle – sämtliche Mittel heiligen musste und sie darüber hinaus keine Lust hatte, alle weiteren zur Verfügung stehenden linken Gruppierungen auszuprobieren.

Jetzt aber machten ihr die rempelnden und pöbelnden Männer um sie herum, von denen nach ihrem Geschmack viel zu viele bewaffnet waren, in erster Linie Angst. Es war so eng und so voll – und was passieren würde, wenn die Polizei das Gelände stürmte, wagte sie sich nicht auszumalen. Was sie aber besonders störte, war, dass Max und die Partei keine echten Forderungen stellten – keine Forderungen, über die es sich verhandeln ließ. Es ging die ganze Zeit, seine ganze Rede über, nur um Revolution, doch Revolution wofür, fragte sie sich, während sie Georgs Hand losließ, um nach ihrer Pistole zu tasten, die sie in einer Tasche in ihrer weiten Wollhose verstaut hatte.

Und schon hatte sie Georg in der Menge verloren und konnte auch Mateusz nirgendwo mehr entdecken. Sie zog sich ihre Kappe tiefer in die Stirn und versuchte, nicht aufzufallen. Langsam arbeitete sie sich nach vorn zu Max, der, als sie endlich zu ihm durchgedrungen war, bereits dabei war, wieder von seinem Podest herunterzusteigen, vermutlich um seinen nächsten Streiktermin nicht zu verpassen.

»Helen«, sagte er erstaunt, als er plötzlich auf gleicher Höhe vor ihr stand. »Was machst du hier, Mädchen? Wo sind Georg und Mateusz?«

Um ihn herum gruppierten sich ein paar finster blickende Aufpasser, die ihn aus der Menge abdrängen wollten, aber Max gab ihnen mit einer Handbewegung zu verstehen, dass er noch Zeit brauchte. Seine Wächter bildeten nun einen Ring um sie beide, während sich die Arbeiter langsam zu zerstreuen schienen, sich in Grüppchen zusammenfindend, quasselnd, schimpfend und rauchend, offensichtlich ein wenig ratlos, was nach dieser fulminanten Rede zu geschehen hatte.

»Ich weiß nicht, wo sie sind«, sagte Helen, so laut sie konnte, um das Getöse um sie herum zu übertönen.

»Ist es nicht fantastisch?«, rief Max.

»Was?«

»Nun, alles!«

Helen schwieg. Max mit seinem buschigen Haar und dem festen, ein wenig groben bartlosen Gesicht hatte die Ausstrahlung eines proletarischen Helden, und als solcher sah er sich auch und sahen ihn die Massen der Unterprivilegierten, die ihn wie einen Erlöser feierten. Er war nicht besonders groß, doch er wirkte wie ein Riese. Sein Lachen war laut und herzlich, seine Stimme tragend und weit, und es faszinierte Helen, dass er keine Angst zu kennen schien. Angst ist das Problem der Bourgeoisie, die etwas zu verlieren hat, hatte er einmal zu ihr gesagt, aber Helen war klar, dass das so ganz nicht stimmte, wie vieles, was Max sich zurechtgezimmert hatte, weil es ihm gerade in seine Argumentation passte: Die Bourgeoisie war hierzulande noch immer recht stabil, und das wusste sie, weil sie ja selbst Teil davon gewesen war und vielleicht immer sein würde.

»Wo geht's jetzt hin?«, fragte sie ihn. Sie wusste, dass er sie mochte, ihren Mut, aber natürlich auch ihr Aussehen, und es gefiel ihr, dass er trotzdem die Grenzen einhielt, sie wie eine geschätzte Genossin behandelte und nicht mehr erwartete.

»Eisleben«, sagte Max knapp. »Das gesamte Bergbaugebiet Mansfeld-Eisleben wird bestreikt. Ist das nicht großartig?«

»O ja. Ein großer Erfolg.«

»Diesmal werden wir den Kampf gewinnen, schöne Helen! Aber jetzt muss ich los.«

»Warte noch ganz kurz.«

Eisleben lag etwa dreißig Kilometer entfernt. Helen wusste, dass Max es eilig hatte, nur ließ ihr die Sache mit dem Abschlachten keine Ruhe. Doch bevor sie entsprechende Fragen formulieren konnte, war Max in Gedanken schon wieder ganz woanders. Er zündete sich eine Zigarette an und blies den Rauch hastig in den grauen Himmel.

»Überall machen sich Spitzel breit«, sagte er, und ein missmutiger Schatten legte sich über sein Gesicht, das für gewöhnlich ungerührt und selbst in Krisensituationen beinahe vergnügt wirkte. »In Hettstedt wurden sie von den Arbeitern gleich enttarnt, und in Mansfeld versuchten ein paar deutschnationale Heldenjünglinge Rabatz zu machen, aber der Rückzug ging schneller als ihr Vormarsch, das kann ich dir sagen!«

Er lachte, und Helen fragte nun doch: »Was meinst du damit? Was habt ihr getan? Mit denen?«

»Was denkst du denn?«

»Keine Ahnung, ich frage dich.«

Statt einer Antwort strich ihr Max kurz über die Wange, und dann waren plötzlich auch Georg und Mateusz wieder da und nahmen sie in die Mitte. Max verschwand aus ihrem Blickfeld, und sie wurden von dem Genossen, der sie aufs Werkgelände gebracht hatte, auf demselben Weg wieder nach draußen geführt.

Als der von Max so groß gedachte Aufstand, dem sich jedoch im Deutschen Reich sonst niemand anschließen wollte, schließlich auf die übliche blutige und brutale Art niedergeschlagen wurde – die Leunawerke wurden von Regierungstruppen gestürmt und die Zahl der Streikenden durch Artilleriebeschuss dezimiert –, erfuhr Helen schließlich das gesamte Ausmaß der Aktionen. Genossen hatten Banken ausgeraubt, Züge entgleisen lassen und Sprengstoffattentate verübt. Es hatte viele Tote gegeben, insgesamt 215 auf beiden Seiten, und Max wurde zwei Wochen später in Berlin festgenommen. Am 1. April war der Generalstreik, der ja bis auf ein paar Ausnahmen ohnehin niemals wirklich stattgefunden hatte, offiziell beendet und Helen wieder ohne echte politische Heimat.

»Ich sehne mich nach Gerechtigkeit«, sagte sie zu Georg, während sie auf Felix warteten, der sich zum Abendessen angesagt hatte, doch sich wie üblich verspäten würde. Georg schenkte ihr ein Glas Wein ein und gab es ihr.

»Danke«, sagte sie.

»Ich auch«, sagte er.

»Was?«

»Ich wünsche mir auch Gerechtigkeit. Aber vielleicht gibt es sie gar nicht.«

»Es gibt sie. Wir haben sie nur noch nicht erfunden. Und mit Gewalt kann man sie nicht erreichen.«

»Das ist eine durch nichts bewiesene Behauptung. Manchmal müssen Menschen zu ihrem Glück gezwungen werden.«

Helen wollte nicht streiten, also sagte sie: »Vielleicht hast du recht.«

Georg setzte sich ihr gegenüber an den hübsch gedeckten Tisch. Er hob sein Glas und sagte: »Auf die Gerechtigkeit«, und Helen hörte am Tonfall, dass dieses Glas nicht sein erstes war. Sie trank einen kleinen Schluck, während sich Georg bereits wieder nachschenkte.

»Glaubst du, dass jeder Mensch dieselben Anlagen hat und sie nur entsprechend geweckt werden müssten?«, fragte sie.

»Ich weiß es nicht.« Georg leerte sein Glas in einem Zug. Er wirkte gereizt, wie es häufiger vorkam, wenn er getrunken hatte. Doch darauf mochte Helen jetzt keine Rücksicht nehmen. Sie insistierte: »Erbt man diese Anlagen, oder kann man sie erwerben?«

»Ich weiß es nicht. Wer weiß das schon?«

»Aber ich muss es wissen. Es ist wichtig.«

»Wichtig? Warum? Was ist mit dir?«

»Nichts. Was meinst du?«

»Du siehst – ich weiß nicht – traurig aus. Jedenfalls anders.«

»Das ist schon möglich.«

»Helen?«

»Ja?«

»Bitte sag mir, was es ist.«

»Ich bin mir nicht sicher, ob du das hören willst.«

»Bitte, Helen.«

»Ich glaube, ich bin schwanger.«

»Du …«

»Ich weiß es noch nicht. Es könnte sein. Einiges weist darauf hin. Blutschande. So nennt man das, nicht wahr?«

Georg stand auf und kniete sich vor sie hin. »Es ist mir egal, wie man es nennt. Du bist meine Frau, und ich bin dein Mann, und wir werden Eltern sein.«

»Georg …« Helen weinte.

»Die besten Eltern, die es je gab, meine Geliebte.«

»Ich liebe dich.«

»Ich liebe dich.«

Dann stand Helen auf und begab sich in Georgs Arme, wo sie nun nach Lage der Dinge hingehörte, auf Gedeih und Verderb, wie man so sagte, und also standen sie minutenlang und hielten sich aneinander fest, wie in einem Schiff auf ziemlich hoher See, glücklich und verzweifelt zugleich, voller Liebe und voller Angst, als es an der Tür klingelte und Helen rasch ins Bad ging, um sich frisch zu machen.

# 47

Ende der ersten Septemberwoche sattelte Rudela ihren geliebten Cassian an einem sonnigen Spätnachmittag, sprach dabei leise mit ihm, unterbrach sich, wenn er schnaubte, und hörte aufmerksam zu, als würde er ihr antworten. Währenddessen strich eine der Hofkatzen um ihre Waden. Sie war noch jung und ganz schwarz mit einem dreieckigen weißen Fleck über der Nase. Rudela hatte sie Linchen getauft und striegelte sie regelmäßig mit einer hierfür zweckentfremdeten Drahtbürste aus dem Pferdestall, sodass sich Linchens Fell lange nicht so räudig anfühlte wie das ihrer Artgenossen in Frommberg. Diesmal hatte Rudela ihr ein Stückchen Wurst mitgebracht, das Linchen mit ihren ulkig verdrehten Bewegungen verschlang, die Rudela oft zum Lachen brachten. Manchmal schmuggelte sie Linchen auch in ihr Zimmer, was Maman gar nicht gern sah, denn die meisten Katzen hatten Flöhe.

Aber Maman sah so vieles nicht gern, dass man darauf nicht immer Rücksicht nehmen konnte.

Nachdem Linchen satt und zufrieden wieder abgezogen war, führte Rudela Cassian aus dem Stall und saß auf, in einer einzigen fließenden, mühelosen Bewegung, die zeigte, wie oft sie das bereits getan hatte und wie sehr sie sich auf einem Pferderücken zu Hause fühlte. Trotz des dicken Ledersattels glaubte sie, jeden Muskel Cassians zu spüren, und darüber hinaus auch, ob er aufgeregt oder gelassen war, launisch oder munter.

Heute war ein guter Tag. Cassian und sie schienen eins zu sein, ihre Bedürfnisse waren geradezu deckungsgleich, dazu kam die milde Spätsommerluft und die tief stehende Sonne, die alles in sanftes, rötliches Licht tauchte. Sie ließ

Cassian heute schnell gehen, forderte ihm alles ab, und als sie zurückkamen, waren beide auf angenehme Weise erschöpft.

Nach dem Abendessen zog sich Rudela in ihr Schlafzimmer zurück, wo sich, wie sie zu ihrer Freude feststellte, bereits Linchen befand, und zwar kreisförmig zusammengerollt mitten auf ihrem Bett. Rudela nahm sie hoch, ein behaglich schnurrendes Bündel, und entdeckte darunter den aufgerissenen, jedoch noch ungelesenen Brief von Justus.

Justus schrieb ihr sehr häufig, für ihren Geschmack fast ein wenig *zu* häufig, und er neigte zur Ausführlichkeit – Episteln, die kein Ende fanden, was Rudela ein wenig unter Druck setzte, denn sie war kein Mensch, der sich schriftlich sonderlich gut ausdrücken konnte, abgesehen davon, dass in ihrem Leben viel weniger Aufregendes passierte als in seinem. Auch war sie nicht so gut darin, ihre Gefühle zu äußern, was Justus auf eine so reizende und charmante Art tat, dass sie immer wieder hingerissen war und zugleich ein bisschen unglücklich, ihm in dieser Hinsicht nicht das Wasser reichen zu können.

Also fielen ihre Briefe viel kürzer aus als seine, auch wenn sie sich große Mühe gab, nicht gar zu wortkarg zu sein.

Da ihre Zofe unpässlich war, zog sie sich ihr Nachthemd selbst an, öffnete das Fenster und genoss die warme, belebende Brise in ihrem Zimmer.

Dann begann sie zu lesen.

Liebste Rudela!
Ich habe mich so gefreut, von Dir zu hören! Dein Briefchen war wieder einmal recht kurz, aber doch so herzlich und nah an Dir und Deinem Wesen, dass ich glaubte, Deine Stimme zu hören und Dein schmales, liebes Lächeln zu sehen.
Ich freue mich, dass Du auf der Geige Fortschritte machst und

sogar Paganinis Caprice Nummer 24 ein wenig besser in den Griff bekommen hast, an der Du ja schon übtest, als wir uns das letzte Mal gesehen haben. Es ist so ein wunderbares, melancholisch-wildes, doch gleichzeitig – selbst für den Laien wie mich ersichtlich – wirklich teuflisch schwieriges, extrem virtuos-geschwindes Stück, dass ich mich vor Deinem Ehrgeiz, es doch eines Tages niederzuringen, tief verneige. Du bist – wirst eine großartige Musikerin sein, und ich werde mit meinen bescheidenen Mitteln alles dafür tun, dass Du eine Chance bekommst, Dich auch einmal vor einem größeren, sachverständigeren Publikum zu beweisen.
Nun zu Deiner Maman und ihren, wie du schreibst, Launen. Ich denke, Du solltest sie ein wenig schonen, was meinst Du? Sie hat in den letzten Jahren viel durchgemacht und ist jetzt gar nicht in der Lage, klar zu denken. Natürlich ist sie erst einmal gegen mich – gegen uns – eingestellt; schließlich möchte sie nicht noch einen weiteren Menschen verlieren, der ihr viel bedeutet. Doch mit ein wenig Geduld werde ich ihr Herz schon noch für mich einnehmen, und sie wird spätestens dann verstehen, dass sie nicht Dich einbüßt, sondern im Gegenteil mich dazugewinnt. Du musst also überhaupt keine Angst haben noch Dich über sie ärgern, sondern am besten allen Diskussionen, die in dieser Situation ohnehin nichts fruchten würden, aus dem Weg gehen.
Du fragst, wann ich wiederkommen kann. Nun, das richtet sich natürlich in erster Linie nach meinen Dienstplänen, und die wiederum richten sich nach den aktuellen Ereignissen, die sich auch in diesem Jahr überschlagen. Ich berichtete Dir ja schon von dem eigentlich ungeplanten Einsatz in Eisleben-Mansfeld gegen blutrünstige Kommunisten und von blutrünstigen Kommunisten aufgepeitschte Arbeiter – wir mussten auch hier der hierfür eigentlich allein zuständigen Sicherheitspolizei zur Seite springen, da den Aufrührern sonst nicht beizukommen war. Solche Revolten gegen

die herrschenden Verhältnisse gibt es immer wieder – leider kann ich an dieser Stelle nicht deutlicher werden, vieles ist sehr geheim und muss geheim blieben –, und ich habe manchmal sogar ein gewisses Verständnis dafür. Die Menschen wehren sich, weil diese Regierung ihr eigenes Volk im Stich lässt – Schande über sie! –, doch leider stehen sie auf der falschen Seite. Der Kommunismus ist nur die halbe Antwort auf die drängenden Fragen unserer Zeit, der nationale Teil fehlt, und eine halbe Antwort ist keine halbrichtige, sondern eine vollkommen falsche, denn wir müssen das Große und Ganze, den vollständigen Entwurf anstreben, sonst erreichen wir gar nichts.
In diesem Zusammenhang steht Deine Frage, was gegen Juden als Rasse einzuwenden sei. Du fragst nicht zum ersten Mal, doch zum ersten Mal schriftlich und auf Deine reizend direkte Weise: »Warum magst Du sie nicht?« Mein liebes Kind, das ist natürlich gar nicht so einfach zu beantworten, denn es geht hierbei ja nicht so sehr um den Einzelnen (der durchaus seine vortrefflichen Qualitäten haben mag, so wie jeder Volksdeutsche auch), es geht vielmehr um das System, das das internationale Judentum geschaffen hat und dem es sich unterwirft, als Opfer und als Täter (und dabei sicherlich auch eigene Angehörige schädigen mag, was es umso schlimmer macht). Das bedeutet: Der Jude als solcher kann gar nicht anders handeln, als er handelt, und das macht ihn einerseits schuldlos, doch andererseits so unsagbar gefährlich, dass wir unbedingt gegen ihn vorgehen müssen. Und dies nun ist sein System: Wie ein Parasit saugt der Jude als solcher über kurz oder lang sein Wirtstier aus, in diesem Fall also den deutschen Volkskörper, der ihm – besonders jetzt, nach diesen unruhigen Zeiten –, bildlich gesprochen, geschwächt zu Füßen liegt: ein wehrloses, ihm ausgeliefertes – ein sehr, sehr leichtes Opfer.
Das Judentum, musst Du wissen, ist international orientiert,

so wie auch der Kommunismus (und also ist es natürlich kaum als Zufall zu werten, dass so viele sozialistische Führer dem Judentum angehören). Was, hast Du mich schon öfter gefragt, ist dagegen einzuwenden? Ich versuche, das nun so präzise wie möglich zu beantworten, damit auch Du eine Argumentationshilfe besitzt, deren Du Dich bedienen kannst, falls es nötig werden sollte (aber bitte nicht vor Deiner Maman – so weit sind wir doch noch nicht, und es wäre fatal, sie in diesem labilen Stadium weiter zu beunruhigen). Natürlich kann ich von Dir nicht verlangen, die entsprechenden Vordenker zu lesen, das wäre auch zu früh. Ich versuche aber ganz allgemein, das parasitäre jüdische System zu erklären. Der Jude, das ist seine Natur, wurde mit gutem Grund aus seinem Land vertrieben. Seitdem ist er als heimatloser Nomade unterwegs, und seine geschickt-infame Strategie besteht darin, sich in jede Kultur einzuschleichen und sie sich anzueignen, ohne dass sie jemals zur wirklich eigenen wird. Er imitiert sie lediglich nach außen, so wie ein Chamäleon die Farbe seiner Umgebung annehmen kann, ohne dabei je aufzuhören, ein Chamäleon zu sein. Der Jude, so er sich nicht streng orthodox gibt, sieht also aus wie ein Deutscher, spricht französisch wie ein Pariser und bewegt sich geschickt wie ein Amerikaner auf entsprechendem gesellschaftlichen Parkett. Er ist der geborene Hochstapler, denn er kann jede Rolle so perfekt spielen, dass gerade wir – Angehörige eines geraden, sauberen, aufrechten, unverstellten Volkes – immer wieder auf ihn hereinfallen. Und dann, wenn wir ihm vertrauen, weil wir längst vergessen haben, wie sich das Wahre und Echte gibt – dann holt er zum Dolchstoß aus, wie im letzten Krieg geschehen.
Das internationale Judentum, die Geldverleiher mit Wucherzinsen im Kleinen, die Kriegsgewinnler und gierigen internationalen Bankiers im Großen, sie sind für unser Unglück verantwortlich, und das müssen wir nicht nur er-

kennen, sondern in der Zukunft Ähnliches verhindern, um unser eigenes Überleben zu sichern. Denn es geht dem Juden niemals darum, sich zu assimilieren, auch wenn er das wieder und wieder behauptet und es vielleicht sogar in manchen Fällen wirklich <u>will</u>, aber er <u>kann</u> es gar nicht, liebe Rudela, er bleibt ein Jude, das ist sein Schicksal, so wie man den stachelbewehrten Leib eines Skorpions noch so oft gerade biegen mag, er wird sich immer wieder in seine ursprüngliche gebogene Stellung zurückbewegen. Ein Parasit ist nicht in der Lage, durch eigene Kraft zu existieren, er <u>muss</u> sich von einem fremden Organismus ernähren, um leben zu können. Du kannst es auch mit einem Tuberkulose-Erreger vergleichen. Sowenig wir also einer Bazille den Vorwurf machen sollten, dass sie mit ihrer ihr angeborenen Tätigkeit uns Menschen zerstört, so sehr sind wir doch gezwungen und berechtigt, um unserer puren Existenz willen den Kampf gegen die von ihr verursachte Krankheit zu führen. Wir können nicht dulden, dass unser durch jüdische Lügen, jüdische Geldgier, jüdische Betrügereien versehrter Volkskörper weiter geschädigt wird.
Dagegen, liebe Rudela, müssen wir uns engagieren, voller Mut, Kraft und mit dem richtigen Maß an Unbarmherzigkeit, das ist meine ganz feste Überzeugung, und ich hoffe, dass Du nun vielleicht besser verstehst, was mich umtreibt – was uns alle umtreiben sollte. Ihr – vielleicht nicht einmal bewusstes – Ziel ist unsere Vernichtung, jedoch nicht durch einen Krieg, einen aufrechten Kampf Mann gegen Mann, wie es sich gehört, sondern heimtückisch und von innen heraus wie ein Geschwür, das uns aushöhlt und uns die Lebenskraft raubt, und die Ergebnisse sehen wir Tag für Tag. Dagegen <u>müssen</u> wir vorgehen, und wir dürfen nicht mehr allzu lang damit warten, denn <u>sie</u> warten nur darauf, uns den finalen Vernichtungsschlag zu versetzen, mit unserer Regierung als willigen Helfershelfern …

Rudela brachte den Brief mit einiger Mühe zu Ende und seufzte manchmal angestrengt, denn Justus' gestochen scharfe Schrift spiegelte hin und wieder seinen Überschwang – je erregter er die Worte zu Papier brachte, so schien es ihr, desto schwieriger waren sie zu lesen. Sie faltete die vier Seiten sorgfältig zusammen und verstaute sie in ihrem Nachtkästchen.

Am nächsten Morgen traf sie Maman Zeitung lesend beim Frühstück an. Maman und sonst niemanden, das versprach anstrengend zu werden.

»Guten Morgen, Maman«, sagte sie leise und setzte sich ihr gegenüber.

»Guten Morgen, Schatz«, sagte Donata zerstreut. Sie liebte Rudela, doch sie wusste nicht recht, was sie von ihr halten sollte. Von all ihren Kindern war Rudela ihr am unähnlichsten; zugleich bodenständig und ätherisch, hochbegabt und sportlich, dafür in vielen anderen Dingen des Lebens unpraktisch und abwesend.

»Kann ich die Zeitung nach dir lesen?«, fragte Rudela, eine Bitte, die sie noch nie geäußert hatte.

»Natürlich«, sagte Donata und gab ihr den Aufmacherteil, den Rudela mit einem so ratlosen Gesicht entgegennahm, dass Donata nicht umhinkonnte, sie zu fragen, was genau sie eigentlich suche.

»Ich möchte wissen, wer Matthias Erzberger war«, sagte Rudela mit tapfer erhobenem Kinn.

»Und du denkst, das steht da drin? Warum ausgerechnet heute?«

»Weil ich … etwas über ihn gelesen habe.«

»Und was soll das gewesen sein?«

»Er soll ein Judengenosse gewesen sein.«

»Hat Justus das geschrieben?«

»Und wenn?«

»Hat er?«

Rudela schwieg trotzig, und dennoch entging ihr nicht, dass ihre Maman erschrocken und verwirrt war, und sie hätte am liebsten alles rückgängig gemacht, denn in der nächsten Sekunde wirkte Maman plötzlich wieder auf ausgesprochen unangenehme Art wach und präsent, und Rudela wand sich unter ihrem forschenden Blick.

»Was hat er über Erzberger geschrieben?«, fragte Maman in dem inquisitorischen Ton, den Rudela hasste.

»Nichts.«

»Das ist doch nicht wahr! Ich will den Brief sehen!«

»Nein!«

»Ich will den Brief sehen, Rudela, sofort!«

»Nein, nein, nein!«

»Erzberger war ein Katholik der Zentrumspartei. Er hat nichts getan, außer sich um unser Land verdient zu machen. Dennoch wurde er vor zwei Wochen ermordet, Rudela, verstehst du? Ermordet von Verbrechern, die ihn vermutlich genauso genannt haben wie dein Justus. Ist das der Mann, den du lieben willst? Soll er derjenige sein, mit dem du dein Leben teilst?«

»Ich …«

»Zeig mir den Brief. Ich muss wissen …«

»Ich habe ihn verbrannt.«

Und das stimmte zwar nicht, aber Rudela hatte ihn mittlerweile gut versteckt – in der Krone der dicht belaubten Eiche, die sie immer noch manchmal erklomm, wenn ihr das Leben und die Menschen zu viel wurden.

Währenddessen legte ihre Mutter das Gesicht in die Hände, eine für sie vollkommen untypische Geste der Resignation und Verzweiflung, und einen Moment lang bekam Rudela Angst – um Maman, aber auch vor Justus, der ja auf mittelbare Weise schuld daran war, und …

*… in dieser Sekunde, John, hätte Donata alles noch ändern können, vor allem aber Rudelas Gefühle für Justus, die so tief*

*nämlich auch wieder nicht waren, sondern altersgemäß eher flatterhaft und beeinflussbar. Doch Donata versagte in jeglicher Hinsicht, dieselbe Donata, die ich jetzt vor mir sehe, aber nicht als die schöne Frau, die sie einmal war. Stattdessen schwebe ich auf die faltige, übelwollende* Düti *kurz vor ihrem Tod herab, Düti mit den eingefallenen Wangen, dem schmalen strengen Mund und der stets gerunzelten Stirn, die, vor der sich alle fürchteten, die, der niemand etwas entgegensetzte, weil jeder ausgerechnet von ihr geliebt und geschätzt werden wollte. Aber ich nicht, Düti/Donata, mich darfst du gern missbilligen und gern auch über den Tod hinaus, du deprimierende, rachsüchtige Gestalt, die vor allem in späten Jahren immer nur die anderen für ihr Unglück verantwortlich machte! Und so erscheine ich dir kurz vor deinem Ableben als böser Geist, als ureigene Nemesis mit glühenden Augen und aschenem Blick, die dir zuraunt, dass du zu Recht dazu verdammt warst, ewig zu bereuen und dabei auf eine unerträglich süßlich-verlogene Art hart und hässlich zu werden. Ich bin die letzte Strafe dafür, dass du* natürlich *wieder einmal in der* richtigen *Sekunde das* Falsche *getan hast, indem du Rudela* nicht *geschickt, warm und einfühlsam – sozusagen über die Bande, das ist doch nicht so schwer! – darauf hingewiesen hast, dass Justus bei aller Liebenswürdigkeit und Freundlichkeit im tiefsten Innern ein enttäuschter und in seiner Enttäuschung verbohrter junger Mann war, der viel zu früh den Krieg als Beruf und Berufung gewählt hatte und nun für nichts anderes mehr zu gebrauchen war, schon gar nicht als Ehemann und Vater. Ich verachte dich dafür, dass dir nichts Besseres eingefallen ist, als auf deine keinen Widerspruch duldende, rechthaberische Art Rudela vor den Kopf zu stoßen, indem du laut und herrisch sagtest …*

»Ich will Justus hier nicht mehr haben.«

»Maman …«

»Hast du mich verstanden?«

»Dann wirst du mich auch verlieren, so wie alle anderen«, erwiderte Rudela, und das klang in seiner hellsichtigen Endgültigkeit so erwachsen und wissend, dass Donata ganz gegen ihre Natur nachgab, in einer plötzlichen Aufwallung unverzeihlicher Schwäche, und Justus zwei Tage später nicht wegschickte, als er unangemeldet vor der Tür stand, obwohl das in ihrer Macht gelegen hätte.

Womit sie den zweiten und entscheidenden Fehler beging.

Am selben Abend besuchten Georg und Helen zusammen mit Felix das *Größenwahn*, ein Lokal mit riesiger Tanzfläche, das um halb eins bereits so voll war, dass sie nur aufgrund von Felix' Beziehungen noch einen freien Tisch ergattern konnten. Der Kellner bahnte ihnen einen Weg durch das erhitzte Gedränge und war gerade dabei, ein junges Paar von dem anvisierten Platz zu vertreiben, als Helen dazwischenging.

»Das ist nicht nötig!«, rief sie. »Wir setzen uns einfach dazu. Holen Sie uns bitte noch drei Stühle.«

Der Kellner empfing einen großzügigen Obolus von Felix, zuckte die Achseln und brachte drei weitere Stühle.

Helen setzte sich neben die junge Frau. Drinks wurden serviert, doch Helen nahm nur einen kleinen Schluck.

»Sie sind schwanger?«, erkundigte sich die junge Frau, die sich mit Marlene vorstellte, und ließ auf einigermaßen freche Weise ihren Blick nach unten wandern.

»Ja«, sagte Helen. »Im sechsten Monat«, fügte sie hinzu.

»Dürfen Sie dann überhaupt tanzen?« Marlene trug ihre Haare kurz und mit perfekter Wasserwelle. Ihr Gesicht war ein wenig pummelig und ihre Figur üppig, doch ihre feinen Züge kontrastierten reizvoll dazu.

»Solange ich es nicht übertreibe, hat der Arzt nichts dagegen«, sagte Helen. »Was machen Sie?«, fragte sie.

»Na, ich bin jedenfalls nicht schwanger!«

»Das allein ist ja noch keine abendfüllende Tätigkeit«, versetzte Helen, und Marlene warf den Kopf zurück und lachte so ansteckend, dass schließlich der ganze Tisch einstimmte, obwohl die anderen bei dem Lärm um sie herum von dem Gespräch kaum etwas mitbekommen hatten.

»Geige«, sagte Marlene dann zu Helen.

»Sie spielen Geige?«

»Am Konservatorium. Aber ich weiß noch nicht … vielleicht werde ich auch Tänzerin oder Schauspielerin. Und Sie? Außer schwanger zu sein?«

»Ich? Ich bin noch auf der Suche.«

»Auf der Suche? Was haben Sie denn verloren?«

»Den Sinn des Lebens?«

»Oho. Eine Philosophin.« Marlene machte eine gespielt respektvolle Verbeugung.

Helen lächelte. »Sie sind einigermaßen direkt.«

»Stört Sie das? Die meisten stört's nicht, oder höchstens am Anfang.«

»Nein, ich weiß nur nicht, was ich antworten soll. Ich weiß nicht, wo es hingeht mit mir.«

»Also, hier haben wir Helen, die keine Ahnung hat, was sie mit ihrem Leben anfangen soll. Außer tanzen. Mit 'nem Balg im Bauch.«

»Sie sind ganz schön verrückt, und es gefällt Ihnen, stimmt's?«

»Da haben Sie so was von recht! Ist er Ihr Mann?« Marlene deutete mit dem Kinn auf Georg, und Helen lächelte und sagte etwas wie »fast«, aber Marlene hörte schon nicht mehr zu, denn in diesem Moment wurde ein Charleston angekündigt, der schwarze Sänger stimmte die Liedzeile *»Man I'm telling you«* an, Felix sprang auf und verschwand in der Menge, während sich Helen, Georg, Marlene und ihr Partner ebenfalls auf die überfüllte Tanzfläche begaben. Die Band war großartig, und der Abend ließ sich verheißungsvoll an, und

Helen wusste noch nicht, dass ihr geliebtes Kind, auf das sie beide sich trotz aller Widrigkeiten so wahnsinnig freuten, zu diesem Zeitpunkt schon nicht mehr lebte.

Ein paar Stunden später kam ein langsames, getragenes Stück, wie ein Signal, dass sich die Nacht dem Ende zuneigte.

Georg nahm sie in die Arme, und in den Minuten, während sie beide das klagende Saxofon und die tiefe Stimme des Sängers umhüllte wie eine warme, weiche Decke, da spürte Helen etwas, das nicht sein konnte, nicht sein durfte.

Sie schloss die Augen, lehnte sich an Georgs Wange, wiegte sich im sanft vibrierenden Rhythmus der Melodie und horchte in sich hinein.

Es war nicht mehr da.

»Georg?«, sagte sie.

»Ja, meine Süße?«

»Ich glaube … ich glaube …«

»Helen?«

Plötzlich kniete sie auf dem harten Boden, mit schmerzenden Knien.

Dann lag sie mit einem Mal auf dem Rücken und starrte zu den riesigen Kronleuchtern weit über ihr, die sich zu drehen schienen, bis ihr der Schweiß ausbrach und sie die Augen schloss.

»Helen!«

Aber sie hatte keine Zeit, zu antworten.

Sie musste sich verabschieden.

*Ich denke, es wird auch für mich Zeit, Abschied zu nehmen, lieber John. Ich sehe dich immer noch in aller Deutlichkeit, ich lese deine Gedanken und fühle deinen Kummer, aber ich entferne mich weiter und weiter, sodass du früher oder später zum Punkt in meiner inneren Landkarte werden wirst, die von so vielen Straßen durchzogen ist, dass sie aussieht wie ein von zahllosen Rissen verunzierter Spiegel.*

*Ich sehe meine zersplitterten Züge darin und möchte weinen.*

*Ich liebte dich, aber ich konnte dich nicht erreichen, nie mehr, und nun muss ich es aufgeben, nicht nur weil mich jemand ruft, sondern weil ich mich zu schwach fühle, als ob mein exponenziell wachsendes Wissen an die Grenzen des Universums gelangt und nun wieder im Schrumpfungsprozess begriffen ist.*

*Doch bevor ich für immer verschwinde, sollst du noch ein paar Dinge erfahren.*

*Vielmehr möchte ich dir jemanden ans Herz legen.*

*Einen tapferen, ehrlichen, integren Politiker (ja, das gibt es!), dem die Höhere Macht alle Charakterzüge mitgegeben hatte, die einen wahren Helden ausmachen: pragmatische Intelligenz, visionären Mut, Leidenschaft und Wärme. Nur die wichtigste Qualität verweigerte sie ihm, nämlich eine stabile Gesundheit, sodass nach seinem frühen Tod alles im Zeitlupentempo zusammenbrach.*

*Er hieß Gustav Stresemann. Bitte google ihn, meine Zeit ist zu knapp für längere Erklärungen. Nur so viel sollst du wissen: Er hatte ein weiches, rundes Gesicht, einen kahlen Kopf und ein etwas vierschrötiges Auftreten. Er war deutschnational orientiert, aber mit einer Jüdin verheiratet, die einen glamourösen Salon in Berlin führte und ihren Mann gegen den grassierenden Virus des Antisemitismus immunisierte. Stresemann war ein Hardliner im Krieg, doch Jahre später gewann er als Außenminister das Vertrauen und die Achtung der Siegermächte. Er glaubte an die Demokratie, das Parlament und an den Frieden. Er beendete die Hyperinflation 1923 mit der Einführung der Deutschen Rentenmark und sorgte für einen wirtschaftlichen Aufschwung, der die Goldenen Zwanzigerjahre einleitete. Gemeinsam mit dem französischen Außenminister Aristide Briand gewann er 1928, zehn Jahre nach dem Krieg, den Friedensnobelpreis.*

*Google ihn!*

*Stresemann hätte Tausende Denkmäler verdient, doch in meinem Land steht leider nur überall der alte Bismarck herum, in Stein gehauen oder in Bronze gegossen, ausgerechnet Bismarck, der die Erbfeindschaft zwischen Frankreich und dem Deutschen Reich im Interesse einer Gleichgewichtspolitik glaubte zementieren zu müssen, bis sich dieses Verdikt Jahrzehnte später gegen sein eigenes Land wandte, weil natürlich die Franzosen am gnadenlosesten auf der Einhaltung des Versailler Vertrags bestanden, dessen erzwungene Reparationszahlungen das Deutsche Reich auszubluten drohten.*

*Lies alles über ihn, was du finden kannst, John, Politiker wie er könnten eure Rettung sein, auch wenn ich in eurer Gegenwart nirgendwo jemanden wie ihn entdecken kann.*

*Und jetzt verlasse ich dich, denn ich muss noch einmal nach Frommberg, unsere verlorene Heimat.*

*Ich begebe mich wieder einmal auf Zeitreise rückwärts und beginne: jetzt.*

*Dieser Moment.*

*Er steht still, eine endlose Hundertstelsekunde lang.*

*Ich sehe meinen Vater auf der Terrasse sitzen, vor sich ein Glas Rotwein. Aus dem Wohnzimmer hinter ihm fällt sanftes Licht, verschattet sein Gesicht und spiegelt sich im Glas. Meine Mutter scheint bereits ins Bett gegangen zu sein. Ich nähere mich ihm, scheu, denn er fühlt sich unbeobachtet, und es ist nicht fair, in seine Intimsphäre einzudringen, ohne dass er es merkt. Er sieht Justus so ähnlich, immer noch, obwohl er mittlerweile doppelt so alt ist wie Justus in der Stunde seines Todes, aber das täuscht. Mein Vater ist kein Kämpfer, er ist ein Vermittler. Ich bewundere ihn für seine heitere Ruhe, sein analytisches Genie, seine Treue, seine Freundlichkeit und Herzlichkeit – für all die Dinge, die ich nicht habe, für alles, was ich nicht bin.*

*Und da mein Vater nun, mit seinen über achtzig Jahren, alles in sich trägt, was er je war, mache ich es mir leicht und bewege mich an seiner Lebenslinie entlang in die Vergangenheit. Ich benütze seine Erinnerungen, auch die, an die er selbst nicht mehr herankommt. Ich sehe mich zum ersten Mal durch seine Augen, einen linkischen Teenager mit rebellischer Pose, ein schüchternes Kleinkind, ein ängstliches Baby, eine befruchtete Eizelle, Ergebnis einer Liebesnacht, die im zweiten Zuhause meines Vaters stattfindet, das nie eins war. Wand an Wand mit Dütis Zimmer, die wach liegt und alles hört.*

*Und dabei missgünstig die Lippen zusammenkneift.*

*Das gefällt mir.*

*Ich gleite weiter nach unten, wie ein Taucher in die Tiefsee. Ich sehe meinen Vater Rock 'n' Roll tanzen (all die Bälle, die er mit meiner Mutter besucht, bevor sie schwanger und das Leben beschwerlich wird – was für ein strahlendes Paar, und wie glücklich sie sind!). Ich wollte einen Mann, mit dem ich gemeinsam etwas aufbauen konnte, kein gemachtes Nest, sagte meine Mutter zu mir, als ich noch lebte, und daran muss ich jetzt denken, denn ja: Sie haben so viel aufgebaut! Sie haben so viel gegeben und so wenig gefordert, und erst jetzt weiß ich, dass nichts davon selbstverständlich war, erst jetzt kann ich das Ausmaß ihrer Mühen ermessen, den Lohn ihrer Anstrengungen, uns ein besseres, ein entspannteres Leben zu ermöglichen, als sie es je haben konnten.*

*Ich gehe weiter zurück, vor mir ploppt das Bild einer Alpenidylle mit blau schimmerndem See auf, doch es war ja gar nicht idyllisch in St. Wolfgang, einem Ort, an den es die Familie – bestehend aus Rudela, Dietrich, Heidi und Elsa – verschlagen hatte, nachdem Jürgen und Justus gefallen waren in einem Krieg, den Donata nie gewollt hatte, und nun niemand mehr da war, mit dem sie sich austauschen konnte, außer Rudela, die sich bei jeder kleinsten Unstimmigkeit mit ihrer Geige ins Dachgeschoss zurückzog und die Kinder Donata überließ.*

*Dazu ein Dorf, in dem sie zeitlebens Zugereiste bleiben sollten.*

*Ich werde traurig.*

*Ich sehe das Kind, das seinen Vater und seinen Onkel verloren hat.*

*Ich muss lachen.*

*Ich sehe das Kind in Frommberg, wie es mithilft, eine zu Kriegszeiten illegal geschlachtete Sau auf die Toilette zu verfrachten, ihm Omas Kleid anzuziehen und Opas Mütze aufzusetzen (und tatsächlich fällt der Kontrolleur darauf herein und schließt peinlich berührt die Toilettentür).*

*Ich will noch weiter zurück in der Zeit, doch eine Stimme sagt zu mir, dass es Zeit ist, zu gehen. Also endgültig zu gehen, weg von allen, die man liebte, mitten in die endlos kalte Dunkelheit, um von dort aus zum Ewigen Licht zu gelangen, das nicht warm sein wird, aber von ungetrübt brillanter Klarheit. Die Stimme, die mich in diese Sphäre begleiten soll, ist sanft und scheint aus mir selbst zu kommen, weil ich sie nicht orten kann, aber es ist eine Männerstimme, also kann es nicht meine sein.*

*Lass mich, höre ich mich sagen.*

*Komm, Sophia. Es ist vorbei.*

*Nein, nein.*

*Du musst …*

*Ich muss noch einmal nach Hause. Das letzte Rätsel lösen.*

*Das Rätsel liegt nicht dort. Es liegt in dir.*

*Auf keinen Fall.*

*Denk nach.*

*Lass mich in Ruhe!*

*Denk. Nach.*

# ABSCHIED

*Es gibt das vollkommene Glück, nicht wahr?*

*Das ist die Frage, Sophia. Ist das so?*

*Es ist so.*

*Mach jetzt die Augen auf.*

*Nein!*

*Deine Reise ist beendet.*

*Noch nicht. Hör mir zu. Bitte!*

*Sophia …*

*Es gibt das vollkommene Glück, aber es ist kein Gefühl, sondern ein Zustand in der Schwebe. Er ist vergleichbar mit dem mühelosen Schwingen durch glitzernden Pulverschnee, vorausgesetzt, das Gefälle des Hangs verhält sich passgenau zum Können des Skifahrers, oder dem Moment der Schwerelosigkeit bei einem Parabelflug, vorausgesetzt, man wird dabei nicht seekrank. Und so muss auch Tolstois Satz von den glücklichen Familien verstanden werden, die angeblich alle einander ähnlich sind, während die unglücklichen Familien jede auf ihre Weise nicht funktionieren.*

*Das ist bekannt, aber …*

*Man nennt es das Anna-Karenina-Prinzip. Es beruht auf der Annahme, dass Glück von vielen Faktoren abhängig ist – so vielen, dass deren gleichzeitiges Eintreffen harmonisierend wirkt, weshalb Familien im Moment absoluten Glücks zwangsläufig identische Eigenschaften aufweisen.*

*Gut, Sophia. Ein letztes Mal. Ein letzter Trip.*

*Danke.* Danke!

# 48

## *FROMMBERG OKTOBER 1923*

Rudela saß vor dem Spiegel und ließ sich von mehreren Zofen frisieren und zurechtmachen, darunter auch Mariechen, denn Helen war ebenfalls zurückgekommen und sogar Georg, weil Justus anlässlich seiner Verlobung mit Rudela darauf bestanden und Maman sich gefügt hatte, wie sie es in letzter Zeit oft tat: stumm nickend, mit einem Ausdruck zorniger Resignation, der dazu führte, dass ihr Gesicht erstarrte, ganz langsam, kaum merkbar.

Rudela lächelte auf ihre versonnene Art, zugleich kindlich und ein bisschen verrückt, und die Zofen sahen einander an und grinsten heimlich, doch auch voller Sympathie, denn es gab niemanden, der Rudela trotz all ihrer Schrullen nicht von Herzen zugetan war.

Sie gehören zur Familie, beide, hatte Justus gesagt, und Rudela hatte heftig genickt, denn sie vermisste sowohl Georg als auch Helen ganz schrecklich, und in den allerschlimmsten Momenten wusste sie, dass ein großer Teil an dem Desaster ihre Schuld war; sie hatte Helen und Georg durch ihren Verrat auf ewig zusammengeschweißt, und nun mussten sie die Folgen tragen. Das allerdings war und blieb Rudelas und Mamans Geheimnis, eine Belastung, ein Albdruck, nie offen ausgesprochen, weil – das spürte Rudela genau – auch Maman glaubte, dass Rudela als Zünglein an der Waage fungiert hatte.

Rudela trug ein gerade fallendes Kleid aus himmelblauer Seide, weil Justus diese Farbe an ihr besonders mochte, und tatsächlich ließ sie ihren Teint frisch, jung und rein wirken und brachte ihre blassen Augen mit den blonden Wimpern perfekt zur Geltung.

Auf der Terrasse war ein langer Tisch gedeckt. Der Ablaufplan sah vor, dass dort zu Mittag gegessen wurde, denn es war ein außergewöhnlich warmer Herbsttag. Anschließend würde es einen gemeinsamen Ausritt ohne Jagd geben (und für die Nichtreiter einen Spaziergang im Urstromtal), dann würden sich die Gäste zum Cocktail umkleiden, zuletzt würde zum Souper im Salon mit anschließendem Tanz gebeten werden.

Rudela hörte, wie sich hinter ihr die Tür öffnete, und drehte sich um, strahlend vor Freude, weil sie Helen bereits im Spiegel gesehen hatte. »Na, meine Süße, lass dich anschauen«, sagte Helen so lässig, als hätten sie gerade gemeinsam gefrühstückt. Die Zofen traten zurück, und Helen sah ihre kleine Schwester mit dem sportlich mageren Körper, der, seitdem sie sich das letzte Mal vor fast zwei Jahren gesehen hatten, noch einmal einen kräftigen Wachstumsschub mitgemacht hatte.

»Mein Gott!«, rief sie, nahm Rudela an den Händen und zog sie hoch. »Du bist ja größer als ich! Und so kraftvoll und entzückend! Justus kann sich wirklich glücklich schätzen!«

»Meinst du?«, fragte Rudela plötzlich ganz ernst.

»Ich bitte dich, du bist die hübscheste Verlobte, die es je gab!« Doch bei aller Munterkeit wirkte Helen anders als früher. Unter den Augen lagen violette Schatten, ihr Gesicht war schmaler als früher, und zwischen den Brauen hatten sich zwei vertikale Falten eingegraben, die selbst dann nicht verschwanden, wenn sie lächelte.

»Wie geht es dir?«, fragte Rudela, als ob sie es wirklich wissen wollte, was nicht gerade typisch für sie war und insofern bemerkenswert.

»Gut«, sagte Helen und behielt ihr Lächeln bei.

»Wirklich?«

»Natürlich. Das Leben in wilder Ehe ist in Berlin der letzte Schrei.«

»Was heißt das?« Helen hatte vergessen, dass Rudela alles wörtlich nahm und nicht den geringsten Humor besaß.

»Unsere Beziehung ist *à la mode,* Schatz. Wir gehören zur Speerspitze der Avantgarde.«

»Oh.«

»Wir verkehren mit den interessantesten Leuten. Ich liebe Käthe Kleefelds Salon, wo sich *tout* Berlin trifft …«

»Und was macht ihr dort?«

»Oh, Süße, du bist schon ein rechtes Landei, nicht wahr? Wir trinken, rauchen, diskutieren über die politische Lage und stellen unsere aufgetragenen Kleider zur Schau, bis ein neues Kostüm nicht mehr hundert Billionen Mark kostet.«

»Wirklich?«

Helen stutzte einen Moment, dann umarmte sie ihre Schwester ganz fest und war plötzlich wieder verschwunden, denn Maman stand nun im Türrahmen und fragte, wie sie denn vorankämen, die ersten Gäste seien schon da.

Zwei Stunden später speisten vierundsiebzig Männer und Frauen von jung bis sehr alt unter riesigen Sonnenschirmen, und die Stimmung hätte gar nicht heiterer sein können, obwohl die Gäste so unterschiedlich waren. Justus hatte nicht nur dafür gesorgt, dass Georg und Helen an der Verlobung teilnahmen, indem er sie mehrmals brieflich und fernmündlich bekniet hatte, ihm zuliebe zu erscheinen, er hatte sie auch ausdrücklich darum gebeten, einige ihnen besonders teure Freunde, respektive *Freundinnen,* mitzubringen, um ein wenig Farbe in die Truppe hineinzubringen, wie er sich ausgedrückt hatte. Womit er meinte, dass seine von ihm eingeladenen Kameraden zwar schneidige Offiziersanwärter, jedoch meistens noch Junggesellen waren. »Es gibt ja nichts Langweiligeres als unbeweibte Herren, die sich irgendwann in ihrem Überdruss betrinken und dann danebenbenehmen«, hatte er Helen anvertraut, worauf sie ihn gefragt hatte, ob dies der wahre Grund sei, weshalb ihm so an ihrem Kommen gelegen sei, was Justus energisch bestritt und Helen ihm nicht glaubte.

Aber sie tat ihm den Gefallen und lud ihre besten Freundinnen ein.

Allerdings auch einige Freunde.

Da trafen Burschenschaftler mit Mensuren auf sensible Künstlerinnen, extrovertierte Schauspielerinnen auf brave Landjunker, ehemalige Freikorps-Raufbolde auf Salonkommunistinnen, Neureiche auf Radikalbolschewisten.

Und natürlich Juden auf Nationalsozialisten.

Eine Mischung, die sich Justus in dieser Radikalität nicht vorgestellt hatte, doch zu seinem eigenen Erstaunen höchst anregend fand, denn es passierte nicht das, was man hätte erwarten können von einer derart heterogenen Zusammenkunft. Da sowohl das Essen köstlich als auch das Wetter tadellos war und zu allem Überfluss stets fleißig nachgeschenkt wurde, gerieten die Gäste nach den ersten Reden in eine geradezu euphorische Stimmung, die den ganzen weiteren Tag anhielt, ja sich abends sogar noch verstärkte, weil einige Kameraden von Justus ein üppiges Raketenarsenal mitgebracht hatten und nach dem Souper ein fantastisches Feuerwerk zustande brachten.

Danach wurde von einer Jazzband, die natürlich Felix besorgt hatte, aufgespielt, dass das Parkett im Salon zu vibrieren begann und selbst die steifsten Nichttänzer schüchtern mitwippten. Donata wurde von ihrem Schwiegersohn in spe herumgewirbelt, Rudela und Helen swingten währenddessen wild umeinander herum, und so ging es stundenlang weiter, als ob es die letzte Gelegenheit wäre, sich durch maximales Amüsement dem Ernst des Lebens zu entziehen, sämtliche Probleme von Kriegslüsternheit bis Hyperinflation zu vergessen, und dann gab Justus der Band ein Zeichen. Die Musiker hörten auf zu spielen, Justus enterte mit seligem Gesicht einen Stuhl und gab einen Toast auf Donata und Frommberg aus, seine neue Heimat, wie er – auf die allerglücklichste Weise betrunken – mit heiserer Stimme kundtat. Um dann Donata zu bitten, Helen und Georg ihren Segen zu geben, auf den sie nun schon so lange so sehnsüchtig warteten.

Die Gäste klatschten ausgelassen.

»Lass sie endlich heiraten!«, rief Justus unter dem Beifall seiner Kameraden. »Bitte, liebe Tante! Wir alle hier bitten dich darum!«

Donata stand auf, und das Klatschen verstummte. Sie ließ den Blick über die erhitzten jungen Gesichter schweifen, und ihr wurde als einziger Person im überfüllten Salon bewusst, dass etwas zu Ende ging, noch nicht sofort vielleicht, jedoch unwiderruflich, und dass sie nichts tun konnte, um es aufzuhalten.

»Ich liebe euch«, sagte sie zu Helen und Georg, die Hand in Hand am anderen Ende des langen Tisches standen. Sie sah, wie Helen die Tränen in die Augen stiegen. »Ich liebe euch«, wiederholte sie. »Ich vermisse euch so sehr.«

»Maman …«

»Ich wünsche euch das Beste. Bei allem, was ihr tut, wo immer ihr sein werdet.«

Donata setzte sich und leerte ihr halb volles Weinglas in einem Zug. Eine Pause entstand, in der man nichts hörte als das Rascheln trockener Herbstblätter, die ein plötzlich auffrischender Wind über die Terrasse fegte.

München, 10. November 1923

Liebe Eltern!

Ist das ein Wahnsinn, ein Unglück, Lug und Trug, eine Verkettung der Ereignisse, es ist gar nicht auszudenken!

Nachdem sich alles beruhigt hat, will ich versuchen, die Tatsachen kurz zu erzählen.
Am 8. November um 4.30 Uhr nachmittags wurde ich zu einer Besprechung bei einem Leutnant Wagner gerufen, der in engster Verbindung mit der nationalen Bewegung steht. Eine neue Reichsregierung werde sich bilden, Generalstaatskommissar v. Kahr und Generalleutnant v. Lossow, außerdem die junge Reichswehr und die Schutzpolizei stünden dahinter. Alles sei vorbereitet, auch für den anschließenden Marsch nach Berlin, um dort eine nationale Diktatur zu errichten. Wie wir dazu stünden?
Selbstverständlich Zustimmung von unserer Seite. Der soldatische Eid sei eine Bindung, die entfalle, wenn man zur Überzeugung gelangt sei, dass nicht die abstrakte Pflichterfüllung, sondern das Wohl des Vaterlandes auf dem Spiele stehe, für das man bereit sei, sein Leben und noch mehr: seine Ehre einzusetzen und zu verpfänden. Heiligste innere Überzeugung, Vaterlandsliebe und der Glaube an Hitler und Exc. Ludendorff leitete unsere Handlungen.

*Wo bin ich?*

*Ruhig, Sophia. Du bist in Sicherheit.*

*Ich bin nicht fertig.*

*Doch, das bist du. Du kannst jetzt die Augen aufmachen. Es gibt nichts, wovor du Angst zu haben brauchst.*

*Wo ist John?*

*Er ist in dir, so wie alles andere auch.*

*Helen und Georg. Ich sehe sie.*

*Wirklich?*

*Ein kleiner Ort bei Baltimore. Sie leben in einem weißen Holzhaus mit Veranda. Sie haben zwei Töchter mit dunklen Locken. Ist das nicht wundervoll?*

*Das ist großartig. Mach jetzt die Augen auf.*

*Ich will nicht. Ich will nicht weg von ihnen.*

*Menschen lieben dich. Sie wollen, dass du zurückkommst.*

*Aber ich bin nicht fertig!*

*Du wirst nie fertig sein. Irgendwann musst du Abschied nehmen.*

*Jetzt noch nicht. Es ist wichtig!*

Um 8.30 Uhr sollte der Zeitpunkt sein. Es wurden die Rollen verteilt. Ich kam an mein Portal, die Fähnriche waren auch schon da und stellten die Wachen auf. Die Fähnriche und Junker rückten sofort auf den Hof, es wurde die Lage bekannt gemacht. Leider waren die Offiziere in leitender Stellung nicht zu finden, nur General v. Tschischwitz, Leiter der Infanterieschule, war da, er erklärte, er könne nicht mitmachen, würde aber nichts dagegen unternehmen. Um 8.45 Uhr kam Roßbach, brachte große Hakenkreuzfahnen und -Armbinden mit, hielt eine glänzende Ansprache, alles war begeistert.

Auch ich bekam eine Fahne in die Hand gedrückt.

Es schien alles zu stimmen, Kahr und Lossow, so hieß es, hätten sich der Bewegung ohne Wenn und Aber angeschlossen. In diesem sicheren Glauben und überzeugt von unserer weltgeschichtlichen Mission, zogen wir unter Absingen vaterländischer Lieder durch die Stadt, begeistert empfangen von der Menge. Am Marienplatz kam Hitler im Auto und teilte mit, dass die neue Regierung gebildet sei: wilder Jubel!

Im Bürgerbräukeller hielt Hitler eine glänzende, mitreißende Ansprache, wenn möglich übertraf er sich selbst. Es war ein großer Moment, und alle waren in bester Stimmung. Dann kam jedoch die Nachricht, Kahr sei von eingeknickten Schutzpolizisten im Generalstaatskommissariat festgenommen worden. Wir, die Infanterieschule, sollten sie befreien. Wir rückten also gegen 1.00 Uhr mittags ab und erreichten das Gebäude. Die Schutzpolizisten wollten nicht weichen, also umstellten wir das Gebäude. Dann wurde jedoch festgestellt, dass Kahr gar nicht drin war. Mitten in unsere Irritation und Ratlosigkeit kam ein Befehl von Ludendorff: Wir sollten abrücken, sofort! Das war gut, denn beinahe wäre es wegen dieser Falschinformation zu einem irrsinnigen Blutvergießen gekommen. Wir rückten ab und hörten, zurück in der Infanterieschule, dass alles, alles gelogen sei! Kahr und Lossow wären zu ihrer Unterschrift für den Putsch gezwungen worden, sie stünden aber gegen unsere Bewegung! Wir wurden betrogen!

*Er war kein schlechter Mensch.*

*So?*

*Er war jung. Er hat nach etwas gesucht. Nach etwas, an das er glauben konnte. Er war gut in seinem Job. Er wollte nur diesen Job, und er wollte ihn gut machen.*

*So siehst du das?*

*Er hat weggeschaut. Die ganze Zeit.*

*Woher weißt du das?*

*Ich weiß es nicht, aber so muss es gewesen sein. Vielleicht war es noch viel schlimmer.*

*Wie sind deine Gefühle?*

*Ich hasse seine Dummheit, seine Naivität, seine Grausamkeit aus dem Glauben heraus, etwas Großes und Wichtiges zu leisten.*

*Er ist dein Großvater. Ein Teil von dir.*

*Nein!*

*Du hast keine Wahl.*

*Er hat Frommberg zerstört. Er hat mir die Heimat genommen. Er hat mich zum Krüppel gemacht!*

*Du bist kein Krüppel, Sophia, hör auf, dir leidzutun, ohne ihn gäbe es dich gar nicht. Mach die Augen auf, wir warten hier auf dich.*

Mittags fassten Ludendorff und Hitler den Entschluss, an der Spitze ihrer Leute in die Stadt zu marschieren. Da die Nachricht gekommen war, die Reichswehr stünde gegen den Putsch, wurde der Infanterieschule versprochen, uns auf keinen Fall gegen die Reichswehr einzusetzen. So gingen wir zwar mit, jedoch als Reserve hinterher. Unser Marsch Richtung Feldherrnhalle war ein Siegeszug, die wilde Begeisterung der Bevölkerung trug uns voran.

Doch dann das Entsetzen: Am Odeonsplatz standen schwer bewaffnete Einheiten der Schutzpolizei, die rücksichtslos in die Menge schossen. Sie verwundeten Hitler und erschossen zwanzig Menschen.

Verurteilt uns nicht, sondern versucht uns zu verstehen. Wir waren innerlich überwältigt von den Ereignissen und überzeugt von der Reinheit unseres Handelns. Wir haben unsere Ehre dahingegeben für eine Lüge und haben sie trotzdem nicht verloren. Im Innern stehen wir rein und unbefleckt da, unsere Gesinnung ist genau dieselbe geblieben. Dieser prachtvolle Geist, diese einzigartige Truppe, wir Offiziere und Fähnriche hätten den Teufel aus der Hölle geholt und sind von unseren Führern belogen und betrogen worden. Das alles war nur möglich, weil Lossow und Kahr sich wider alle Absprachen plötzlich gegen Hitler kehrten und so das Blut vieler prachtvoller, vaterlandstreuer Männer geflossen ist.

Liebe Eltern, mein Glaube, dass Deutschland überhaupt noch zu einer großen Tat fähig ist, ist stark erschüttert. Solche furchtbaren Bilder wie gestern Nachmittag am Odeonsplatz wären sonst nicht möglich gewesen. Deutsche schießen gegen Ludendorff, national steht gegen national: Wahnsinn! Heute Abend gab es wieder Umzüge der Bevölkerung gegen Kahr und Lossow, die Verräter. Reichswehr und Schutzpolizei, die sich gegen Hitler und Ludendorff gekehrt hatten, wurden beschimpft, bespuckt und ausgepfiffen. Ich gehe vorläufig nicht mehr in Uniform in die Stadt – ich schäme mich meiner

Uniform. Ich kann den gottverdammten Pleitegeier an meiner Mütze nicht mehr sehen, und wenn nicht bald eine Änderung eintritt, halte ich es nicht mehr lange aus.

Hoffen wir, dass Deutschland doch noch einmal hochkommt! Mehr kann ich im Moment nicht schreiben. Die Zukunft ist ungewisser denn je.

In alter Treue, Euer Justus

*Er lebt. Er beeinflusst mich, meine Gedanken, meine Gefühle. Er ist immer noch da.*

*Nimm ihn an.*

*Nein!*

*Und dann lass ihn los.*

*Ich habe Angst.*

*Das eine geht nicht ohne das andere.*

*Ich …*

Ich öffne die Augen. Ich liege im trockenen Gras, und über mir, so kommt es mir vor, schwebt ein Kreis von Menschen, die sich an den Händen halten und auf mich heruntersehen. Der Himmel ist von einem gleichmäßigen hellen Grau, das mich blendet. Meine Augen brennen, ich schwitze und bin erschöpft wie nach einem Marathon. Ich wende den Kopf nach links und stelle fest, dass die Menschen auf Kissen sitzen und nicht schweben.

Es ist warm und feucht. Ein schimmernd schwarzer Käfer klettert vor meiner Nase einen Grashalm hinauf, der sich unter seinem Gewicht biegt. Der Käfer fällt herunter und krabbelt in das staubbraune, sandige Erdreich.

Ich schaue ihm hinterher.

»Sie ist draußen«, sagt einer, und ich verstehe wieder, was er meint; *draußen* nennen wir jemanden, den die Droge freigegeben hat. Dreizehn Tage und dreizehn Sessions haben uns zusammengeschweißt, jeden Tag war ein anderer an der Reihe, uns mitzunehmen in sein Psychodrama. Teilnehmer, die nicht dran waren, hatten ebenfalls Funktionen. Einige wurden high, um den Reisenden auf seinem Weg nach innen begleiten zu können, andere blieben clean, um den Prozess zu überwachen.

Was wir tun, ist illegal, aber es war meine letzte Hoffnung.

Ich richte mich auf. In der Ferne höre ich das Meer. Liebe erfüllt mich wie ein leuchtender Strom, der bis in die feinsten Verästelungen meiner Adern fließt; ich weiß allerdings, dass das die üblichen Nachwirkungen der Droge sind, also gebe ich nicht allzu viel darauf.

Ich lächle die Menschen an, unter Tränen, so wie fast alle in den Tagen vor mir. Sie lächeln zurück.

»Was habe ich erzählt?«, frage ich, und sie antworten erwartungsgemäß nicht. Einer drückt mir das in die Hand, was jeder Teilnehmer bekommt, einen Haufen Kassetten und einen alten, jedoch funktionstüchtigen Rekorder.

»Habe ich deutsch geredet?«, frage ich, und sie nicken. Dann sagt Abel, zusammen mit Esther Leiter der Gruppe, in akzentfreiem Deutsch: »Ich habe es übersetzt.«

Im August 1938 wurde angeordnet, dass Juden ihren Kindern ausschließlich Vornamen von einer Liste geben durften, die von der deutschen Regierung erstellt worden war. Allen anderen waren diese Namen wiederum verboten. Abel war der erste Name, der auf der Liste stand.

Ich wusste nicht, dass er Deutsch spricht, wir hatten uns immer auf Englisch unterhalten.

Ich denke an die Briefe von Justus, an die Bücher und Fotos, an die Artikel und Familiendokumente über Donata, Georg, Helen, Heinrich, Rudela, die sich in meinem Büro stapeln, die unzähligen gespeicherten Links auf meinem Laptop, die transkribierten Telefonate mit Georgs und Helens Töchtern in Baltimore – all dieses Material, das mich zu erdrücken drohte und vielleicht jetzt eine Form angenommen hat. Eine Erzählung, eine Legende, etwas in sich Schlüssiges, mit dem ich leben kann, statt mich von innen heraus zu vergiften, wegen der fixen Idee, dass Justus und Donata mir meine innere Heimat gestohlen haben, ohne die laut Abel niemand existieren kann.

Ich ahne jetzt schon, dass ich nicht fertig geworden bin. Ich habe nicht tief genug getaucht und bin nicht weit genug gegangen. Aber für den Augenblick muss es reichen. Eine zweite Chance gibt es nicht; morgen wird Abel die Droge nehmen und sich Esthers und unserer Fürsorge anvertrauen, übermorgen werden wir uns alle trennen. Ich werde Max in Tel Aviv treffen, und wir werden noch ein paar Tage Urlaub machen, bevor wir nach Hause in unseren Alltag zurückkehren, als wäre all das hier nie passiert.

In der Dämmerung gehe ich mit Abel hinunter an den Strand. Das Meer macht seine beruhigenden Geräusche im silbrig-bläulichen Licht. Eigentlich lauten die Regeln, dass wir außerhalb der Sessions so wenig wie möglich über uns sprechen, und schon gar nicht darüber, was wir im Zustand größter Offenheit und Verletzlichkeit voneinander erfahren. Dennoch würde ich Abel Rede und Antwort stehen, wenn er es will.

Ich würde ihm sagen, dass ich mich schuldig fühle, auch wenn ich es de facto nicht bin. Aber de facto zählt nicht, de facto ist eine faule Ausrede; Justus ist in mir, ich liebe und verabscheue ihn und seine antisemitische Familie, die zu einem Viertel auch meine ist. Ein Teil von mir. Das will ich Abel sagen, falls er es wissen will, und es aushalten, dass er mich dann erst recht nicht ausstehen kann, doch Abel schweigt ganz gegen seine Gewohnheit. Ich folge ihm ans Ufer und ins Wasser hinein, obwohl wir in den ersten Stunden nach Abflauen der psychotropen Wirkung nicht schwimmen sollen, und schon gar nicht – Abels Regeln! – abends.

Die Wellen sind höher als gedacht, im Zwielicht der beginnenden Dunkelheit kann ich Abel bald nicht mehr sehen und überlasse mich der Strömung, die mich vielleicht zurück an den Strand treibt, vielleicht aber auch hinauszieht in die offene See, wo ich dann sterben würde.

Aber ich war ja schon tot, nicht wahr?

Ich schließe die Augen; die Wellen wiegen mich wie eine Mutter ihr Baby. Das ist schön. Ich stelle mir Helen und Georg vor, auf dem Schiff von Lissabon nach New York; Helen ist schwanger und schrecklich seekrank, und Georg kümmert sich so liebevoll um sie, wie er es immer getan hat. Ich sehe sie ganz deutlich, mir ist, als wäre ich dabei; ich höre das Toben des Windes, ich spüre die salzige Gischt auf meinem Gesicht und dann die Erleichterung und Freude, als sie in den Hafen einlaufen, vor ihren Augen die Freiheitsstatue …

War es so?

Jemand ruft nach mir, aber ich bin müde, ich habe keine Lust zu antworten. Ich höre meinen unregelmäßigen Atem, ich schlucke seifig schmeckendes Wasser, aber ich bin ohne Angst. Das erste Mal ohne Angst.

Zu meinem Ärger zieht jemand an meinem rechten Fuß.

»Lass mich«, sage ich, aber es hört sich eher wie ein Gurgeln an.

Ich war schon tot und möchte es wieder sein.

Jemand bekommt mich unter den Armen zu fassen, ich wehre mich erst wie verrückt, mache mich dann extra schwer, aber schließlich will ich wohl doch nicht sterben, und so liege ich irgendwann mit schmerzender Schulter im feuchten Sand, huste, würge und schnappe nach Luft, während das Salzwasser in Hals und Augen brennt.

Abel, der mich in Lebensgefahr gebracht und mir dann das Leben gerettet hat, sitzt unbeeindruckt neben mir.

»Ich habe eine Frage«, sagt er schließlich auf Deutsch, nachdem sich mein Körper beruhigt hat.

»Okay«, sage ich heiser.

»Stresemann hat nicht 1928, sondern 1926 den Nobelpreis bekommen.«

»Habe ich von Stresemann gesprochen?«

»Ja.«

»Das war aber keine Frage. Du hast gesagt, du hättest …«

»Dein Großvater war mit Karl Wolff befreundet?«, unterbricht er mich.

»Mein Vater war sein Patensohn. Wolff hat Donata, Rudela und die Kinder nach Österreich gebracht, nachdem Justus gefallen war. Also: ja.«

»Weißt du, wer Wolff war?«

»Er sorgte dafür, dass die Transporte vom Warschauer Getto nach Treblinka reibungslos verliefen.«

»Beihilfe zum Mord in über 300 000 Fällen«, sagt Abel. »Dafür wurde er verurteilt, aber er hat nie bereut.«

»Ich weiß«, sage ich.

»Meine Mutter kam von Warschau nach Treblinka. Als kleines Mädchen.«

»Ich verstehe.« Eine Pause entsteht, denn natürlich verstehe ich gar nichts, zwischen uns befindet sich ein Ozean.

»War Georg jüdisch?«, fragt Abel schließlich.

»Die Nazis nannten Leute wie ihn Halbjuden.«

»Was ist aus ihm geworden?«

»Er und Helen sind nach Amerika geflüchtet, erst nach New York, dann nach Baltimore. Ich habe seine Töchter gefunden, aber sie wollten mich nicht kennenlernen. Immerhin haben sie mit mir telefoniert und mir alles geschickt, was sie hatten.«

Er nickt vor sich hin. »Wer ist John?«, fragt er dann.

»John?«

»Du hast mit ihm gesprochen. Dauernd.«

Ich bin überrascht und denke nach. Dann sage ich: »Wir haben uns auf einer Reise kennengelernt, und Jahrzehnte später habe ich ihn gegoogelt und angemailt.«

Abel sieht zu mir her.

»Und?«, fragt er.

Es ist mir peinlich, aber dann erzähle ich es doch. »Er hat mir sehr schnell geantwortet. Er beglückwünschte mich, dass ich Schriftstellerin geworden bin, obwohl ich ihm das gar nicht geschrieben hatte, und gab mir gleichzeitig zu verstehen, dass er an einem weiteren Kontakt nicht interessiert ist.«

»Er hatte dich auch gegoogelt?«

»Natürlich. Und irgendwann, als er nicht mehr geantwortet hat, habe ich mich selbst gegoogelt, das macht man ja nicht so oft, nicht in unserem Alter.«

»Und dann?«

»So kam ich auf Justus. Wie John wahrscheinlich auch. *Wikipedia* deutsch, englisch, französisch.«

»Und dann?«

»Das alles war mir vollkommen neu. Seine Teilnahme am Marsch auf die Feldherrnhalle, die Tatsache, dass er an Hitler geglaubt hat, bevor die meisten Deutschen überhaupt wussten, dass er existierte. Mein Vater hat früher über Justus gesprochen, er hat ihn geliebt und bewundert und verteidigt, aber ich habe nicht hingehört. Ich wollte nichts davon wissen. Gar nichts. Ich bin nicht mal zu dieser verdammten Wehrmachtsausstellung gegangen.«

»Du hast dich gedrückt«, stellt Abel fest, und ich spüre seine Abneigung wie einen Schlag. Seltsamerweise macht es mir nichts aus. Es scheint mir richtig zu sein.

»Mein Vater war dort«, sage ich.

»Dann war er mutiger als du.«

»Er sagte, dass Justus auf keinem dieser Bilder zu sehen war.«

»Das bedeutet gar nichts.«

»Weiß ich.«

»Wie geht es dir damit?« Abel hat sich wieder gefangen; das ist jetzt seine Therapeutenstimme: sachlich, doch professionell empathisch, und ich fühle, dass ich weinen will, aber gleichzeitig, dass ich das auf keinen Fall darf. Dann verschwindet dieser Impuls so plötzlich, wie er gekommen ist.

Ich sage: »Ich bin okay.«

Etwas ist weg, etwas Graues, Schweres. Gleichzeitig ist etwas anderes noch nicht da. Ich schwebe zwischen den Welten und hänge fest in einem Spalt.

Abel nickt, ohne mich anzusehen. Dann springt er plötzlich auf und hilft mir hoch.

Ich bin enttäuscht, denn eigentlich würde ich jetzt gern weiterreden, mich erklären, verteidigen, egal was, am liebsten stundenlang.

Dann stellt mir Abel die letzte Frage: »Wer steht dir am nächsten von allen?«

Ich würde am liebsten Helen sagen, aber ich sage Donata und Justus und nicke bekräftigend.

»Warum Justus?«

»Er war Patriot. Das bin ich auch. Nur eben anders …«

»Schon gut.«

»Ich …«

»Lass es.«

Einen Moment lang stehen wir sehr dicht voreinander und brechen anschließend eine weitere seiner Regeln, denn wir küssen uns. Kurz darauf lässt Abel mich abrupt los, stößt mich beinahe zurück, und in der nächsten Sekunde, so kommt es mir vor, ist er bereits Hunderte Meter von mir entfernt.

Ich folge ihm diesmal nicht, sondern gehe langsam auf einem anderen Weg zurück ins Camp.

»Okay«, sage ich leise vor mich hin und beschleunige meine Schritte; nachts gilt die Gegend als unsicher. Als ich in unserer Bleibe ankomme, suche ich mein Telefon, schalte es ein und sehe Nachrichten von Max. Ich schreibe ihm zurück, dass ich mich auf ihn freue und dass ich ihm alles erzählen werde, wenn wir uns sehen, obwohl ich das keine Sekunde lang vorhabe.

Gegen drei Uhr begebe ich mich mit meiner Decke nach draußen auf das nachlässig zementierte Mäuerchen vor meinem Zimmer und rauche bis zum Morgengrauen, während die Grillen unentwegt zirpen. Ein paarmal fallen mir die Augen zu, und dann sehe ich immer die gleiche Szene.

Donata und Heinrich sitzen nebeneinander auf der obersten Stufe der Terrasse, die ins Urstromtal führt. Zu Heinrichs Füßen liegt Cora, den Kopf auf den Pfoten. Donata trägt ein helles Kleid mit spitzenbesetztem Stehkragen, Heinrich Knickerbocker, dicke Wanderschuhe und eine Lodenjacke. Sie sehen selbstbewusst aus und wirken auf undefinierbare Weise melancholisch.

Ich wünsche nichts, fürchte nichts.

Vielleicht ist das ein Anfang.

ENDE

# DANKSAGUNG

Kein Buch entsteht ohne Hilfe. Dieses schon gar nicht. Für Zuspruch, Kritik und Unterstützung möchte ich mich bei den folgenden Menschen bedanken, ohne die *Das Licht zwischen den Zeiten* niemals fertig geworden wäre:

Meinem Vater, der mir offen und ehrlich alle Fragen beantwortet und mir sämtliche Unterlagen anvertraut hat – auch die nicht so angenehmen.

Marie Velden, großartige Autorin und Lektorin, liebe Freundin und – in diesem Fall – kundige Erstleserin.

Franka Zastrow, die beste und engagierteste Agentin der Welt.

Christine Steffen-Reimann, die von Anfang an an dieses Projekt geglaubt und deren Begeisterung mich getragen hat.

Silvia Kuttny-Walser für ihr Sprachgefühl und ihre klugen Nachrecherchen.

Barbara Heinzius – sie weiß, wofür.

Johann Grolle, aus dessen genialem Artikel »Gefahr im Ballast« (Spiegel 55/2017) ich die Passagen über die Ausbreitung der Neunaugen übernehmen durfte.

# LITERATURHINWEISE

Wer sich weiter über die extrem spannende Zeit zwischen 1918 und 1923 oder generell über den Ersten Weltkrieg und seine Folgen informieren will und/oder sich von Romanen und Memoiren aus dieser Zeit inspirieren lassen möchte, dem lege ich besonders folgende Veröffentlichungen ans Herz:

Elsa Brandström: Unter Kriegsgefangenen in Russland und Sibirien, 1914–1920. 1931, Koehler & Amelang, Leipzig 1927

Christopher Clark: Die Schlafwandler. Wie Europa in den Ersten Weltkrieg zog. 2015, Pantheon Verlag, München

DER SPIEGEL GESCHICHTE: Der Erste Weltkrieg. 1914–1918 – Als Europa im Inferno versank. Heft 5/2013. SPIEGEL Verlag, Hamburg

Alfred Döblin: November 1918. 1978, dtv, München

Marion Gräfin Dönhoff: Kindheit in Ostpreußen. 1998, btb, München

Lion Feuchtwanger: Erfolg. 2008, Aufbau Verlag, Berlin

Jörg Friedrich: 14/18: Der Weg nach Versailles. 2014, Propyläen, Berlin

Sebastian Haffner: Geschichte eines Deutschen. 2002, dtv, München

Adolf Hitler: Mein Kampf – Eine kritische Edition. Band I und II, herausgegeben von Christian Hartmann, Thomas Vordermeyer, Othmar Plöckinger und Roman Töppel. 2017, Institut für Zeitgeschichte, München – Berlin

Guido Knopp: Der Erste Weltkrieg. Die Bilanz in Bildern. 2013. Edel, Hamburg

Hannsjoachim W. Koch: Der deutsche Bürgerkrieg. Geschichte der Freikorps 1918–1923. 2014, Antaios Verlag, Steigra

Käthe Kollwitz: Die Tagebücher 1908–1943. 2012, btb, München

Prof. Dr. Percy Ernst Schramm: Adolf Hitler – Anatomie eines Diktators. SPIEGEL, Heft 5/1964

Dominique Venner: Söldner ohne Sold. 1978, Bastei Lübbe, Köln

Thomas Weber: Wie Adolf Hitler zum Nazi wurde. 2016, Prophyläen, Berlin